黄传会

中国报告文学学会原常务副会长，中国作家协会第七届全国委员会委员，原海军政治部创作室主任，享受国务院政府特殊津贴。

著有长篇报告文学《托起明天的太阳——中国“希望工程”纪实》《中国山村教师》《我的课桌在哪里》《中国海军三部曲》《国家的儿子》《中国新生代农民工》《大国行动》等；中短篇报告文学集《站在辽宁舰的甲板上》《好一辆漂亮的火星车》。

其报告文学作品有着广泛的社会影响。曾获庄重文文学奖；第一届、第三届徐迟报告文学奖；第六届、第九届、第十三届中宣部“五个一工程”奖；第六届鲁迅文学奖；中国报告文学终身成就奖等。多部作品翻译至国外出版。

国家出版基金项目
NATIONAL PUBLICATION FOUNDATION

中宣部2020年主题出版重点出版物

仰望星空

共和国功勋孙家栋

黄传会 著

浙江人民出版社

图书在版编目（CIP）数据

仰望星空 ：共和国功勋孙家栋 / 黄传会著. — 杭州 ：浙江人民出版社，2023.8（2024.4 重印）

ISBN 978-7-213-11130-3

Ⅰ. ①仰… Ⅱ. ①黄… Ⅲ. ①传记文学-中国-当代 Ⅳ. ①I25

中国国家版本馆 CIP 数据核字(2023)第 109773 号

仰望星空:共和国功勋孙家栋

黄传会 著

出版发行：浙江人民出版社（杭州市环城北路177号 邮编 310006）

市场部电话：(0571)85061682 85176516

责任编辑：丁谨之 余慧琴

营销编辑：陈雯怡 陈芊如 张紫懿

责任校对：戴文英 马 玉

责任印务：程 琳

封面设计：王 芸

电脑制版：杭州兴邦电子印务有限公司

印 刷：浙江新华数码印务有限公司

开 本：880毫米×1230毫米 1/32 印 张：12.5

字 数：278千字 插 页：4

版 次：2023年8月第1版 印 次：2024年4月第4次印刷

书 号：ISBN 978-7-213-11130-3

定 价：68.00元

国家需要，我就去做

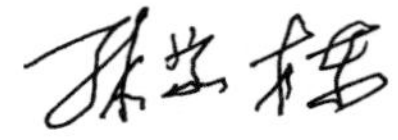

三年多前，浙江人民出版社组织作家书写共和国勋章获得者，指定由黄传会写我。我告诉他：航天事业是集体事业，航天工程是团队工程。您写我，同时还应该写更多的航天人。他答应了，书里写了许多我的前辈、战友、同事，让我十分欣慰。

我这辈子说简单很简单，就做了一件事：造导弹、造卫星；说复杂挺复杂，造导弹、造卫星或是“无中生有”，或是千难万险。

我的信念是：国家需要，我就去做。我们将祖国比作母亲，为母亲做事，心甘情愿，责无旁贷。

黄传会曾经问我：您喜欢仰望星空吗？

我说：航天人都喜欢。

他又问：仰望星空您看见了什么？

我笑了。宇宙辽阔，星空璀璨，看到什么，想了什么，三言两语，何以表述……

目 录

引 子 / 001

第一章 归 来 / 005

008 “我相信我能帮助我的祖国”

014 一趟回国路，如此艰难曲折

018 “我的祖国需要我，我必须回去”

023 “能多学就多学点”

027 绝不做“二等公民”

第二章 “新中国的导弹就从这里起飞” / 031

034 初 创

050 祖国在召唤

062 “我们照样可以干出一番事业”

070 成功与失败同行

第三章 天上有了“中国星” / 085

089 “我们也要搞人造卫星”

103 上得去，抓得住，看得见，听得到

124　这颗星星会“唱歌”

第四章　巡天遥看一千河　/　151

155　“大家要永远记住这根导线”
171　“孙家栋建议再调5度”
190　“没有撒手锏不行啊”

第五章　“嫦娥”奔月　/　209

211　“飞鸟”与“青蛙”
217　“铁三角”
226　探月工程
235　质量是“嫦娥”的生命
245　万众瞩目的跨越之旅
256　拉格朗日点
265　风暴洋：中国探月新地标

第六章　“北斗”璀璨　/　277

280　丰　碑
286　天上有颗“北斗星”
295　把自己变成“天梯”上的一根横木
300　“这是我们共同的奖牌”
308　“让我们自己也成为‘巨人’”
323　“天上好用，地上用好”
330　星耀全球

第七章　火星，中国来了　/　343

345　“去火星不是你想走就能走的旅行”

352　天问一号

358　重　逢

孙家栋访谈录　/　367

主要参阅书目　/　384

后　记　/　386

引　子

他站在那里，仰望着星空——苍穹明净如水，一轮弯月银光淡柔，几多星星若隐若现。

他雕塑般地站在那里，久久地仰望着星空——此时的星空，已经不仅仅是一张简单的关于星星和月亮的图景。日月星辰都在他的脑海中重新排列、组合、运行……

仰望星空，他的眼睛微微眯缝着，渐渐眯缝成了一条线。实在无法用惯有的浓眉大眼来形容这位功勋卓著的科学家，不过当年还是钱学森最先发现，这位年轻人眼睛虽然不大，却藏着星星般的光芒。

常常，一家人正看着电视，他忽然不见了，噢，在阳台上凝望星空呢，女儿知道他又在思考大事，赶紧悄悄离开了。

常常，夜半醒来，老伴发现他不在身边，肯定又在书房仰望星空，夫人关切地叹口气，蹑手蹑脚取件衣裳，轻轻地披在他身上，生怕打乱他的思绪，直到星星和月亮慢慢隐去。

采访时，我曾问他，一辈子造导弹、造卫星，是不是特别迷恋星空，他说：“航天人都爱仰望星空。”“在星空中寻找什么？”他眯缝着眼睛，幽默地说：“这个，保密。”

他如此痴迷星空，星空是他的千重风雨、万里关山，是他指挥千军万马挥戈博弈的战场……

他如此热爱星空，星空历练了他、激发了他、成就了他……

“天上有多少颗‘星’是您主持研制的？”他淡然一笑，没有回答。

60多年来，他主持了以我国第一颗人造地球卫星东方红一号为代表的近50颗卫星的研制和发射，创造了中国航天史上多个“第一”。他主持了我国绕月探测、北斗卫星导航系统等重大航天工程项目，为我国突破人造卫星技术、卫星遥感技术、地球静止轨道卫星发射和定点技术、卫星导航组网技术和深空探测技术做出了重大贡献。他是我国人造卫星技术、深空探测技术和卫星导航技术的开创者之一。

他曾荣获国家科学技术进步奖特等奖、“两弹一星”功勋奖章、国家最高科学技术奖、“改革先锋”称号。他是中国科学院院士、共和国勋章获得者。

仰望星空，他是在寻找那些他和航天人一起亲手送上苍穹的“华夏之星”吗？那些凝结了他们心血和期盼的“星星”，此时此刻，正在天际中分分秒秒地履行着各自的使命。这怎能不让他魂牵梦萦？

仰望星空，他又在描绘“中国星座”崭新的蓝图……

他，就是本书的主人公孙家栋。

第一章 归来

每一位中国航天人都拥有自己的航天梦。

每一代中国航天人都肩负着一个国家、一个民族、一个伟大时代复兴的航天梦。

在中国航天界，钱学森如启明之星，位尊“航天之父”；而任新民、屠守锷、黄纬禄、梁守槃四位院士，则闻名遐迩，被称为“航天四老”。

钱学森和“航天四老”功勋卓著、声名远播，他们是中国航天事业的“拓荒牛”、奠基人和领军者，是中国第一批“航天追梦人”!

遗憾的是，我书写这部报告文学时，钱学森和“航天四老”均已作古。在研读他们厚重的生命史料时，我发现他们有一点共同之处：或在新中国诞生前夕，或在成立之初，他们听到来自东方的苦难母亲的呼唤，不约而同地放弃了国外优渥的生活待遇和先进的科研条件，远涉重洋，历尽艰辛，甚至冲破种种阻挠，毅然回国。祖国还很贫弱，正因如此，他们归心似箭，渴望用自己的才智和所学报效中华。

钱学森和“航天四老”归国，绝不是一种巧合，而是老一代爱国知识分子饮冰十年，难凉热血，“苟利国家，不求富贵”的精神写照——

“我相信我能帮助我的祖国”

1955年9月17日。洛杉矶。

雨后初晴，浮云飘荡。

钱学森和夫人蒋英带着一双年幼的儿女，迈着急切的步子，登上停靠在码头旁的克利夫兰总统号邮轮。

面对众多记者，临开船前，钱学森终于表露了自己的心声：“我很高兴能回到自己的国家，不打算再回美国。我已被美国政府刻意地延误了我返回祖国的时间，其中的原因，我建议你们去问问你们的政府。我打算竭尽努力，去帮助中国人民建设自己的家园，使我的同胞能过上有尊严和幸福的生活。”他在说到“尊严”一词时，不由得加重了语气。

汽笛长鸣，克利夫兰总统号邮轮徐徐离开了码头。船首犁开的波涛，瞬间化作一条白练向后延伸着。钱学森朝洛杉矶这个生活了多年的城市，投去五味杂陈的一瞥，也是最后的一瞥。

航行中，钱学森很少说话，与夫人的交流更多是用眼神——欣慰、热切、期待！

有时，钱学森会站在舷旁，凭栏远眺，任思绪随着波涛翻滚……

钱学森生于辛亥年（1911）。他的青少年时期，中国一直处于军阀混战、社会变革和共产主义运动兴起的历史变动之中。6岁，钱学森入学京师女子师范学堂附属小学校，后转入北京高等师范学校附属小学校；12岁，考入北京师范大学附属中学校；18岁，眼见民生凋敝、社会困顿，怀抱“铁道救国”志向的钱学森考取了国立交通大学（今上海交通大学）铁道机械工程专业。大学期间，特别是经历“一·二八”淞沪抗战后，钱学森强烈地意识到航空工业对一个国家至关重要。1934年大学毕业，钱学森的目光转向西方先进的航空工业，如愿以偿地考取清华大学公派留美生。

1935年9月，意气风发的钱学森远渡重洋，入学享誉世界的美国麻省理工学院航空工程系。一年后，拿到硕士学位。他又转学至更加注重航空工程理论研究的加州理工学院，投师于著名空气动力学大师、航空专家冯·卡门教授，攻读博士学位。钱学森说：“选择冯·卡门作为导师，对一生事业具有关键意义。”

三年苦读深研，钱学森完成了博士论文。他与冯·卡门合著的《可压缩流体的二维亚声速流动》，创立了“卡门—钱近似”公式，成了世界航空界的传世经典。

钱学森获得博士学位后，被学院聘任为助理研究员，从冯·卡门的学生变成他的同事。紧接着，钱学森又发表了不少论文，对于高速飞机、火箭壳体的工程设计都具有重要的理论和现实意义。钱学森光彩夺目的研究成果、独到的见解和原创性的贡献，奠定了他在航空技术工程理论界的地位，使他成为世界著名空气动力学家，成为在世界现代科技史上为数不多的能留下名字的中国人。

钱学森的成就，引起了美国政府的重视。经冯·卡门推荐，他获准参与海陆空三军、国防部、科学研发局的所有秘密合约。1944年，德国法西斯在战场上使用杀伤力巨大的“V-2”火箭。冯·卡门奉命带领钱学森等开始导弹研究计划，为美国火箭、导弹的早期研发作出巨大贡献。冯·卡门称赞他是“美国火箭技术领域里最伟大的天才”。

1945 年 11 月，钱学森晋升为加州理工学院航空系副教授。由他主编的空军技术教材《喷气推进》，是一部全面系统论述火箭与喷气推进技术的专著，在军方和学术界产生深广的影响。凭此，34 岁的钱学森在空气动力领域获得了仅次于冯·卡门的权威地位。

1947 年 7 月，钱学森回国探亲，与青梅竹马的歌唱家蒋英喜结良缘。

返美后，钱学森受聘为加州理工学院航空系教授和新成立的古根海姆喷气推进中心主任。此时，是钱学森在美国工作和科研最鼎盛的岁月，功成名就，生活优渥，收入优厚（加州理工学院教授月薪2000美元，兼职研究员每月1600美元，担任军方研究项目协调人每年5万美元，还有每个项目3000—7000美元不等的奖金）。

1949 年 10 月 1 日，大洋彼岸传来了毛泽东主席在天安门城楼发出的震天动地般的宣告：“中华人民共和国中央人民政府今天成立了！”

一个积贫积弱、饱受凌辱的古国，终于站立在世界东方！

10 月 6 日，钱学森和几位在加州理工学院学习的中国留学生，在学校门口的街心花园举行庆祝中华人民共和国成立的中秋晚会。钱学森难掩兴奋地对蒋英说：“新中国成立了，咱们应该回去了，那里需要我。”蒋英非常赞同。

钱学森开始为回国作准备。他加快工作进度，抓紧完成手头几项尚未了结的研究项目。

让钱学森万万没有想到的是，当他向美方表示要回中国的意愿时，联邦调查局的特工立即找上门来，盘问他是不是共产党员。钱学森大吃一惊，他在美国求学工作15年，从未参加过带政治色彩的社会活动，更没听说过中国共产党在美国发展党员。接着，美国第六军团本部秘密函告加州理工学院：自即日起不准许钱学森参与任何军方的机密事项。作为古根海姆喷气推进中心主任，钱学森所从事的工作有90%与美国国家机密和军方有关，这等于剥夺了一名科学家的工作权利。钱学森已经为美国军方工作了七年，贡献巨大，现在却突然被怀疑、迫害。他像当头挨了一闷棍，人格受到极大的侮辱。

钱学森怒不可遏，向院方递交了辞职书，决定立即回国。

钱学森预订了一家人飞往香港的机票后，联邦调查局特工又找上门来，明确告知：禁止他离开美国。美国海关同时扣押了他的全部行李，给出的荒唐理由是行李中夹带有涉及美国安全的机密文件。

1950年9月7日，移民局两位官员以“涉嫌携带机密文件出国罪”将钱学森带走，拘禁在移民局一个拘留非法移民的小岛上。钱学森的心灵遭到了极大打击。9月22日，冯·卡门和加州理工学院筹集了一笔保释金，移民局才将钱学森释放。

说是释放，实为软禁。不时有人在家门外监视，私人电话也被窃听。

钱学森意识到美国政府在故意消耗他的生命，泯灭他的才华。识破了当局的伎俩，他重新将重心放在了研究上，几乎每个月都会完成一篇论文。1953年，钱学森的新作《工程控制论》出版，引起世界科学技术界的广泛关注，被称为是工程控制理论的重要奠基石，为自动化科学技术的发展指明了方向。

心思不能言，肠中车轮转。五年了，一腔愤懑，与谁相诉？

1955年6月初的一天，蒋英去菜场买菜。一位卖菜的华人特意在她菜篮里放了一份近期的《人民画报》。画报刊登了毛泽东等党和国家领导人庆祝“五一”国际劳动节，在天安门城楼检阅游行队伍的照片。钱学森发现，照片中有他父亲的师辈陈叔通先生。钱学森思忖，陈老一定是国家领导人，应该设法与他取得联系，请求营救他们一家回国。

6月15日，蒋英带着孩子悄悄去了一家黑人开的小超市，将钱学森写给陈叔通的信，夹入寄给在比利时的妹妹蒋华的家书中，投进邮筒里，躲过特务的检查。钱学森在信中写道：“被美政府拘留，今已五年，无一日、一时、一刻不思归国参加伟大的建设高潮。”蒋华获悉钱学森一家的困境，立即将信转寄给钱学森父亲。

7月11日，时任全国人大常委会副委员长陈叔通接到了钱学森父亲转来的求救信，当即转交陈毅副总理。陈毅报告了周恩来总理，总理批示外交部快速办理。

1954年4月，美、英、中、苏、法五国在日内瓦讨论解决朝鲜问题及印度支那和平问题。美国代表向中方提交了一份美国战俘名单，希望中方释放。中国要求美方放行被强行扣留的中国科学家和留学生，但由于尚未掌握旧中国赴美留学人员的确切人数，该要求被美方拒绝。

钱学森写给陈叔通的信，恰好为中国政府的“营救行动”提供了有力的证据。1955年8月2日，中美大使级会谈继续进行。当王炳南提及钱学森回国问题时，美方代表约翰逊依旧老调重弹："没有证据表明钱学森要求回国，更没证据表明美国政府阻挠钱学森回国。"王炳南将钱学森的信件摆在了桌子上。铁证如山，约翰逊只好答应马上请示。

美国移民局自知理亏，不得不准予钱学森一家离美回国。

临行前，钱学森偕夫人和孩子辞别恩师冯·卡门。冯·卡门取出自己的一张照片，用德文写上"希望我们不久再见面"，送给钱学森留念。

10月5日，游轮至马尼拉港，一群记者涌向甲板采访钱学森。

一名美联社记者直截了当地问："钱博士，你到底是不是共产党?"

钱学森微笑着回答："共产党员是具有人类崇高理想的人，我还没有资格做一名共产党员呢!"

当地一名女华侨教师问："钱先生，您有这么高的地位，可以享受优渥的生活，为什么还要回到贫困的中国去?"

钱学森说："我想为仍然困苦贫穷的中国人民服务，我想帮助重建在战争中被破坏的祖国，我相信我能帮助我的祖国。"

10月8日清晨，游轮驶抵香港。11时25分，钱学森一家抵达罗湖口岸，第一眼便看见高高飘扬的五星红旗，后来他在回忆中写道："那是我们的国旗，那样光明，在阳光下闪耀着。瞬间，我们全都屏息而视，眼中涌出了泪水。我们走过小桥，终于，踏上了国土，回到我们的国家，我们值得骄傲的国家，有着4000多年文明的国家!"

历尽艰辛，钱学森终于回到了魂牵梦萦的祖国怀抱……

此后，钱学森表示，美国政府如不公开给他平反，今生今世绝不再踏上美国国土。

改革开放后，中美之间交流增多，美国有些大学和研究部门邀请钱学森去访问，均被他拒绝。1985年，美国总统科学顾问基沃思访问中国，谈及钱学森时，说："钱学森对美国的科学技术作出了很大的贡献。50年代初的麦肯锡时代，美国政府那样对待钱学森是很不公正的。"基沃思明确表示，如果钱学森去美国，可以授予他美国科学院院士，也可以授予他最高科学成就奖。钱学森获知后，说："这是美国佬耍滑头，我不会上当，当年我离开美国，是被驱逐出境的。按美国法律规定，我是不能再去美国的，除非美国政府公开给我平反。"1989年，钱学森获"小罗克韦尔奖章"也没去美国领奖。

2001年，加州理工学院破例派美国两院院士、钱学森的挚友马勃教授专程来中国，将该校的最高荣誉——杰出校友奖章颁发给钱学森。年届九十的钱学森接受了这一崇高荣誉，至此，加州理工学院与钱学森之间的关系画上了圆满的句号。

钱学森最终也没踏上美国国土，充分彰显了其崇高的民族气节和铮铮风骨。

一趟回国路，如此艰难曲折

任新民享寿102岁。

他一个世纪的生命历程，有三分之二献给了共和国的航天事业。

1915年，任新民出生于安徽省宁国县。

爷爷喜得孙子，兴奋地说："大道，这孩子就叫大道吧，让任家的大道前程似锦、富足安康!"

父亲任海清是县教育局局长，对儿子的启蒙教育从两三岁便开始了：明月高照时，教儿子背"举头望明月，低头思故乡"；天落雨时，让儿子读"随风潜入夜，润物细无声"。

后来，任海清在研读《大学》时，发现"新民"一词，新民，乃生命新生、生命发展、追求希望之意。比起"大道"来，"新民"的含义充满生机、更朝气蓬勃。他遂说服爷爷，将"大道"改为"新民"。

1928年夏，任新民入学宣城第四中学。该校历史悠久，师资雄厚，且革命思潮活跃。任新民有机会阅读鲁迅、郭沫若、柔石、殷夫等作家的作品，以及《母亲》《铁流》《毁灭》等苏联小说。

1929年，中国共产党在宣城组织领导农民暴动，发展壮大党员队伍。任新民带着满腔热血参加示威游行，街头演讲，张贴标语。当年，14岁的任新民加入了中国共产主义青年团。

宣城爆发的"庙埠暴动"，遭到国民党当局残酷镇压。四中师生有的惨遭杀害，有的被捕入狱。任新民因病在家休养，躲过一劫，但被列入当局的逮捕名单。

书无法再读下去了。任海清将儿子悄悄送到一个偏僻山村小学当教员。

半年后，风声稍弱。任海清问儿子："你想不想、敢不敢参加南京的高中招生考试?"

半年的山村生活让任新民悟出了一个道理：对于他来说，最需要的是继续学习，只有学到了真本领，才能报效国家。任新民连忙对父亲说："想啊，为什么不敢?!"

任新民在家刻苦自习了一年，考入南京钟英中学。三年后，又以优异的成绩考取南京的中央大学化学工程系。

此时的任新民逐渐成熟了。为什么中国几千年传统文化封建体系在鸦片战争中顷刻瓦解？为什么日本的明治维新能使日本强大，而中国的戊戌变法却败北？一次次思考，他似乎寻得了答案：落后就要挨打，而强盛之国，必须以科学、工业、军事作支撑。

任新民将所有的精力都放在学习上，如饥似渴，废寝忘食。

七七事变前后，为了解决兵器制造人才缺乏难题，国民政府军政部兵工学校大学部决定面向各大学二、三年级的在校生招收学员。

报效国家的机会来了，任新民立即报名。招生40人，报考人数高达2000人，录取率为50∶1。

任新民收到录取通知书后，直接赶赴位于重庆杨公桥的军政部兵工学校。学的是枪炮设计专业，一想到将来可以用自己设计的枪炮去消灭日本侵略者，他心中便充满豪情壮志。

1940年夏，任新民以优异的成绩毕业，并留校做讲师，还兼兵工署21厂技术员。太平洋战争爆发，日寇切断了缅甸通往中国云南的滇缅通道，导致中国兵工厂急需的无烟火药断供。任新民和几位技术员经过多次调试配方，用黑火药替代无烟火药，获得成功。

眼看着国民党军队在战场上节节败退，中国军事工业的衰败落后、蒋介石的不抵抗政策，任新民心如刀割。为拯救贫弱的祖国，他萌生了赴西方学习科学和先进技术的念头。1944年，任新民申请公派留学，经层层选拔，于1945年5月启程前往美国。

任新民先在东海岸的辛辛那提磨床铣床厂实习。无论是科研、技术、生产、管理，辛辛那提磨床铣床厂在当时均属世界一流。动手能力、学习能力极强的任新民，在这个现代化的工厂里如鱼得水。

半年后，任新民考取密歇根大学研究院机械工程专业的研究生。尽管他的英语水平不错，而且还在工厂实习了半年，但真正开始专业学习后，还是感到不够用。于是他废寝忘食地补习英语，练听力、查字典、找机会和美国人交流，英语水平快速提高。

中国政府只为公费留学生提供一年生活费，为了生存，任新民还得挤时间打工，去餐馆端盘子、给住户除草，什么活都干。

对于任新民来说，学业繁重可以坚持，打工吃苦也能顶住，最让他无法接受的是种族歧视——美国人瞧不起中国人，骂中国人是“支那狗”“东亚病夫”。

有一次，任新民去一家理发店理发，因为他皮肤较黑，理发员竟然粗暴地呵斥：“我不给黑人理发，你出去！”

任新民的心被深深地刺痛了，中国人、非洲人，在有些美国白人眼中都是劣等民族。他们的偏见，更增强了任新民的自尊心。

任新民先后获得机械工程硕士和工程力学博士学位，被美国布法罗大学机械工程系聘为讲师。从此，他有了一个科研平台，同时，也可以衣食无忧了。

1949年4月，中国人民解放军百万雄师过大江，全国解放胜利在望。消息传到大洋彼岸，任新民没有丝毫犹豫，当即决定回国。

导师竭力挽留："中国还很贫穷，不适合于搞科研，你应该留下来。"

任新民坦露心声："中国有一句古语：'子不嫌家贫。'我要用自己所学的专业知识，去建设自己的祖国。"

1949年6月21日，任新民乘船从美国旧金山到香港，再转乘英国轮船回到内地。

船进黄浦江时，任新民归心似箭，恨不得一步踏在码头上。

"呜——"一阵刺耳的警报声突然响起，天空中几架涂着青天白日徽记的战机呼啸而至，随即，炸声四起，硝烟弥漫。英国轮船紧急掉头返航。

在香港滞留了近一个月，1949年8月2日，任新民才抵达天津。

一趟回国路，竟然如此艰难曲折……

"我的祖国需要我，我必须回去"

屠守锷与著名报告文学作家徐迟同乡。

徐迟曾接连用66个"水晶晶"来赞美他的故乡南浔古镇：

这里有——
水晶晶的水，
水晶晶的天空，
水晶晶的日月，

水晶晶的星辰，
水晶晶的朝云，
水晶晶的暮雨，
……

水乡南浔，历史悠久。蚕丝业的兴起带动商品经济的发展，清末民初时南浔成为全国蚕丝贸易中心。道光二十七年（1847），从南浔运出的蚕丝量占上海口岸蚕丝出口总数的三分之二。1915年，“辑里湖丝”在美国旧金山举行的巴拿马国际博览会上获得大奖。

1917年冬天，屠守锷出生于浙江湖州南浔镇，父亲屠维屏是清朝末年的举人。他亲身体会到蓬勃发展的民族工业使得乡镇经济繁荣、人民生活安定，因此常说：“读书是一个人的前程，发展民族工业是一个国家的前程。”

依照父训，屠守锷在家乡修完小学课程，又在浙江省立第二中学初中部和江苏省立上海中学高中部修完中学课程。

1932年1月28日，侵华日军突然向上海闸北的国民党第十九路军发起进攻，“一·二八”事变爆发。次日，屠维屏赶到上海接儿子回老家过年，遇上日军战机正对上海市区进行轰炸。

炸弹轰响，烈焰腾空。父子俩快速跳上小客轮，躲过一劫。

屠守锷问：“为什么日本鬼子的胆子这么大，这么猖狂？”

父亲答：“因为我们又穷又弱。”

“为什么我们的飞机不去抵抗？”

“我们还没有飞机可以抗击！”

日寇的血腥轰炸，给小小年纪的屠守锷上了一堂活生生的

“落后便要挨打”的课。

1936年8月，屠守锷以优异成绩考取清华大学机械系。清华大学设立航空专业后，他毫不犹豫转到航空专业。此时，他的心中已立下“航空救国、强军安邦”的宏愿。他们这一届在国家危难时刻选择航空专业的学子，后来均成为新中国航空、航天领域的栋梁。

抗日战争爆发。清华大学、北京大学和南开大学组成临时联合大学，南迁长沙。国民革命军节节败退，形势日益严峻，临时联合大学又被迫迁往昆明。

1938年1月21日，联合大学公布了两条南迁路线：一路乘火车经广东、香港，再由越南海防、河内到昆明；另一路徒步1600余千米穿过湘西、贵州入昆明。

屠守锷和近300名师生被选入徒步队。2月20日，徒步队开拔，跋山涉水，栉风沐雨，穿越云雾瘴气。一路上师生们搜集乡邦文献，作田野调查，凡风土人情、教育状况、行政沿革及奇闻逸事，均包括在内。这是中国近代教育史上最为可歌可泣的一次南迁行动。1938年4月28日，徒步队抵达昆明国立西南联合大学。

屠守锷说：“这次艰苦的跋涉，是自己人生的一笔财富！”

西南联大是中国教育史上的一段奇迹。尽管物资匮乏、条件简陋、空袭不断，然而，西南联大却培养了大批杰出人才。许多教授原本有机会去美国或欧洲，既可以作研究，还能过舒适的日子，但他们选择了坚守，留在战乱的中国守护着清贫的西南联大。中国知识分子的操守和风骨，如雪中蜡梅、悬崖劲松，深深地影响了年轻学子屠守锷。

1940年夏，屠守锷从西南联大毕业，获得航空工程学士学位。

让屠守锷感到郁闷和不解的是，国家急需专业人才，可航空专业毕业生却找不到一份合适的工作。当时和屠守锷一样怀着工业救国志向的学生，由于国内无用武之地，不得不出国留学、继续深造。

正巧，那一年清华大学恢复公费出国留学考试。从1933年至1936年，清华大学公开招收留美公费生，每届都有航空专业。第一届两人，其中，来自交通大学唐山工学院的林同骅，学飞机结构专业，回国后设计了中国第一架飞机；第二届仅钱学森一人；第三届的钱学榘是钱学森的堂弟，学飞机发动机专业；第四届是唐嘉垕，学航空机械专业。1936年后，招收留美公费生因抗日战争全面爆发而停止。

1941年夏，屠守锷以优异成绩考取美国麻省理工学院航空工程系。

屠守锷暂时离开了硝烟弥漫、战火四起的祖国，在安定的环境里汲取新的知识。他发觉西南联大和麻省理工学院的教学有着异曲同工之妙——都侧重于工程实践应用，强调动手能力。这里的教授鼓励学生提出问题，各种奇思妙想都能被验证。

屠守锷一再要求自己努力、再努力，刻苦、再刻苦。一想到苦难的祖国，一想到自己曾立下的宏愿，屠守锷便如饥似渴地苦读。

仅用两年时间，屠守锷学完了航空专业研究生的全部课程，完成了毕业论文，获得科学硕士学位。

毕业后，屠守锷在美国纽约布法罗寇蒂斯飞机厂任工程师。

在总装车间，他每天都与技术工人在一起干活，研读每张图纸，参与每道工序，破解每个难题。他知道将来回国后，要造中国人自己的飞机，还有很多的知识需要学习。

在美国，屠守锷不仅领略到了前沿科学技术，同时还掌握了先进的生产工艺。然而，每当夜深人静，思乡之情便油然而生，屠守锷总会情不自禁地想念起远隔千山万水的祖国。他渴望那一天的到来：用自己所学的本领，报答祖国的养育之恩！

这一天终于来到了——1945年8月15日，日本侵略者宣布无条件投降！

屠守锷激动得热泪横流，脑海里闪现的第一个念头就是：回国！立即回国！

第二天，他向工厂递了辞职书。美国同事听说他要回国，劝他说："这里的工作条件和待遇，比中国强多了，你应该再考虑考虑。"屠守锷坚定地说："我想好了，我的祖国需要我，我必须回去！"

怎么用最快的时间回到祖国，屠守锷在心里盘算着。乘飞机最便捷，但机票昂贵，囊中羞涩。一位美国朋友要开车回加利福尼亚的家，他立即决定搭便车，从那儿经旧金山回国，所需的费用省多了。

9月，从美国的东海岸到西海岸，屠守锷开始了一个多月横贯北美大陆的长途跋涉。一路风景奇异，可他归心似箭，已无意于游山玩水。

有一日，他靠在椅背上入梦，梦见水晶晶的南浔居然有了飞机制造厂，他正与工人们一起组装中国人自己的飞机……梦醒时，惆怅若失……

辗转到了旧金山，近期的船票均已售罄。

天无绝人之路，朋友告诉他，一艘美军运兵船将赴青岛，船长顺便要挣些“外快”，只要付钱，可以带他走。

历经风浪，一个多月后，屠守锷搭乘美军运兵船抵达青岛，终于踏上祖国的土地……

“能多学就多学点”

黄纬禄自称为“芜湖之子”。

父亲黄藻博学多才，终生执教。抗日战争期间为避难，客死贵州独山。父亲的遗言，黄纬禄记了一辈子：“无论走到哪里，不能忘记家乡！”

黄纬禄自幼聪颖，老师让他背诵的做人做事要义，诸如孝敬长辈、善待他人，“先天下之忧而忧、后天下之乐而乐”，“天下兴亡、匹夫有责”等，他都烂熟于心。

其时，与安徽毗邻的扬州一中声名远播。黄纬禄跃跃欲试。1933年夏，初中毕业，他与另外两位同学结伴报考扬州一中。经过三场严格考试，黄纬禄心想事成。

三年“魔鬼式”的苦读，黄纬禄以优异的成绩为高中学业画上了圆满句号。离高考还有两个月，紧张的复习备考，让黄纬禄的身体亮起了“红灯”，不得不回老家调养，错过了报考心仪已久的清华大学、上海交通大学的期限，最后以总分第一名的成绩被中央大学工学院电机工程系录取。

七七事变后，学校准备西迁重庆。父亲来信告知，倭寇入侵，国之不幸，拟举家迁往贵州避难。父亲叮嘱他：国受欺侮，皆因国力不强，儿须刻苦攻读，盼早日成才报效国家。

1937年8月17日，日寇轰炸南京，中央大学七名校工遇难。10月10日，全校3000余名师生员工从汉口乘船顺长江航道溯江而上，穿过三峡，向重庆进发。

伫立甲板，江风猎猎。黄纬禄思绪万千，国力不强，任人宰割，中华民族何日才能变得强大起来？

中央大学临时校区位于重庆沙坪坝，简陋的校舍用竹筋、泥墙、茅草搭建。教室里没有电灯，学生晚自习全靠一只小油碗、几根灯芯草。通货膨胀、物资奇缺，餐餐都是掺杂着稻壳、沙子的糙米饭和榨菜、豆芽汤。

机电工程系主任陈章曾在美国电气公司任工程师，学识、人品俱佳。他经常激励学生为中华崛起而学习，为祖国富强而工作。

条件差，教学却不打折扣。中央大学有着极其严格的升留级制度，三分之一学分不及格将留级，一半学分不及格要退学。当时，电机系师生们都说“电机系成绩最好的是黄纬禄”。

大学四年，日寇敌机轰炸就没停过。有时一天要躲好几次空袭，有时夜里也要躲，每躲一次，都在黄纬禄的心中刻下一道国恨家仇。

1940年8月，黄纬禄大学毕业，到资源委员会中央无线电器材厂重庆分厂工作。他的设计、动手能力都很强。当时重庆市面上正流行二灯（两个真空管）收音机，黄纬禄设计的五灯收音机很快通过了技术鉴定并投入生产。他从一介书生成为厂里的技术骨干。不过，他没有满足于现状，没有忘记自己最初的抱负：科学救国、工业救国。

1943年2月，陈章主任给黄纬禄带来一个消息：英国工业协会和国民政府教育部将从1939年至1941年间毕业的电机系、机械系、土木系学生中选拔一批优秀生，赴英国进修。“学校已经推荐你了。”陈章又叮嘱说，“中外考官要单独考核学生，特别是外语口语，你要好好准备。”

一周后，录取名单公布，黄纬禄名列其中。

1943年11月初，31位中国学子抵达英国伦敦。中国驻英大使馆为他们安排好了住处。同室一位国内派遣来进修的技术员告诉黄纬禄：“你要有心理准备，在这里，中国人是被歧视的。你若穿得风光体面，会被当作日本人。如果知道你是中国人，他们的脸色马上就变了。”

黄纬禄去实习的第一家单位是伦敦标准电话电缆公司，主要生产军用无线电发射机、自动电话等。公司让黄纬禄去加工车间，熟悉车、铣、刨、磨等各种机床的操纵，而他则更用心去了解公司结构、各部门职能，产品的设计流程、生产流程、工艺流程、检验流程等。他在工具室看技术人员如何设计工具、磨具，参与对器具进行电镀、涂覆类的化学处理等。英国同事见他如此好学，十分钦佩：“黄先生将来准备成为全能‘超人’。”他笑道：“万里迢迢来学习，能多学就多学点。”

当时，第二次世界大战正处于最惨烈的阶段。德军使用“V–1”导弹，每发导弹携带1吨炸药，从德国导弹基地发射，飞越英吉利海峡，对伦敦市区进行狂轰滥炸。后来，德国又研发了威力更大的“V–2”导弹。有数据统计，整个第二次世界大战期间，德军共向英国投掷了约1万枚“V–1”“V–2”导弹，导致众多英国人丧生。黄纬禄没有料到，13年后，他调到国防部第五研究院，第一项任务便是仿制苏联支援中国的“P-2”导弹，而“P-2”导弹又是根据德国的“V-2”导弹仿制的。他更没有想到，自己的大半生会与导弹结下不解之缘。

第二次世界大战结束，两年的进修生活完成。黄纬禄觉得，除了开了眼界，增加了一些实践经验外，并没有学到更多的东西。他渴望留下来继续去世界名校——伦敦大学帝国学院深造。黄纬禄联系其他四位志同道合的中国进修生，向英国工业协会提出要求，工业协会同意继续为他们发放一年生活费。

1945年10月，黄纬禄如愿入学帝国学院电机系。他仿佛来到一个崭新的世界，系统学习电路电场理论、电气工程、电气工程材料特性、电能传输和电子学等课程。

一年后，英方停止发放生活费。黄纬禄只能靠打零工来维持最低生活开支，常常靠几片面包度过一天，有时候几天吃不到一点奶油。

两轮春夏秋冬更迭，黄纬禄完成了毕业论文，获得了硕士学位。

此时，遥远的故国还深陷内战之中，有人劝他留下。但黄纬禄深知梁园虽好，却不是久恋之家。

1947年10月，一艘邮轮驶进黄浦江，久违而熟悉的江风拂面而来，黄纬禄心头一热，泪水滚滚……

绝不做“二等公民”

梁守槃，1916年出生于福州的书香门第。青少年时期，随着父亲职业的变更，梁守槃几经辗转，曾就读于京、津、沪的多所中小学。“一·二八”淞沪抗战时，他正在上海求学，日寇的战机对上海市区狂轰滥炸，我空军无力应战，市民死伤无数。少年梁守槃的心被深深刺痛了，萌生了学工程、学航空的念头。

1933年，梁守槃高中毕业。彼时国内高校尚无航空专业，为了学习工程，他报考了清华大学和上海交通大学，同时被两所大学录取。最终，他选取了与航空工程比较接近的清华大学机械工程系。

大三第一学期，教育部决定在工程机械系设立航空组。梁守槃立即报名，当时有十位同学去了航空组，成为国内最早学习航空工程的学生，日后均成为中国早期的航空专业人才。

梁守槃在清华大学的四年，日寇的铁蹄步步逼近，华北的局势岌岌可危。梁守槃同师生们一起，从书斋走向街头，参加“一二·九”“一二·一六”等示威游行，表达他们的爱国情怀。

1937年6月，梁守槃从清华大学毕业，入学南昌空军机械学校高级机械班。七七事变后，空军机械学校由南昌迁往成都，梁守槃被分配到航空委员会研究室当绘图员。

梁守槃的父亲梁敬錞毕业于北京大学法科，1919年赴美，先入学哥伦比亚大学，后转学至英国伦敦大学经济学院，获经济学硕士学位。他回国后曾在司法部、最高法院就职，此时正在甘肃财政厅厅长任上。梁敬錞学养渊博且见过大世面，知道儿子现有的学识，尚不能成为国之栋梁，鼓励他留洋继续深造。

1938年8月，梁守槃考入美国麻省理工学院研究生院，系统地学习与航空工程有关的动力学与控制、空气动力学、材料与结构、飞行器总体设计、飞行器制造工艺及设计等方面的专业知识。这些课程都让梁守槃受益终生。

彼时，国内战火纷飞，生灵涂炭。课余，梁守槃经常思考的一个问题便是国力和军力如何才能强盛？在南昌机械学校时，他发现中国空军的主要武器装备都是美国货，国内军工生产能力极其薄弱。到了美国后，他获知国内所有美式武器装备并非来自无偿援助，中国政府都必须用“现款自运”。梁守槃忽然间明白了，抗日救国靠别国是靠不住的，中国必须自立自强。

梁守槃用一年时间获得了硕士学位。回国，还是留美继续攻读博士学位？或是谋一份工作？正在犹豫不决时，一件事深深刺痛了他的心。先他而来的一位学长，在获得博士学位后，应聘一家电气公司。他带头研制的一件产品通过鉴定，正准备批量生产时，公司却借口压缩员工，将他解聘了。后来才弄清楚，公司将他解聘后，他的科研成果等于白送给公司。梁守槃猛然醒悟，中国人在美国，永远是“二等公民”，不可能进入这个国家的主流，也不可能受到尊重。

梁守槃无法忍受做“二等公民”的耻辱，毫不犹豫地决定：回国！

钱学森、任新民、屠守锷、黄纬禄、梁守槃五位爱国知识分子归国，不是寻常的羔羊跪乳、慈乌反哺；而是扶大厦之将倾，挽狂澜于既倒，国有难，召必回，矢志于追求中华民族的崛起！

正如也是学业有成从海外归来的建筑家梁思成在致美国的中国问题研究学者费正清的信中说：“我的祖国正在灾难中，我不能离开她；假如我必须死在刺刀或炸弹下，我要死在祖国的土地上。”费正清则回复说：“你们这一代知识分子，是一种不能移栽到异国的植物。”

钱学森他们都是“一种不能移栽到异国的植物”。

孙家栋在《钱学森的航天岁月》一书《序》中写道：

> 我1958年从苏联留学归国来到国防部第五研究院，就在钱学森的领导和爱护下从事航天工程的研制工作。我作为钱学森在航天领域的一名学生和弟子，跟随他整整半个世纪，亲身体验和感受了钱学森对发展中国科学技术事业特别是航天事业作出的卓越成就和杰出贡献；目睹和见证了钱学森用毕生的心血和精力，为中华民族屹立于世界民族之林，树立了一座中国航天的丰碑。

钱学森和“航天四老”都是孙家栋的领导和导师。这些开创中国航天事业的先行者，一直都在提携、帮助孙家栋，一直都在潜移默化地影响着孙家栋。孙家栋一参加工作，便感受到老一代科学家的爱国主义情怀和无私奉献精神。

孙家栋庆幸自己毕生的命运能与祖国的航天事业连在一起，能为实现中国的航天梦而拼搏。

孙家栋常说的一句话是：“国家需要，我就去做！”

第二章

『新中国的导弹就从这里起飞』

中国运载火箭技术研究院（简称“一院”）被称为是中国火箭的摇篮、中国航天的发源地。

孙家栋早期是从一院走出来的，因此，陌生而神秘的一院，成为我采访计划中的第一站。

“白雪却嫌春色晚，故穿庭树作飞花。”2019年岁末最后一场大雪，兴冲冲地赶来，雪花漫天纷飞，像是无数的小精灵在空中曼舞。清晨，踏着积雪，我乘地铁2号线再转8号线，从“火箭万源”站出站。

“火箭万源”——哇！连地铁站名都与火箭捆绑在一起。

穿过宽广的航天广场，穿过一院办公大楼厚重的大门，迎面屹立着科学巨匠、“中国航天之父”钱学森的全身铜像。我轻轻停住了脚步，伫立在铜像前，久久地仰望着：钱学森宽阔的前额下，那双流露出睿智无比眼神的眼睛，似乎永远都在探索着未知世界；他的身躯微微前倾，右手有力地指向前方，仿佛依然在带领中国航天人向太空挺进……

三天前——2019年12月27日20时45分，由一院研制的长征五号遥三运载火箭（昵称“胖五”）在中国文昌航天发射场发射成功。“长五”横空出世，意味着我国具备发射更重的航天器或将航天器送向更远太空的能力，是实现我国探月工程三期、首次火星探测任务、载人航天等国家重大科技专项和重大工程的重要基础和前提保障。

“航天迷”们兴奋无比，国之重器，扬我国威！

钱学森当年刚回国时，力陈“中国人可以自己造导弹”，那恣肆豪迈的话语，说出了中华民族的自信心和中国人民的胆魄。今天，他的预言已经变为现实，变为中国航天的壮美诗篇……

初　创

1958年4月20日。

孙家栋永远记得那个日子——刚从苏联茹科夫斯基空军工程学院毕业回国，那天，他意气风发、迫不及待地赶到国防部第五研究院一分院导弹总体设计部报到。结束了在苏联六年零八个月的深造，孙家栋以优异的成绩毕业，并且荣获最高苏维埃颁发的“斯大林奖章”。在苏联红军俱乐部的领奖台上，孙家栋接过了这枚来之不易的奖章。

那是个激情澎湃、蒸蒸日上的年代。孙家栋归心似箭，渴望早日投身年轻共和国的建设。

到总体设计部的第二天中午，孙家栋和同事去食堂，在小四合院走廊里，迎面走来一位40多岁的中年人，个子不高，圆脸庞、前额发亮，微微蹙着双眉，像是在思考问题。

同事问他：“知道刚才走过的是谁吗？”

孙家栋摇了摇头。

“他大名鼎鼎，你应该知道啊！”

孙家栋更加疑惑了。

“钱学森院长啊!”

孙家栋收住脚步,急忙回头张望,嘴里轻声嘟囔着:“钱院长……他就是钱学森院长……”

在苏联学习时,留学生们听到钱学森回国的消息,非常兴奋。学航空专业的谁不知道钱学森的声名,没想到,今天竟与钱院长擦肩而过。

孙家栋埋怨道:“你怎么不早说呀!太遗憾了,刚才没能打声招呼。”

同事笑了:“以后经常可以见面。”

几天后,室主任让孙家栋给钱学森送份图纸。

到了钱学森办公室门口,孙家栋声音洪亮地喊道:“报告!”

端坐在办公桌前看文件的钱学森一边应道“进来”,一边抬起头来。

孙家栋将图纸递上:“钱院长,这是室主任让我送给您的。”

钱学森打量着眼前这个小伙子,一米八五的个头,身板笔直,留着个寸头儿,特别精神,问:“你是孙家栋吧?”

“是的,院长。”

钱学森微笑着说:“听说你在苏联学得不错啊,都获‘斯大林奖章’了!”

孙家栋有点儿不好意思地笑了,一笑,眼睛有些眯缝。

“好啊,新中国的导弹事业刚刚起步,正需要你们这些年轻人。知道自己的任务了吗?”

孙家栋点了点头:“室主任布置了。”

钱学森和蔼地说:“你们正年轻,又经过专业学习,在这里以后可以大显身手。干我们这一行的,要有一种献身精神。”

孙家栋抑制不住内心的激动，双腿一并，大声回答道："首长，坚决完成任务！"

钱学森突然发现，孙家栋的双眼虽然有些眯缝，但一旦睁开了，便闪闪发亮，目光敏捷而犀利。

钱学森记住了这个习惯于眯缝着眼的年轻人。

我们将镜头向历史纵深处推去——

战火硝烟刚刚散去，新中国还来不及医治战争创伤，来不及发展国民经济，帝国主义已把战火烧到了家门口。为了保家卫国，中国不得不出兵朝鲜。抗美援朝是一场双方军事实力极其悬殊的战争。当时，美军一个步兵师装备的轻重坦克达140辆、70毫米火炮320门，是我军的10倍以上。我军一个师、一个军都难以围歼美军一个营。上甘岭战役，上甘岭高地上每一平方米的土地要承受美军240发榴弹炮的轰击。一支装备如此差的军队与"武装到牙齿"的帝国主义军队交战，没有空中掩护，没有火炮支援，后方的补给线被敌机炸得稀烂。上百万中国人民志愿军，同朝鲜人民和军队一道，历经两年零九个月艰苦卓绝的浴血奋战，赢得了抗美援朝战争的伟大胜利。

抗美援朝战争给中国共产党人上了刻骨铭心的一课：一个主权国家必须拥有先进的国防科技，必须要用最新、最强大的武器来装备军队。

1955年1月15日，毛泽东在中央书记处会议上指出：我们不但要有更多的飞机大炮，而且要有原子弹，在今天世界上，我们要不受人欺负就不能没有这个东西。

10月，钱学森归国，恰逢其时。

11月5日，陈毅副总理代表周恩来总理在北京饭店宴请钱学森夫妇。他爽朗又幽默地说：“国家让大清帝国的辫子、民国的黄包车拖得太久了，让西洋的鸦片、八国联军的刀枪、东洋的铁蹄蹂躏得太苦了。比起你居住了20载的美国，大大地落后了！”

钱学森十分感慨：“我回国后这个月在北京参观了一些地方，新中国刚刚成立五年，却处处是日新月异、成就巨大啊！”

陈毅直率地说：“现在国家解放了，要搞建设了。我们这些人打仗是可以的，搞建设就不行了。所以，我们千方百计要把你们这些科学家请回国来。”

紧接着，周恩来安排钱学森去东北参观、考察和讲学。

时任副总参谋长兼哈尔滨军事工程学院院长的陈赓大将乘机从北京飞到哈尔滨。当钱学森一行出现在校门口时，陈赓亲自迎接。他握着钱学森的手久久不放，连声说：“久仰，久仰！”

陈赓是湖南人，黄埔军校第一期学员，曾参加南昌起义、抗日战争、解放战争、抗美援朝战争，是我军唯一在越南跟法军较量过，又在抗美援朝战场跟美军打过仗的高级将领。

1952年3月，中央军委决定组建哈尔滨军事工程学院。

6月，陈赓奉命从朝鲜回国，毛泽东、朱德、周恩来等在丰泽园迎接他。刚刚落座，周恩来便说：“陈赓，你从前线回来，谈谈你的感受吧。”

陈赓简要汇报了抗美援朝的战事后，说：“要说感受，我和彭老总最痛切的感受是，我军只能靠坑道对付敌人的飞机、大炮，许多战斗由于装备落后而不能取胜，中国与美国在国防科技上的差距太大了！”

毛泽东说：“所以，中央决定创办一所军事工程学院，大力培育军事科技人才。”

陈赓兴奋地说：“太好了，这件事情得抓紧。”

“谁来办？”毛泽东停顿了一下，目光凝视着陈赓，说，“中央调你回国，决定由你来创办军事工程学院。”

陈赓一听慌了：“主席，这个恐怕不行，我根本不懂行！”

毛泽东说：“你不懂行，党内谁懂行？凭你陈赓的能力，一定能办好！办学过程中有什么困难，大家一起解决。”

7月8日，中央军委正式任命陈赓为哈尔滨军事工程学院院长兼政委。

在参观火箭技术实验室时，陈赓坦率地问钱学森：“钱先生，你看我们中国人能不能搞导弹？”

钱学森想都没想，回答得很干脆：“中国人怎么不行啊？外国人能搞的，难道中国人不能搞？中国人比他们矮一截？”

钱学森的声音不大，在陈赓听来，却是气壮山河。

陈赓兴奋地说：“好！”

1956年初，钱学森应邀出席全国政协二届二次会议。

2月1日，毛泽东主席在怀仁堂设招待宴。进入宴会厅后，钱学森发现没有自己的座签，正在疑惑时，服务员引导他来到主桌，原来毛泽东特意安排钱学森坐在自己身旁。

席间，毛泽东和钱学森亲切交谈：

“学森同志你来了，好啊，我有很多问题要和你探讨啊！”

“假如不是美国当局的无理阻挠，我早就回到祖国的怀抱了。”

毛泽东笑着说：“美国人说你值五个师，他们能不阻挠你吗？我看，对我们来说，你比五个师的力量大多啦！”

当时，在整个朝鲜战场，美国的地面主力也只有七个师。

“主席，要不是您和一大批革命家这么快地建立起中华人民共和国，恐怕我今天还流落他乡呢。”钱学森有些激动。

毛泽东又问：“学森同志，从现在起，我们抓紧时间，埋头苦干，争取在第三个五年计划末期，使我国在原子能、火箭等最急需的科学技术领域接近世界先进水平，能不能做到？”

钱学森极有信心地说：“只要计划周密、工作努力，是可以实现的。”

周恩来总理专门嘱咐副总理聂荣臻元帅：“你要好好地对他，他很不容易呀！能回来得冒多大的风险，科学家是我们国家的精华，他就是杰出科学家的代表。”

半个月后，钱学森将起草的《建立我国国防航空工业意见书》上报国务院。

1956年，中国航天事业的纪元年。10月8日，中国的第一个导弹研究机构——国防部第五研究院成立。45岁的钱学森担任首任院长，原第二野战军第十五军政委谷景生少将任政委。

历史常常带着某种巧合——这一天正好是钱学森回国一周年的日子。一年前，钱学森乘船离开美国时，加州理工学院院长杜布里奇曾意味深长地说：“他回国绝不会是去种苹果树的。”

杜布里奇先生言中了，中国有种苹果树的人，钱学森要干的是造导弹！

1957年3月，为了加强领导、减少层次，中央军委决定将国防部五局与五院合并，钱学森任院长，谷景生任政委，王诤、刘秉彦任副院长。

此时，人才缺乏，可供五院调遣的精兵强将屈指可数。不过，得先把架子搭起来，何况，主帅已经有了。

早春时节，阳光温暖，杨柳吐绿。

一天，聂荣臻率领钱学森、任新民、屠守锷、梁守槃、庄逢甘等几位专家，及其部属陈赓、安东、谷景生等将军，乘车穿过市区，直驶城南，为新院选址。

聂荣臻那天心情特别好，一路上不停地与钱学森一行交谈着。天南地北、古今中外，他甚至还谈到了自己当年远赴海外、勤工俭学的往事。

1919年，五四运动爆发，聂荣臻对同窗好友说："我辈要以报国为根本，为中华民族的崛起而建功立业。"后因他参加学生爱国斗争，遭到反动军警抓捕。当年10月，为实现"科技救国"的志向，刚满20岁的聂荣臻远涉重洋，赴法国勤工俭学，并积极投身旅法学生运动。他在给父母的信中坦露心声："所学何为？绝非一衣一食之自为计，而在四万万同胞之均有衣有食也；亦非自安自乐似自足，而在四万万同胞均能享安乐也！"三年后，聂荣臻转赴比利时学习化学。1922年8月，他参加旅欧中国少年共产党（后称中国社会主义青年团旅欧支部）；1923年春，转入中国共产党；1924年10月，奉命进入莫斯科东方劳动者共产主义大学学习，后转入苏联红军学校中国班学习军事。

1925年，聂荣臻和中国班的同学们一起提前回国，投身于中国革命的洪流之中。从此，南征北战，出生入死，屡立战功。

新中国成立后，聂荣臻任人民革命军事委员会副总参谋长，后代理总参谋长。1954年，任中央人民政府人民革命军事委员会副主席，主管军工生产和军队装备工作。1956年，聂荣臻出任国务院副总理，分管自然科学和国防工业、国防科技工作。这位身经百战、为新中国的建立立下赫赫战功的元帅，又带病出征，扛起了中国科技大军的帅旗。

在一块小山坡上，众人登高一览，方圆数十里的南苑尽收眼底。这里原为皇家狩猎场，在军阀混战时期成为兵家必争之地。七七事变后，团河保卫战就发生在南苑地区，中日两军参战者近两万之众，日军动用了大量飞机、大炮、坦克等重武器。佟麟阁、赵登禹两位爱国将领血洒战场、壮烈殉国。

谷景生首先开口：“大家看，此处扼京都东南咽喉，是历代兵家安营扎寨之地。南北东西六道营门，虽屡经战火，却依旧岿然不动。聂帅，我看就是这里啦！”

聂荣臻摆摆手，说：“景生同志，你先别多嘴，此事要听专家们的意见，由钱院长定。”

钱学森收回了目光，有些激动地说：“聂帅，我看按谷政委的建议，就定在这里吧——新中国的导弹就从这里起飞！”

“说得好！”聂荣臻朗声道，“新中国的导弹就从这里起飞！”

1957年11月16日，中央批准成立国防部第五研究院一分院，钱学森兼任一分院院长，下设十个研究室：

六室，总体设计室，主任任新民；

七室，空气动力研究室，副主任庄逢甘；

八室，结构研究室，主任屠守锷；

九室，发动机研究室，主任梁守槃；

十室，推进剂研究室，主任李乃暨；

十一室，控制系统研究室，副主任梁思礼；

十二室，控制元件研究室，副主任朱敬仁；

十三室，无线电研究室，副主任冯世璋；

十四室，计算机技术室，副主任朱正；

十五室，技术物理研究室，副主任吴德雨。

（当时出于保密原因，一室至五室为空号）。

1958年8月，五院一分院扎营南苑。

斗转星移，我们已经无法亲身感受中国航天人身处初创时期的艰难困苦，但当年一些亲历者的回忆为我们留下真实的写照：

中国科学院院士刘宝镛的回忆：

我从北京大学毕业就被分到五院一分院，学的是力学，压根就没有见过导弹、火箭。为了找五院一分院报到，我骑着自行车从早上转悠到下午，才找到了南苑机场。五院一分院这么重要的大单位，就在机场停机坪拐角，一座灰扑扑的土墙灰瓦的四合院里。院外是几十米的河沟，一大片坟地包围了一圈铁丝网。铁丝网缺口处有座木板搭起的小哨楼，两边有站岗的士兵。国防部分配部门告诉我一个代号——“0681部队”。士兵看了我的介绍信后，朝四合院指了指：“去吧，就在院东头那排房子第二间报到。”我就这样走进五院一分院，成了一名解放军的科技战士，穿上军装，肩上佩戴中尉军衔。那时，五院刚刚搬迁过来，听说这儿千百座坟包里埋的都是国民党第二十九军的抗日英烈。卢沟桥事变时，第二十九军副军长佟麟阁带领两个团的将士，就是在这里与日本军一个旅团血战了三天三夜。我们住进的这座小院就是驻守南苑的第二十九军第三十三团的营房，后来被日军占领，作为兵营。五院一分院成立后，军委下令空军把这座小院连同机库五平方千米的地方划拨给了一分院。院后的小河沟长满青苔。夏天，蚊子咬得人不敢钻出蚊帐。冬天，屋里土渣墙上结了一层冰凌，一生炉子黑烟全堵屋里，鼻孔里全是黑稠稠的。不过那时候的人，好像没现在这么娇气，生就的“贱皮子”，任凭烟熏蚊咬，依然坐如钟、立如松，照样描图、绘图、摇计算机、打算盘、报数字、量三角、比几何、搬弄模型和金属片。住在对面的将军政委也常常和咱们一起忙活。咱院的谷景生政委就是一个娃娃头。不然1935年他能领着北京的大学生闹学潮，举起“一二·九”学生运动的大旗吗？咱们那时的生活虽苦可心里乐，人又年轻，肩上压着导弹，心里装着科学强国的理想，什么苦呀难呀全不在话下，只要导弹、火箭能飞起来能炸响，那就是我们的一切。

1956年9月从部队调到五院的李文梓、李伟回忆：

来之前只听说过“炮弹”，从没听说过“导弹”，是钱院长给我们讲课，一手把我们带出来的。当时，我们听过钱院长的好几次课，大课是在四六六医院的食堂里，坐在长条凳上听的；小课是在医院小会议室里听的。记得墙上还挂着一块小黑板，钱院长和其他专家的讲课持续了三个月。1956年底，苏联援助的两枚“P-1”教学弹运到了北京，这是我们第一次见到导弹实物。我们从外看到里，从头摸到脚。当时没有图纸，大家就根据钱院长讲课的知识，按图索骥来认识导弹。原来觉得洲际导弹特别神秘，听了钱院长的课后茅塞顿开，原来是大导弹顶着中导弹再顶着小导弹，一级一级地飞，直到击中目标。我们在工作实践中慢慢学习，很快就能自己动手整理资料、绘制图纸，1960年，我们终于成功发射了“争气弹”。

在一院总体设计部老干部活动站，我采访了几位孙家栋当年的同事，他们是原一分院总体设计部工会主席李法瑞、总体设计部三室研究员陆友人、总体设计部副主任李国范、总体设计部十室高级工程师刘凤越。这些当年风华正茂、为共和国航天事业作出贡献的老航天人，如今皆已两鬓斑白、满脸风霜，有的还坐着轮椅。然而，聊起昔日的峥嵘岁月，一个个又都两眼发光，精神焕发。

陆友人是江苏无锡人，1952年高中毕业时，父母希望他学医，将来当一名医生。但他受抗美援朝战争的影响，很想为新中国空军发展助力，便报了北航航空工程系，考取后学了五年的飞机设计专业。1957年毕业，分到五院，干的第一份工作是仿制苏联的“P–2”导弹。陆友人说：“和飞机相比，导弹的结构相对要简单一些。通过拆卸、组装苏联的‘P–2’导弹，很快将结构和原理弄明白了。当时最难的，一是很多特殊材料在国内别说没见过，连听都没听过。没有材料，巧妇难为无米之炊，谈何制作？二是很多工艺根本达不到，即便有了材料，工艺达不到也造不出来。那几年，总体部的技术人员满中国去找适合的材料和能工巧匠……”

李国范是黑龙江巴彦县人，1958年从哈尔滨航空工业学校毕业后，先是分配到沈阳北陵航空制造公司总装车间，赶上五院成立，又改分到原一分院总体部的气动组。李国范说：“当时孙家栋这个小伙子不显山、不露水，对同事非常热情，好接触。他是留苏回来的，还是个尖子生，底子比我们厚多了。但自己学习抓得很紧，经常在办公室加班，有时还帮我们补习功课。我们遇到什么难题也愿意先去请教他，他总是非常耐心地帮助解答。当时，大家都很佩服他，一起干活非常愉快。现在他成了共和国功勋，我们这些老航天人心服口服，为他高兴。”

刘凤越是大连旅顺口人，1958年从大连军委俄语专科学校毕业，分配到一分院给苏联专家当翻译。刘凤越说：“我给苏联专家科兹洛夫当翻译，他才28岁，是苏联导弹总装厂的工程师。专家们比较客气，但他们好像都商量好了似的，光回答‘P-1’导弹的问题。问他们其他问题，特别是有些设计方面的技术，或是支支吾吾，或是根本不回答。我当时23岁，刚毕业不久，不懂导弹技术，但翻译时导弹的专门术语特别多，我特别发怵。孙家栋专业好，俄语也好，我遇到有什么不明白的，经常向他请教，他都会耐心地给我讲解。如果他一时也不清楚，会说‘我查查资料再告诉你’。专家撤走以后，部里把我分到综合测试组搞技术了。”

李法瑞是河南济源人。1950年父亲在空军六航校当警卫营长，全家随军到了北京。当时六航校驻地就在南苑，他的家也在南苑。李法瑞说自己从小是在南苑长大的。受父亲影响，1957年高中毕业后，他考取北京航空学院，学了两年导弹控制，又学了三年自动化控制。1962年毕业后，分配到原一分院总体部一室，一室又称“导弹初步设计室”，孙家栋是主任。李法瑞说：“到了室里后，听说孙家栋在苏联学习时得过‘斯大林奖章’，特别佩服。孙家栋平时不大吭声，做事认真、稳当，能力特别强。我们这些年轻人都非常热爱航天事业，人人都有远大的理想，都想为国家争光争气。特别是苏联专家一夜间撤走以后，大家更是憋着一股气。当年条件非常艰苦，冬天没有暖气，夏天没有电风扇，物资供应也很紧张。我记得晚上加班到10点以后，食堂会给大家做点夜宵。说是夜宵，其实就是酱油汤里加几片菜叶，再加几根面条。但大家精神饱满，朝气蓬勃，毫无怨言，一门心思搞科研。而且，当时我们还特别注重学习。钱院长和几位留学回国的专家，亲自为大家讲课，每天晚上大家都自觉到办公室看书学习、探讨问题……”

老航天人还你一言、我一语地讲起了“科技肉”“科技鱼”的故事：

1960年，共和国列车驶入了“三年困难时期”。

全国人民都在挨饿，科研人员也不例外。当时食品定量人称“2611”，即每月定量26斤粮食（其中30%是黑面杂粮），1两食油，1两肉。由于过度饥饿，许多人出现浮肿、色盲等问题。有人工作时，在图板前画图，画着画着，一下子就晕倒了。大伙只能用糖精或食盐兑开水喂他，让他慢慢缓过气来。为了赶进度，加班加点成了常态，办公室的灯光通宵达旦地亮着。

正在病中的聂荣臻听说后，万般焦虑，犹豫再三，还是将情况向周恩来作了汇报。

周恩来关切地说：“我也听说了，你有什么好办法吗？”

聂荣臻沉默了片刻，说：“总理，我想以个人的名义，向各大军区和海军‘化缘’。”

“‘化缘’？”

“对。让他们支持一点儿猪肉、黄豆、鱼、海带之类的东西，多少能救点急！”

周恩来表示赞同。

聂荣臻刚放下电话，陈毅恰好来病房探视，听说科学家们挨饿的事，马上说：“此事我举双手赞成，聂老总。华东那边我给包了，就是我们不吃不喝，也要保障科学家们最起码的生活条件。”

陈毅立马给南京军区的许世友、福州军区的皮定均写信，希望他们助一臂之力，解燃眉之急。

不到十天，海军以及北京、广州、南京、沈阳、福州、济南军区都慷慨解囊，给五院划拨了一批猪肉、羊肉、黄豆、海鱼、海带、花生油、菜油及各种水果。

一批批物资运送到北京，如何分配呢？聂荣臻对有关人员严肃地说：“这不光是分配食物，而是一项有力的政治思想工作。你们要把这些支援来的食物以中央和军委的名义，全部分配给每位专家和技术人员。领导、行政后勤等机关工作人员一律不分，包括你们自己，一斤一两都不能分。”末了，聂荣臻还有些不放心，又补充了一句：“到时候我会派人下去检查的。”

那天，各单位科技人员排着队，领取专门供应他们的“科技肉”“科技鱼”。

一位女技术员领到食品后，看着，看着，忽然禁不住“哇——”地一声哭了起来。她这一哭，大家都跟着热泪盈眶。

人群中，屠守锷拿起一条鱼，激动地说：“同志们，主席、总理都喝白菜汤，却给我们送来了鱼、肉和水果，我们就是拼了命也要搞出导弹来！”

那年，孙家栋刚刚结婚，妻子魏素萍也刚从哈尔滨调来北京。室里硬是挤出了一间十几平方米的小屋，作为他们的新房。

孙家栋端着一只脸盆回了家，里面是一块肉、两棵白菜，还有一包黄豆。

魏素萍一见，喜上眉梢：“哎哟，这么些好东西啊！还是你们搞科研的好，这年头还能发这么金贵的食品。我们医院有些医生因为没吃饱饭，看病时一下子就晕倒了，连一碗糖水都找不到。今天，我也露一下手艺，做一碗你最喜欢吃的红烧肉。”

孙家栋没说话，笑眯眯地站在一旁。

片刻，屋里香味四溢。

红烧肉端上了桌，魏素萍夹了块半肥半瘦的，放在孙家栋的碗里，催促道："快吃吧，多长时间没闻肉味了！"

孙家栋夹起了肉，忽地，筷子却在半空中停住了。他转脸问妻子："素萍，你知道这些食品是从哪来的？"

"组织上给的呗。"

"哪个组织给的？怎么给的？"

"这我哪知道？"

孙家栋放下筷子，说："这些珍贵的食品是聂荣臻元帅亲自打电话，让部队支援的。聂帅听说科技人员在饿肚子，心疼不已，专门让部队克服困难，支援了一批食品给五院。其实，部队官兵也在挨饿啊。"

魏素萍默默听着，神色也严肃了起来。

孙家栋动情地说："素萍，这岂止是普通的一条鱼、一块肉、几棵白菜？它体现出的是国家和人民对科技工作者的关怀啊。而这些珍贵的鱼、肉和黄豆，到了我们这儿，将会变成巨大的精神力量！"

末了，孙家栋又补了一句："以后，我搞科研，你不能拖后腿。国家需要我做什么，我就去做什么！"

魏素萍急了："我什么时候拖你后腿了？以后，你也不能拖我后腿，医生是经常要值夜班的。"

孙家栋连忙说："一言为定！"

几天后，聂荣臻果然派秘书下去调查，刘有光政委拍着胸脯说："要是我们的领导干部分了一粒黄豆、一两肉，查出来就开除我的党籍。”

钱学森当时明确表示：“我也是领导干部，我也不能分。”

但是聂荣臻专门交代，给钱学森家留半爿猪肉，让他补补身体。当时，钱家没有冰箱，炊事员悄悄将半爿猪肉的“指标”存在食堂里。有次，看到钱学森工作十分疲劳，炊事员便去食堂取了一块肉，做了一碗红烧肉。谁知平时和颜悦色的钱学森见到餐桌上的红烧肉，眉头一下蹙在一起：“现在毛主席戒了肉，周总理停了茶，你们怎么还给我做红烧肉！”炊事员见他真生气了，只好将肉送给大食堂。

共和国在饥荒之年，没有忘记艰难奋战在国防科研第一线的科技人员。时至今日，航天人提起当年的“科技肉”“科技鱼”，心里依然无比温暖……

几位老航天人，还给我讲述了两个关于钱学森的故事：

1958年2月12日，中共中央、国务院发出《关于除四害讲卫生的指示》，全国上下掀起了消灭苍蝇、蚊子、老鼠、麻雀的运动，中国科学院力学所理所当然地贯彻执行。于是，钱学森身先士卒也参加了赶麻雀、抓老鼠、挖蛆蛹等活动，认为这是响应中央号召、接触工农群众、改造思想的好机会，必须坚决完成任务。不过，这位大科学家抓麻雀和老鼠的本领，比一般群众差，常常为完不成个人任务而着急。此事，不知怎么被中央某领导知道了。他严厉地批评了力学所党组织负责人，说像钱学森这样的科学家，国家有更重要的事要他们去做，不能如此教条主义地去理解知识分子要与工农群众相结合，让他去抓麻雀、老鼠是对人才的极大浪费，以后不许再让他参加这样的活动了。

还有一个故事是为钱学森配专车。

当时国家穷，还没有哪个科学家享受专车待遇。有一次，周恩来在中南海召开座谈会，钱学森迟到了，一问原因，开会通知临时下达，一时半会儿找不到车。周恩来记住了这件事，交待聂荣臻设法给钱学森配辆专车。聂荣臻与解放军总后勤部协商，很快从有限的车辆指标中拨出一辆供钱学森专用。

不久，钱学森去向聂荣臻汇报工作，送别时，聂荣臻看见他上了一辆崭新的天蓝色的小轿车，眉头皱了一下，问秘书："那是钱学森的专车？"秘书说："是的。"聂荣臻拿起电话询问有关部门，这款型号、这种颜色的小轿车一共进口了几辆，对方报告全北京只有两辆。聂荣臻说："不行，不行，这辆车的样子、颜色太特殊、太显眼，不利于钱学森同志的安全。要立即给他更换一辆车。"

很快，有关部门给钱学森换了一辆不显眼的黑色轿车。

聂荣臻说："钱学森是国家的宝贝，学识渊博、有头脑、工作积极、敢说话、敢负责，我们搞尖端武器，受他的影响很大。"他要求五院的领导，工作上给钱学森提供最方便的条件，在安全上也要采取严格措施，还规定，没有他的批准，钱学森不得乘坐飞机。

历史的细节，往往都带着温度和情感……

祖国在召唤

一天，聂荣臻给空军上将刘亚楼打电话："亚楼啊，有件事要向你求助了。"

刘亚楼连忙说：“岂敢，聂帅，请指示！”

聂荣臻说：“最近，你们选送的那批去苏联茹科夫斯基学院的学员马上要毕业回国了。你知道钱学森他们五院急需增补技术人员，所以，向你求助，支持钱学森他们一下。”

刘亚楼没料到聂帅是为此事来电，思忖了片刻，问：“聂帅，空军也正等着这批学员呢！不过，您开口了，我还能不办？您说给几个？”

聂荣臻毫不客气：“最好是全给五院。”

刘亚楼差不多喊了起来：“聂帅，这也太、太……哎呀，聂帅，您知道空军现在也是最需要专业人才的时候。这样吧，老帅开口了，一家一半。”

聂荣臻说：“一向大方的亚楼，今天怎么这样小气？”

刘亚楼只好说：“那我们留8个，给他们15个，行吗？”

聂荣臻笑了：“好，就这么定了！”

于是，孙家栋被分到五院一分院导弹总体部。与他一起分到一分院的留苏同学，还有孙敬良、李伯勇、于龙淮、刘从军等，他们后来均成为中国航天领域的知名专家。

尽管过去了半个多世纪，孙家栋对刚去一分院的情景，依然记忆犹新。

他告诉我：

“因为在苏联学了七年的航空专业，雄心勃勃，一门心思想的就是回国后搞航空，为中国人造自己的飞机。刚分到五院时，不知道五院是干什么的。后来听说是造导弹。造导弹？造导弹与造飞机完全是两码事，自己行不行？不过，那时候年轻人服从命令听指挥，组织让干什么就干什么。

“一分院当时的代号是‘0038部队’，刚到单位，首先进行保密教育，规定不能对家人朋友透露任何单位的情况，给家里写信就用信箱。那时候电话少，根本不可能接到电话。但同学、朋友偶尔相聚，他们肯定会问你分到哪儿了，我就支支吾吾地编个单位。第二次再遇到那个人时，自己也忘了上次编的单位，只好又编一个单位，人家觉得你这个人很奇怪。有的同事谈女朋友，人家问他干什么工作时，经常是吞吞吐吐，转移话题，把女方弄得莫名其妙。一次这样，两次还是这样，女方见你连干什么都不说，觉得这人有些不靠谱，不少都谈吹了。”

有一天，几位留苏的同学碰到一起。

李伯勇神秘地说：“你们听说了吗？钱院长说，‘新中国的导弹就从这里起飞’！”

刘从军问：“这里是哪里？难道就是我们脚下这块荒凉的土地吗？”

李伯勇肯定地说：“对，就是我们脚下的这块土地！”

几位年轻人七嘴八舌地议论了起来：

“现在连厂房都没有，更谈不上什么设备，导弹怎么起飞？”

“导弹比飞机可能会简单一些，可是我们连见导弹都没见过啊！”

“听说苏联要派专家来支援我们造导弹。”

“有苏联老大哥支援，那就放心了。”

孙家栋说：“有苏联支援当然好。不过，讲心里话，只要见到钱院长在，我就觉得特别有信心，觉得什么困难都可以战胜！”

“对！”

“说得对！”

中国导弹研制最初是从苏联卖给中国的两发“P-1”地地型

近程导弹开始的。

1956年12月，苏联援助的两发“P–1”导弹运到了中国。钱学森见到“P–1”导弹，愣了一下，心想：这不过是第二次世界大战中德国人研制的“V–2”导弹的翻版。十几年前，他参加美国国防部科学咨询团到德国考察时就见到过。“老大哥”太小气了，给“亲弟弟”的不是最好的东西。

两发“P–1”导弹，一发是用于观摩、教学的解剖弹；另一发是完整的，可供拆装，可以加注推进剂进行点火发射的导弹，还可以用于开展“反设计”。

“反设计?”大家不明白什么叫“反设计”?

钱学森告诉年轻人：“大家都是第一次见到导弹，我们手头没有导弹的图纸和资料，但现在有了实物，可以按专业组把弹体、发动机，直到每一个螺丝钉、垫圈，都小心地拆卸下来，仔细研究做好记号后再分别去测量，最后我们自己动手绘制图纸。这就是‘反设计’，是我们锻炼队伍的最好方法。”

在导弹总体设计室主任任新民的精心组织下，操作人员小心谨慎、有条不紊地把一发完整的导弹拆卸成部段、部组件和零配件。导弹的重要部位和仪器由机械师试拆，简单部分由拆装人员轮流干，整个拆卸、分解工作用了10天。

紧接着，各研究室按专业对部组件、零配件进行测绘、测试。总体设计室在拆卸现场对大的部段进行测绘，并为全弹和大部段绘制草图；全套发动机交给发动机室进一步拆卸，然后进行测绘；控制系统研究室和无线电技术研究室分别将各自专业的仪器、仪表、器件和电缆网等，进行测试和测绘。

经过半年紧张有序的工作，拆卸、测试、测绘和材料分析化验工作全部完成。而后又用十天时间，再把大卸八块的导弹恢复原样。经过仔细检查，除了多出来四只垫圈和一根两米多长的细空气导管因调整形状时断裂，其他零部件均“毫发无损”。

钱学森望着架台上那发组装完整的油光锃亮的“P-1”导弹时，脸上露出了满意的笑容。

1957年12月24日，两发“P-2”导弹从苏联秘密运抵北京长辛店。

彭德怀元帅亲手解开了系在“P-2”导弹上的红绸带，对在场的科研人员和官兵们说：“这是苏联老大哥过继给我们的‘儿子’，祖国把它们托付给你们了，你们可要把它们当作亲生儿子看待呀！”

经钱学森、任新民的鉴定，此型导弹虽然比“P-1”导弹先进了一些，但还是苏联淘汰的旧型地地导弹。四个月前，8月21日，苏联已成功发射了世界上第一发洲际导弹——射程为8000千米的“P-7”导弹。但就是“P-2”这么一发旧型导弹，加上测试、发射、运输、加注等和地面设备，“老大哥”还要价750万卢布。

明知道不是最好的，却还得花宝贵的外汇买人家的，就因为我们自己没有。

作为工程总体设计员，孙家栋立即投入到这个充满活力的集体中，参与图纸描红，原理研究，仿制、消化，吸收、“反设计”，改造、创新等一系列紧张、繁忙的工作。

聂荣臻元帅把仿制工作形象地比喻为“爬楼梯”，通过仿制将导弹技术研究透，为以后自行研制奠定基础。钱学森则把“反设计”看成是“练兵运动”，暂时还没有能力生产自己的导弹，但可以先用别人的导弹练练手。

不久，国防部决定将我国仿制苏制“P-2”导弹的代号定为“1059”（后成为东风一号），中央要求第一批导弹于1959年10月完成总装出厂，争取国庆10周年前试射成功。

苏联运来一堆“P-2”导弹的资料和图纸。一分院立即组织技术人员投入紧张的翻译工作，翻译出来后再进行归类，有关总体技术指标和总体技术数据还要进行验算。当时正值盛夏，酷热难忍，加上蚊虫叮咬，有些人不得不赤膊钻进蚊帐里工作。

孙家栋在苏联学习了近七年，积累了扎实的基础理论知识，干起活来得心应手。他的俄语水平非常高，“P-2”导弹的资料里有许多专业性很强的词语，遇到难点，同事们便去找他，他都能给予准确的回答。他做事认真、卖力，会动脑筋，很快就崭露头角。

8月底，苏联导弹专家陆续进驻一分院，具体指导导弹仿制工作。出乎他们意料，中方进展会这么快。

孙家栋第一次与苏联专家对话时，专家注视着他，惊奇地问：“小伙子，你从小在莫斯科长大？”

孙家栋不知其解：“我在莫斯科留过学。”

专家大声称赞：“你的俄语说得太好了。小伙子，我还以为你从小生活在莫斯科呢。”

当时的工作条件十分艰苦，连手摇计算机都很稀罕。技术人员用简单的工具计算、设计，连算盘都用上了。

苏联专家第一次看见算盘，好奇地问孙家栋：“这是什么东西？”

“这叫算盘。”

“算盘有什么用途？”

“算盘可以用来计算”。

苏联专家拿起算盘拨拉拨拉珠子，疑惑地问：“靠这些珠子怎么计算？”

孙家栋解释说这是我国古代传下来的一种计算工具，加减乘除都可以运算。可苏联专家还是一脸狐疑。他反问孙家栋：“你在茹科夫斯基学院用过这种计算工具吗？”

孙家栋眯着眼睛笑了，大家都笑了。

苏联专家非常喜欢热情、开朗又稳重的孙家栋，特别是孙家栋那一口纯正的俄语，给他们一种他乡遇故知的感觉。

一天闲时，专家组长杜德科夫与孙家栋开玩笑：“有个问题我一直想不明白，你这么帅气的小伙子，在苏联学习那么些年，怎么会没有俄罗斯姑娘看上你？”

孙家栋被问了个面红耳赤，只好说：“这方面我们有纪律。”

杜德科夫不解：“年轻人谈恋爱还有什么纪律？”

孙家栋支支吾吾：“是有纪律的……”

杜德科夫又问：“小伙子，会唱苏联歌曲吗？”

“会啊！”

“会唱什么歌曲？是《喀秋莎》《莫斯科郊外的晚上》，还是《共青团员之歌》？”

几位苏联专家也围了过来，一起唱起了《共青团员之歌》：

听吧，战斗的号角发出警报，
穿好军装拿起武器！
共青团员们集合起来，踏上征途，
万众一心，保卫国家！

我们再见了，亲爱的妈妈，
请你吻别你的儿子吧！
再见吧妈妈，
别难过，莫悲伤，
祝福我们一路平安吧！
……

激情在燃烧，歌声在回荡……

在茹科夫斯基空军工程学院学习的日子，在孙家栋的眼前一幕幕浮现——

从战争废墟中站立起来的中华人民共和国，满目疮痍，百废待兴。国民经济亟待增长、工业体系亟须重建、各行各业期待新生，当时最缺的是人才。

1950年毛泽东出访苏联，中苏两国签订了《中苏友好同盟互助条约》。中国迅速掀起了全面向苏联“老大哥”学习的高潮，“以苏为首、以俄为师”成为年轻共和国的奋斗目标。中国决定向苏联派遣大规模的留学生。

1951年，刘亚楼指示从空军部队和院校中，挑选一批年轻人赴苏联军事学院深造。经过多轮考核、层层审批，当时正在空军某航校为苏联航空专家当翻译的孙家栋等23人，成为赴苏联茹科夫斯基空军工程学院学习的留学生。

初秋，孙家栋与同学们踏上了北去的列车。列车一路向北，途经沈阳、长春，从满洲里出境。在边境小城赤塔，经过苏联边防海关检查后，列车穿过茂密的大森林，沿着美丽的贝加尔湖行驶了整整一个白天。太阳落山后，列车又钻入辽阔的西伯利亚大漠。

漫长的旅途中，孙家栋和同学们畅谈理想，憧憬未来，指点江山，激情满怀。

心仪已久的莫斯科终于到了。这座历经沧桑、辉煌壮丽的英雄城市，高楼林立，街道宽阔，交通发达。火车可以在地下飞驰，上下三层的红场地铁站简直如同一个迷宫。市区有近百所博物馆，11个自然林区，400多座街心公园。

茹科夫斯基空军工程学院，是以被誉称为“俄罗斯航空之父”的尼古拉·叶戈洛维奇·茹科夫斯基的名字命名的。这所苏联功勋卓著的军事学院，为苏军培养出众多优秀的技术干部和高级将领。

孙家栋他们入学后，苏方安排最好的教官，制订了适合中国学生基础的学习计划。为了提高他们的语言能力、巩固基础知识，学院决定让他们先读一年预科，再进行五年本科学习。学院组织了一次摸底考试，然后按照学员文化基础的高低，将23人划分为三个班级，孙家栋被编入A班。

首先要过的是俄语关。

中国学员在国内虽然都学过俄语，但没想到一上课，教官的讲课内容基本听不懂，与教官交流，教官也听不懂学员所要表达的意思。学员这才发觉过去在国内学的俄语基本都是“半桶水”。唯独孙家栋因为到航校后给苏联教官当了一年的翻译，算是基本过了语言关。

过不了语言关，接下去的专业课学习便将成为空谈。留学生党支部决定掀起一个学习俄语的“小高潮”。要说刻苦，还真刻苦不过中国学员。每天清晨，起床号还没吹响，他们已经在桦树林里背诵俄语单词；每天夜晚，熄灯铃响过很长时间了，他们还在列宁室里夜读。

当时，学院里还有东欧国家的留学生，他们管理松懈，夜不归宿者有，与苏联女孩谈恋爱的也有。苏联教官在课堂上对中国学员说：“提高俄语水平最立竿见影的方法，是多与苏联人接触，如果能与苏联女孩谈恋爱，那就更‘哈拉绍’（俄语‘好’的意思）了！”可中国留学生党支部有严格的规定：平时不得外出，节假日外出，必须三人以上同行。严禁与苏联女孩子接触，一旦发现谁谈恋爱，立即遣送回国。中国学员的刻苦精神、严格自律一直受到院方的表扬。

转入本科学习后，课程多，课业变得非常繁重，仅飞机设计、维修及管理专业的基础课程就有发动机理论、飞行动力学、空气动力学、飞机结构力学、液体火箭发动机原理、流体力学等。孙家栋把全部的精力都集中到学习上，白天上课，晚上做作业、预习第二天的功课。列宁室里的灯常常亮到凌晨一两点。课堂上，孙家栋是回答教官提问最踊跃的学生之一。

学院经常组织考试，每逢大考，学院还会组成考试委员会。大三航空发动机理论考试，主考官是苏联科学院院士涅卡耶夫。考试采取一人一题的方式抽查。轮到孙家栋上场时，涅卡耶夫交给他的是一道有关“航空发动机静态下主要性能的推导”的考题。孙家栋看了题目一愣，这道题的内容大三学生还没有学到。本可以说明情况，不用回答，但孙家栋没有慌张，因为平时喜欢读书，他胸有成竹地侃侃而谈，做出了正确的答案。一旁的教官们一开始就发觉院士拿错题了，但听了孙家栋正确的回答后，十分高兴。此时，涅卡耶夫也意识到自己的失误。他说：“请大家原谅我的疏忽，但通过这次考试，我对孙家栋同学和所有的中国留学生表示钦佩！”

留学期间，孙家栋加入了中国共产党。

茹科夫斯基空军工程学院有一种激励学生的传统做法，将每学年年终考试全优的学生照片放在校门口设立的“明星榜”上。如果这名考生年年都能保持全优，他上榜照片的尺寸还会一年比一年大，毕业时，该生便会获得一枚金质“斯大林奖章”。

从入学至毕业的七年里，孙家栋门门功课都是五分。1958年3月10日毕业时，孙家栋获得最高苏维埃颁发的“斯大林奖章”，那一年，全苏联军队院校毕业生中获此殊荣的仅13名学生。如果是苏联学生获得“斯大林奖章”，不仅可以定高一级军衔，还可以优先选择自己心仪的工作。孙家栋是留学生，自然无法享受这种待遇。但这人生的第一个大奖，给了孙家栋一种启迪：只要肯付出，便会有收获。

1957年11月17日，雪后初霁。

毛泽东率领中国代表团赴苏联参加十月革命胜利40周年庆典活动。百忙之中，毛泽东接见了中国留苏学生。

孙家栋特意换了一身新装，与同学们换乘几趟地铁，兴奋地赶到莫斯科大学大礼堂。

毛泽东在热烈的掌声和口号声中登上了主席台，紧随着的是国务院副总理兼国防部部长彭德怀、中共中央书记处总书记邓小平、国务院副总理乌兰夫以及杨尚昆、胡乔木等。

毛泽东向大家挥手致意，等台下的欢呼声渐渐平静后，中国驻苏联大使刘晓向大家介绍了陪同前来的党和国家领导人。

刘晓刚介绍完，毛泽东立刻指着他，幽默地介绍说：“这位是中华人民共和国代表团团员、驻苏大使刘晓同志。”

台下一片笑声。

毛泽东走到台前，微笑地说：“我向你们问好！”

台下爆发出热烈的掌声。

“世界是你们的，也是我们的，但是归根结底是你们的！”毛泽东发现有些同学听不懂他的湖南话“世界”一词，便解释说：“世界就是World。”但留苏学生大多数没学过英语，仍然听不懂。毛泽东转头问刘晓：“‘世界’俄语怎么说？”

刘晓回答：“‘米尔’。”

毛泽东马上说：“‘米尔’是你们的，也是我们的，但是归根结底是你们的。你们青年人朝气蓬勃，正在兴旺时期，好像早晨八九点钟的太阳，希望寄托在你们的身上！”

全场又响起一阵雷鸣般的掌声。

“我们已经老到这个样子，你们还年轻。我们老，但我们懂世故；你们年轻，有朝气，但你们没有经验。这叫各有各的长处，各有各的缺点。”毛泽东的话充满辩证法。

“苏联人造卫星上了天，重量140斤。刘晓大使体重有没有140斤？”毛主席问。

刘晓回答：“不到，差一点儿。”

毛主席风趣地说：“就是说，苏联可以把刘晓大使送上天，美国还做不到嘛！”

台下同学开怀大笑。

孙家栋难以抑制内心的激动，拼命地鼓掌。

毛泽东向同学们提出了希望：一是朝气蓬勃，二是谦虚谨慎。毛泽东最后强调说：“世界上怕就怕‘认真’二字，共产党就最讲‘认真’。”

毛泽东纵论天下，旁征博引，幽默风趣，激情洋溢。

那一夜，孙家栋彻夜难眠，浮想联翩……

孙家栋的影集里珍藏着一张1958年4月初苏联茹科夫斯基工程学院同班同学的毕业照。23位年轻英俊的留学生，容光焕发，风华正茂。

他们听到了远方祖国传来的召唤声……

两年过去了，“世界是你们的”——领袖亲切的话语经常在孙家栋耳旁回响，鞭策他不断前行。

“我们照样可以干出一番事业”

1959年3月，梁守槃被任命为“1059”总设计师。

仿制谈不上创新，被称为是“照猫画虎”。但“1059”仿制依然困难重重，遇到了“四大难关”。

第一，苏联提供的图纸资料不全。比如，加注设备中涡轮泵的转子和流量计两个重要部件，根本没有图纸；遥测系统只有压力和过载两种传感器，其他传感器均没有资料；总装的工艺资料也不全。

第二，仿制用的很多原材料缺乏，元器件品种规格不全。尤其是发动机需要的几百种不同品种和规格的原材料，技术要求高，国内又没有可以代用的材料。

第三，缺少设备和试验设施。如大型钣金件的成型，是仿制中一个非常突出的关键问题。

第四，工厂技术、管理力量薄弱。仅焊接工艺就有手工焊和自动电弧焊、手工及自动氩弧焊、点焊、滚焊、对接焊等多种焊接工艺，有的工艺连听都没听说过。

关键时刻，国防科工委动员全国有关工业部门参加大会战。国防部五院还与第一机械工业部共同制订仿制计划，协调分配各自的攻关任务。全国直接、间接参加会战的单位超1400个，承制工厂60多个，涉及航空、电子、兵器、冶金、化工、建材和轻工等众多领域。

时任控制系统研究室主任黄纬禄回忆说：“由于苏联停止了对仿制工作所需材料和元器件的供应，而国内电子元器件和精密仪器仪表、精密设备的研制基础薄弱，无法满足‘1059’仿制工作的需要，致使在‘1059’控制系统仿制工作中，每当所用的国产材料和元器件出现质量问题或工艺水平不过关时，就会使仿制工作变得极其艰苦，即使有图纸，也常面临‘巧妇难为无米之炊’的尴尬。自行研制的材料和电子元器件，其质量、稳定性、高低温状态下参数的变化，都要经过多次试验，证明确实可用之后，才非常谨慎地用到‘1059’导弹上。由千万个零部件组装而成的‘1059’，若其中某个零部件出现问题，都会产生牵一发而动全身的后果，直接影响到发射试验的成败。”

制造导弹箱底需要一台大台面、复动式的大吨位水压机，苏联专家做了一些调查后，下结论说：“中国没有条件制造导弹箱底工具，赶快向苏联申请订货吧。”总装厂的技术人员与武汉锅炉厂经过几番探讨、研究，提出在武汉锅炉厂的水压机上增加过渡模座的办法来加工。苏联专家以为他们开玩笑呢，又是耸肩又是摇头。聂荣臻知道情况后，派陈赓到武汉助阵，并告知湖北省委、武汉市委务必支持，经过精心准备、多次试验，水压机终于试制成功。

关于能否使用国产液氧的问题，一直困扰着梁守槃。苏联专家一口认定："中国液氧质量不行，必须从苏联进口。"但液氧超低温、高挥发性，且易燃、易爆。从苏联进口，即便铁路运来了，一路挥发，到了中国也已所剩无几。五院委托有关部门对兰州化学实业公司生产的液氧进行分析化验，将得出的数据与苏联液氧样品比照，其技术指标完全符合要求。梁守槃的态度很明确："国产液氧既然符合苏联的技术指标要求，为什么不能用？"钱学森也支持用国产液氧。经过多次计算、商榷、争论，最后，苏联专家才同意用中国生产的液氧作为推进剂。

苏方的有些规定和要求常常莫名其妙，让人不知其解。有一次，孙家栋在翻译液氧主活门密封垫圈的资料时，禁不住"扑哧"一声笑了。图纸规定密封垫圈必须用没有鞭伤的三岁公牛臀部皮制作。几位技术员看了也是一脸狐疑，牛皮好找，但要找"没有鞭伤的三岁公牛臀部皮"就难了，就是去农村问那些养牛的饲养员，谁也无法告诉你哪头三岁的公牛臀部没挨过鞭子，更无法确定挨过鞭子是否会造成伤害。最后，科技人员结合中国实际情况，合理制定新的技术标准，解决了材料的来源问题。

导弹部段生产出来后必须进行结构静力试验，而当时专用试验室还在建造中，时间来不及了，屠守锷决定土法上马。那天，他将苏联专家请到一个旧机库里。苏联专家在机库里绕了一圈，皱着眉头，说："这里的高度根本不够，做不了！"

屠守锷没有气馁，对孙家栋等几位年轻技术员说："专家说机库高度不够，大家看看怎么办？"

有人说：“看来只能是把房顶揭了，加高房顶，才能达到专家的要求。”

立即有人反对：“把房顶揭了加高房顶，差不多等于重新盖机库，时间根本来不及。”

屠守锷眼睛一亮，说：“我有主意了，咱们在地上挖个大坑，不就等于增加机库的高度了吗？”

“对！对！这办法好！”大家一致赞同。

技术员画好了图纸，基建工人在地面上挖了个深约五米的正方形“地坑”。在“地坑”的底部，用钢筋混凝土自制了一个大机座，又用钢筋在机座上焊了两只“耳朵”，即加载地耳。然后，将导弹的尾段稳稳固定在机座上。

屠守锷再次邀请苏联专家参观静力试验，走进旧机库时，专家们大吃一惊——原来的旧机库，竟然奇迹般地变成一座简易版强度试验室。土法上马的试验设备，完全符合试验大纲的要求，专家们禁不住连声称赞：“哈拉绍！哈拉绍！”

就在这个土法上马的“地坑”上，“1059”的液氧箱、尾段、发动机架等多个部段完成了百余次静力试验。

时任总装厂副厂长冬春回忆说：

仿制“1059”的时候，有3800多个零部件需要落实、解决。别说是我们这些扛枪杆子出身的“门外汉”，就是读过大学的专家看了也全傻了眼。工人师傅连同技术员恐怕有一半叫不出名。好在，大家都听过钱学森院长的课，知道导弹的研制是一个系统工程，导弹技术是现代科学技术和基础工业成就的高度结合。它所需要的材料、工艺、技术几乎涉及国民经济的所有生产部门，大到发动机、弹体合金钢，小到一个橡皮垫圈、一个针头、一卷钢丝。所以，在我们还未开始拆卸导弹时，国防部五院和一机部就共同制订了仿制计划，签发了任务分配表，将地面机械设备分别安排给了航空、电子、兵器等工业部门仿制，原材料则由冶金、化工、建材、轻工、纺织、商业等部门去试制生产。实际上，到临近成功时，协作厂有将近1400个，简直就是全国大动员、大协作！

“1059”仿制即将进入总装阶段时，中苏关系破裂了。

新中国成立后，作为社会主义阵营的核心，苏联在经济、国防、教育等方面给予了中国很大的帮助和支持，中苏两国在20世纪50年代前期进入了亲密无间的“蜜月期”。1953年，斯大林去世，苏共政治局的内部斗争趋于白热化，中国不赞成赫鲁晓夫将斯大林的功绩全盘否定。赫鲁晓夫提出建立“联合舰队”，限制中国发展自己的核自卫能力等做法，表明了苏共已经不再以无私的方式帮助中国。1956年，匈牙利“十月事件”爆发，苏共的大国沙文主义极度膨胀，对阵营内不同意见的国家“打击压制”，中苏关系走向破裂。

1960年7月16日，苏联政府照会中国政府，撕毁了两国政府签署的12个协定，废除200多个科技合作项目，并决定于7月28日至9月1日，撤走援华的1390名苏联专家。

中国人终于如梦初醒：靠别人是靠不住的，更何况是关系到国家民族安危的尖端技术！

这场突如其来的政治风波，让孙家栋这批年轻的科技人员，似乎在一夜之间成长了起来——他们深深感受到自己肩上的重任！

半个世纪后，回顾这段经历，孙家栋刻骨铭心：“‘三年困难时期’，饿肚子，身体经受了磨难；苏联撤专家，撕毁合同，确实给我们上了一堂活生生的政治课，科技救国、科技强国，核心技术必须靠自己。或许就在那时候，为祖国的航天事业奉献毕生精力的信念，便已经扎下了根。”

1960年8月，孙家栋被任命为导弹型号总体设计室主任。

苏联专家撤走后，原来的一批合作项目废除了。五院因时制宜，具体研究了仿制与自行设计的关系。聂荣臻指示：仿制不能停，要把能学到的尽快学到。

那天夜里，孙家栋和几位年轻人又在加班，有的画图，有的看资料，有的还在轻声议论着：

“这‘老大哥’也太不讲情义了，说走就走。”

“还说是‘亲兄弟’呢，还无私支援呢，就这么一枚‘P-2’，还要了我们那么多的外汇，听说一个灯泡都要好几百卢布呢。”

“我就不信，离了苏联，中国人就造不出导弹！”

这时，门口传来了一个声音：“哟，这么热闹啊！”

大家抬头一看：钱学森院长来了，手里还端着只小铝锅。

孙家栋说：“院长，都大半夜了，您怎么还没休息？”

钱学森笑着说：“你们不是也没休息吗？”

孙家栋说：“我们年轻，身体棒！”

钱学森说：“我年轻的时候，比你们还能熬夜呢。”

说着，钱学森打开了锅盖：“这是聂帅自己舍不得喝，给我捎来的一袋奶粉。我煮了一锅奶，大家赶紧趁热喝了吧！”

大家你看着我，我看着你，一时都愣在那里。

钱学森催促道："别客气，别凉了。家栋，你是室主任，你带头。"说着，钱学森拿起孙家栋桌面上的茶杯，倒掉里面的茶底子，又倒了一杯奶，递给孙家栋。

孙家栋接过茶杯，抿了一小口，又停住了，说："钱院长，您比我们辛苦，您自己喝吧！"

钱学森倒上一杯杯奶，一一递给大家。

大家端着杯子，还是愣在那里。

钱学森幽默地说："服从命令听指挥。我喊'一、二、三，干杯'，大家都干了。"

钱学森大声喊了起来："一、二、三，干杯！"

大家端起杯子，将牛奶一饮而尽，一个个眼中泪光闪烁。

望着眼前这些朝气蓬勃的年轻人，钱学森仿佛回到了自己的青年时代。

在加州理工学院刚刚获得博士学位时，第二次世界大战正打得不可开交。各交战国的空军已经淘汰了速度很慢的活塞式、布蒙皮的双翼飞机，都在想方设法采用薄而轻的金属制造飞机的壳体。但是，如果高速飞行的薄壳结构载荷超过一定数值时，壳体就有可能发生皱瘪而失稳，即产生屈曲现象，导致飞机破损甚至解体。设计师急需收集发生屈曲临界载荷的数据。当时，有人依据经典线性理论计算出来的数值，与实验值几乎差了三四倍，根本无法应用。

冯·卡门深知解决这个难题对取得反法西斯战争胜利的重大意义，便鼓励爱徒钱学森尽快破解"薄壳失稳"难题。

从1940年到1942年，钱学森经常把自己关在古根海姆大楼三层的研究室里工作到深夜。当时，中国动力学者张捷迁在加州理工学院进修，与钱学森合用一间试验室，他回忆说：“钱学森跟我是好朋友，我们一起吃饭，天天晚上一起加班。我很少待过午夜，但钱学森常常通宵达旦地工作。”

1940年，钱学森发表了《球壳外压屈曲》论文，成为飞机设计的主要依据。1941年，钱学森又将计算屈曲临界载荷的能量跃变准则，推广到柱壳领域。历经几个月的苦苦演算，钱学森终于拿出了具有非常重大的理论意义和实用价值的《柱壳轴压屈曲》论文。

说话间，20年过去了。

钱学森感慨地说：“看见你们，我不由得想起青年时代，年轻真好！”

有技术员问：“钱院长，您想过没有，假如您继续留在海外，现在会怎么样呢？”

钱学森若有所思地说：“历史无法假设，不过作为一位研究空气动力学的，留在海外，肯定会参与尖端导弹的研发。但是，有一天，如果突然发现自己参与研发的洲际导弹正瞄准自己的祖国，那会是一种什么感觉？或许，我会跳海自杀！”

孙家栋的心一震，是的，作为一名科学家，自己的科研成果不仅不能服务于自己的祖国，反倒被拿去残杀自己的同胞，那真会令人生不如死……

“钱院长，现在苏联专家撤走了，我们的科研条件又这么落后，怎么才能尽快赶上去？”一名技术员又问。

钱学森说：“‘老大哥’把我们逼上绝路，也好，这样将绝地逢生，逆势而为。甩掉‘洋拐杖’，我们照样可以干出一番大事业！”

大家默默无语，心中却是激情澎湃……

成功与失败同行

车轮滚滚，驶过包头、银川、兰州，一路呼啸向西。

苏联专家撤走后不久——1960年9月10日，经过拆装又组装成的苏联“P-2”导弹，使用国产酒精、液氧、过氧化氢进行发射，取得圆满成功。

10月23日，我国仿制的第一发“1059”导弹，从北京秘密运往东风基地。

孙家栋与试验队员坐在封闭的押运车里，他无法一睹西北风光，只有到了夜里，透过车顶的天窗，可见稀疏的寒星。

东风基地位于内蒙古额济纳旗境内。除青山头、狼心山几座丘陵外，四野是一望无边的茫茫戈壁滩。1958年3月，中央军委决定建设东风基地，以志愿军第20兵团领导机关为班子组成特种工程指挥部，两个工程兵师、12个工程兵团、一个铁道兵师、两个汽车团及步兵、空军以及北京建筑公司、兰州建筑公司等紧急调往戈壁；全国715个厂矿和各军、兵种积极支持，通力协助；刚从朝鲜战场撤回的第20兵团立即组织精兵强将，取道山海关向西北挺进。十万大军苦战两年，建起了中国第一个导弹发射场。

孙家栋第一次到戈壁滩，抬眼望，最强烈的感觉是辽阔、荒凉，似乎还带着几分悲壮。北风“呼呼”地刮着，路旁一簇簇骆驼刺，像是一个个守望者，长年累月坚守在戈壁上。

此时，通向基地的专用铁路还没有完全铺上轨，只有一条公路环绕基地与各部队驻地。

部队都住在排列整齐但极其简陋的干打垒土坯房里。干打垒，就是两边用木板夹着、中间用土夯实所筑成的一道道土墙。房顶先搭上柳条编成的排笆，再钉上油毛毡。由于风沙太大，土坯房一半在地面，一半在地下，窗子开得很小。

11月1日中午，导弹在阵地做水平测试。当第二台发动机典型试车进行到最后58秒时，氧化剂泵突然发生爆炸，导致氧化剂泵盖上18个螺栓全部拉断，泵盖飞出30米开外，重重地砸在了试车台观察间的墙上。任新民召集发动机组技术人员研究分析后，发现尽管氧化剂泵发生了爆炸，万幸的是发动机涡轮泵没有被破坏，发射试验可以按原计划进行。

第二天，钱学森和几位专家紧急从北京赶来，察看了现场以后，认可了任新民的意见。

11月4日，聂荣臻带着张爱萍、赵尔陆、陈士渠、方强等一队人马来到基地，亲自主持第一枚国产导弹发射。

聂荣臻看了技术阵地和发射阵地核心岗位，非常满意。不过，他还是问老部下、当年指挥十七勇士强渡大渡河的营长、基地指挥员孙继先：“明天能不能准时发射?”

孙继先信心十足：“放心，聂老总，明天一定能准时发射!”

孙继先最担心的是安全问题。前天，钱学森刚到基地，周恩来的电话就追来了：“钱学森同志今天到基地，我们的‘国宝’就交给你啦，要绝对保证他的安全。”

“1059”导弹高高耸立在发射架上，墨绿色的弹体披着一身冷光，直刺蓝天。它像是一位满身披挂的将士，威风凛凛。

11月5日凌晨，戈壁滩上的气温降到了零下八九度。在探照灯的照射下，发射场亮如白昼。参试人员跑前跑后，一片繁忙的景象。

孙家栋早早地起来了，几乎一夜无眠，脑子里想的全是即将发射的事项。

孙家栋期待导弹发射那一刻的到来，兴奋伴随着忐忑、激动与紧张交织在一起。这是我国第一枚仿制的导弹，质量是否过关，还是个未知数。它的成败不仅决定着国产导弹的命运，同时还关联着国家、民族的荣辱。

钱学森陪着聂荣臻和将军们来到发射场。元帅、上将、中将、少将，将星闪烁。这些开国战将的到来，让整个发射场的气氛突然变得凝重和豪壮起来。

聂荣臻走进由几间活动木板组装成的简陋指挥所，这里离发射地点只有5000米。蓦地，聂荣臻剑眉高扬，望着远方，像是等待着发起总攻那一刻的到来。

8时，孙继先向聂荣臻报告："报告聂老总，导弹发射试验一切准备完毕，是否进入一小时准备程序？"

聂荣臻操着四川口音，命令道："按部署进行！"

9时整，0号指挥员下达倒计时命令："5、4、3、2、1，点火！"

骤然一声巨响，大地颤抖，发射台四周喷出滚滚白烟，导弹闪电般地直插苍穹。几秒钟后，导弹开始向西拐弯，随后越飞越高，越飞越远，渐渐化作小亮点消失于天际。

"发现目标，飞行正常！"

"发现目标，跟踪良好！"

7分32秒后，传来消息：导弹飞行正常，命中550千米外的预定目标。

张爱萍将军第一个鼓掌，大声喊了起来：“太漂亮了，跟大姑娘上轿似的！”

聂荣臻眼里闪着泪花，和钱学森紧紧握手，激动地说：“我们成功了，太好了，谢谢你们，谢谢基地全体参试人员！”

霎时欢声雷动，口号声、笑声、掌声汇成一片。人们兴奋地欢呼着，将毛巾、军帽、草帽抛向空中。

聂荣臻走出指挥所，登上一座沙丘，把科学家、将军、科技人员招呼到自己身旁，留下一张珍贵的历史照片。

中国自制的第一枚近程导弹发射成功！

中国的航天科技工作者，像是一个蹒跚学步的孩子，尽管走得歪歪扭扭，但毕竟迈出了第一步，而且站立住了。

晚上，大家在简陋的基地食堂举行了庆功宴，东风基地用部队的“伙食尾子”（节约的伙食费）准备了四菜一汤：西红柿炒鸡蛋（聂帅从北京带来的）、猪肉辣椒、焖豇豆（战士们夏天摘下晒干的）和焖黄羊肉（官兵们野外打猎得来的）。在“三年困难时期”，这顿饭已经极其奢侈了。

聂荣臻举着茶缸，以茶代酒，向所有的航天创业者们致敬：

在祖国的地平线上飞起了我国自己制造的第一枚导弹，这是我国军事装备史上一个重要的转折点！

大家把手中的茶杯、饭碗碰得震天响。

孙家栋沉浸在兴奋和自豪之中，同时也感受到了作为一名科技工作者的责任和使命。

12月6日和16日，“1059”导弹又分别进行了两次发射试验，均获成功，标志着中国在掌握导弹技术的道路上迈出了关键的第一步，带动了中国导弹研制、发射基地的建设和发展。从此，中国拥有了一支导弹研究、设计、生产和试验队伍。

1961年8月，中央政治局会议在庐山举行。会上讨论“两弹”问题时，有人认为“两弹”研制应该暂缓，或者下马；多数人则表示再困难，也不能放弃国防工业。于是，便有了陈毅那句名言：“脱了裤子当当，也要把我国的尖端武器搞上去。”

毛泽东明确表示：国防尖端技术不是上马、下马的问题，而是如何加紧进行的问题！

东风二号由此上马。东风二号设计方案全长20.9米，最大直径1.652米，其尾部有四个三角形尾翼，起飞质量为29.8吨，射程为1200千米。

东风二号的射程是“1059”导弹的两倍，研制中面临新的挑战。

一次，一分院开会时，钱学森提醒大家说：“仿制和自行设计是截然不同的。仿制时，主要问题人家已经给你解决了，你就是按规矩办事；自行设计就不同了，出现的技术问题多，而且各有各的说法，每一个问题都需要自己来解决。”

钱学森、任新民、屠守锷、黄纬禄、梁思礼带着孙家栋这些年轻技术员开始又一次“爬坡”。

“为祖国争光，为民族争气！”没有图纸，没有可参考的数据，大家以初生牛犊不怕虎的精神，攻关克难。钱学森亲力亲为，与大家一起分析问题，解决难题。

一分院完成了东风二号导弹的全部设计图。

1961年5月，东风二号导弹从初样制造生产转入正样生产。

1962年2月20日，第一发东风二号导弹总装测试完毕。3月4日，导弹出厂，被装上列车送往东风基地。

孙家栋跟随总体部几位专家在专列上押车。

十一室（控制系统研究室）副主任梁思礼是我国近代著名社会活动家梁启超的小儿子。他在车上向大家透露，自己的第三个孩子即将出生，已经与妻子商定好了，如果生男孩取名“梁凯”，生女孩取名“梁旋”，其意为此次发射马到成功，志在“凯旋”。

戈壁滩依然荒芜，但与一年多前相比，条件改善了不少，专用铁路修好了，所有人员住进了平房。只是戈壁的风依然强劲，说来就来，飞沙走石，遮天蔽日。

3月21日9时5分，发射场一片肃静，巍然矗立的东风二号，像一把利剑直指长空。

“点火！”随着指挥员一声号令，所有人都紧张地盯着发射台。

“轰”的一声巨响，导弹喷着烈焰起飞。

几秒钟后，孙家栋突然发现导弹剧烈摇摆了几下，然后像个醉汉摇摇晃晃，一个跟斗从空中栽了下来，随即在距发射台三四百米的地方爆炸，卷腾起的蘑菇云遮天蔽日，地面被炸出一个4米深、20多米直径的大坑。

在场的所有人都懵了，突然，传来一阵撕心裂肺般的哭声。

孙家栋木然地站在那里，望着那个深深的弹坑，望着被烧煳了的石头，这个东北汉子，咬着嘴唇，不想让自己哭出来。可是，实在是克制不住，忽地，他蹲下身子，双手掩面，失声大哭。

作为科研人员，孙家栋第一次尝到了失败的痛苦。此时，年轻的孙家栋尚未意识到，在漫长的科研道路上，失败与成功将始终紧紧相随。

在北京坐镇指挥的钱学森，第二天急忙赶来，查看了爆炸现场和导弹残骸。

打了败仗，钱学森心情十分沉重，向聂荣臻作了检讨：“我是技术总负责人，我有责任。”

聂荣臻安慰他：“东风二号地对地导弹第一发试射没有成功，我看这是正常的。常规武器，如一门炮，还要经过打几百发、甚至几千发炮弹才能证明是成功的，何况导弹这样复杂的尖端武器呢？试射的目的就是暴露问题，解决问题。通过这次试射发现了不少问题，但不要去追究责任，而是要总结、找出存在的问题，接受教训，改进工作。”

聂荣臻知道这时候上上下下的压力很大，于是，专门叮嘱张爱萍：“告诉下面一定不要追查责任。”

一句“一定不要追查责任”，温暖了全体参试人员的心，这是元帅对科技工作者的理解和尊重啊！那个年代，处理问题往往偏“左”，知识分子最怕的是无限上“纲”，被扣上“帽子”。

钱学森将大家召集到了一起，没有责备，只有鼓励。他说：“挫折算什么，跌倒了重新站起来！”

片刻，钱学森又说：“科学家不要以为遇上失败是坏事情，科学家往往与千百次失败结为伴侣。不要以为鲜花、掌声、赞扬是科学家的生活，不要设想自己从事的研究总能被人理解。”

按照聂荣臻要求，钱学森领导一分院上下所有人都去查找故障、分析故障。孙家栋他们从总体方案入手，一个一个、一层一层对各个分系统的技术状态以及可靠性进行分析实验，根据故障现象反复进行模拟验证。钱学森不断鼓励年轻的设计师：“导弹飞行稳定问题，国外早已解决，西方人能办到的事，中国人也一定能办到，控制系统一定要‘杀出一条血路’来。”

5、6月间，一分院光是全体人员参加的故障分析会就开了9次。故障主要原因逐渐明晰：一是在总体方案设计中，未将弹体作为弹性体来考虑，震动耦合使导弹飞行失控；二是火箭发动机提高了推力，但结构强度不够，致使局部损坏起火；三是在组装管理、按研制程序办事和充分进行地面试验等方面也存在不足。

为了彻底解决试验暴露出来的问题，从总体设计部到各分系统设计单位，经过两年多的拼搏，完成了4类17项试验，光发动机试车就多达105次。

1964年5月4日，聂荣臻听取关于东风二号改进型导弹研制情况汇报。钱学森的汇报，从始至终严谨求实。聂荣臻十分满意，称赞道：“同志们辛苦了。吃一堑、长一智，你们严格按程序办事，相信成功是会有把握的。我将立即报告中央，争取早日再进行飞行试验。预祝同志们成功！”

1964年5月25日，改进型东风二号运抵东风基地。

张爱萍代表聂荣臻亲临发射现场坐镇。

6月29日，骄阳似火，整个戈壁滩像个大蒸笼。钱学森顶着烈日，听取各单元测试汇报，协调处理各种技术问题，满脸汗水，全身都湿透了。

导弹测试完毕，开始加注燃料，先加燃料酒精，再加液氧。

突然，导弹总设计师林爽急匆匆跑来，向钱学森报告：“钱院长，不好了，高温引起液氧加速汽化，液氧贮箱无法按设计的容量加满，导弹可能无法达到预定射程。”

钱学森吃了一惊，因为导弹预定落区的测量网都已布置就绪，如果达不到原来的射程，不仅落区的测量设备和测试人员将形同虚设，还可能发生其他不可控的危险。

第一次遇到这个难题，大家想了几个方案，都不理想。

此时，年轻的设计员王永志突发奇想，他在改变推进剂混合比（氧化剂与燃料的重量之比）的计算方法后，认为减少600千克燃料（酒精），改变混合比，使导弹的飞行重量减轻、飞行的速度变快，导弹照样可以抵达预定的落点区域。

王永志直接找到钱学森，说了自己的看法。钱学森思忖了片刻，说："把你的计算方法写给我看看。"

王永志在一张纸上，很快列出了几道公式，钱学森一看，紧蹙在一起的眉心舒展开了，果断地对林爽说："王永志的意见正确，就按这个方法实施。"

试验队立即从导弹中泻出600千克酒精。

随着"点火"一声令下，在同一个发射台，改进型的东风二号试射成功。

张爱萍和钱学森又是握手，又是拥抱，并情不自禁地高呼："科学万岁！""科学家万岁！"

7月9日和11日又发射两发导弹，均获成功。

9月至10月，连续发射五发导弹，捷报频传。

钱学森激动地说："如果说我们两年前还是小学生的话，现在至少是中学生了。短短两年，大家提高到中学水平，不简单！"

中国航天史崭新的一页掀开了，中国航天人在东风二号的集体经历，奠定了钱学森航天系统工程的实践基础和理论基础。中国不仅掌握了导弹研制的关键技术，还系统地摸索总结出了导弹研制的科学规律。从这个意义上说，东风二号的失败是一次“成功的失败”，成为中国航天展翅腾飞的历史性拐点。

为了加快导弹事业的发展速度，钱学森组织人员编写地地导弹发展规划，点名让孙家栋等几名青年技术骨干参加。孙家栋肯学习，好钻研，思路开阔，常常提出一些有前瞻性的建议。比如，导弹外径尺寸的确定，导弹推进剂使用可贮存的化学推进剂，导弹控制系统采用惯导，遥测加大数据量，导弹结构强度按桁条薄壳理论计算，以及中程、远程、洲际导弹的距离界定，多级导弹的级数，导弹发动机推力等。多少年过去了，这些基础方案一直在发挥作用。

经过一番磨炼，孙家栋被任命为一分院总体部总体设计室主任。

那些日子，孙家栋与钱学森接触最多。钱学森日理万机，但他经常来总体设计室，听取汇报，了解情况，答疑解惑；孙家栋遇到难题也会随时去钱学森办公室，成了他的常客。

对于孙家栋来说，钱学森是领导，更是导师，耳提面命，言传身教。

“原子弹就是这么大的东西，没有那东西，人家就说你不算数。那么好吧，我们就搞一点吧，搞一点原子弹、氢弹。我看有十年工夫完全可能。”

1958年5月，在中央军委扩大会上，毛泽东下达了研制、试验核武器的命令。王淦昌、邓稼先、钱三强、朱光亚、程开甲、郭永怀、王承书等一批核物理专家，隐姓埋名，在大西北开始了艰难的原子弹研制。

1964年10月16日，东风二号发射成功半个月后，中国自行制造的第一颗原子弹，在新疆罗布泊地区上空爆炸成功。这标志着我国的国防建设向前迈出了关键的一步，成为继美国、苏联、英国、法国之后第五个拥有核武器的国家。从而打破了帝国主义的核垄断和核讹诈，在世界政治、军事格局中引起的震撼，是永久性的。

西方政客却不无讽刺地说："中国人有弹无枪，一通瞎忙。"言下之意，没有导弹作为运载工具，核武器打不到海外去，便失去了威慑力。

中央已经意识到了这个问题。一年前的9月，中央专门对"两弹"结合工作作了部署。聂荣臻指出："我们装备部队的核武器，应该以导弹为运载工具作为我们的发展方向。"并任命钱学森担任"两弹"结合飞行爆炸试验技术总负责人。

要将导弹和原子弹结合起来，原子弹必须要小型化。为适应原子弹的要求，导弹也必须做许多相应的技术改进。孙家栋领导一分院总体设计室与有关分系统的设计单位，用了半年多时间，完成了中近程地地导弹的改型工作，减轻了全弹的结构重量，增加了推进剂自动补加装置，将惯性和无线电混合的制导体系改为全惯性的制导体系等，使导弹射程增加了20%，战技指标和性能也有所改善。

1965年11月13日，中国人自己研制的第一杆"枪"——东风二号甲首次试飞成功。接着，又成功进行两批次三发导弹试验。

导弹试飞成功，不能说是万事大吉，真装上原子弹，又是另一回事。有专家将原子弹装在导弹上，比喻为一个"壮汉"娶了位"娇小姐"。因为导弹起飞前要有起竖、粗瞄、垂直测试、火工品安装、燃料加注、精瞄等一系列工序，而原子弹却是个怕热、怕冷、怕潮、怕震动、怕过载、怕冲击、怕静电、怕雷电的“娇小姐”。导弹、原子弹同属于尖端技术，但由两个系统分别研制，双方互不了解，现在要“联姻”，弄不好会闹出大矛盾。美国从原子弹到“两弹”结合搞了十多年，苏联也用了好几年。美国在海洋上搞导弹核武器试验，因为他们有海上霸权。苏联国土辽阔，原子弹、导弹试验得以在西伯利亚进行。我们只能在自己的国土上进行“两弹”结合的飞行试验。导弹一旦装上原子弹，必须保证万无一失。

1966年10月27日上午9时，东风二号甲导弹搭载着核弹头拔地而起，直插苍穹。

9时09分14秒，弹着区传来令人振奋的喜讯：核弹头在894千米之外的罗布泊弹着区靶心上空569米高度成功爆炸！它表明中国已具备战略威胁能力，结束了中国核武器“有弹无枪”的局面，打破了美苏两个超级大国的核垄断。

聂荣臻立即向等在电话机旁的周恩来作了汇报。周恩来欣喜万分，大声说：“聂老总，请转告科学家们，你们又一次响亮地回答了世界！”

新华社10月27日讯：

1966年10月27日，中国在本国国土上，成功进行了导弹核武器试验。导弹飞行正常，核弹头精确命中目标，实现核爆炸。

10月28日，美国《纽约时报》报道：

一位15年中在美国接受教育、培养、鼓励并成为科学名流的人，负责了这项试验，这是对冷战历史的嘲弄。1950—1955年，美国政府成为这位科学家的迫害者，将他视为异己的“共产党分子”予以拘捕，并试图改变他的思想，违背他的意志滞留他，最后才驱逐他出境，回到自己的国家。

孙家栋当时就在发射现场。后来，有记者采访他，问当时的感受。他想了想，说：“导弹发射后，脑子一片空白。听到欢呼声，意识到发射成功了，这时候才发觉内衣全湿透了。”

从东风基地凯旋，五院召开了总结大会，总体设计部受到了表彰。孙家栋深深懂得导弹研制是项集体事业，即便是总设计师，也是集体中的一员，无非是集大成者罢了。正如钱学森后来对总设计师和总体设计部的关系总结时说的那样：“干我们这一行，一得之见多得很，有道理，可不见得全面。但是在我们这儿有一条，最后是总设计师拍板。总设计师也不是一个人，他还有一个总体设计部，还有一个大班子，用现在的话说就是系统工程的班子。他们运用系统工程，衡量各种因素，选择最优方案。总设计师听取各方面的专家意见，又看过了总体设计部的报告，最后下决心拍板。拍了板，谁再有意见也不算数了。”

东风二号甲的改进，充分发挥集体的力量，任新民主持研制出采用可贮存液体推进器的火箭发动机；无线电与惯性器件技术专家郝复俭主持研究出高精度陀螺仪和加速度计；导弹与航天材料工艺研究专家姚桐斌带领团队解决了不锈钢高温钎焊、铝合金化学铣切等工艺难关，还试制成功了弹头烧蚀防热、燃气舵等所需的特种材料。同时，其他一些攻关小组在控制系统、遥测系统、地面设备、结构强度与环境工艺等方面，也取得了丰硕成果。这些都为中程地地导弹研制打下坚实的技术基础。

中国的航天事业是由一代一代的航天人，用心血和生命凝结而成的。

一个国家、一个民族，在核心科技特别是尖端国防科技，无法与他国比肩并起时，便失去了与他国平起平坐的资格和尊严。从20世纪50年代中期之后的半个多世纪里，在钱学森的带领下，中国的导弹从战术到战略，从地地到地空、海防，从陆基发射到水下发射，从固定发射到机动隐蔽发射；从中远程导弹到洲际导弹，科技水平渐渐跻身世界先进行列。东风系列导弹、长征系列运载火箭跟进发展，大国利剑，为中国抢占了一个个科技前沿和战略制高点。

在多种航天型号研制工程实践中，一分院总体设计部逐渐形成了“大局、系统、严谨、争先、包容”的企业文化。正是这种文化，始终培育和引导着一分院和她的每一位成员，胸怀全局、服从整体，系统协调、总体优化，认真细致、严谨务实，不畏艰难、永攀高峰，包容大度、海纳百川。

孙家栋入列中国导弹研制铁军已近十年了，他一直潜移默化地接受着这种企业文化的熏陶，快速成长。他深深爱着这个集体，准备为中国的导弹事业奉献自己的毕生之力。

鞍马犹未歇，战鼓又催征。

不久，另一个更遥远的“天体”在向孙家栋召唤……

第三章 天上有了『中国星』

1970年，我在福建前线一个海岛上的海军岸炮连队当兵。那时，称得上“前线”的只有两个地方：一是福建前线，二是珍宝岛前线。4月25日，连队操场的喇叭里传来了一个令人振奋的消息：

1970年4月24日晚，中国成功发射一颗人造地球卫星……

一名20世纪70年代的普通士兵，并不清楚这颗飞上了太空、会奏《东方红》乐曲的“星”究竟是干什么的？它会给中国带来什么？但我们那个小小连队沸腾了，敲锣打鼓地为人造卫星上天欢呼。指导员专门作了动员，要求全连官兵以“东方红”卫星上天为动力，提高警惕，扎实做好战备工作。好像当天还加了菜，会了餐。

当夜，轮到我站岗。斜挎着沉甸甸的冲锋枪，我一次次仰望星空——海边的天，深碧辽阔，缀满繁星，闪闪烁烁。我在寻找那颗会唱歌的“星”。

不仅我在寻找那颗星，全中国人都在寻找那颗星！

天文学家说，在晴朗的夜空，肉眼大约可以看见45颗星星；若借助一架望远镜，便可看到两万多颗；而用现代反射望远镜，则可以看到几十万颗。然而在茫茫星海中，数千年间，却没有一颗属于人类自己研造的“星”。

只有人类才有梦想。

只有人类才会为实现梦想而砥砺前行。

1957年10月4日11时28分，在距离莫斯科2000多千米的苏联哈萨克共和国丘拉坦姆秘密基地，随着一声巨响，一枚载有直径58厘米铝制圆球的火箭，直插夜空……10月5日凌晨，莫斯科塔斯社发布了一条震动世界的消息：10月4日，苏联成功发射了第一颗人造地球卫星。

紧接着是美国：1958年2月1日，美国发射了第一颗人造地球卫星——探险者一号。

1958年5月，中共八大会议期间，针对苏联、美国的人造卫星上天，许多代表纷纷建言，希望党中央作出决策，尽快开展航天技术研究工作，天上应该有中国的卫星。

毛泽东落座在主席台正中，一边抽着烟，一边听着代表的发言，忽然，他掐灭了烟头，站了起来，说："看这样子，人造卫星把我们的人搞得不得安生了呀，苏联抛上去了，美国也抛上去了，我们该怎么办？"会场一下寂静了，毛泽东用浓重的湖南口音说："我们也要搞人造卫星！"他意犹未尽，提高声音，风趣地说："当然喽，卫星应该从小的搞起，但是像美国鸡蛋那么大的，我们不放！要放，我们就放它个两万公斤的。"

代表们欢呼着站了起来，为领袖的决策和气魄，报以长时间的掌声……

“我们也要搞人造卫星”

1967年1月27日。

阿波罗1号正在进行例行的模拟测试——这是美国的第一艘太空飞船，定于2月21日发射。

18时30分，漫长而枯燥的模拟测试即将结束，三名宇航员——指令长维吉尔·格里森、高级驾驶员爱德华·怀特及驾驶员罗杰·查菲渴望早点出舱，期待能与家人共度周末。

18时31分，飞船内的对讲机突然传来格里森的惊叫声：“火！驾驶舱起火了……”在舱内纯氧环境下，火从格里森的座椅下开始燃烧，迅速蔓延进宇航员前面的仪表面板和储物区。此时，怀特疯狂地试图将六个锁住内舱门的栓锁打开，可怎么也打不开……

“着火了！让我们出去……”宇航员声嘶力竭地喊叫着，飞船内的纯氧助长了火焰的威力，刹那间，浓烟翻滚，热浪汹涌。

五分钟后，救援人员奋力打开了舱门，三名宇航员却已悲壮殉职。

格里森生前说过：“如果我们牺牲了，希望人们能接受。我们相信这项任务不会因为我们出事而延迟，征服太空值得我们冒生命危险。”

为纪念三位杰出的宇航员，后来，月球的三座环形山分别以他们的名字命名。

阿波罗1号遇难，震惊世界。

然而此时，中国正在进行着一场史无前例的轰轰烈烈的“文化大革命”。一条如此重大的新闻，却被政治风云冲淡了。

打倒一切。许多科学家遭遇迫害，许多科研项目被迫中止。

1967年3月，经毛泽东批准，中共中央、国务院、中央军委联合发布了对六个国防工业部实施军事管制的决定。

军事管制是对国防科研的保护，更是对科技人员的保护。

难能可贵的是，中国航天人在那个动乱的岁月里，忍辱负重，不忘初心，砥砺前行……

7月29日，一辆北京吉普从友谊宾馆出发，冒着酷暑，穿过市区，驶向南苑一分院。

吉普车停在办公楼前，有人敲开了孙家栋办公室的门。

正在图板前画图的孙家栋，抬头见是一位陌生的年轻人，客气地问：“同志，你找谁？”

“孙主任，”年轻人自我介绍，“我是国防科工委的小汪。”

“哦，什么事？”

年轻人说：“科工委的张局长要向你传达上级的指示，让我来接你。”

孙家栋一听科工委的领导找，没问什么事，便跟着小汪上了车。

小汪将孙家栋接到空间技术研究院筹建处的临时办公地点——友谊宾馆。

张局长握着孙家栋的手，说：“家栋同志，告诉你一个好消息，我们国家马上要开展人造卫星方面的研制工作。为了保证这个项目能够顺利进行，中央已确定筹建中国空间技术研究院，由钱学森同志全盘负责人造卫星的研制和发射工作。钱学森同志向聂荣臻元帅推荐了你，根据聂老总的指示，上级决定调你来负责我国第一颗人造地球卫星的总体设计工作。”

事发突然，孙家栋一点思想准备都没有，愣了一下，不知该怎么表态。

张局长向孙家栋介绍了组建卫星总体部的具体意图，要求他尽快到位。

回家路上，孙家栋感到浑身热血奔涌。这几年，他听说过关于人造卫星的一些“小道消息”，没有想到中央决定立刻上马人造卫星项目，实在令人惊喜。不过，一想到钱院长对自己寄予厚望，选调自己去做总体负责人，又觉得压力重重。那个年代，人们的保密观念非常强，回到家，他没敢告诉妻子这件事。妻子魏素萍见他进门时，眯缝着眼，喜滋滋的，猜想一定有什么好事。不过，她知道孙家栋的嘴严得很，不该说的绝对不会说。记得刚结婚时，她问他：“家栋，你们这个单位到底是个什么单位，连个名称都没有，只用个‘信箱’代替，难道你们就住在信箱里？到现在，我也不知道你是干什么的。”孙家栋一下子严肃了起来：“这个现在不能告诉你，将来也不能告诉你。你要做好这个思想准备，以后别再问了。”此后，凡是工作上的事，魏素萍再也不去打听，这已经成了夫妻间的一种默契。

夜里，孙家栋望着窗外的星空，久久无法入眠。

三天后，孙家栋走马上任。当时，他只怀抱一个信念：“国家需要，我就去做！”

钱学森亲自找他谈话。

“情况都知道了吧？谈谈你的想法。”钱学森和蔼地说。

孙家栋面对自己非常敬重、又很敬畏的直接领导，坦陈胸臆："钱院长，没想到国家这么快要上卫星工程，我当然高兴。不过，我只干过导弹的总体设计，人造卫星别说没接触过，就是连见都没见过。现在要我挑这么重的担子，压力太大了！"

钱学森笑了："要说压力，我的压力比你大得多，我也没接触过卫星啊。中央要我负责卫星、运载火箭和地面系统三个方面总的技术协调和组织实施工作，你说我的压力有多大？不过，周总理把这副重担压在我的肩上，压在我们的肩上，我的体会是，这是国家对我们科技工作者高度的信任。"

孙家栋点了点头。

"家栋，我知道你的能力。"钱学森鼓励道，"你只管集中精力大胆工作，如果有什么考虑不周的，首先是我考虑不周，责任在我不在你。如果失败了，你总结教训，我承担责任。"

孙家栋脸上露出刚毅的神色。

钱学森又说："你要大胆地开展工作，如果在执行中遇到阻力，有不服气、不服从的，你可以说是经过我钱学森同意的。明白吗？"

"明白！"一股暖流涌上孙家栋的心头。

如果说过去的经历都是一种铺垫的话，那么，孙家栋的人生传奇便是从此刻开始的……

毛泽东发出"我们也要搞人造卫星"的号令后，聂荣臻按照周恩来的指示，召集中国科学院和国防部第五研究院负责人张劲夫、钱学森、王诤等组织有关专家，拟定人造地球卫星的研制和发射计划。

中国科学院和国防部第五研究院将人造卫星的研制列为

“1958年第一项重点任务”，成立了以钱学森为组长，赵九章、卫一清为副组长的领导小组，筹建了三个设计院，分别从事人造卫星和运载火箭的总体、控制系统、空间物理和卫星探测仪的研究、设计和试制工作。

1958年10月1日，新中国第九个国庆节，中国科学院自然科学跃进成果展览会开幕。

10月27日上午，毛泽东在张劲夫、钱学森、赵九章的陪同下，走进展览大厅。

毛泽东观看着各种成果展览，脸上露出满意的笑容。在火箭和人造卫星模型前，他停住了步子，饶有兴趣地听钱学森讲解。

最后一个项目是火箭“飞行”表演，毛泽东突然发现火箭徐徐“升空”，是有人在模型背后用绳子拉着，不由得笑了。陪同参观的钱学森等人感到有些尴尬。

毛泽东却说：“好！就这么搞！不要怕土，土八路能打败洋鬼子嘛！”

随后几年，科学家利用上海机电设计院研制的探空火箭进行高空环境参数的探测和高空生物试验工作，获得了许多有价值的资料。为卫星安排的一批预先研究课题和设备研制任务，如空气动力学、轨道运行理论、热控技术、火箭发动机与推进剂技术、姿态控制技术、无线电与空间电子学、空间环境模拟设备、空间物理学及航天医学工程等方面取得了不小的进展，为人造地球卫星工程提前作了技术准备。

“大跃进”的失误，“三年困难时期”的到来，加上国际形势的风云突变，我国国防科研的主攻目标放在了导弹、原子弹上，对人造卫星的研制放慢了脚步。

1965年，中国科学院地球物理所所长赵九章与自动化所所长吕强，联名向中国科学院党组递交了一份更为详尽的报告，建议尽力加快发展人造卫星的步伐。

与此同时，钱学森认真分析了我国研制人造卫星的有利形势后，也写出了一份人造卫星研制计划的建议：

自苏联1957年10月4日发射第一颗人造地球卫星以来，中国科学院和国防部第五研究院对这些技术都有过一些考虑，但未作为一项研制任务。现在看来，弹道导弹已有一定基础，如进一步发展，即能发射携带仪器的卫星，计划中的洲际导弹也有发射人造卫星的能力。工作是艰苦复杂的，必须及早开展有关研究，才能到时拿出东西来。因此，建议早日主持制订研究计划，列入国家计划，促其发展。

1965年3月，在张爱萍的主持下，国防科工委召开了发展我国人造卫星的可行性座谈会。专家学者一致认为，目前技术基础已经具备，研制和发射卫星在政治上、军事上和科技上都具有重要意义。4月29日，国防科工委根据各方的讨论意见，形成了报告。5月6日，该报告在中央专委会第十二次会议上获得批准。

中国第一颗人造地球卫星研制任务正式启动。

8月中旬，中国科学院决定立即成立三个组织：卫星任务领导小组，组长谷羽，副组长杨刚毅、赵九章；卫星总体设计组，组长赵九章，副组长郭永怀、王大珩；卫星任务办公室，主任陆绶观。

1966年1月，中国科学院成立卫星设计院，代号“651”设计院，赵九章任院长。

卫星研制的初步方案出炉后，给卫星冠以什么名字，众议不一，后来，总体组副组长何正华提议：“我看就叫它东方红一号吧！”大家一致赞同。

继“两弹”结合飞行试验成功后，我国又于1967年6月17日在罗布泊上空成功爆炸了氢弹，进而完成了实战化的研制程序，并将氢弹核武器配装上中远程导弹，使我国成为国际上具有一定核打击、核威慑力量的国家。

我国第一颗人造地球卫星和其他航天器的研制，分散在中国科学院、第七机械工业部（简称“七机部”）及其他一些部门，给组织领导和统一调度带来了诸多不便。聂荣臻听取了钱学森关于组建“人造卫星、宇宙飞船研究院”问题的汇报。1967年6月27日，中央军委决定将现有分散的科技力量集中起来，筹建中国空间技术研究院，列属国防科工委建制。

仰望星空，钱学森感到压力巨大！

据统计，1957年，全世界有2颗卫星上天；1958年，全世界有8颗卫星上天；1959年，全世界有14颗卫星上天；从1962年起，全世界每年发射的卫星总数超过100颗。特别是美苏两国竞争激烈，1968年，美国有74颗卫星上天，苏联发射了84颗。

然而此时，太空中还没有一颗中国卫星。

1968年2月20日，经中央批准，中国空间技术研究院正式成立。其定位是全国空间技术研究中心，负责国家空间技术的抓总工作。七机部副部长钱学森兼任院长。

中国空间技术研究院以中国科学院所属的“651”设计院、自动化研究所、力学研究所（部分）、应用地球物理所、生物物理所、北京科学仪器厂、上海科学仪器厂等单位为基础力量，再从七机部抽调部分技术骨干共同组成。中国科学院将十年来研制卫星的数十项成果、第一颗人造地球卫星的初样、基本的地面观测网和5000余名科研人员以及各种仪器、设备、资料、厂房等，全部划归中国空间技术研究院。

钱学森领受任务后，首先想到的是建立卫星总体设计部。要将一颗卫星从地面发射到天上，是一个庞大而复杂的系统工程：从研制到生产，从生产到发射，从发射到测控，环环相扣。总体设计部就是这个庞大而复杂工程的参谋部。钱学森认为，总体部的负责人知识面要广，既懂工程上的问题，又要有比较广博的科技知识，同时，还要有担当精神，要能承担得起解决第一颗人造地球卫星工程的综合组织管理和实施的重担。

谁来担任卫星总体设计部的负责人？钱学森在脑子里“过电影”。这几年，通过“1059”、东风二号、东风二号甲型号的实践和锻炼，一分院已经聚集了一批人才。特别是一些年轻、优秀的科技工作者已经脱颖而出，成为中坚力量。

经过深思熟虑，钱学森的目光最后落在了孙家栋身上——通过近十年的锻炼和考察，钱学森对这位毕业于苏联茹科夫斯基空军工程学院的年轻人，已经十分熟悉和了解。他也一直给孙家栋“加码”——从总体主任设计师到总体设计室主任，再到总体部副主任。孙家栋科研基础扎实，才思敏捷，能吃苦，有创意，在仿制“1059”、中近程导弹改型设计和我国独立设计的中程地地导弹工作中，充分显示出了他的专业水平和组织能力。

此时，孙家栋刚满38岁，将我国第一颗人造地球卫星总体设计的重担压在他的肩上，分量是不是太重了？钱学森不由得想起了自己的青年时代，想起了恩师冯·卡门。1938年，由于恩师的提携，师生共同完成了《可压缩流体的二维亚声速流动》论文，建立起了世界闻名的“卡门—钱近似”公式，使他在29岁时便成为世界知名的空气动力学专家。1947年，自己36岁，比孙家栋还小两岁，被麻省理工学院破格提升为终身正教授。冯·卡门在推荐信中写道：“钱博士在应用数学和数学物理解决气体动力学与结构弹性方面的难题，绝对是同辈中的佼佼者……他人格成熟，堪当正教授之职，也是一位组织能力极强的好老师。”

38岁的孙家栋，正处在科研的黄金年龄，是该让这位德才兼备的年轻人挑重担的时候了。

钱学森之子钱永刚教授透露了一条独家“消息”。父亲晚年谈起此事时，曾告诉他：“当年选中孙家栋，借此机会给他动个地方、换个位置，也是为了保护孙家栋。”时值“文化大革命”，“文斗”“武斗”均上，不知道会发生什么，以防不测。

这是孙家栋在科技人生中第一次肩负重担！

当时，孙家栋既感到压力很大，又非常兴奋。一个科技工作者可以用自己的专业报效自己的国家，那是一种机遇，更是一种使命。

孙家栋深知要完成如此重大工程，需集结各路精英，博采众长。

我问孙老：“当时两派群众组织正‘打’得不可开交，造卫星的人马您是怎么调集的？”

“是的，当时首先困扰着我的就是这个问题。”孙老说，“我向钱学森院长提出建议，抓紧建立机构，调集人员。钱院长马上表示同意，先要把‘台子’搭起来，才好‘唱戏’。他说可以以中国科学院的专家为主，再从别处抽调一些优秀人才。但是那时候各单位都在闹派性，靠各单位推荐肯定不行，哪一派都想多选派自己的人。钱老要我多作些调研，统筹考虑一下，先提出个名单，再研究确定。”

我说：“等于这个名单是您先提出来的？”

“钱老让我先来选，我有些犹豫。钱老说：‘以后你要主管总体设计部，你知道需要用些什么人。如果让人家推荐，他推荐了，你看不上，怎么办，难道还给退回去？所以，还是要由你先提出个名单来。’”

孙家栋心里踏实了，既然领导这么信任，给予自己这么大的权力，便放开胆子，考虑不同的专业类型和个人的技术特长，经过两个月的调研，最后选定了18人。名单报给钱学森后，又很快得到聂荣臻的批准。后来，这18人被称为“航天18勇士”，他们是：

戚发轫　沈振金　韦德森　张福田　彭成荣　尹昌隆
朱福荣　孔祥才　王　壮　杨长庚　王大礼　张荣远
刘泽光　郑忠琪　林殷定　鲁　力　王一方　洪玉林

当名单下达到七机部和中国科学院时，听说选调的人员准备去干卫星工程，谁也不敢阻止，两派群众组织都敲锣打鼓举行欢送仪式。大家都夸孙家栋有招，解决了一个大难题。

孙老告诉我：“刚开始的这支人马，一部分来自七机部一院，包括我在内，我们都参加过一院主持的几个型号的导弹研制，有工程实践经验，但对人造卫星的理论基础比较缺乏；另一部分人员来自中国科学院，基础理论是他们的强项，但工程实践是他们的弱项。必须尽快将两支队伍融合在一起。当时，对卫星的总体方案有两种思路：第一种是按照科学院的原定方案，把卫星做成科学探测卫星；第二种是把卫星搞成工程卫星。前者要装姿态控制系统和多项科学探测仪器，技术复杂；后者则简单多了，不上任何探测器，只要把卫星送上天，就说明我们掌握了火箭、卫星、测控、靶场、地面环境等一整套卫星工程技术，就可以打90分了。”

周恩来总理一次在听取钱学森汇报东方红一号有关情况时，提出了一个关键的问题：卫星升空后，究竟用什么来证明它确实是发射上天了呢？比如，原子弹爆炸之后人们能够看到蘑菇云，但是宇宙空间那么大，用什么来向全世界证明中国的第一颗人造地球卫星发射成功？

苏联第一颗卫星的呼叫信号是时隐时现、“滴滴答答”的电报码，遥测信号不连贯且是间断的。总体组在做方案时，认为应该有别于苏联，甚至要超过苏联。中国的卫星应该发出一个连续的信号，或是一种什么声音，最好是老百姓所熟悉的。想了许多方案都不理想，后来，有人建议在卫星上播放《东方红》乐曲，让全球响彻“东方红，太阳升，中国出了个毛泽东”的声音。这个主意好，当时没有什么声音能超过《东方红》，没有什么比《东方红》乐曲更能代表中国、代表老百姓的心声，大家一致赞同。

聂荣臻指示要尽量简单，尽快上天，达到基本目的，掌握技术。

复杂问题简单化，也是一种方法。孙家栋带领总体部对卫星原方案作了大胆的修改、简化：能源系统只采用银锌化学电池组供电的方案，去掉太阳能电池加镉镍电池供电部分；去掉科学探测系统和遥感系统；去掉姿态控制部分，只保留姿态测量用的红外地平仪和太阳角计。最后，东方红一号的分系统是：结构、温控、能源、《东方红》乐音装置和短波遥测、跟踪、天线，外加姿态测量部分。

重新制定的东方红一号卫星的总体技术方案和研制任务书出来后，孙家栋不免又有几分担心。作为一名科技工作者，他深知卫星上的每个系统，甚至每个零配件，都凝聚着科技人员的智慧和心血，有的是经过几十次、几百次的试验才获得的，现在说去掉就给去掉了，谁遇到都会心疼。

孙家栋将总体方案报送钱学森。一周后，钱学森告诉他："方案我看了，基本可以了。"

孙家栋说："院长，有些老专家还得您出面做做工作，请他们支持简化方案。"

钱学森好像早就意识到了这个问题，说："现在的新方案不是废弃原方案，而是把原方案分成两步走，先用最短的时间把卫星送上天，先解决'有没有'的问题，在此基础上再发射更先进、更复杂的科学探测卫星。我想，老专家们会理解的，应该可以形成共识的。"

1967年12月11日至16日，国防科工委召开东方红一号方案修改论证会，200余人参会。在钱学森主持下，会议确定了第一颗人造地球卫星的总体技术参数和各分系统技术方案，确定这颗卫星的技术水平要高于苏联、美国的第一颗卫星；三级运载火箭的前两级用正在研制的中远程地地导弹改制，第三级为固体火箭。

钱学森对孙家栋说：“按照中央领导的指示要求，我认为我国第一颗人造地球卫星总体技术方案，可以概括为‘上得去，抓得住，看得见，听得到’。假如这12个字做到了，就意味着我们国家掌握了发展航天最基本的技术。”

兵马齐聚，方案已定，却又遇到一个迫在眉睫急需解决的问题——总体方案有了，还需要领导拍板批准。过去，只要聂荣臻签名，批上“同意”两字就行了。可此时，聂荣臻被扣上了“二月逆流”的帽子，“靠边站”了。

孙家栋没去找钱学森，觉得此时钱学森说了还不算数，也不想再增加他的负担。可是应该找谁呢？时间不等人，已经耽误太久了。一天，孙家栋突然想到了国防科工委副主任刘华清，虽然与刘华清没有过交往，但孙家栋听过他的报告，觉得他是个有水平、敢担当的领导。对，找他去！也不知道哪来的一股勇气，孙家栋径直跑去找刘华清。

刘华清看了孙家栋送来的报告和方案，笑着说：“小伙子，你们怎么把这个送给我？我不懂卫星，也不分管这项工作，怎么办？”

孙家栋直率甚至有点儿不讲理地说：“首长，您懂也得管，不懂也得管。领导定了，拍个板，我们就可以往前走了。否则，那么多人干等着，白白浪费时间，着急啊！”

刘华清尽管不分管卫星这一块，但他对基本情况大致还是了解的。卫星工程是党中央、毛主席定下的重大工程，兹事体大，不能再拖，总得有人来承担这个责任。于是，他又问了孙家栋一些有关情况，拿起桌子上的笔，说：“小伙子啊，你们做得对，这件事不能再拖了。文件我给你签了，不过咱们把话说在前头，技术上你们负责，其他问题我负责，我拍板。”

事后，刘华清把卫星方案简化情况报告给中央负责同志，卫星计划才得以继续进行下去。刘华清回忆说：“当时这么干，除了有一种强烈责任感外，也有一点儿‘傻大胆’的味道。”

孙家栋拿到刘华清批示，立即赶回总体部，同事们一见国防科工委领导的批示，有些不敢相信，开玩笑问：“孙总，你是不是有什么背景啊？”孙家栋也笑了：“我还能有什么背景，人一着急，胆子也就大了，顾不上想很多了。”后来，此事一传再传，传出了各种“版本”：有说“孙家栋吃了豹子胆，夜闯‘刘宅’”；有说“刘副主任不知道该签还是不该签，正在犹豫，孙家栋急了：首长要是不签，我就住在首长家”。孙家栋听说后，眯缝着眼笑着，也不作解释。

钱学森也很高兴，对其他院领导说：“看来，把孙家栋找来还是对的，他的确敢干事，会干事。”

关于东方红一号卫星定名问题，《刘华清回忆录》有这么一段记载：

“东方红，太阳升”，这支歌当时人人会唱，到处都唱。因此，卫星也命名叫“东方红”。按说寓意很好，毛主席像太阳，人人敬仰；同时，从地理看，中华民族也生活在世界东方。这个命名很明显，突出了政治意义。可是，当时的特殊政治环境，带来人们特殊的心理状态。“东方红”用在卫星身上，引起了争论，这里潜藏着一种非常敏感的政治风险。

人们的担心是给卫星起名“东方红”，如果成功了，当然皆大欢喜；但是，一旦失败摔下来，可能就是一场“政治事件”。还有卫星上天后，会奏响“东方红”的旋律，一旦因电池寿命等技术原因，旋律停了或者跑调，也可能会被追究是否故意给社会主义“抹黑”。

在今天看来这可能有点天方夜谭，但在那个年代，这并非胆小或无的放矢，类似的“政治事件”曾经多次发生。

两种意见，怎么办？最后，我支持主张原方案定的名字，卫星还叫“东方红”。

上得去，抓得住，看得见，听得到

中国工程院院士、载人航天总设计师、当年“航天18勇士”之一戚发轫说：“（发射东方红一号卫星）孙家栋最大的贡献是，作为顶层设计，他把当时科学家们做的非常先进、复杂的卫星，简化成满足中央的要求‘上得去，抓得住，看得见，听得到’。”

“上得去，抓得住，看得见，听得到。”

12个字，简单明了，但真正做到，难，难，难！

钱学森告诉孙家栋：“家栋，我想提醒你，我们搞卫星这样的尖端科学技术，强调自力更生，首先要考虑一切从中国的实际出发，还要有明确的实际应用价值。就如我们的火箭水平如果达不到一定程度的时候，还谈不到卫星。只有按照从导弹到运载火箭再到卫星，这么一个客观步骤，才能做出可行的下层总体技术方案。”

钱学森再三强调：“‘上得去，抓得住，看得见，听得到’，这就是我国第一颗人造地球卫星作为‘政治星’的特殊要求。”

“上得去”是依靠运载火箭，当时东风二号已经发射成功，这个问题基本解决了。而“抓得住，看得见，听得到”，成为孙家栋和卫星研究人员面前的三大难关。

“抓得住”就是指卫星升空后，地面要有一套无线电观测系统，通过这个系统时刻能测控卫星所在的位置，明确卫星是否已经进入了运行的轨道；卫星的轨道是什么样的，是否符合预定的要求；卫星运行中，什么时间到达什么地点的上空。

卫星入轨后的长期跟踪测轨系统，一种方案采用多普勒测速系统，另一种方案采用干涉仪测角系统。后者的测轨技术比较成熟，但对地面站要求高，所需仪器设备也比较昂贵；前者是国际上刚兴起的新方法，灵活机动，投资较小，但在当时，只有率先发射人造地球卫星的苏联和美国等极少数国家掌握这种方程式的算法，而对于卫星测轨技术刚刚起步的中国科研人员来说，还是一个待解的谜题。为了破解这个谜题，科研人员冥思苦想。有一天，卫星总体组的刘易成突然来了灵感，跳出寻找几何关系的传统思维，直接从多普勒原理导出一组多站多普勒独立测轨方程，找到了卫星运行速度与地面之间距离的算法，破解了“多普勒之谜”。然而，这个算法能否真正应用于东方红一号的测轨，还需要反复地进行模拟验证。当时，能够借助的运算工具只有手摇计算机、计算尺和算盘，一条轨道的数据往往需要计算好几天。负责运算的工作人员开始了夜以继日的运算工作，终于解决了有关测轨方程式的计算方法和程序设计的难题，为实现“抓得住”的技术要求扫清了技术障碍。

东方红一号的远地点距离地面2000多千米，为防止卫星上天后像风筝一样脱线，此前，以陈芳允、王大珩为首的地面组对卫星观测系统进行了大量的调研和认真分析，认识到地面系统应包括光学及无线电跟踪、遥测遥控、时间统一勤务、控制计算中心、发射安全以及海上观测等。确定东方红一号的测控方案以多普勒测量为主，并在卫星入轨点附近的地面观测站设置雷达和光学设备加以双重保证。卫星地面系统应具有高度的技术综合性。有关部门在西安等地建立卫星测控站，将对卫星进行不间断的观测和监控。

“抓得住”难题解决了，还有“看得见”和“听得到”呢！

按照总体方案，东方红一号是个直径1米的72面体。气象学专家告诉孙家栋，在天气好的情况下，它的亮度相当于七等星，而人的眼睛只能看到六等星。

这是必须解决的难题。孙家栋将任务交给了七机部第八设计院，要求尽快解决“看得见”问题。

领受这一任务的技术员沈祖炜做了一个又一个方案，但均失败。眼看时间一天天过去，他茶不思、饭不香，压力太大了。一天，下着小雨，出门时，沈祖炜看见身旁一位姑娘打开了一把折叠伞，眼前一亮。当时，折叠伞还是个时髦物件。他追过去问姑娘从哪买的折叠伞，姑娘告诉他，只有王府井百货大楼才卖这种伞。沈祖炜急忙乘公共汽车赶到王府井，买了一把折叠伞，如获至宝般带回家。打开，收拢，再打开，又收拢，连说：“有了！有了！”

第二天，沈祖炜将折叠伞带到办公室，把自己的想法对同事们一说，大家也说："妙！妙！"受折叠伞的启发，设计人员巧妙地在卫星底部加装一个特殊材料制成的"观测裙"，俗称"围裙"。它是一个直径4米、具有良好光学反射特征的球状体，可大面积反射太阳光，从而达到二三等星的亮度。在卫星发射阶段，"围裙"像折叠伞一样收拢起来，固定在卫星底部。卫星入轨后，末级火箭与卫星分离，"围裙"随之撑开，面积达十几平方米。经过多方努力，研制人员终于找到了一种又轻又薄的材料，在－269℃的环境里，还能保持其柔软性。

试验那天，孙家栋赶到现场，只见操作员启动电钮，顷刻，四根弹射杆同时弹出，将绕成环状的"围裙"拉开。在旋转产生的离心力的作用下，"围裙"倏地展开，形似莲花，又像宫灯，大面积反射太阳光，闪闪烁烁，耀眼夺目。

"太棒了！"孙家栋禁不住赞道。

升空后，东方红一号带着这个凝结着科技人员心血和智慧的"观测裙"，在晴朗的夜空，恍若一颗亮晶晶的星星。

最后只剩下一道"听得到"的难题了。

让卫星播放《东方红》乐曲，大家一致赞同。不过，新的问题又来了，首先必须解决天上的卫星是播放《东方红》全曲，还是只播放部分旋律？两种意见，都有理由：一种意见认为《东方红》表达了中国人民对伟大领袖的无比崇敬和深厚情感，必须播放全曲16节；另一种意见认为播放全曲，技术上无法保证，只能播放《东方红》乐曲前8节。按第一种意见办，政治需要满足了，但技术上难以实现；若按第二种意见办，技术上满足要求，但政治风险大，如果有人把只播放前8节音节看成是"断章取义"、歪曲《东方红》乐曲，这顶"帽子"扣谁头上都受不了。

难题交给了钱学森，这位世界级的大科学家苦思冥想，还是无法破解这道政治题。

最后报到了中央，聂荣臻、周恩来定夺，批准卫星只播放《东方红》乐曲的前8节。

根据设计要求，当卫星环绕地球上空时，要让世界人民，特别是亚非拉人民用普通收音机都能收听到《东方红》乐曲。

这实际上是卫星直播的概念，但当时我们还不掌握这项技术。技术组的技术员从商业部的一个库房里借来了世界上最先进的各种收音机，测试了各种收音机的灵敏度，再反过来推算卫星需要发射的功率有多大。这一推算发现，如果想让普通收音机收到卫星发出的信号，卫星必须装载大功率发射机才行，卫星的总重量将超过一吨，而当时火箭的运载力根本达不到。唯一的办法是通过地面站转播。后来，各地从广播里收听到的《东方红》乐曲，就是地面跟踪站接收了卫星信号后再转发出去的。

如何奏出清晰、悦耳、动听的《东方红》乐曲？任务交给了中国科学院遥控室的助理研究员刘承熙。经过反复分析研究，刘承熙拿出了设计方案：为突出思想主题，40秒钟内先重复播送《东方红》乐曲前8小节两遍，然后间隔5秒钟，再继续播送《东方红》乐曲前8小节一遍。这样，简化了卫星的结构和减轻了卫星的重量，用一个发射机便可以实现交替传送《东方红》乐曲和遥测信号的目的。

用什么乐器来演奏《东方红》乐曲？刘承熙首先想到的是北京火车站雄壮浑厚的钟声，但一了解，其线路复杂，无法仿制。有人建议：既然是我们自力更生研制的“东方红”卫星，就应该用我国特有的民族乐器演奏《东方红》乐曲，但试了二胡、唢呐、笛子，音色均不理想；有人建议用钢琴、小提琴、小号，效果也不理想。后来，在北京乐器研究所和上海国光口琴厂的协助下，选中了铝板琴的声音。用线路来模拟铝板琴奏出的《东方红》乐曲，不仅声音清晰、悦耳，而且线路简单，可靠性强。

承担这项任务的北京控制工程研究所技术人员，从电子线路到材料和元件的选用都一丝不苟，保证它们既能经受火箭发射时的力学环境考验，也能经受在恶劣的空间环境中长时间运行，还得解决电磁干扰使乐曲错乱和部件固封后乐曲变调等关键问题。为了挑选能够在太空环境下工作的高频大功率晶体管，技术员因陋就简，利用大口径保温瓶胆做试验，瓶底灌入液氮，液氮上方挂晶体管和温度计，在－80℃的环境中测试晶体管的特性，对20支晶体管一一测试挑选。最后，乐音装置和卫星短波遥测装置固封在一个盒子里。盒子正面有毛泽东的头像，头像下方镂刻有金底红字的毛泽东手书“东方红”字样。

《东方红》乐音装置及短波遥测系统面临的另一道难关，是卫星上天后，星上四根三米长的拉杆式短波天线能否正常展开与释放，这直接关系到《东方红》乐曲播放的质量。第一次短波天线伸展试验中，最后一根天线折断后被甩了出去，试验失败。紧接着，做了十几次，次次失败；改变天线结构，还是不行。

孙家栋召集大家开“诸葛亮会”，大家在一起认真进行计算和分析，还是找不到原因。会后，孙家栋把试验情况及研究分析结果向钱学森做了汇报。

钱学森询问了一些细节，又看了看研究分析，说：“你们要研究天线释放和展开的运动形式，这是复杂的运动合成，要考虑在地面做试验时的重力影响……这个问题蛮难的，我给你们推荐位专家，可以去向胡海昌同志请教。”

孙家栋骑着自行车穿越了大半个北京城，找到了胡海昌。这位著名的固体力学、结构理论、结构振动专家此时因家庭出身、学术权威等问题，还在“靠边站”。胡海昌非常热情，听了孙家栋的介绍，又看了材料，说：“这样吧，你把材料放在我这里，我算算，试试看。”胡海昌用笔算了整整一夜，得出了一组数据。技术人员根据胡海昌的计算，修改了天线结构设计，增加了一个铰链，后来多次模拟试验均达到满意的效果。

卫星研制初期，各种试验条件十分有限，甚至可以说是极其简陋、原始。为了模拟卫星在太空这种低温环境中的工作状态，研制人员跑了许多地方，最后看上了海军后勤部位于昌平的一个冷库。当他们提出借用冷库时，军方以为他们要储存什么物资，问：“你们准备存猪肉还是海鲜？”听说准备搞一项重大的科技试验，军方非常支持，腾空冷库三个月，供科研用。在零下十几摄氏度的冷库里，试验人员利用电加热系统对卫星各分系统温度进行调节，使其达到设计要求。通过试验，确定了加热方式和加热功率的大小，为设计卫星发射的地面加温系统提供了参数。正值盛夏，大地热得像蒸笼，可在冷库里，试验人员穿上棉衣、棉裤、棉鞋，戴上棉帽，依然冻得瑟瑟发抖。

卫星天线在展开试验时折断了好几次。为了查明原因，戚发轫带领几位工人在一个废品库里做试验。飞速旋转的天线，万一折断甩出去，就如同射出的利箭，极其危险。戚发轫给工人们找了几片包装箱盖做“盾牌”，像是古代武士似的，透过箱盖的缝隙可以观察天线的旋转，最终找到了天线折断的症结。

那个年代，国内工业基础薄弱，北京竟然找不到能够制造插针电信号连接插头的工厂。孙家栋带着一位技术员去上海找厂家。当时，京沪线的车票很紧张，在售票厅排了好几个小时队，只买到两张站票。两个人在火车上站了20多个小时，才到上海。上海市革委会负责接待的人，听说他们要找生产连接插头的厂家，表示为难，说“现在正在闹革命呢，许多工厂都停工了”。孙家栋拿出国防科工委办公室的介绍信，人家才将他们介绍给了上海无线电五厂。工厂也在“闹派系”，好不容易找来几位工人师傅，听说是国防上要用的元件，很热情。师傅们看了图纸，说难是难，但应该能够做出来，只是厂里没有设备，无法加工。孙家栋将工人师傅请到北京，在一院总装厂老工人顾师傅的车床上反复切磋、试验，终于将这只仅几厘米长的特殊插头加工了出来。

卫星上还有个部件须由北京某厂生产，但工厂“闹派系”，生产瘫痪了。孙家栋拿着样品跑到厂里，找到生产科科长刘尔鹏。刘尔鹏苦笑着说：“我都‘靠边站’了，找谁给你生产这个东西。”孙家栋苦求了半天也没用。他只得扫兴地往回走，刚走到厂门口，又返回去。他知道这个部件生产不出来，肯定会拖计划的后腿。他一把拉住刘尔鹏说：“刘科长，刚才因为保密的原因，我没敢说。我知道你也是一个有觉悟的老工人，实话告诉你吧，这个部件是我国第一颗人造地球卫星上用的，属于机密，一定要想办法帮助我们生产出来。否则，它直接影响到我国第一颗卫星发射的时间。”刘尔鹏一惊：“什么，这是卫星上要用的？你为什么不早说？这样吧，东西先放我这儿，三天后，你再来找我。”孙家栋走后，刘尔鹏找了厂里技术最顶尖的两位老师傅，悄悄告诉他们，这是一项秘密的“政治任务”，三天内必须完成。两位老师傅在厂里有着极高的威望，“造反派”见他俩在干活，都只敢站得远远的，连问都不敢问一声。他们用了两天多时间，就将部件加工出来。孙家栋拿到部件，感动地说：“师傅们，我不知道该怎么感谢你们！”

遇到难题，孙家栋便会跑去钱学森办公室求助。有一次，钱学森对他说：“卫星控制方面的仪器能够形成系统，其他方面大同小异，卫星平台、有效载荷等为什么不可以考虑进行归类？应该从系统的角度分析和研究问题，运用系统工程的思路找出相互间的制约关系、牵制影响并解决主要矛盾。虽然卫星自身是一个系统，但在整个工程大系统中它并不是孤立的，做卫星总体应从推进整个大系统的发展出发，分析问题和解决问题。”

钱学森的指教令孙家栋茅塞顿开。发射人造卫星这种大型任务必须实事求是地考虑总体的协调性。由于某些技术还处于理论研究阶段，尚不具备应用条件，必须根据当时的进展情况，在卫星总体方案中进行调整和简化，在满足基本技术指标的原则，保证航天发展实用性、及时性和技术功能的同时，一定要解决发展航天的基本技术，为加速发展下一步型号打下基础，即在研制第一颗卫星时就想到如何与发展规划衔接。孙家栋说：“从参加第一颗人造地球卫星研制开始，我首先从系统总体角度出发制定切实可行的总体技术方案。作为卫星研制的总体技术负责人，我遇到困难及时请教钱老，在他的指导下，各个系统攻克了一系列技术难关。”

时任东方红一号总体组副组长潘厚任回忆那段经历时，打了个形象的比喻：“就如同你要吃馒头，馒头买不到，面粉买不到，甚至连小麦也买不到。你就要开荒种麦子，从头来。”

为了吃到“馒头”，踏踏实实种“麦子”吧！

1969年8月27日，东风基地。

一枚供飞行试验用的两级火箭长征一号竖立在发射架上。

长征一号火箭总体设计工作原来是由七机部第八设计院负责的，1966年，由于种种原因，国防科工委决定改由运载火箭研究院负责，时任研究院副院长任新民担任总设计师。尽管他身上带着个“三青团”分子的历史问题，但周恩来说过“应给予保护”的话，因此尚能勉强主持火箭的设计研制工作。

院里两派“造反派”闹得很凶，院领导大部分被打倒，机构运转处于半瘫痪状态。任新民像救火队长，每天不是去研究室，就是下车间，到处求人，时时“灭火”。

长征一号火箭此次如果发射成功，东方红一号卫星便有可能在年底或1970年初，抢在日本前面发射；倘若失利，卫星发射必将推迟，落在日本后面。尽管在这个发射场已经发射了几十枚导弹，但这一枚非同寻常。

美国、苏联虎视眈眈，日本也神经紧绷。

9月初，火箭开始通电，进行垂直测试。出厂前，好好的陀螺仪表突然无法正常工作，查了半个多月，仍查不出原因。

9月26日，钱学森赶来了，听了任新民的汇报，还看了在真空箱中复现故障的试验。钱学森双手抱在胸前，看着看着，“呵呵”一声笑了：“嘿！原来如此，是没有憋住气呢！”原来，火箭试车后，在加强仪表刚度时，系统出口处的“定压活门”松了。火箭到海拔比较高的发射场后，由于外界气压低，陀螺仪表未节流，自然无法正常工作。

临近发射前一天，周恩来安排将任新民和几位主要设计人员用专机接回北京，听取汇报。周恩来详细询问了发射场的有关情况和可能发生的问题，直到将情况一一了解、落实后，才将专家送回发射场。

11月16日17时45分，火箭点火升空后，刚刚爬升了1000多米，箭身中部突然闪出一束刺眼的白光，随后火箭便不知去向了。

当时的跟踪技术十分落后，40分钟后，落区报告：“没有发现目标。”

基地指挥员李福泽的脸一下子黑了，火箭是掉在境内，还是飞出了国境？

这时，周恩来的电话打到了指挥所，听取了情况汇报后，安慰大家，让大家先别慌乱，万一真打到国外，他也已经做好了向国外说明情况的准备。

基地观测站推测，火箭是在一级发动机关机后出了故障，落点应该在距离发射区大约680千米的地方。钱学森认为推测有道理，便根据实际飞行曲线做了计算，圈定了一块区域，果然直升机很快在那个区域的一片沙漠里发现了火箭残骸。

钱学森承担了失败的全部责任。

孙家栋闻讯后，极为震惊。不过，他坚信火箭团队一定能攻坚克难。

两个多月后的1970年1月30日，第二枚长征一号火箭重新矗立在发射架上。

随着一声令下，火箭冲天而去，十几秒后，天空爆出一团火球，瞬间，两级火箭分离成功。当落区传来“火箭高精度击中目标”的消息时，引起一片欢呼声。

东方红一号卫星有了可靠的运载火箭，孙家栋悬着的心放下了。

然而，日本还是抢先了：1970年2月11日，日本第一颗人造地球卫星大隅号发射成功。尽管这颗卫星很小，只比铅球重一点，但再小也是卫星啊。

后来，钱学森在发射现场召开的庆祝我国第一颗人造地球卫星发射成功的庆功会上，先是热情地歌颂了这一伟大胜利，表彰和感谢了有关各方的贡献。然后，他话题一转，沉重地做了检讨：很可惜，比日本晚了一步。卫星发射时间一再推迟，作为国防部五院、七机部领导成员，自己有不可推卸的责任。

时间逼人！

孙家栋时时有一种被鞭子催赶的感觉。

作为总体部的负责人，孙家栋每天都要面对一道道难题。而且，他还必须协调好各分系统之间的关系。他如同一支乐队的指挥，哪节旋律都不能出错，哪位乐手都不允许出错。

功率消耗的分配与限制非常重要，孙家栋要求各分系统在设计分配指标时，一定要将功率消耗控制在限定的范围内。然而，各分系统都有自己的“小算盘”，都想尽量多申请一点指标。东方红一号上使用的是化学电池，其提供的电能不可能完全满足各分系统初始功率的消耗要求，而有的分系统宁可多要，多要了再说。因此给谁多少，孙家栋必须心中有数、有理有据，不能是“会哭的孩子有奶吃”。当时，卫星上的应答机已经申请到了10瓦的热耗指标，设备研制出来实际功率只有8瓦。这时，卫星的热控计算早已完成，按照卫星的研制进度，热平衡已经安排完毕，如果这个系统少1瓦、那个系统少2瓦，整星温度就会变低，整体温度控制就会受影响。可是各分系统的设备都已到位，没法再改，而且任何细小的改动都会影响全局。矛盾最后都集中到总体部，孙家栋也感到很棘手。但是，再棘手也得想办法解决它。

有天半夜里，孙家栋在似睡非睡、朦朦胧胧中，突发奇想，想出了一个解决方案：为了不影响卫星整体热平衡，哪个分系统出现余量，就在哪个分系统串联一个功耗电阻，富余多少就串联多少，把富余的功率用电阻消耗掉。对，对！孙家栋连忙爬了起来，将这一梦中获得的方案，记在一张小纸片上。

第二天，到了总装车间，他将自己的想法告诉同事。大家按他的办法去做，果然有效地解决了富余功率问题。后来，大家将这一方法，称为“逆向思维法”。

作家创作需要灵感，科学家何尝不是如此？一个个难题的破解，一项项发明的产生，无不闪烁着智慧的光芒。只是灵感绝不是凭空臆想得来的，作家的灵感来自对生活的感悟，科学家的灵感则来自扎实的理论和无数次的试验。

还有一件事，更让孙家栋困惑。

彼时，正值“文化大革命”高潮，个人崇拜达到高峰，读“红宝书”和佩戴毛主席像章成为一种突出的政治时尚。一些分系统的仪表仪器做出来后，都要在明显部位镶嵌一枚毛主席像章。开始，孙家栋没太在意，后来发现大家都在心里比着，像章越做越精致、越做越大。这就有问题了，首先是总体质量超过了，比如某仪器的额定设计质量是5千克，镶嵌上一枚质量0.2

千克的像章，安装后卫星的总质量变成了5.2千克。总体设计人员检查时，告诉分系统研制人员，你们的仪器超重了。分系统研制人员马上会说，超重的是毛主席像章。这在当时谁敢说个“不”字？一台仪器超重一点，看似没差多少，所有的仪器集成在一起就超多了，导致火箭的运载余量减少，火箭的可靠性必然受到影响。还有，卫星对散热的要求很高，加了那么多像章，散热必然受影响。几位设计员也发现了这个问题，把情况反映给孙家栋。他也挺着急，但只能干着急。他几次想解决这个问题，但一想到若有人抓住这件事，扣上一顶“光要卫星上天，不怕红旗落地”的“大帽子”，自己将有口难辩。如此，不仅解决不了问题，还可能带来更麻烦的后果。他本想报告钱学森的，又怕给钱学森增加压力，心里一直十分纠结。

1969年10月，卫星初样制造完成。一天中午，孙家栋接到钱学森秘书的电话，让他赶紧派人将卫星初样送到人民大会堂江苏厅。干他们这一行的，都遵守保密规则，孙家栋也没问为什么。

下午，孙家栋组织人员将卫星初样送到了江苏厅。这是孙家栋第二次来人民大会堂。

1961年，全国闹饥荒，人民都在饿肚子。国庆期间，为慰问、鼓励科技人员自力更生、发愤图强，受周恩来委托，聂荣臻和陈毅在人民大会堂请首都科技界代表吃饭，给大家补充一点营养。一院也分到几个名额，32岁的孙家栋作为青年代表受到邀请。

聂荣臻端起茶杯，坦诚地对科学家们说：“同志们，我们现在是被‘逼上梁山’了！中国科技人员不比别人笨，我们自己干吧，靠别人是靠不住的。党中央寄希望于我们自己的专家，以后就拜托大家了！”

钱学森代表科学家们表了态：“聂帅、陈老总，中国科技人员要我说是了不起的！我们不怕苦，有智慧，现在国家有难，我们不出力谁出力？为了国家损坏健康甚至牺牲生命都是值得的！”

孙家栋记得每桌都有一条清蒸鱼和一盘红烧肉。大家每夹起一筷子鱼或红烧肉时，心情都格外激动，都带着一种仪式感。

这顿“奢侈”的晚餐，让每一位被邀请者记忆终生。

一晃，8年过去了……

吃了晚饭，钱学森来到江苏厅告诉孙家栋，周恩来总理要听取关于东方红一号的情况汇报，让他准备一下，看还有什么问题需要向领导汇报。

总理亲自听汇报，孙家栋顿时紧张了起来。

“文化大革命”中，一直领导主持导弹、火箭、卫星等国防尖端科技研制的聂荣臻，被林彪、江青一伙打成“二月逆流”的干将，后又被一纸备战令，疏散到河北邯郸。周恩来只好亲自抓卫星发射工程。

周恩来、李先念、余秋里等中央领导来到了江苏厅。

中央领导饶有兴致地观看卫星初样，钱学森对卫星的结构、各分系统的功能作了简要介绍。

周恩来走到会议桌前，环视四周，示意大家坐下。

周恩来先征询钱学森的意见：“学森同志，咱们开会吧？”

钱学森连忙点头。他首先将孙家栋介绍给了周恩来：“总理，孙家栋同志是东方红一号卫星总体技术负责人。”

周恩来打量着孙家栋，高兴地说：“这么年轻已经是卫星专家，很好嘛，学森同志的弟子蛮多嘛！家栋同志今年多大年龄？”

孙家栋有些紧张地回答：“40岁。”

“你毕业于哪所院校？”周恩来又问。

钱学森说：“他毕业于苏联的茹科夫斯基空军工程学院，当年还获得‘斯大林奖章’呢。”

“俄文忘了吗？”

孙家栋回答：“一直在用着呢，总理！”

周恩来叮嘱道：“不能忘啊，以后会有用的。”

周恩来平易近人，让高度紧张的孙家栋顿时放松了。

周恩来说：“学森同志，今天你们是主角，是不是你先谈谈。”

钱学森打开笔记本，将东方红一号卫星和长征一号运载火箭研制以及目前发射准备的总体情况作了全面的汇报。

孙家栋接着对卫星初样进行了讲解和说明，对主要技术参数和研制中的重要情况作了具体说明。

周恩来听得很专注、认真，不时在笔记本上记着，又不时提出一些问题。

“家栋同志，卫星上共有多少根电缆？”

孙家栋作了汇报。

周恩来又问：“卫星上有多少个插头呢？”

“插头？”孙家栋一时被问住了。卫星上有多个分系统，分系统与分系统之间、卫星与地面设备之间、卫星与火箭之间，有电源连接插头，有无线电信号插头，还有机械配合插头。要问整颗卫星有多少个插头，孙家栋还真没掌握。

孙家栋有些内疚地说：“总理，这个数字我还没掌握，回去后我们认真统计一下，再向您汇报。”

周恩来朝他摆了摆手，微笑着说：“这些数字对我来说没什么用处，但对你们应该是重要的。你们搞卫星工作首先要仔细、认真、一丝不苟，应该像外科医生那样，对病人的每一根神经、每一条血管都很熟悉，才能保证卫星上天后万无一失。”

周恩来又问了参会的部委领导一些问题，对发射前的有关工作作了部署。

周恩来转脸问钱学森：“学森同志，看看你们还有什么问题?”

钱学森合上了笔记本，问孙家栋：“家栋，你呢?”

从刚才见到周恩来的那一刻起，孙家栋就在心里琢磨着、犹豫着，要不要向总理汇报毛主席像章的事。他觉得如此重大、棘手的问题，只有总理能够解决，可又拿不准在这样的场合，贸然向总理汇报合适吗？此刻，见钱院长问自己，一股勇气从心中涌了出来，他站了起来，说：“总理，有件事我还想汇报。”

“哦，好啊！你坐下说，坐下说!”周恩来和蔼地说。

孙家栋把卫星上镶嵌毛主席像章的事原原本本作了汇报。最后，他表达了自己的观点：“大家出于对伟大领袖毛主席的深厚感情，在卫星仪器上装了毛主席像章，心情是完全可以理解的。但从技术角度讲，这些像章影响了卫星散热，对卫星飞行姿态带来了不利影响。卫星的重量增加了，也增加了火箭的运载负荷，不利于安全……”

整个会场寂静无声，大家都将目光投向周恩来。

周恩来轻轻点了点头，思忖了片刻，说：“我看就不用了吧，搞那个干什么，万一掉下来，人家会看笑话的。大家看看，人民大会堂这个政治上这么严肃的地方，也不是什么地方都要挂毛主席的像，有的地方是写了主席的题词，但是放在什么位置都是非常严肃的，得认真考虑什么地方能挂什么，你们看看咱们这个会议室就没挂毛主席的像嘛。政治挂帅的目的是要把工作做好，而不是把政治挂帅庸俗化。搞卫星一定要讲科学性，要有科学态度。你们回去以后要好好考虑一下，只要把道理给群众讲清楚，我想就不会有什么问题！”

一阵热烈的掌声响起。

一道难题迎刃而解，孙家栋心中的一块石头落了地。

周恩来抬腕看了看表，说：“哟，已经凌晨了，同志们肚子都饿了吧？这样吧，我请大家吃顿夜宵。”

大家忙说：“总理，我们不饿！”

周恩来已经做了安排，片刻，服务员送上了几盆热腾腾的包子。

周恩来拿起筷子，先给钱学森夹了一个，又给任新民夹了一只，接着又挨个给身旁的同志夹。当他夹起一只包子放在一位技术员面前碟子上时，那位技术员只是点了点头，并不动筷子。周恩来问：“你怎么不吃啊？”

身旁一位专家忙解释：“总理，他是回民。”

周恩来歉意地说：“对不起，哎呀，考虑不周。这样吧，让师傅给你做碗鸡蛋面条。”

不一会儿，服务员送上一碗面条。周恩来见那位技术员开心地吃着，这才给自己夹了一只包子。

第二天，钱学森召开会议，传达了周恩来的指示精神。孙家栋要求各分系统严格按总理和钱学森指示要求办。

卫星工程艰难地一步一步往前迈进，七机部的“派性”却越闹越厉害，“文斗”中还带着“武斗”。许多专家和技术人员“靠边站”，长征一号火箭发动机试车遥遥无期，整个卫星工程被拖了后腿。

1969年7月17日、18日、19日和25日，日理万机的周恩来不得不放下其他工作，四次接见七机部两派群众头头。周恩来语重心长地说：“大家往天上看看吧，苏联和美国有多少颗卫星在天上，可是还没有一颗星是我们中国的。如果你们继续这样闹下去，卫星是上不了天的。研制和发射人造卫星是毛主席交给大家的光荣任务，要加强领导、加强团结，争取早日在天上飞起中国的卫星。”他对两派长期闹派性，严重影响国防尖端科技研发的行为提出严重警告：如再闹下去，将按党纪国法制裁，宣布解散两派组织。对卫星工程，周恩来下了一道死命令：所有参加该项目工作的科研人员，必须全力以赴，一个星期内完成试车项目。

周恩来反问“造反派”：“你们不是口口声声要求闹革命吗？我告诉你们，现在发动机试车，就是最大的革命！”

周恩来严厉地说：“在这里，我要警告‘一小撮人’，不能再无法无天了。去年6月，我们的顶级专家姚桐斌同志，就是被他们迫害致死的。姚桐斌同志不幸去世，让我们的导弹和航天事业遭受了重大的损失！”

周恩来实在是太气愤了，不得不中断了话语……

姚桐斌是我国导弹和航天材料及工艺技术专家，导弹与航天材料工艺研究所创建者。

1922年，姚桐斌出生于江苏无锡，少年时曾因家庭困难一度辍学，后靠学校资助才完成了小学学业，考入无锡中学。姚桐斌利用课余摆地摊、做家教，断断续续读完了初中三年课程，考进了上海的一所高中，边打工边学习。高中毕业后，他被保送到交通大学唐山工学院。1946年被录取为公费留学生，1947年进入英国伯明翰大学工业冶金系攻读研究生。1951年毕业，获得工业博士学位。之后，在英国伦敦帝国学院矿冶系继续深造并做实习指导员，又获帝国学院博士学位。新中国成立的消息传来时，姚桐斌喜不自禁，四处宣扬，被英国以“赤色”嫌疑，驱逐出境。姚桐斌本想立即回国，但又觉得自己学识还不够，便选择了赴德国亚琛工业大学冶金系继续深造。此时，他对金属黏性和流动性的研究，已经处于世界一流水平。1956年，姚桐斌在瑞士伯尔尼中国驻瑞士大使馆加入中国共产党。次年回国，被安排到五院一分院工作。

姚桐斌学识渊博、才华横溢，投身于火箭与航天事业后，很快成为导弹和航天工业材料工艺领军人物。他力主建立一个集中性综合性的导弹与航天材料工艺研究所，负责对各有关部门和单位研制出来的新材料、新工艺再进行适应性研究，使之适应导弹与航天工业的要求，应用于各种型号。姚桐斌的研究室只有12名刚毕业的大学生和一台显微镜，在当时的条件下，火箭制造工艺是堪比火箭理论更难突破的难题。随着中苏关系的破裂，苏方撕毁协议，断供中国制造火箭急需的关键材料钎焊合金。姚桐斌从零开始，研究钎焊合金的成分，并在此合金的基础上，研制出一种新型材料，它可以吸收大量的热能，保证火箭升空的安全，姚桐斌把这种材料称为“发汗材料”。许多人对此表示怀疑，认为这种金属几乎是不可能存在的。然而不到一年时间，姚桐斌就带领团队实现了突破，获得一种低熔点金属粉末颗粒，完美解决了这个难题。将“发汗材料”应用在火箭上，不但实现了降温，还提升了火箭的射程。后来，姚桐斌又成功研制出当时只有美苏两国拥有的钛合金及多种新型材料，如高强度钢、高强度铝合金、难熔金属、高温钎焊合金、新型不锈钢密封件材料、复合材料等，以及焊接新工艺、化学铣切工艺、金属软管工艺、蜂窝结构工艺等，填补了中国制造业的多项空白。可以说，没有姚桐斌的研究，中国的火箭不可能那么快上天。姚桐斌“材料先行”的理念，一直被中国航天人遵循着。

姚桐斌曾经说过：“我回国就是为了把学到的知识贡献给祖国的社会主义建设，为我国运载火箭和卫星上天贡献自己的一切。”

然而，就是这样一位不可多得的天才般的科学家，却被污蔑为“反动权威”“特务”，惨遭“造反派”毒打致死。获悉姚桐斌遇害的消息，当时正在开会的周总理一惊，手中的茶杯竟掉在了地上。

当夜，周恩来作出批示，要求彻查凶手严惩不贷。同时，他又拟定了一份重要科学家的名单，专门安排予以保护……

此时，想起姚桐斌，周恩来又怒火中烧。他控制了一下情绪，转过脸对钱学森说：“学森同志，你要大胆领导，党中央给你一道死命令，我看准灵。工作人员凡是不到岗的，就开除公职；党员不到岗的，开除党籍！”

8月9日，周恩来再一次主持国防尖端科研会议。会上，一向温和的周恩来，严厉地说：“这种无法无天的状态，再也不能任其发展下去了。接下来由钱学森挂帅，杨国宇（军管会主管科技副主任）为政委，两人负责。杨国宇是政治保证，钱学森和其他专家要是被人抓走了，不能正常工作，找你杨国宇是问。”

1969年9月，第一颗东方红一号卫星发射星（发射上天的卫星），完成了全部环境模拟试验，星上各系统显示正常，尤其是“东方红”卫星装置质量良好。从1970年3月5日起，发射星总装工作正式开始，半个月后，顺利通过了15道工序。

1970年3月21日，两颗东方红一号卫星发射星总装完毕，并完成整星测试，只待发射。

站在两颗卫星前，孙家栋百感交集。就在上个月11日，日本抢先中国发射了第一颗人造地球卫星，从而成为继苏联、美国、法国之后独立发射卫星的国家。消息传来，犹如晴天霹雳，上下震动。我们本来完全可以先它一步的，可是由于内耗，发射计划被无端拖延，白白地浪费了宝贵时间，辜负了中央领导的厚望，更给国家形象带来负面影响。

孙家栋在心里默默对两颗卫星说：“拜托了，伙计，你们可得争气啊！你们承载着我们这个民族多少梦想，寄托着国人多少厚望，凝结着航天人多少汗水和心血……”

或许，他还有没说出口的：“这几年，我将一切都献给你们了，你们可千万不能有什么意外啊！”

这是夙夜不懈的三年，这是筚路蓝缕的三年……

这颗星星会“唱歌”

1970年3月，冬将尽，春未来；说冷不冷，说暖不暖。遮天蔽日的沙尘暴，三天两头光顾北京城，这是一年中最难受的日子。

各系统忙了整整一个冬天，东方红一号做了五天的地面环境模拟试验，完成了出厂前的各项准备工作。

孙家栋主持召开卫星出厂鉴定会。有人突然提出了不同意见：卫星设计工作“寿命”14天，但地面环境模拟试验只做了五天，谁敢保证卫星在天上能可靠地工作14天？

孙家栋一下被问住了，因为这是我国第一颗卫星，应该做多少天地面试验，无案可查，也没有经验可借鉴。如果这颗星真做14天的地面环境模拟试验，谁又敢保证不会影响它在天上的运行“寿命”？

鉴定会通不过，卫星就出不了厂，势必影响下一阶段的发射计划。孙家栋没招了，立即向钱学森报告。钱学森让孙家栋把卫星技术和测试文件留下，整整看了两天，然后在鉴定书上郑重地写上：“我看，此星可以出厂。”

钱学森以他的政治地位和学术权威，帮孙家栋解了围。

1970年3月26日，经周恩来批准，长征一号运载火箭和东方红一号卫星装上了运往东风基地的专列。

但在节骨眼儿上，又出问题了。

“造反派”借口孙家栋的家庭成分是“富农”，不同意他去发射基地。

孙家栋急了：“我是这颗卫星的总体负责人，出了问题谁负责？”

“造反派”辩解：“你的家庭出身有问题，不适合去发射现场。你去发射场，出了问题谁负责？”

总体部的同事们不干了，卫星发射在即，哪有总体设计负责人不去现场的？“造反派”坚持：“事关国家形象，政治不可靠的人员一律不得去第一线！”

孙家栋据理力争，他的家庭出身问题早已经向组织说清楚了，组织几次政审也都有了结论，“造反派”却置若罔闻。

那是个没地方讲理的年代。“造反派”说不行就不行。

数学家陈景润在中关村也遭批斗，“造反派”宣称：“让哥德巴赫猜想见鬼去吧！住工人盖的房子，吃农民种的粮食，领国家给的工资，研究什么‘1+2=3’，连小学生都懂的题目，什么玩意儿？这还不是伪科学吗？”陈景润实在忍受不了这种精神羞辱，从三层楼跳了下去，幸好被楼下的一棵白杨树挡了一下，缓冲后只是大腿受了伤。“造反派”头头见他没事，竟挖苦说：“真不愧是数学家，连跳楼都懂得选角度。”

孙家栋家庭出身的事情闹到钱学森那里，钱学森出面解释、做工作也不行。急得一向斯文、随和的钱学森都动了怒。

为了顾全大局，孙家栋忍受住极大的委屈，留在北京。

临行前，孙家栋去送行，钱学森紧紧握住他的手，欲言又止。

孙家栋无奈地说：“院长，我留在北京会将前方汇集来的信息，进行对比分析，有什么情况，及时向您汇报。”

专列向西，向西。

孙家栋面无血色，心像针刺般的疼痛……

当年赴苏联留学前，家庭的成分问题曾给自己带来过麻烦，但经过组织调查，问题都弄清楚了，组织也做了鉴定。没想到，这个节骨眼儿上，“造反派”还会纠缠这个问题。

孙家栋祖籍山东牟平。祖上为避灾荒，千里“闯关东”，最后落脚于辽宁盖县草甸子村。

孙家栋的爷爷屯垦劳作、治家有方，在当地置了田地和房产，成了方圆百里的能人。

爷爷虽然没有文化，但敬佩读书人。孙家栋的父亲孙树人在垂髫之年，便被送进私塾开蒙。后来，孙树人入读沈阳师范学校。毕业后受聘盖平师范学校，六年后升任校长。

1929年4月8日，孙家栋出生。父亲为其取名“家栋”，期盼儿子将来成为孙家的顶梁柱。老人未曾想到，半个世纪后，儿子成为国家的栋梁、共和国的功臣。1932年，孙家栋全家迁往哈尔滨。1942年，13岁的孙家栋考取哈尔滨第一高等学校土木系。后来，孙家栋回忆说：“小时候，最大的愿望是将来能成为一名土木建筑师，幻想可以亲手修路造桥。”

战乱使东北大地容纳不下一张安静的书桌。1945年冬，学校停课，孙家栋回到草甸子村。此时，父亲已去辽宁海城师范学校任教。孙家栋找到父亲，急切地期望能继续求学。父亲四处托人帮忙，让他进了锦州大学先修班。

1948年9月，孙家栋考入由中国、苏联两国政府共同管理的哈尔滨工业大学预科班。入学不久，新中国成立，哈尔滨工业大学交给中国政府。

1950年元宵节，孙家栋本想下午去姐姐家，姐姐早说好了，元宵节一家人包饺子吃。但同学传来“小道消息”，晚饭食堂加餐有红烧肉。饺子好，红烧肉更好，那年头吃顿红烧肉可稀罕了，最终“红烧肉”战胜了“饺子”，孙家栋留了下来，准备吃了红烧肉再去姐姐家。

开饭时，炊事员果然端上了香喷喷的红烧肉。师生们正热热闹闹地吃着，校领导来到食堂，宣读了一个通知：有关部门将在他们学校挑选一批优秀学生去某航校，有意者先自愿报名接受挑选。

当晚，孙家栋便向学校递交了申请书，第二天，即获批准。

孙家栋被分配到刚刚组建不久的沈阳某航校。很快，学校组织了一次考试，他的俄语成绩名列前茅。当时，航校来了一批苏联航空教官，孙家栋给教官当授课翻译。我国空军的第一批飞行员，如赵宝桐、张积慧、王海、刘玉堤等都是从这所航校毕业的。

一个月后，学校政治部领导找孙家栋谈话，了解他家庭出身情况。孙家栋如实向组织汇报，他小时候在爷爷身边生活没几年，对爷爷的印象不深。过后才知道，这是组织对自己的一次政审。当时，有人反映孙家栋富农家庭出身，应该调离现在的重要岗位，甚至应该退回原学校。后主要领导出面阻止了，认为国家建设正是最需要用人的时候，孙家栋思想进步、工作积极、熟悉俄语，尽管富农家庭出身，但不应影响他工作，无须调离岗位。

后来，在选调留苏入学茹科夫斯基空军工程学院、加入中国共产党、回国后参加高度机密的导弹研制，孙家栋经受了几次政审，尽管每次都有些波折，但每次都过“关”了。

没料到，这次在东方红一号发射最需要自己的时候，却无法前往发射场。总体设计部负责人不在发射现场，这不等于一位指挥员无法亲临前线指挥吗?

孙家栋把自己一个人关在办公室里。愤怒的拳头狠狠地砸在办公桌上，把桌上的茶杯震倒了，茶水流了一桌面……片刻后，他又生出几分沮丧，长长地叹了口气。

不过，孙家栋的自我克制能力很强，很快让自己平静下来，提醒自己：眼下，重中之重应该将全部心思集中在卫星发射上……

东方红一号卫星、长征一号运载火箭正式由国防科工委代表国家验收合格，秘密运往东风基地。在那个特殊年代，面临着国内外严峻形势，为确保星箭运输绝对安全，采取了最高等级的安全保卫措施。专列除武装押运外，在途经几个大站时，均有荷枪实弹的解放军官兵戒严。专列运行中，北京、大同、兰州等铁路局党委主要领导随车护送。

4月1日，经过四天四夜长途跋涉，卫星和运载火箭悄然运抵东风基地。

4月2日晚，周恩来等中央领导在人民大会堂，再次听取汇报。由于“造反派”阻挠，孙家栋无法参会。

周恩来了解得很仔细，听得很认真。年逾古稀的他，蹲下身子，趴在地毯上，与钱学森等专家一起查看世界地图，预测卫星飞行经过世界各大城市的时间，并提出将一些非洲国家的首都写在预报的方案中。他还提到，这是我国第一次发射人造卫星，意义重大，一定要严肃认真、周到细致、稳妥可靠、万无一失。不仅要把卫星送入轨道，还要对我国卫星飞经非洲各国首都上空的时间做好预报，比如也门、乌干达、赞比亚、坦桑尼亚、毛里塔尼亚等国，鼓舞第三世界的人民。

会后，钱学森派专人将周恩来指示传达给孙家栋。

4月14日，卫星、火箭各项测试工作已基本就绪。钱学森等几位专家再次乘专机从东风基地回北京向中央汇报。在北京的孙家栋被通知一起参加汇报。

晚7时，周恩来等中央领导来到福建厅。

周恩来一边走，一边招手："来，来，从发射基地一线来的同志到前面就座，过来，前面坐！"

工作人员将一线来的技术人员、工人师傅和两位战士请到了前排。

周恩来拿起一份来自发射场的人员名单，一一对照，对上一个，就问多大年龄，哪儿人，哪个大学毕业或参加工作多少年了，从事哪一种技术工作等。当问到几位从苏联留学回来的科研人员时，周恩来叮嘱说："俄文忘没忘啊？一定不能忘，多掌握一门语言是有用的。"

37岁的戚发轫是与会人员中最年轻的卫星专家，当总理点到他的名字时，他迅速站了起来。总理笑着点头让他坐下。

"你是哪里人？"

"总理，我是辽宁金州的。"

"怎么听你的口音有点儿天津味儿啊？"

戚发轫有些发愣："我怎么没这个感觉？"

总理忽然转换了话题："你们那里闹派性吗？"

"闹。"戚发轫直率地说。

"那你是哪一派的？"总理又问。

戚发轫赶忙回答："我没有派。"

"没有派，那就是逍遥派啦！"总理笑了。他又指了指孙家栋说："你俩是不是一个派的？"

"不是。"

"那你俩打不打架？"

戚发轫正要回答，一旁的国防科工委主任王秉璋插话说："他们俩不打，总理，他俩工作能搞到一起，为了卫星研制，团结得很好呢!”

“好，不搞派性就好。主席说要团结，我看你俩就是听主席话的好同志。”周恩来称赞道。

孙家栋和戚发轫都笑了。

按拟定的汇报程序，钱学森首先汇报了火箭、卫星进入发射场后的概要情况。李福泽指挥员汇报了发射场各系统的准备情况。任新民详细地讲述了火箭第一级、第二级的测试，介绍了火箭与导弹的区别，还讲到了中国火箭发展的方向。

该戚发轫汇报卫星情况了，他站了起来，习惯性地从上衣口袋里拿出《毛主席语录》，正准备念，周恩来突然对他摆了摆手，说：“《毛主席语录》我看就不念了，抓紧时间，你就直接讲吧。”

听总理这么一说，戚发轫马上将《毛主席语录》装进口袋。不过，他还是有些紧张。好在总理轻声细语地对卫星能不能入轨、入轨后能不能播放《东方红》乐曲，还有一些技术参数等，问得很细，戚发轫一一作了回答，渐渐放松了下来。

此时，钱学森心中还有个问题没有解决——“过载开关”的取舍问题。研制卫星时，有人提出万一火箭上天达不到第一宇宙速度，卫星无法进入预定轨道，倘若掉进大海，可《东方红》乐曲依然会在大海中“高唱”，那就可能成为政治笑话，影响国家声誉。钱学森想出了一个办法：在长征一号火箭的第三极上，加个“过载开关”，如果火箭发射正常，“过载开关”不工作，卫星正常供电；如果发射失败，卫星坠落，便会产生很大过载，此时“过载开关”就会切断卫星电源，“误唱”问题就可以从技术上得到解决。

火箭、卫星进场后，有技术员对这个“过载开关”提出质疑：假如“过载开关”自身发生故障，该关时不关，不该关时反而关了，也就是《东方红》乐曲该响时不响、不该响时响了，怎么办？尽管这是个假设的问题，但万一呢？要不要“过载开关”，钱学森召开三次技术讨论会，两种意见相持不下。问题上报到了国防科工委，国防科工委也不敢作主，只得将问题报送中央审批。眼看发射在即，中央还没有回复。

钱学森很着急，这个问题必须马上解决。因此最后，当周恩来询问大家还有什么问题时，他便提出了“过载开关”问题：“总理，关于‘过载开关’问题，不久前报告了中央，但未得到正式答复。卫星马上就要发射了，这个开关取消还是保留，直接关系到卫星《东方红》乐曲的播放，请总理决定。”

周恩来问：“你们几位专家认为火箭、卫星到底可靠不可靠？任新民同志，你是火箭的总设计师，你先说。”

任新民表示，从几次检测情况看，火箭的质量安全可靠。他说：“火箭在飞行中如果发生故障，可采用两种手段进行自毁：一是箭上的自毁系统一旦辨认出现程序和姿态的故障，可立即接通箭上爆炸器的电源，使火箭自毁；二是用外测系统从地面发出自毁指令，接通爆炸器电源，也可以使火箭自毁。我们已经在地面做过几次自毁试验，效果很好。”

戚发轫也回答，卫星质量可靠。

周恩来说：“既然你们认为可靠，那我个人认为这个开关可以不要。不过，我先得向中央报告，以最快的时间正式通知你们。”

汇报会从19时一直延续到深夜24时。按原定计划，大家要连夜赶回发射场。周恩来听说后，阻止了：“你们很累了，一定要好好休息一下。再说，现在回去，到达时间是夜里，飞机降落不安全。还是明天早上飞吧，白天降落，安全。”

两天后，周恩来亲自打电话通知国防科工委：中央同意摘掉“过载开关”，并批准火箭、卫星从技术阵地转入发射阵地。

毛泽东批示：同意发射！

4月17日，卫星和运载火箭转运到发射场并进行吊装对接。

运载火箭发射前要进行三次总检查，其中又以第二次总检查最为重要，火箭、卫星、遥测等系统设备仪器全部真实启动工作，模拟火箭、卫星在天空中的运行轨迹，从而确定火箭和卫星是否具备发射条件。

4月21日下午，地下控制室气氛紧张，发射中队长张积华带领各号手正准备进行第二次总检查。

忽然有人轻轻“啊”了一声，张积华转头一看，钱学森正从入口处走来。

张积华连忙敬礼报告：“报告钱院长，发射中队正准备进行第二次总检查，请指示！”

钱学森点头示意按计划进行。

张积华请钱学森在控制台前就座。

地下控制室原本紧张的气氛变得更加紧张。

张积华下令：“各号手注意：第二次总检查开始。”

随即，各号手按部署进行操练。

总检查进行了120秒。

钱学森坐在那里一言不发，但他从容镇静的神态感染了每位号手。总检查顺利完成后，他满意地朝大家微微笑了笑，便离开控制室。

4月23日。太阳钻进云层中，戈壁一片肃穆。

深夜23时多，一列停靠在发射场不远的火车的一节车厢里，发出微弱的灯光，这里是卫星发射指挥所。此时，发射现场总指挥钱学森，望着桌子上那份东方红一号卫星发射任务书，神色凝重。长征一号总体负责人任新民、发射中心指挥员李福泽都已经在任务书上签名，最后只等他签名了。钱学森觉得手中的笔似有千斤重，几回拿起，又慢慢放下。他走到窗前，发射场灯光通明，装载着东方红一号卫星的乳白色的长征一号箭，正高高竖立在发射架上，像是一位即将出征的将士，昂首挺胸、气宇轩昂。三年奋战，航天人向祖国、人民汇报的时刻，即将到来。蓦地，钱学森转身回到桌前，果断地拿起笔，在任务书上重重写下“钱学森”三个字。

布设在全国各地的卫星测控站已经做好准备，所有的测控数据将汇总到西安卫星测控中心进行处理。当时，从北京到各省通信线路只有十几条，全部靠电线杆架起来的明线完成，若是一根线路出问题，全部通信都将中断。为防止人为破坏，有关省（区）组织十万民兵，确保每根电线杆下面，昼夜有人站岗，严加看守。整个发射过程，动用了中国60%的通信系统，以保证测控通信安全。

4月24日—— 一个将载入中国航天和世界航天史册的重要一刻即将到来。

凌晨，茫茫戈壁一片漆黑，发射场却灯火通明。

5时45分，加注分队的战士们戴着防毒面具，开始加注长征一号运载火箭第一级氧化剂。

四个小时后，只剩下第四个贮箱最后一点燃料尚未加注完。大多数人员已经撤离发射场。

操作手在卸下加注连接器时，突然发生泄漏，四氧化二氮冒着黄烟在空中弥漫。有人下意识地喊了声：“不好，漏液了！”

此刻，只见操作手陈宪华和技师徐行快速冲向前，紧紧地压住喷漏的地方。尽管他们都戴着防毒面具，但有毒气体的浓度极大，呛得他们不得不将头扭向一旁，却始终没有松手，咬着牙坚持到下库房泵房停机，更换新的加注器。

13时35分，氧化剂和燃料分别灌满了四个贮箱，加注完毕。

太阳刚刚从云团间露出半个脸庞，又缩了回去。

基地气象部门的技术员们，手持仪表，在发射坪上紧张地忙碌着。

18时30分，总体组技术员又回到发射场坪。刚下车，一位工作队员急匆匆找来，对技术员韩厚健说：“这是发射班战士刚刚捡到的一只弹簧垫圈，好像是从离地面20多米高的第二级火箭上掉下来的。”

韩厚健一惊，搞火箭的人最忌讳火箭上有什么多余物，因为一个小小的多余物甚至会导致发射失败。尽管这只垫圈直径仅为8毫米，但它是多余物，是因为结构松动而脱落吗？还有没有其他东西残留在火箭里？此时，火箭上的百余个火工品都已装好，火箭处于待发状态，发射场除了发射班几位战士，再没有其他人员。

空气似乎都凝固住了。

韩厚健喊来一位工人师傅，一边往发射架上爬，一边想：直径8毫米的垫圈，只有气瓶装置组使用。对，先查查这个部位。打开舱门一看，每个气瓶组上的弹簧垫圈都完好无缺。他想了想，大胆断定：发射班战士捡到的垫圈是一个多余物，火箭的结构没问题。那位工人师傅也是这个意见。

韩厚健回到300米外的休息室，大家分析了情况，一致认定火箭安全可靠。

20时30分，0号发射指挥员杨桓下达了“一小时准备”的号令。

在发射架不远处，李福泽和钱学森注视着长征一号。他们谁也不说话，就那样默默地注视着。

忽然，李福泽问：“大专家，今晚的发射，你心里到底有几成把握啊？”

难得开玩笑的钱学森，半开玩笑地问：“怎么？您没有信心啦？”

李福泽一笑：“哪能呢，有大专家坐镇，马到成功！”

钱学森说：“把握当然有，不过，这是我们第一次发射人造卫星，什么情况都可能发生，得有失败的心理准备。”

李福泽信心满怀地说：“从测试情况看，我感觉没问题。成功的把握应该是八九成甚至十成。不信，咱们打赌。”

钱学森转脸问他：“打赌？赌什么？”

“茅台。”

“茅台？茅台好！几瓶？”

“两瓶。”

钱学森认真地说：“军中无戏言！”

李福泽挥了挥拳头：“一言为定！”

离开钱学森，李福泽刚走到地下控制室门口，只见一位技术员匆匆跑出，报告：“指挥，不好啦！”

李福泽一下冲进地下室，急问：“出了什么情况？”

旁边一位卫星技术员说：“应答机的信号丢失了！”

应答机是卫星上的一个重要部件，一旦发生故障，卫星上天后将影响跟踪测量的精度和轨道预报的准确性。

李福泽骂了声：“胡闹！关键时候掉链子。”他看了看表，离预定发射时间还有35分钟，严厉地问：“排除故障需要多长时间？”

技术员说：“大概要半小时左右！”

李福泽脸色铁青：“半小时太长，一定想法尽量提前！”

钱学森闻讯，急忙来到地下室。李福泽与钱学森紧急商议了一下，抓起电话，向中央作了汇报，请求推延一小时发射。北京要求尽快排除故障，是否延迟发射，待请示周总理后决定。

片刻，北京传来周恩来指示：一定要把应答机的故障排除，全世界都在盯着中国呢！

李福泽放下电话，像铁塔似的站在那里。地下室里的空气紧张得点一根火柴就可以烧起来。

应答机故障很快排除了，故障不在卫星上，而是地面触发信号源性能下降，功率太低，造成触发不良。

李福泽虎着脸，和钱学森一起离开地下室。

天色慢慢暗了下来。2号脐带塔上的红色安全灯亮了。

21时05分，0号发射指挥员下达了“30分钟准备”的号令。

高音喇叭里传出“全体人员撤离现场”的声音，五层平台开始撤收。

发射场空无一人，突然变得格外冷清、沉重起来。四周几盏硕大聚光灯，将整个场坪照得亮如白昼。发射架下悬挂着的巨幅木牌上，周恩来提出的“安全可靠，万无一失，准确入轨，及时预报”16个红色大字，在灯光的照射下，醒目耀眼。

长空高阔，仿佛敞开胸怀迎接中国第一颗人造地球卫星飞来。

指挥所里，李福泽接到了周恩来打来的电话：“李福泽同志，请转告今晚战斗在发射场的同志们，大家辛苦了！下一步关键是工作要准确，不要慌张，不要性急，要沉着，要谨慎，争取一次成功！”

李福泽通过话筒，向各战位的官兵和技术人员传达了周恩来的问候和指示。整个发射场的高音喇叭里，响彻周恩来的问候和指示。

瞬间，一红一白两颗信号弹划破夜空。似乎在同一瞬间，云层奇迹般地裂开一道长廊，直向火箭即将飞掠的东南方向延伸过去。

21时35分，0号发射指挥员发出“点火”号令，操作员迅速按下点火按钮。

“轰——”一声巨响，长征一号火箭的四台发动机喷射出几十米长的纺锤形火焰，巨大的气流将发射架底部导流槽中的冷却水吹出四五百米远。火箭伴随着震耳欲聋的轰鸣声，腾空而起，直刺长空。

控制室监测仪器灯光闪烁，不断显示导弹飞行数据。

“捕捉目标！”

“飞行正常！”

“一级关机！”

“一二级分离!”

“星箭分离!”

“卫星入轨!”

发射场沸腾了!

茫茫大沙漠中，上万名参试人员的欢呼声、口号声响成一片。

东方红一号发射成功，意味着我国成为继苏联、美国、法国和日本之后，世界上第五个拥有用自制运载火箭发射本国自行研制人造卫星能力的国家。

东方红一号卫星初始运行轨道距离地球表面的最近点高度为439千米，最远点高度为2384千米，轨道平面与地球赤道夹角68.5度。卫星用20.009兆赫无线电频率播放《东方红》乐曲。

东方红一号卫星重173千克，比苏联、美国、法国、日本发射的第一颗人造地球卫星的重量加起来还重。卫星跟踪手段、信号传递方式、星上试验系统也都超过了这些国家第一颗卫星水平，真正实现了当年毛泽东的愿望：要放就放个大的，不像美国抛一个鸡蛋上天。

新华社将准备公开发表的新闻公报，送到总理办公室。周恩来审阅时把原稿里“坚持自力更生，艰苦奋斗”的方针，改为“坚持独立自主，自力更生”，并郑重地在发稿单上签上“周恩来”三个字。

忽然，周恩来像是想到什么，拨通了国防科工委副主任罗舜初的电话：“舜初同志，公报中写的有关卫星的参数都准确吗?”

“总理，这些数据都是经过计算的。”

“卫星入轨的精度是多少，现在知道吗?”

“这个精度还在进一步计算之中。”

周恩来停顿了片刻，说：“为了稳妥起见，还是等一等，等美国方面公布后，我们进行一下比较，再向全世界公布。你的意见呢?”

罗舜初表示同意：“按总理指示办。”

周恩来连夜飞往广州，去参加由越南、越南南方、老挝、柬埔寨领导人召开的“三国四方会议”。

第二天，“美国之音”最先向世界报道了中国发射第一颗人造地球卫星的消息，同时公布了卫星入轨的参数，与我方的实际参数几乎一致。

周恩来走进会场前得知这一信息，他兴奋地向大会宣布这一消息：

“朋友们！为了庆祝这次会议的召开，我给你们带来了中国人民的一件礼物：昨天，中国成功地发射了第一颗人造地球卫星。这份成功，是中国人民的胜利，也是我们大家的胜利!”

25日18时，新闻公报一经新华社发表，全国各大城市彩旗飞舞，锣鼓喧天，人声鼎沸。

20时29分，东方红一号卫星在飞行第16圈时，经过北京上空。百万首都市民涌上街头，争相观望。当明亮的卫星缓缓经过天安门广场上空时，有人最先喊了起来：“看啊，过来了！过来了!”人们欢呼雀跃，兴奋无比，大声唱歌：

东方红，太阳升，
中国出了个毛泽东。
他为人民谋幸福，

呼儿嗨哟，他是人民大救星……

不过，此刻一直坚守在北京卫星总体部设立的临时卫星接收站里的孙家栋，却不敢有丝毫的放松。卫星虽然已上天并入轨，但卫星能否将《东方红》乐曲播放出来、乐曲能否不走调，还是个未知数，还要等卫星在天上转了一圈之后，中央人民广播电台收到《东方红》乐曲，才能最后确定卫星工作是否正常。他下意识地不时遥望长空……

21时50分，中央人民广播电台传来消息：东方红一号卫星播送的《东方红》乐曲，已经准时收到，声音响亮清晰。

成功了！

孙家栋多日来紧紧揪在一起的心顿时放松了下来，他久久地望着长空，笑着、笑着，忽然，双手掩面，热泪纵横。

中国人终于敲开了宇宙空间的大门！

无法去现场，那些日子，孙家栋作为卫星总体设计负责人，如履薄冰，如临深渊。他最担心的是卫星的稳定性，卫星上有上万个元器件和零部件，形成庞大而复杂的串联系统，只要其中一个出了故障，整个系统就会失效。卫星入轨的第一天，卫星温度便上升了1℃，假如以后每天都上升1℃，超过40℃后，卫星中的元器件将会因承受不了高温而被烧毁，甚至发生爆炸。孙家栋急了，法国第一颗卫星上天后，电源结冰，停止工作。日本第一颗卫星上天后，只转了6圈，就因“发高烧”到60℃而失效。他连忙给热控专家闵桂荣打电话：“卫星温度还会不会再高？”闵桂荣很有把握地回答：“放心，这颗星的温度最高不会超过35℃。”果然，卫星的温度上升至33℃后便不再升高。

孙家栋搜肠刮肚把万一可能出现的问题，一个个在脑子里“过电影”，又将解决问题的一个个预案想好……有天夜里，他做了个梦，梦见地面接收站接收不到卫星发出的《东方红》乐曲，急得他大喊起来：“加大音量！加大音量……”

身旁的妻子被惊醒了，把他摇醒：“家栋，你怎么了，家栋……”

孙家栋坐了起来，说：“做了个梦……没事……没啥事……你睡吧……”

“五一”国际劳动节当晚，长安街灯火辉煌，数十万军民云集天安门广场。受中央办公厅的邀请，钱学森、罗舜初、李福泽、任新民、戚发轫等25位卫星研制和发射单位的代表，登上天安门城楼，参加劳动节庆祝盛典。

一曲《东方红》乐曲传来，毛泽东、周恩来、西哈努克亲王等领导和嘉宾登上了城楼。毛泽东频频地向大家挥手致意，周恩来引导毛泽东来到一支特殊的队伍前，介绍说：“主席，他们就是放火箭、卫星的！”

毛泽东双眉笑展，握着钱学森的双手，久久不放，然后，又高兴地与队伍中的每个人握手。大家都沉浸在无比幸福之中。

蓦地，这位一代伟人转过身，缓缓举头，将目光投向深邃的星空，像是也在寻找那颗“中国星”……

作为东方红一号总体设计负责人的孙家栋，却未能受邀参加天安门观礼，这未免有些不公正。不过，那个年代的人思想很单纯，一门心思搞科研的孙家栋似乎更单纯，没让上天安门，组织有组织的考虑，他没太往心里去。有同事替他抱不平：“孙总，我们不上天安门没什么可说的，不让你上，说不过去。”孙家栋眯着眼，微微笑着说：“卫星成功上天最重要，不可能大家都上天安门，有代表上就行了。”

“五一”之夜，繁星璀璨。

孙家栋与妻子魏素萍带着一双儿女，早早就站在小阳台上，等待着东方红一号卫星的出现。儿子中亮、女儿魏红等不及，不时地问：“爸爸，‘东方红’来了吗？”“爸爸，那颗很亮的星星，是不是‘东方红’？”

“看，‘东方红’来了！”

“哪颗？哪颗？我怎么没发现？”

“顺着我手指方向的那颗，看见了吗？”

“哦，看见了！”

“我也看见了！‘东方红’比其他的星星还亮！”

“哦！哦！”中亮高兴得蹦了起来。

“爸爸，你怎么流泪了？”女儿问。

“没，没啊……”孙家栋连忙掩饰着。

女儿说：“我看见你流泪了。”

“你爸爸高兴的呗！”

孙家栋对孩子们说：“中亮，魏红，你们一定学过‘扬眉吐气’这个成语，爸爸现在的感觉就是扬眉吐气！过去，因为保密，很多事情爸爸没法告诉你们，现在我可以告诉你们了，这颗卫星大到每台设备、小到每颗螺丝钉都是咱们中国人自己造的。”

女儿钦佩地说：“爸爸，你们怎么这么厉害啊！”

“爸爸的同事们，还有许多许多的科技工作者、工人师傅，都为此付出了汗水和心血！”片刻，孙家栋又说，“中国人的这口气憋得太久太久了。”

儿子和女儿突然发现，爸爸的神色从来没有这样严肃。

女儿说："爸爸，你现在已经扬眉吐气了。你已经多长时间没带我们去公园玩儿了，庆祝卫星上天，你要带我和哥哥去公园玩一次！"

孙家栋痛快地答应："好，好，明天带你们去公园玩儿！"

孙家栋一家人兴奋地眺望着这颗会唱歌的"星"……

还有一个人也在关注着东方红一号卫星，他是《东方红》乐音装置的研制者刘承熙。当东方红一号乐音装置研制成功后，有关部门却突然通知刘承熙去河南驻马店农村接受劳动改造。在农村整整干了一年多的农活，刘承熙刚回到北京，便得知了卫星发射的消息。他在家里捧着台半导体收音机，贴在耳朵旁，一边听，一边焦虑万分，担忧天上的卫星放不响《东方红》乐曲，或者走了调。当收音机里清晰地传来《东方红》乐曲时，他痛哭不止。

刚从邯郸下放回京、还"靠边站"的聂荣臻赋闲在家，心情郁闷。得知东方红一号发射成功，他紧锁的眉头舒展开了。一天晚上，聂荣臻在院子里散步，不经意间抬头看到从上空划过的东方红一号。他久久地望着夜空，喃喃自语："这颗卫星本来是可以早一点上天的……"

多年后，孙家栋在谈到东方红一号卫星时，说："我国第一颗人造地球卫星东方红一号是以中国科学院为主负责，从提出建议到卫星方案的提出，从卫星本体设计、研制、试验到卫星初样的成功，以及空间环境的探索和地面测控系统的建立等，都是以科学院为主完成的。中国科学院在我国第一颗人造地球卫星方面做了奠基性、开拓性的工作。张劲夫、裴丽生副院长和新技术局局长谷羽等，还有许多著名的科学家，如竺可桢、赵九章、王大珩、钱骥、张钰哲、关肇直、吴新谋、陆元九、王绶琯、吕强等，都投入了很多的心血，付出了艰辛的劳动。”

赵九章是中国动力气象学的创始人，中国人造卫星事业的倡导者和奠基人之一。1933年，他毕业于清华大学物理系；1938年，获得德国柏林大学博士学位；1955年，被聘为中国科学院学部委员。1966年1月，中国科学院成立卫星研究院（代号“651”设计院），赵九章被任命为院长。他和钱学森最早上书国务院，建议尽快全面规划人造卫星发展工程，1967年1月，“651”设计院基本完成了初样卫星阶段的工作。1968年初，赵九章被“造反派”押送到京郊农村进行劳动改造。

赵九章在被“打倒”的日子里，夜不能寐，常常一个人绕着院子走走停停，时而木然地望着星空，泪流满面。

赵九章不是党员，每月见到同事交党费，脸上便会流露出羡慕的神色。他是工会会员，从新中国成立之日开始，每月领到工资，第一件事就是取出100元上交会费。赵九章在经济上并不富裕，不抽烟、不喝酒，一日三餐经常是馒头、稀饭就咸菜。在惨遭迫害的日子里，他虽然从科学家变成了“牛鬼蛇神”，但每月的工会会费依然照交不误，以表明自己对党和国家的忠诚，表明自己作为科技队伍中一分子的存在。

因不堪迫害，赵九章自杀身亡。周恩来获悉赵九章被迫害致死的噩耗后，长叹一声，眼含泪水……

从1967年7月接手东方红一号卫星总体部工作，到1970年4月卫星上天，不到三年时间。尽管那时候还没有总设计师这一设置，但这次历练，为孙家栋此后半个世纪的航天生涯打下了坚实的基础。

半个世纪后，2020年3月28日，东方红一号卫星再次飞过北京上空，中科院国家天文台用一组连拍照片，记录下其中20秒的轨迹。在微博、微信等社交网络上，无数人竞相观看、转发这段视频。说来真是传奇，当时设计寿命只有14天的东方红一号，已经绕地球运行了整整半个世纪。按一般规律，它早应该消失在大气层中。专家解释，东方红一号的质量比其他卫星更重一些，它的72面球体设计，最大限度地减少了所受阻力。同时，卫星预定轨道较高，因此还能在目前的轨道上继续运行。

从1958年毛泽东正式提出“我们也要搞人造卫星”，到1970年将人造卫星发射上天，前后12年。这12年间，航天人经历了共和国最艰难、最不平常的岁月：1957年的反右派斗争，1958年的“大跃进”，1960年至1962年的“三年困难时期”，1966年开始的“文化大革命”。这颗“政治卫星”也深陷二律背反的内在矛盾之中：一方面，社会急切地呼唤着卫星上天；另一方面，社会又强力地阻碍它降生。中国航天人经历着双重的压力和磨砺，付出了双倍的艰辛和心血。

东方红一号卫星上天的真正意义在于，在那个正常的社会秩序被打乱的年代里，中国人坚持独立自主、自力更生，继第一颗原子弹和第一颗氢弹爆炸成功后，东方红一号横空出世，震惊世界。从而，中华民族敲开了宇宙空间的大门，开创了中国航天的新纪元！

后人在回顾这段历史时，常常发问：“文化大革命”是一场大动乱，但是，为什么还取得了如原子弹、氢弹、人造卫星和第一艘核潜艇下水等一系列举世瞩目的科研成果？

中央军委原副主席刘华清是这样解释的：

首先，毛泽东、周恩来、邓小平、聂荣臻、叶剑英等一批中共中央、国务院、中央军委的领导人，是真抓现代化，真干国防现代化的。他们有很多论述、指示和批示。凡国防科学技术的方针政策、规划计划、重大项目的研制试验，都是他们决策和批准的。其次，国际环境紧张，国家的安危，迫使我们不能放慢国防科学技术发展的步伐。当时，美国侵越战争升级，中苏关系恶化，全国处于战备状态。中央提出“备战、备荒、为人民”，“准备早打、大打、打核战争”的号召，并决定加强战备和三线建设。大敌当前，谁也不敢公开反对发展国防科学技术和武器装备。最后，有一支专业比较齐全的优秀科技队伍。这支队伍里，有国内生长的，有从国外回来的，有从旧社会走过来的，有在新中国诞生后培养起来的。振兴中华、把落后贫穷的中国改变成现代化强国的使命感，把他们团结在一起，在戈壁沙漠等艰苦环境里，默默奉献着青春和生命。在“文革”动乱中，很多人虽深受精神和肉体的折磨，但仍不改对科研的执著追求，戴上“高帽子”挨批斗，摘下“黑帮”牌子搞科研，充分体现了中国知识分子无私奉献的高尚品格，展现了他们为国家强盛而执著追求的伟大情操。应该说，他们是中华民族的脊梁。

东方红一号飞天，震惊世界。

路透社1970年4月26日电：

中国发射空间探索物使这个世界上人口最多的国家进入了空间时代。此间观察家认为，这无疑提高了政府的威信，而且生动地提醒他的朋友和敌人，中国已具有大国地位。

新加坡《星洲日报》1970年4月27日社论：

中国已经成功地发射第一颗人造地球卫星。在国际政治上，这是震天动地的事件，因为无论你对中国共产党的个人观感如何，这颗新太空卫星，像1964年中国第一颗原子弹爆炸一样，标志了整个世界实力均衡的改变，因此，也将改变整个国际政治局势。

从东南亚的眼光看，我们尤其注意的当然是这件事对于整个亚洲局势的特殊意义。

美国《纽约时报》1970年4月26日评论：

中国的成就是对天文学作出贡献的国家光辉历史的一部分。在天文学方面，1000多年前中国天文学家的观测至今仍是重要资料。

当然，中国的第一颗卫星除了科学意义，还有政治和军事意义。这次成就证明，最近几年中国在技术方面继续取得进展。

2020年4月24日，是“中国航天日”，也是东方红一号卫星发射50周年纪念日。

此前，孙家栋、王希季、戚发轫、胡世祥、潘厚任、胡其正、彭成荣、张福田、陈寿椿、韩厚健、方心虎11位当年参与东方红一号任务的老科学家给习近平总书记写信，回顾了中国航天事业发展的辉煌历程，表达了对实现中国梦、航天梦的坚定信心。

4月23日，习近平总书记给老科学家们回信——

孙家栋、王希季等老同志们：

你们好，来信收悉。作为“东方红一号”任务的参与者，你们青春年华投身祖国航天事业，耄耋之年仍心系祖国航天未来，让我深受感动。

50年前，“东方红一号”卫星发射成功，我在陕北梁家河听到这一消息十分激动。当年，你们发愤图强、埋头苦干，创造了令全国各族人民自豪的非凡成就，彰显了中华民族自强不息的伟大精神。老一代航天人的功勋已经牢牢铭刻在新中国史册上。不管条件如何变化，自力更生、艰苦奋斗的志气不能丢。新时代的航天工作者要以老一代航天人为榜样，大力弘扬“两弹一星”精神，敢于战胜一切艰难险阻，勇于攀登航天科技高峰，让中国人探索太空的脚步迈得更稳更远，早日实现建设航天强国的伟大梦想。

祝你们健康长寿、生活幸福！

习近平

2020年4月23日

东方红一号人造地球卫星作为第一颗遨游太空的“中国星”，50年来见证了中国航天无数个“第一”：第一颗返回式卫星、第一颗通信卫星、第一颗导航卫星、第一颗飞向月球的探测器、第一颗奔向火星的卫星、第一位飞越太空的中国航天员、第一面闪耀在月球表面的五星红旗……

东方红一号卫星像是一座“灯塔”，它闪烁着光芒，凝聚着中华民族的精神！

第四章 巡天遥看一千河

1991年出版的《中国军事百科全书·军事航天技术分册》中，“航天”和“航天学”两个词条，是由孙家栋院士亲自撰写的：

航天（space flight），狭义的指人类在太空的航行活动，又称空间飞行或宇宙航行。广义的指人类探索、开发和利用太空以及地球以外的天体活动。这一活动借助航天器来实现。包括环绕地球的运行、飞往月球或各大行星的航行（包括环绕天体运行、从近旁飞过或在其上着陆）、行星际空间的航行和飞出太阳系的航行。航天的基本条件是航天器达到足够的速度，克服摆脱地球引力或太阳引力。宇宙速度是航天所需的特征速度。在相当长的时期内，航天基本上是在太阳系以内的航行活动。航天是20世纪科学技术进步和社会生产发展的结果，其作用远远超出科学技术领域，对政治、经济、军事以及人类社会活动都产生了广泛而深远的影响。有人把太阳系内的航行活动称为航天，把太阳系外的航天活动称为航宇。航天有时也泛指航天工程或航天技术。

航天学（astronautics），研究航天基本原理和指导航天工程实践的综合性技术科学。又称星际航行学。航天学是航天系统，特别是航天器和航天运输系统的设计、制造、试验、发射、运行、返回、控制、管理和使用等航天技术的理论基础。主要分支学科有：航天动力学、空气动力学、火箭结构分析、航天器结构分析、航天热物理学、火箭推进原理、燃烧学、航天材料学、火箭制造工艺学、航天器制造工艺学、飞行控制和导航理论、空间电子学、飞行器环境模拟理论、航天医学、航天系统工程学等。航天学是多种基础科学和技术科学在航天应用中发展起来的，航天工程实践是以航天学的理论作指导，它又丰富和发展了航天学的内容，使之成为一门自成体系的现代综合性技术科学。

请航天领军人物来撰写有关“航天”“航天学”词条，可见编辑者之苦心孤诣。

如果要追寻“航天”一词的“发明人”，非钱学森莫属。

1965年12月初，钱学森来到七机部第八设计院，和十多名年轻人畅谈航空航天发展历程。他说，飞机使人类活动从平面二维空间拓展到立体三维空间，从地面扩展到空中，因此我们把人类在大气层以内的活动叫作“航空”。现在卫星上了天，又使人类活动扩展到了外层空间，我看可以把它叫作“航天”。他说，这是受了毛主席诗词名句“坐地日行八万里，巡天遥看一千河”的启发。

1967年以后，钱学森在多个场合倡导“航天”一词，获得了科技界和社会的广泛赞同。1982年9月，国务院将七机部命名为航天工业部，“航天”一词，应运而生。1985年4月，钱学森又说：“先有航空，后有航天，将来还会有宇航。”

而为了“航天”和“航天学”，孙家栋像钱学森一样，奉献了毕生的精力和智慧……

"大家要永远记住这根导线"

东方红一号人造地球卫星发射成功后，1970年5月，孙家栋又主持制定了中国第二颗人造地球卫星——实践一号卫星的总体技术方案。实践一号卫星承担着空间物理探测和航天技术试验的双重使命，主要任务是试验太阳能电池供电系统和遥测设备长期工作可靠性，并于1971年3月3日成功发射。

比起东方红一号和实践一号人造卫星，返回式卫星的科技含量要大得多。

大多数卫星只要发射上天、正常工作就算成功了，比如通信卫星、气象卫星、资源卫星等，被发射上天后就将一直在太空运行，可以工作几年至十几年。但有的卫星则不同，它们取得的成果必须在卫星返回地面以后才能得到。如使用胶片的遥感卫星，是以普通照相机原理工作，把信息储存在胶片上，只有取到胶片再经过加工处理才能得到信息；空间微重力试验卫星也是如此，它的试验装置和产品需要回收后，才能进行分析和利用。

最早开展返回式卫星研制的是美国。1959年，美国启动发现者返回式对地照相侦察卫星的研制项目，历经数次试验，其间失败了12次，付出了巨大代价。1959年8月13日，美国发现者5号在返回途中，不知去向。次年2月，美国国防部发现了一颗新的卫星，疑似苏联的秘密侦察卫星，大惊失色。后查明，它就是半年前失踪的发现者5号。原来是卫星返回调姿时，将方向调错了，结果不但没有返回地球，反而跑到更高的轨道上去了。

返回式卫星一诞生，美苏两国便将它作为争夺空间、窃取军事情报、进行战略侦察的主要工具。美国从1959年2月至1962年2月共发射了38颗发现者卫星，苏联每年也发射十几颗。

返回式卫星在发射、轨道运行和返回大地的全过程中，要经受振动、冲击、过载、噪声、高真空以及高、低温等各种恶劣环境的考验，还需要解决返回的控制和制导、再入防热、回收和着陆等诸多复杂的技术难题。比如，返回式卫星在穿过稠密的大气层返回地面时，由于与空气摩擦会产生大量热量，如果不采取措施，卫星就会像流星一样在空中烧毁。此外，卫星在进入大气层时，机体周围将形成一个温度高达上千摄氏度的高温区。气体分子和机体表面材料分子被分解、电离，像套子一样保卫着再入的航天器。这个套子能吸收和反射电波，使电波传播衰减甚至中断，这种现象被称为“黑障”。因此，卫星返回技术，在当时堪称世界最尖端的科技之一。

钱学森获悉美国已在开展返回式卫星研制的消息，立即敏感地意识到返回式卫星对国民经济和国防建设的重大意义。早在1965年，他就向中央建议：“我国发展人造卫星以应用卫星为主，应用卫星以返回式遥感卫星为主。”当时，中国科学院的“651”设计院、自动化所、长春光机所和七机部第八设计院，分别进行了返回式卫星的方案调研和卫星总体设想，并对返回技术、控制技术和空间摄影等课题作了深入研究。

中国空间技术研究院成立伊始，钱学森以战略科学家的气魄和胆略，领导和主持制订《人造卫星、宇宙飞船十年发展规划（草案）》。钱学森在卫星发展上既有前瞻性思维，又有开阔的思路。他认为东方红一号重点解决了工程问题，把队伍带起来；科学探测卫星发射后，马上先搞急用的、实用的，上马返回式卫星；返回式卫星解决后，再进入同步定点轨道，搞通信卫星。

孙家栋说："除了美、苏、中，至今还没有哪个国家搞返回式卫星，不是他们不需要，而是不敢搞。敢不敢跨过这一大步，作这个决策，需要一定的科技基础，更需要智慧和勇气。"

1968年2月，返回式遥感卫星总体设计任务转到中国空间技术研究院后，尽管当时孙家栋正在主持研制东方红一号卫星，但此项任务仍同时落在了他的肩上。

1973年初，孙家栋带领团队，在七机部第八设计院原有的返回式卫星总体技术方案的基础上，全力以赴，主持确定各分系统的基本方案。

经过上千次的风洞试验，第一颗返回式遥感卫星设计成形，它如羽毛球状的钝头截锥体，最大直径2.2米，总长度3.144米，截锥半锥角为10度，由仪器舱和返回舱两个舱段组成，卫星由摄影、结构、电源、姿态控制、热控、程控、遥控、遥测、跟踪、天线、返回共11个分系统组成。其质量是东方红一号的10倍，体积是东方红一号的8倍。

各分系统经过几年的克难攻坚，已经解决了一道道难题。比如热控制系统需要计算机完成复杂的热分析计算，但当时技术人员只有一两台小型机械式的手摇计算机；需要大型热真空试验容器、太阳模拟器，而此时我国大型设备KM-4正处于设备方案论证阶段，太阳模拟器也处在寻找研制单位阶段。当时，发射场主要是为研制导弹而装备的，塔架设计成敞开式的工作平台，并不理想。还有生产中需要的许多热控元件、材料无法从国外购买，只有在国内试制。但科研人员自力更生，因地制宜，埋头苦干，不断创新。

钱学森几乎每星期都要到总体办公室来一次，了解有关情况和进展，帮助解决具体的困难。

孙家栋告诉钱学森：“各分系统的方案基本都报来了，我们初步计算了，卫星的重量差不多达到1800千克，超过了运载火箭的运载能力。”

钱学森说：“卫星的第一步是技术试验，只要不影响卫星摄影和卫星返回这两项关键技术试验，其他要求可以适量降低。你们要对此进行协调，一是尽量减少卫星质量，二是看看火箭方面还有什么潜力可以挖掘?”

卫星总体部提出了“为减少1千克而努力”的口号。有些分系统还将此口号改成“为减少1克而努力”，无论大小零件都用秤称。同时，又提出将卫星轨道倾角从70度降低到63度、近地点高度从190千米降低到175千米的轨道方案。该方案可以使运载能力增加200千克左右。火箭研制人员也提出了小推力滑行的弹道方案，使运载能力大幅提高。在各方设计人员的共同努力下，1800千克卫星的运载问题得到了解决。

返回式卫星除了能上天，还得能够返回来，而且能落到预定的地点。当时设计卫星返回方案，从北往南进入中国上空后落在四川某地。但万一卫星再入轨道角度偏差略大，再往南飞的话，一是可能掉到海里，二是可能飞出国境。掉到海里还好办，飞出国境、落到国外，麻烦就大了。不但会泄密，还可能造成国际纠纷。

孙家栋一直被这个难题纠缠着。

对比了各种方案，多数意见倾向于在卫星上装个“炸药包”，一旦发现卫星轨道不正常，控制不了落点时，就下指令在空中炸毁返回舱。“炸药包”装好了，卫星也进入发射场开始电测。此时，有人提出异议，如果卫星安全运行，也落在了指定地点，等回收后打开、分解，取出胶片盒时，里头的“炸药包”万一发生爆炸，岂不前功尽弃？

“炸药包”到底是装还是不装？

这把大家难住了。经多次论证、反复权衡，装有装的好处，取消有取消的道理，意见无法达成一致。

该负责人拍板的时候了。孙家栋经过深思熟虑后，说：“卫星万一飞出国境，可能带来外交风险；卫星带着‘炸药包’起飞、升空，在轨道上运行，再返回地面，这其中很多环节都有风险。综合这些因素，我的意见是取消‘炸药包’。”

孙家栋将取消“炸药包”的决定报告了钱学森，钱学森表示同意。

操作人员重新制定了拆除“炸药包”的程序，将“炸药包”解除。

1974年11月5日，东风基地。

第一颗返回式遥感卫星完成各项检测，像名百米短跑运动员，在起跑线前，做好了冲刺准备。

“姿控转内电！”

“遥测转内电！”

“外测转内电！”

“一分钟准备”的倒计时到来了，紧接着，0号指挥员下达“电缆摆杆摆开”口令。

瞬间，各系统的地面电缆、电信号接插件、气源连接器按程序从火箭上脱落……

“20秒！”

“15秒！”

“不好！”站在发射指挥台旁的孙家栋，在心里喊了声。他突然发现卫星没有收到转内电的信号——意味着运载火箭一旦点火，送入太空的是一颗不能正常供电的卫星——更形象地说，是一只无法工作的重达1800千克的“大铁球”。

说时迟，那时快。孙家栋立即大声地向指挥员申请“停止发射”。

停止发射？这实在太突然了，指挥员愣了一下，随即发出一声山呼海啸般的口令：“停止发射程序！”

精神极度紧张，孙家栋竟然昏厥了过去。

此时，如按正常程序逐级上报，等待指挥员下令“停止发射程序”口令的话，火箭恐早已上天了。如果不是鉴于孙家栋的威望和气魄，现场指挥员完全可以不执行他的申请。事后，孙家栋想想也有些害怕，自己这一申请，是需要承担极大的政治风险的。然而，危急关头，容不得他多想。

发射阵地17个系统的指挥员听到命令后，指挥各自的操作手，有条不紊地退出了发射程序。

一支张满弓即将离弦的箭，瞬间收住了。

指挥所里有些混乱，一时，大家你看着我、我看着你，不知道发生了什么事。

孙家栋很快清醒了过来，说：“刚才我发现供电系统有问题，所以才申请停止发射程序。大家立即检查卫星数据记录，寻找故障源。”

故障很快查清：供外电插头脱落，引起星内电路的脉冲波峰干扰了卫星转内电的执行。

孙家栋问指挥员：“今天还有发射窗口吗？”

指挥员看了看表，说：“11时至15时30分还有一个窗口。”

孙家栋果断地说：“火箭已经加满了推进剂，不能超出停放时间。这样吧，我组织人员排除故障，你请示上级重新发射。”

孙家栋下令，将分散在方圆十几千米外的技术人员召了回来。

一阵“会诊”，技术人员在电路上并联了一个等值电容，故障很快排除。

发射程序重新启动。

15时30分。随着一声“点火”口令，长征二号发动机喷射出烈焰，火箭腾空而起，直插云霄。

糟糕！6秒后，火箭出现越来越大的俯仰方向摆动，飞行至20秒时，箭上自毁系统自动引爆，星箭俱毁。

如大山倾倒，所有参试人员的表情都在那一瞬间凝固住了。

发射塔东南方向1000米外，散落着星箭残骸，一片狼藉。

孙家栋从地下指挥室冲出来，望着被烧红的天空，号啕大哭。他和几位技术人员发疯似的向残骸散落区冲去。

钱学森和基地领导驱车赶来了。

大家都默默无语，他们将目光投向钱学森，等待着他的决定。

钱学森对基地领导说：“请快速派些人来，带上铁锹和筛子，把散落在这里的零部件都给我们找出来、筛出来。”

钱学森又对孙家栋说：“你让各分系统都来人，别放过一根导线、一颗螺钉、一块铜片，然后，让各家认领自家的东西。”

几百人有的猫着腰，有的蹲下身子，在沙土中翻找着，用筛子筛着。比较大些的零部件很快收拾到了一起，难找的是一些小碎片、小导线。

天色渐渐黑了，大漠上刮起四五级大风。才入秋不久，寒风便刮得脸颊生疼生疼，被风卷起的沙尘吹得人睁不开眼。

来了几辆大卡车，大灯一开，黢黑的世界变得一片雪亮。

散落区的沙土已经被来回翻找了几遍，凡是肉眼可见的残骸都被找到了。

6日清晨5时许，“罪魁祸首”找到了：一根导线——十几厘米长的导线，用灯光一照，外头胶皮套虽然完整，里面的铜丝导线却断成两截。

经进一步确认，正是这根连接速率陀螺与放大器的导线，由于暗伤，在飞行条件下，发生了断路，从而导致火箭稳定系统俯仰通道失稳。

发射失败，给孙家栋以沉重的打击。一线之患，星箭俱毁，将上万人上千个日日夜夜的心血瞬间化为灰烬；它同时又击碎了多少人的梦想？

失败是一种打击，也是一种教训。它让航天人刻骨铭心：航天无小事，航天事业永远如履薄冰、如临深渊，必须吹毛求疵、精益求精。

钱学森承受着巨大的压力，对大家说：“同志们，接受教训吧，大家要永远记住这根导线，把这根导线时时刻刻嵌入脑子里，防止再出现类似意外。”

7日，钱学森带着孙家栋一行返回北京，并将卫星残骸随专机带回。

此间，周恩来病重。当主持中央军委工作的叶剑英元帅将卫星发射失败的消息向毛泽东报告时，工作人员看到，毛泽东神色凝重，一言不发。

1975年3月，春寒料峭。

曾经一次次亲临大漠戈壁、指挥核试验的上将张爱萍，在遭受长达九年的打击迫害后，再次出山，出任国防科工委主任。

张爱萍，1910年出生于四川达县。中学时加入中国共产主义青年团，1929年6月赴上海从事地下党工作，后参加中国工农红军第三、第四、第五次反“围剿”作战。长征中，历任红三军团第十一团、第十三团政委，在四渡赤水、攻克娄山关、保卫遵义城战斗中，冲锋在前，英勇作战。红军到达陕北后，任中央军委骑兵团政委兼代团长。1939年后，任新四军第四纵队总队长、八路军第五纵队第三支队司令员、第三师副师长兼盐阜军分区司令员、盐阜地委书记，开辟苏北抗日根据地，领导军民粉碎日、伪军“大扫荡”。解放战争初期，张爱萍任华中军区副司令员，在指挥部队追击津浦铁路顽敌的途中头部负伤，后赴苏联治疗。

1948年底，张爱萍伤愈回国。1949年4月，奉命组建华东军区海军，任司令员兼政委。劈风斩浪，历时两年，建起一支具有初步作战能力的海防部队。

1951年初，张爱萍任解放军第七兵团暨浙江军区司令员。1954年9月，任中国人民解放军副总参谋长，1955年1月组织指挥了我军历史上首次三军联合渡海登陆作战，一举攻占一江山岛，解放了浙东沿海全部敌占岛屿。

到总参谋部工作后，他负责军事行政、装备、军务等方面工作，为我军正规化建设作出了突出贡献。他长期从事国防科学技术和国防工业战线工作，是我军国防科技事业的杰出领导者。

受命于危难之时，复出前，叶剑英沉重地告诉他："前不久，发射返回式人造卫星没有成功，升空后刚飞了20秒就坠毁了。"

张爱萍一惊，返回式卫星早在1966年1月就进行了总体方案的论证，原计划在1969年发射，向新中国成立20周年献礼，怎么拖了五年才发射？问道："什么原因呢？"

"说是一根导线没接好。"

"胡闹！真是胡闹！"

叶剑英说："还是你来抓科工委的工作吧，小平也认为你最合适。尽快把这一摊儿抓起来。形势严峻，我们不能再耽误时间了……"

一个月后，在七机部第一研究院召开的东风四号和东风五号方案论证会上，张爱萍意味深长地说："对我们这个会议和今后的工作，我想取一个名字，叫'抢时间'。""我们曾有过时间，有过宝贵的时间，给失掉了。因为失掉了，所以我们现在要抢回来。"

会议根据张爱萍提出的"抢时间"要求，确定了一个"三步走"计划：1977年前，拿出东风四号、东风五号；1978年，拿出潜地导弹；1980年，通信卫星上天。

张爱萍狠抓科研生产秩序和产品质量，七机部开展了大整顿、大检查。中国空间技术研究院利用整顿的契机，制定了一批有关质量控制和管理的规章制度。

1975年6月2日，张爱萍到中国空间技术研究院调研。当院长给他介绍孙家栋时，张爱萍说："你就是东方红一号的设计师啊，遗憾的是卫星上天时，我正被关押着，消息是到后来才知道的。高兴啊，我们也有自己的人造卫星啦！”

忽然，张爱萍问孙家栋：“现在天上有多少颗美国的发现者卫星？”孙家栋一时被问住了，他想了想，回答说怎么也应该有几十颗吧。

张爱萍自言自语，卫星不能当饭吃，他们发射这么多卫星干啥子？孙家栋没有回答，不过他知道将军应该比他更清楚。返回式卫星刚一诞生，美国便将它作为争夺空间、窃取他国军事情报、进行战略侦察的主要工具。美国的侦察卫星可以侦察地面各种军事目标，监听军事通信中的机密情报，监视地面部队和舰队行动，监视核爆炸以及导弹武器试验，而这些是通过其他侦察手段无法获取的。

孙家栋汇报了正在进行中的返回式卫星的研制情况，院领导请张爱萍作指示。

张爱萍诚恳地说：“我刚刚开始工作，还没有熟悉情况。不过，先说一点供同志们参考。我们搞科研的不要跟在人家后面跑，搞一个东西要学以致用。搞科技的同志，脑子不要被人家限制住，要放开一些，不要有框框。有框框，不科学。我们研究、考虑问题，特别要从国际形势、时局、备战需要考虑。”“要有实际使用价值，特别是尖端的东西，国家要耗费很大的人力、物力、财力，才能搞出一个，应该是很有用的。”“首先搞什么，重点搞什么，你们提了三个方案，我赞成第三方案，通信卫星是重点。”“我们的战略方针是积极防御，预警是第一，反导的东西，要努力搞。这是最有用的，（尽管）技术上比较困难。”

依照钱学森“火箭生病，卫星也得吃药”的指示，接受长征二号火箭的教训，孙家栋要求卫星各分系统对属下的每一台仪器、每一个零部件的质量进行全面的大检查，对存在的安全隐患，提出切实有效的改进措施。

无问汗水和心血，又是一年苦战日。

1975年11月26日11时30分，新的一枚长征二号运载火箭携带着返回式卫星拔地而起，插向长空。

“发射正常！”

“星箭分离！”

“卫星入轨！”

“工作正常！”

中国第一颗返回式遥感卫星发射成功！

预定卫星在轨道上运行47圈后，于29日返回地面。但是卫星刚上天的第一天便发生险情：根据发回的遥测数据，用于卫星姿态控制的气源气压明显降低，有人担心可能漏气。如果真是如此，卫星必须立即返回，但也有人认为是遥测数据不准，不必改变原定计划。众议不一，最终形成了三种不同意见：第一种主张卫星飞行一天后，立即返回，以免夜长梦多；第二种主张卫星飞行两天后返回，因为卫星尚未出现异常情况，可以多作一些试验，并可避免返回区条件不好的境况；第三种是卫星飞行中各系统工作正常，可按原计划飞行三天后，于第47圈时返回。

钱学森接到报告，立即乘专机赶到西安卫星测控中心。他见大家都很紧张，便说：“家栋，怎么回事，一点笑意都没有？美国人发射了12颗返回式卫星都失败了，一直到第13颗才成功。我们这才第一颗，不必大惊小怪嘛。”

听取了轨道组、姿态控制组的汇报后，钱学森又征询了卫星控制系统专家杨嘉墀和卫星测控系统专家陈芳允的意见。经过反复推敲、认真分析，钱学森与孙家栋商量了一番，当机立断：卫星按原计划于29日返回。

然而恰在此时，卫星遥测站偏偏发生了遥控天线自动、手动操纵均失灵的情况。副队长和三名操作人员二话没说，冒着生命危险，爬上15米高的天线塔实施应急方案。面对大功率辐射，他们临危不惧、沉着冷静，按照预报角度操纵天线跟踪卫星，排除了故障。

11月29日10时53分，根据地面指令，返回式卫星开始了返回地球之旅。

“调姿！”

“两舱解锁！”

“旋转火箭点火！”

“制动火箭点火！”

……

随着一个个指令，卫星返回舱脱离卫星轨道，经过极高温和“黑障区”炼狱般的考验，13分钟后，成功回到神州大地，落在贵州六枝特区关岭铁索桥附近的森林里——实在太巧了，此地正是40年前张爱萍率领的红三军团先遣团强渡白层渡口、阻击援敌并大获全胜的地方。可见现实与历史常常呼唤着、照应着。

叶剑英获悉卫星顺利返回后，欣喜地说：“能落到中国大地上就是胜利！”

指挥室里，张爱萍欣喜地赞道：“家栋，大家干得好啊！”

孙家栋说：“张主任，您不写首诗庆贺庆贺？”

张爱萍朗声应道：“好，拿纸来！”

一位参谋准备好笔墨。张爱萍手握毛笔，凝思片刻，随即挥毫写道：

欢呼“长征”火箭发射“尖兵”卫星首次回收成功

“长征”万里遣“尖兵”，
巡行太空战鬼神。
力争朝夕越艰险，
获锦归来举世惊。

神州昏，
妖风兴，
激群情。
风雨同舟济，
人鬼识伪真。
长剑在手，
待把妖擒。

后来，孙家栋回忆起当时的情景，仍难掩兴奋之情，不过，他又有点遗憾地说：“张爱萍将军的诗词写好后，大家一起诵读了一番，不知被谁拿走了。当时是我请将军写的，我却没有拿到。”

卫星落地后，孙家栋立即组织人员对返回舱进行了检验，发现返回舱在再入大气层的过程中裙部被烧坏，部分电缆和仪器也被烧坏，但胶片未曝光，获得了大量遥感资料。

时值政局混乱，上下动荡。林彪、江青反革命集团主犯、时任中央政治局常委、国务院副总理兼总政治部主任的张春桥得知卫星发射成功后，竟咬牙切齿地说：“卫星上天是幌子，红旗落地才是真意。”

返回式卫星发射成功，为国民经济发展发挥了巨大作用。以测绘为例，传统测绘与卫星遥感测绘根本无法相比。1949年新中国成立后，国家组织了庞大的国土测绘队伍，开展国土测绘工作，直到20世纪80年代才完成20%的国土测绘。遥感卫星投入使用后，仅用了不到五年的时间，就完成了过去30年工作量，并且效果好、精度高。如一幅卫星照片可以覆盖地面近2万平方千米面积，一个人只需要三天便可以完成判读、解译；而同样的工作靠地面实地调查，大约需要30个人、用六年的时间才能完成。卫星照片经过解译，可减少地面调查的盲区。在石油勘探方面，1965年2个地质队共计26人，对柴达木盆地冷湖地区的“伊克雅乌汝”油气构造，进行了四个半月的地面调查，仅获得该地结构的地质图。而利用卫星照片只需要一人用四天时间就可完成地质解译工作，且发现了一些过去调查中未见的断层，为确定钻井方位、地下水有利的供水地段以及输油管道的走向，提供了大量有用的资料。在地震、地质调查方面，卫星照片比例尺适中，图像清晰，信息丰富，可用于进行大范围地质构造的分析和地震地质调查。在港口建设、海岸测量及海岸污染监测以及考古方面，返回式卫星均发挥了重要作用。

孙家栋曾经感慨地说：“研制人造卫星工程是个集体工程，是一场‘大会战’。参加研制的有我的师长、学长，有技艺高超的生产一线工人师傅，还有大批到现在都很少露面甚至没有露过面的无名英雄，我仅仅是这些人中很平常的一个。如果没有大家的共同努力，依靠少数人是根本不可能完成这种重大任务的。”

春天来了。

1978年春天的脚步迈得特别欢实，迎春花开得格外灿烂。

《人民文学》1978年第一期刊发了著名作家徐迟的报告文学《哥德巴赫猜想》，紧接着，《人民日报》和《光明日报》同时转载了这篇文章。《人民日报》用三大版全文转载一篇文学作品，尚属首次。一时家喻户晓，洛阳纸贵。那位默默无闻的数学家、曾经的“臭老九”“白专典型”陈景润，成了民族英雄。《哥德巴赫猜想》揭开了尊重知识、尊重人才的大幕，有人称它是中国科学的“报春花”。

1978年3月18日至31日，中共中央、国务院在北京隆重召开全国科学大会。这是我国科学史上空前的盛会，标志着我国科技工作经过“十年动乱”后，终于迎来了“科学的春天”。

中共中央副主席、国务院副总理邓小平在开幕式上作了重要讲话。他指出：知识分子的绝大多数已经是无产阶级自己的一部分。他们与体力劳动者的区别，只是社会分工的不同。从事体力劳动的，从事脑力劳动的都是社会主义社会的劳动者。正确认识科学技术是生产力，正确认识为社会主义服务的脑力劳动者是劳动人民的一部分，这对于迅速发展我们的科学事业有极其密切的关系。

“文化大革命”末期，邓小平在听取主持中国科学院工作的胡耀邦汇报时，给予陈景润高度评价：像这样一些世界上公认有水平的人，中国有一千个就了不得。陈景润的住房问题长期未能解决，邓小平得知后立刻指示国务院机关事务管理局予以解决，中科院当天就分给陈景润一套四室一厅学部委员房。

闭幕式上，播音员宣读了中国科学院院长郭沫若热情洋溢的书面讲话《科学的春天》。他在讲话中欢呼：“日出江花红胜火，春来江水绿如蓝。”“这是科学的春天，让我们张开双臂，热烈地拥抱这个春天吧！”

孙家栋代表卫星研制单位向大会作了题为《关于人造卫星的成就及展望》的发言。从东方红一号卫星再到第一颗返回式遥感卫星发射成功，航天人自力更生、艰苦创业的精神，获得了与会代表的热烈掌声。

人们期待着中国航天科技春天的到来！

“孙家栋建议再调5度”

1972年2月21日11时30分。

美国总统尼克松乘坐的“空军一号”专机降落在北京机场。

尼克松偕夫人走下舷梯，向前来迎接的周恩来总理伸出手。中美两国领导人的手握在了一起，尼克松称“这是跨越太平洋的握手”。

当晚，周恩来宴请尼克松，尼克松帮助周恩来脱下呢子大衣，这个镜头也曾轰动一时。周恩来与尼克松一起观看了当天活动的录像回放。刚看了几个镜头，尼克松对周恩来说：“总理阁下，现在美国人民也坐在电视机旁观看我们今天的活动呢。”周恩来略为诧异：“是吗？”尼克松笑了，指着身旁的“黑皮箱”说：“从我踏上中国领土起，我每时每刻的活动便全部由它‘记录在案’，然后再通过我们天上的卫星，随时传回美国。”周恩来十分惊异。

宴毕，周恩来急忙向有关部门询问“黑皮箱”的奥秘，中央电视台相关工作人员介绍了“黑皮箱”和卫星地面站之间的关系。

周恩来不无遗憾地说："可惜，天上还没有我们中国的通信卫星。"

此时，美国已发射多颗通信卫星。尼克松北京之行的视频，通过太平洋赤道上空美国通信卫星的实况转播，仅0.3秒之后，美国本土一亿多观众便可以目睹这些具有历史意义的实况。

中国人开了眼界，第一次了解通信卫星竟然具有如此之大的魔力！

通信卫星是无线电通信的中继站。通信卫星具有通信距离远、容量大、质量好、可靠性高和机动灵活等优点，在远距离通信、数据网络、电视教育、数据采集、电子邮件、政府行政管理、应急救灾、航海通信、航空通信等各种领域都可广泛应用。

钱学森早在1968年为空间技术制订规划时，就提出了中国卫星发展初期"三步走"的构想：第一能上去，第二能回来，第三占领同步轨道。在我国历次修订的空间技术发展规划中，通信卫星均被列为重点发展的应用卫星系列。

钱学森多次主持召开方案论证会，提出关键项目的研究课题，但是由于"文化大革命"的干扰，研制工作举步维艰，进展缓慢。

1974年5月19日凌晨，病中的周恩来看到一封来信摘要："关于建立我国卫星通信的建议"。邮电部的三位年轻人阐述了我国发展通信卫星的意义，并对我国发展通信卫星的现实性、必要性和可能性做了论证，建议由国家统一组织，安排我国通信卫星研制。

周恩来被触动了，脑海里不由得回想起两年前尼克松访华的情景。他在信上批示国家计委、国防科工委联合召开会议，先将通信卫星的制造、协作和使用方针定下，然后再按计划分工作出规划，督促进行。

此事得以向前推进，但依然困难重重。

改革开放之初，百废待兴。随着国家工作重点的大转移，一大批军工产品纷纷下马。航天人捧了几十年的“金饭碗”被端走了，吃了几十年的“大锅饭”断粮了。唯一的选择只有重谋生路，然而，路在何方？前途迷茫。一个研究院、研究所，少的几百人，多的几千上万人，光是后勤保障就够让人伤脑筋的。当时，航天人的工作、生活条件十分艰苦。一些老专家三代同堂，只能蜗居在一间两居室的小屋里。年轻的技术人员结了婚却无住房，只好四处“打游击”。有的单位千把人，却只有一个食堂，开饭时比赶集还拥挤。上万人的单位，可怜得只有一个澡堂，洗澡票比火车票还紧俏。

随着开放大门打开，外企出现了。一些外企财大气粗，付给大学本科生一个月的薪水高达三四千元，而相关航天专业毕业的技术员每月工资才100多元。一些胆子大的外企，竟然直接开着大轿车、挂上大牌子，在研究院门口招人，见到年轻员工便问：“有兴趣了解一下新的工作吗？”于是，便有了“搞导弹不如卖茶叶蛋”的流行语。

孙家栋还真收到了沈阳一位卖茶叶蛋的老太太的来信，信中说：现在都在传“搞导弹不如卖茶叶蛋”，我就是卖茶叶蛋的。看到你们为国家搞科研真是不容易，如果你有什么困难，我可以帮帮你！

孙家栋十分感动，又有几分苦涩。

彼时，跳槽者有；“下海”者有；出国者也有。

然而，坚守阵地的勇士更多！

1979年8月，孙家栋被七机部党组任命为东方红二号通信卫星总设计师。

作为总设计师，孙家栋既要考虑东方红二号技术上的先进性、可靠性，还要考虑其经济性和合理性，为今后各种应用卫星发展明确原则和方向。

东方红二号通信卫星主体为圆柱形，直径2.1米的圆形筒体，高3.1米，重420千克。它的设计寿命为4年，有4个C波段转发器，可以传输4路彩色电视和2400路双向电话，可以全天24小时对电视、广播、电话、电报、数传、传真等各种模拟和数字通信信息进行传输，同时解决军用通信和远洋舰船通信问题。

在孙家栋主持下，东方红二号完成了试验通信卫星整星大型试验。1979年8月至1983年7月，孙家栋带领科研人员进行了卫星的电性能、力学环境、热真空、自旋试验以及卫星对地面测量控制设备无线电大回路和正样发射卫星的验收等大型试验，取得了许多创造性的经验。

发射通信卫星对火箭要求很高。为此，我国在长征二号火箭基础上新研制了长征三号运载火箭。长征三号的最大亮点是它的第三级采用了低温高能液氢液氧发动机，其真空推力4.5吨，比推力425秒，可以在太空实施第二次点火，使火箭经过长时间爬升，将卫星送入远地点高度为3.6万千米的地球同步转移轨道。

1980年11月，孙家栋被任命为第七机械工业部总工程师。

1983年5月，孙家栋被任命为中国空间技术研究院院长。

10月，东方红二号的五大系统具备了发射试验条件，与长征三号运载火箭一起运抵西昌卫星发射中心。

西昌卫星发射中心位于四川西南部的凉山彝族自治州境内。

早在1963年，钱学森就建议等铁路修好后，应在大西南建设卫星发射基地，因为发射地球同步轨道卫星（或称静止卫星），设在西昌比设在东风基地要节省很多燃料（西昌纬度低，靠近赤道，地心引力小，与卫星地球同步轨道接近）。地球同步通信卫星是我国航天发展的重点之一。1970年9月，数千名建设者经过十几年的奋战，终于打通了大小凉山的闭塞，于1982年在一条名叫“赶羊沟”的荒凉大峡谷里，修建起了中国第一个专门发射高轨道卫星的基地。

多年来，孙家栋养成了一种习惯，每遇发射日总是早早醒来。

1984年1月26日。

一大早，他靠在床上，将发射前该干的事情一件件地在脑海中“过电影”，过得很细、很细，生怕有任何遗漏和疏忽。

下午，孙家栋来到指挥所。而七机部副部长、中国运载火箭技术研究院院长、试验通信卫星发射队长张镰斧到得比他还早。

一位是中国运载火箭技术研究院院长，一位是中国空间技术研究院院长，这两位中国航天最具实力的研究院的“掌门人”，相逢在指挥所。

张镰斧剑眉高挑，身材挺直，虽一头白发，却依然保留着军人挺拔的姿态。

张镰斧像是自言自语：“应该是万无一失了吧?!”

孙家栋应道：“我想应该是的。”

张镰斧的经历带有几分传奇色彩。他15岁从军抗日，参加了国共合作共同抗日的第一典范之战——太原战役。百万大军渡长江时，他已经是第二野战军第十二军第三十五师第一〇四团团长。后入朝参战，参加了上甘岭战役。他说：“我就是被美国佬的炸弹炸醒的，是从炮弹的暴雨下懂得落后就要挨打、国弱就要被欺这个道理的。”1956年从朝鲜回国，已经是第三十五师师长的张镰斧进入高等军事学院（国防大学前身）学习。1960年6月，总政干部部约谈，告知军委决定调他去国防部第五研究院一分院工作。张镰斧听说要调他去什么研究院，马上跑去找在一起学习的副军长李德生求助。李德生一听火了：“好你个张镰斧，你知道五院一分院是干啥吃的？我告诉你，五院是咱们国家专门研究导弹、火箭的地方。在朝鲜战场，志愿军将士多盼望咱们也有导弹和火箭？现在组织让你去搞导弹、火箭，你还打退堂鼓，想回十二军。你就是回部队，肖永银军长也得把你赶回去。你别给十二军丢人啦，乖乖地背起背包上任吧，咱十二军等着你的导弹装备部队呢！”

1960年6月，身上带着五处伤疤的张镰斧，出任一分院副院长兼总装厂厂长。他亲身经历了中国航天事业最艰难的创业历程，慢慢从一个“门外汉”成为导弹生产管理专家。

长征三号运载火箭是中国运载火箭技术研究院专门为东方红二号卫星研制的。这枚三级液体运载火箭，第一、第二级使用常规发动机，第三级使用低温高能液氢液氧发动机。张镰斧带领专家日夜奋战，攻克了一个个重大难题。在国外，加注液氢液氧通过地下管道输送，而我们限于条件，只能用两台加注车加注。液氢在常温中会迅速挥发成气态氢，气态氢在空气中达到一定比例就会引起爆炸。明知加注危险，可张镰斧却搬个板凳，在操作现场一坐就是三小时，为操作人员壮胆。

作为副部级领导，张镰斧亲自担任试验通信卫星发射队长，以示对这次发射的重视。

望着发射塔旁高高竖立的那枚乳白色的长征三号火箭，孙家栋有些激动，作为总设计师，每次发射都有种送将士出征的感觉。是的，无论火箭还是卫星，都是将士，它们都将去迎接一场新的战斗。

16时15分，发射进入五小时倒计时准备。

“火箭稳定系统偏航波道输出信号异常！”

操作员的报告声打乱了正常发射程序。

指挥员发令：“查明故障！”

很快，查明陀螺平台出现功能性故障。

当日发射不得不中止。

此时，东方红二号卫星已经装载在火箭上端，一有风吹草动，都可能发生不可预知的情况。孙家栋立即组织试验队员一起对卫星进行监测和保护。

经过三天三夜的奋战，故障排除了，陀螺平台恢复正常。

1月29日20时24分，长征三号运载火箭载着东方红二号卫星，呼啸着飞向太空。

一二级发动机和三级发动机的第一次点火、滑行段工作正常。谁料，第三级氢氧发动机第二次启动，仅仅过了三秒钟，推力消失，卫星未能进入预定的地球同步转移轨道。这如同一个马拉松运动员，只跑了半途便停了下来。

又是一次沉重的打击！

张镰斧神色严峻，愧疚地对孙家栋说：“孙总，长征三号拖后腿了。”

孙家栋安慰他道：“大家继续一起努力吧！”

孙家栋与航天部副部长宋健交换了意见，决定按试验大纲的第二预案实施，利用卫星每日飞越我国上空时进行各项测试。同时采取多种措施，如关闭星上部分加热器，减少星上功率消耗；增强卫星自转转速，稳定卫星姿态；择机实现远地点发动机点火，改变卫星运行轨道；调整卫星姿态，保证太阳入射角在设计指标范围内，增加星上能源，延长卫星工作寿命。

宋健向国务院副总理、国防部部长张爱萍报告了情况，也说明了他们的担忧：担心点不着火，或是火点着了还是控制不住卫星。

张爱萍说："只要你们做到了全力以赴，如果找不准卫星姿态的话，万一打到国外去，出了问题我负责！你们就放心大胆地干吧！"

孙家栋赶紧飞抵西安卫星测控中心，亲自指挥。

测控中心气氛紧张，各种仪器传来各种数据。当卫星运行至第13圈，经过我国上空时，孙家栋果断下达"发动机点火"的口令。

口令变成无声的信息在天地之间传送。

"发动机点火成功！"

卫星在失控了20个小时的时候，又被控制住了。它被送到近地点358千米、远地点6480千米的椭圆轨道上，发挥着低轨道卫星的试验价值。

孙家栋深知，虽然卫星各系统得到全面检验，取得了一些宝贵资料，但这次发射没有达到预期功效，只能算是一次失败的发射。

从西安归来，孙家栋走出北京站时，夜幕已经降临。

没有鲜花和掌声迎接他，没有人知晓他是一名航天专家。看上去，他更像一位中学教师，或是某单位一位出差回京的办事人员。

孙家栋觉得有些疲惫，忽然，耳旁传来了报时的钟声，他不由得一震，这声音如此悦耳，也非常熟悉。当年，东方红一号卫星发出的就是这样的声音。他侧耳听了片刻，便消失在茫茫人海中……

一场大雪悄然而至。初始，稀疏的雪花如柳絮般在空中飘浮着，慢慢地，雪越下越密，整座京城变得迷迷茫茫。

孙家栋有夜读的习惯，夜阑人静，书香相伴，专业的、非专业的书都读——读书成了一种最好的休息。

台灯下，孙家栋翻阅的是一本介绍著名科学家的内部参考书。看着看着，他被郭永怀的命运深深吸引住了……

郭永怀是著名力学家、应用数学家、空气动力学家。1935年毕业于北京大学物理系，1941年从加拿大多伦多大学应用数学系硕士毕业，进入美国加州理工学院，师从冯·卡门研习空气动力学，获博士学位。在校期间，他与钱学森合作，最早在跨声速流动问题中引入上下临界马赫数的概念。他们发现，对高速飞行真正有实际意义的是上临界马赫数，而不是以前大家所关注的下临界马赫数。郭永怀还发展了奇异摄动理论中的变形坐标法（国际公认的PLK方法）。

郭永怀虽身居海外，却一刻也没有忘记祖国，他拒绝加入美国国籍。1956年，正值他在康奈尔大学晋升为正教授时，收到已经归国的钱学森的信：

永怀兄：

接到你的信每次都说归期在即，听了令人开心。

我们现在为力学忙，已经把你的大名向科学院管理处“挂了号”，自然是到力学所来，快来，快来！

请兄多带几个人回来。这里的工作，不论在目标、内容和条件方面都是世界先进水平，这里才是真正科学工作者的乐园！

……

钱学森上

二月二日

1956年，郭永怀毫不犹豫地放弃了优厚的生活待遇和便利的科研条件，决定偕夫人李佩和女儿回国。在康奈尔大学篝火欢送会上，为了不引起美方怀疑，他将自己多年整理的书稿付之一炬。11月，一家人踏上祖国大地，实现了多年夙愿。中国科学院任命郭永怀为力学所副所长，1957年他当选为中国科学院学部委员。

1960年，苏联单方面撕毁《国防新技术协定》，拒绝向中国提供原子弹数学模型和技术资料，撤走专家，给刚刚起步的中国核工业以致命打击。

钱学森向钱三强推荐郭永怀，郭永怀临危受命，与王淦昌、彭桓武组成中国核武器研究最初的“三驾马车”。然而，他们都不是原子弹专家，王淦昌和彭桓武是理论核物理学家。为了加快核武器的研制步伐，1963年，郭永怀率领研究队伍迁往在青海新建的核武器研制基地。基地位于海拔3800多米的高原地区，气候变化无常，冬季最低气温降至－40℃。呕心沥血，加上缺氧和物资极度匮乏，不满50岁的郭永怀满脸皱纹、满头白发。

爆轰物理实验，是突破原子弹技术的重要一环。为了取得可靠爆炸模型，郭永怀带领队员反复试验。他提出“两路并进，最后择优”方法，一举为第一颗原子弹爆炸确定了最佳方案，这种方案后来被应用于中国第一代核武器整个研制过程。

1964年10月16日，中国第一颗原子弹爆炸成功。1967年6月17日，中国第一颗氢弹爆炸成功。从原子弹到氢弹，美国用了7年3个月，苏联用了6年3个月，中国仅用了2年8个月。

1968年12月4日，郭永怀在青海基地试验中发现了一个重要科研线索，需回北京汇报和研究，但当天只剩下一班夜航班机。同事们担心夜航不安全，让他换成第二天的航班，郭永怀坚持要走。同事们有所不知，当天他获知一个揪心的消息——夫人李佩被中国科学技术大学“造反派”关进了“牛棚”。他万箭穿心，恨不能即刻飞回北京，了解详情。万没料到，次日凌晨，飞机在降落的过程中，距离地面约400米时，突然偏离跑道，扎向1000米外的苞米地后爆炸。当人们从飞机残骸中找到郭永怀的遗体时，吃惊地发现他和警卫员紧紧地抱在一起。烧焦的两具遗体分开后，中间掉出一个完好无损、装着绝密文件的公文包。在生命的最后瞬间，郭永怀想着的是用自己的身体保护好重要的科研资料。

周恩来获悉郭永怀牺牲的噩耗，立即下令查清事故原因，并让新华社发布这一不幸消息。

读到此处，孙家栋双眼含泪。在核物理界，郭永怀大名鼎鼎，但由于从事国家级的绝密工作，无法彰显功绩。没想到这位隐姓埋名的科技英雄，竟然牺牲得如此悲壮。

由郭永怀，孙家栋联想到了钱学森、任新民、屠守锷、黄纬禄、梁守槃等老一代科学家。这些民族精英，在海外学成后毅然回国，成为共和国科技的奠基者和开拓者，为新中国航天事业“置办”起赖以发展壮大的最初“家当”，为中国航天奠定了体制和技术基础。

让孙家栋感触最深的是，他们这一代中青年航天人，均得益于老一辈科学家阳光雨露的滋养。他在钱学森大师麾下幸运地工作了16年，钱老一个型号一个型号地带，一张图纸一张图纸地教，钱老的耳提面命使他成为机会最多、获益最大的人。他自然不敢将自己与钱学森的关系和当年钱学森与其恩师冯·卡门的关系相提并论，因为他还达不到当年钱学森的学识水平。钱学森和恩师之间亦师亦友的佳话，也一直在学界传诵着。

孙家栋听钱学森讲过当年贸然登门拜师的故事。

钱学森赴美求学，原想主攻航空工程的飞机制造，当一名航空工程师。在麻省理工学院学习一年后，他改变了原先的想法。面对科技的高速发展，要想站在国际航空科技前沿，首先应该成为具有深厚理论基础的科学家。当时，在加州理工学院，空气动力学大师、航空专家冯·卡门声名显赫，于是钱学森萌生了登门求学的念头。

那天，25岁的钱学森敲开了55岁的冯·卡门的办公室门。

“尊敬的冯·卡门教授，我对您所研究的科学领域兴趣极大，我想成为您的学生。”钱学森迫不及待地说。

冯·卡门打量着眼前这个陌生的东方小伙子，问：“难道你有志于空气动力学和火箭技术的研究?”

“是的。”

冯·卡门笑了：“我想起来了，火药最早就是你们的祖先发明的!”

钱学森说：“只是，现在我们已经落后了。所以，我有志于空气动力学和火箭技术的研究，以便将来更好地为我的祖国、为全人类服务。”

冯·卡门被钱学森的热忱所感染，说：“人类要发展，就一定要揭开空间、宇宙的秘密，这便离不开航空和火箭技术，离不开空气动力学。年轻人，你想为自己的祖国和全人类服务的想法很好！”

钱学森进一步表示他想跟冯·卡门教授学习航空理论，研究空气动力学和火箭技术。

钱学森思维敏捷、富于智慧，给冯·卡门留下了深刻的印象。冯·卡门说：“欢迎你来加州理工学院继续深造，在这里你可以学到所需要的知识。我相信我们会合作得很好。”

此后，从做学生、助手，到成为同事，钱学森在冯·卡门身边度过了十年美好且极有价值的时光。

冯·卡门曾这样评价钱学森：

我发现他非常富有想象力，他具有天赋的数学才智，能成功地把它与准确洞察自然现象中物理图像的非凡能力结合在一起。作为一个青年学生，他帮助我提炼了我自己的某些思想，使一些很艰深的命题变得豁然开朗。这种天资是我所不常遇到的，因而他成了我亲密的同事。

像当年冯·卡门对待自己那样，钱学森对待年轻科技工作者，从来都是给予鼓励和指教，令人如沐春风，如淋甘露。

有一次，一发新型导弹即将运往发射基地，按惯例，产品出厂前要完成装配、测试工作。由于时间紧，车间师傅对孙家栋说，四个陀螺是同一批次生产的，第一个能装上，其他三个可以不用再装了，这样能节约一些时间。孙家栋觉得有道理，便同意了。可万万没有想到，导弹被运到发射基地后，其他三个陀螺怎么也装不上。没招了，孙家栋只好向钱学森如实报告。钱学森没有批评孙家栋，而是帮他出主意：将陀螺进行仔细研磨后再试装。钱学森亲自到现场察看，他不说话，背着手走来走去。孙家栋劝他回去休息，钱学森摆了摆手，说："快干你们的活儿吧，别管我。"孙家栋和工人师傅从下午忙到第二天凌晨才将陀螺装好，钱学森一直在现场陪伴着。虽然钱学森没指责一句，但这个教训让孙家栋记取了一辈子。

孙家栋又想起了东风二号发射失利的那个夜晚，从北京匆匆赶来的钱学森见大家心情沉重、低头不语，没有责备，只有鼓励。他说："挫折算什么，跌倒再站起来，胜利令人欣喜，但失败也是一笔财富。"

这些年一番番历练，失意与喜悦相伴，成功与失误相连。孙家栋清醒地意识到，航天人要走的路还很长很长，遇到的挫折还会很多很多——正如马克思所言："在科学上面是没有平坦的大路可走的，只有在那崎岖小路上一直攀登而不畏劳苦的人，才有希望到达光辉的顶点。"

长征三号发射失利，张镰斧心里像压了块巨石。他与火箭总设计师谢光远，会同设计师系统、发动机参试人员反复讨论分析，查找问题症结，在准确定位的基础上制定了排除故障对策。他坐镇西昌，前后方统一指挥，同时又派得力人员回京组织设计、生产、试验。全院上下齐动员，先后进行了5次发动机试车、10次点火。1984年3月26日，改装好的发动机件，从北京运抵西昌。

为取得第一手资料，张镰斧第一个钻进发动机舱里检验察看。机舱狭小、密不透风，且充满惰性气体。虽然戴着防毒面具，但他仍感到憋气、恶心。张镰斧出舱时，一脸乌青，满身汗水。技术员和工人师傅都被这位62岁老院长身先士卒的举动深深感动了。

1984年4月8日19时20分，第二枚长征三号运载火箭托举着东方红二号通信卫星，在巨大的轰鸣声中，腾空而起，直插苍穹。

20分钟后，运载火箭将卫星成功送入3万多千米地球同步轨道。

孙家栋与张镰斧紧紧拥抱。孙家栋说："感谢你们给了东方红二号卫星这么强大的动力！"

张镰斧热泪盈眶，无以言表，只是用力地拍着孙家栋的后背。

4月10日，孙家栋又赶到西安卫星测控中心坐镇。

8时47分，卫星被送入准地球静止轨道漂移。

控制室显示屏上正显示卫星慢速漂移的实况，那一条弧形的连线，如此的流畅、如此的曼妙，像是雨后的一道彩虹。

忽然，传来报告："卫星蓄电池温度异常！"

情况不妙！遥测数据显示，卫星外壳和部分仪器的温度也在升高，继续下去，后果不堪设想。

问题严重，十万火急！

孙家栋两眼紧盯着显示屏，仿佛听到了远在3.6万千米外的卫星向他发出的求救声。

孙家栋将大家召集在一起，对着那张卫星飞行线路图，孙家栋判断卫星发热是卫星相对太阳姿态角的变化所引起的。此时，必须尽快对卫星进行大角度姿态调整，以增大太阳的照射角，降低太阳能电池阵与蓄电池之间的电压差，从而减少充电电流，使蓄电池的交电降下来，迫使蓄电池“体温”恢复正常，以增大太阳能的照射角。

这是个带有风险的决策，大角度的应急调姿已超过了设计方案。如果调好，卫星上的硬件经得起考验，卫星得救；反之，卫星会迅速夭折。

天地之间，一番无声的调控正有条不紊、紧张地进行着。

服了“退烧药”后，卫星的“体温”慢慢下降了。但是，就像人感冒了四肢无力一样，卫星的工作还是不正常。

一天过去了，两天过去了，症结仍然没有找到。

十几次的模拟试验后，几位技术员发现，当太阳照射角为90度时，卫星能源系统保持平衡，温度控制在设计指标范围内。

孙家栋也发现了这一点，他的眉心紧紧地蹙在一起。忽地，他果断地对指挥员说：“建议将卫星姿态角再调整5度！”

指挥员一惊，反问道：“孙总，你说什么？”

孙家栋的声音高了八度，他说：“我建议将卫星姿态角再调整5度！”

“调整5度？”发射指挥员还是用迟疑的目光望着他。

按发射程序，调整卫星姿态角，需要根据精确的运算后形成报告，逐级审批完毕后方能执行。这个程序不走，指挥员怎敢贸然下令？但此刻情况紧急，走一级级审批程序根本来不及。

孙家栋神色凛然，和指挥员四目相对。

兹事体大，身旁的一位技术员在一张白纸上写下“孙家栋建议再调5度”，递给孙家栋，请他签字。

大家都将目光投向孙家栋。

没有片刻的迟疑，孙家栋接过笔，快速地签下自己的名字：孙家栋！

指挥员接过字据，下达口令："将卫星姿态角再调整5度！"

经过准确、细心的操作，调整5度后，慢慢地，卫星的温度恢复正常，化险为夷。

后来有人问孙家栋："孙总，您真是胆大包天！当时怎么不想想，调整5度后，卫星要是出了问题，您能负得起责吗？"

孙家栋两眼一眯，淡然一笑，回答道："说真的，当时想的就是怎么让卫星正常工作，根本来不及考虑后果。"

敢于负责、勇于担当。孙家栋多次说过，这种精神在钱学森等老一辈科学家身上体现得最为充分——

那是1967年5月初，经过改进的东风三号01批第三枚和第四枚导弹被运往东风基地。5月19日，第三枚导弹进入发射程序后，由于设备故障，两次中止发射。

第三次又突发推进剂泄漏事故。经检查，发现导弹氧化剂贮箱变形，箱体外鼓4.55毫米。基地方面不同意继续发射，担心发射时推进剂漏出，引起爆炸。

试验队对故障进行分析后，认为故障是可以在发射场修复的。他们打电话向总体部副主任孙家栋作了汇报。孙家栋与总体部结构室技术员对该导弹的两只推进剂贮箱的强度进行了计算，认为两只推进剂贮箱的结构强度仍有较大富余，不影响发射。试验队更换了部分部件，并对发射准备操作细则进行了几处更改，导弹已处于可发射状态。

但是仍有不同意见，发射试验无法继续。

聂荣臻派钱学森赶赴基地。

5月24日，钱学森召集各方人员联席会，认真听取了大家的意见，对基地提出的20多个有关能否发射的技术问题，仔细研究，逐个回答，使问题一一得到解决。

钱学森还亲自爬上发射架，察看推进剂贮箱外壳情况，认为壳体虽有些变形，但尚未达到结构损伤程度，不影响发射。

按照规定，导弹发射必须要有三个人签名：一个是负责发射工作的基地作战试验部部长，一个是导弹研制单位负责人，一个是基地指挥员。当时，作战试验部部长不敢贸然行事，基地指挥员也很谨慎。他们虽然认为钱学森说的有道理，但仍担心出事，两个人都不敢签字。导弹已经注满燃料，发射不允许再拖延。钱学森见说服无效，果敢表示："这发导弹现在的质量可以放心，这个名，我来签。"

于是，送到北京的发射报告上只有钱学森一人的签名。聂荣臻看了后，沉吟了片刻，说："这是一个技术问题。既然技术上由钱学森负责，他说可以发射，我同意发射！"

1967年5月26日，东风三号导弹发射成功。

时隔17年后的1984年，孙家栋同样将个人声誉置之度外，危急之时，提出这一非常规建议。这是一名科学家的胆魄——这种胆魄来自智慧和品格，更来自他的担当。

1984年4月16日18时27分。卫星成功定点于东经125度赤道上空——中国有了自主研制的第一颗通信卫星。

当晚，张爱萍获悉喜讯后，诗情勃发，词寄苍穹：

《破阵子·我国同步卫星发射成功》

万里连营布阵，冲天烈火彤彤。莫问巡天几回转，好去乘风遨苍穹。运筹任从容。　　玉宇明灯高挂，金丝细雨飞虹。天帝躬身仙子舞，正是人间日曈曈。华夏沐春风。

17日18时，卫星通信试验开始。

北京、南京、石家庄、昆明、乌鲁木齐通信站进行了通信、广播、彩色电视节目传输、报纸版式传真和时间标准频率播发等工作，卫星功能正常，达到了设计要求。

张爱萍在国防科工委指挥所通过通信卫星，特地与远在乌鲁木齐的新疆维吾尔自治区党委书记王恩茂通话。

张爱萍说："你好，恩茂同志，我这是通过我们自己的通信卫星给你讲话，你听得清楚吗?"

"清楚，清楚！"远在3700千米外的王恩茂异常激动地说："乌鲁木齐市各族人民第一次看到了中央电视台播送的当天的新闻，图像非常清晰，就像在北京看电视一样。感谢你们为祖国、为人民作出了这巨大的贡献！"

张爱萍也很激动，说："这是参加研制试验的全体同志共同努力的结果，也是全国人民，包括新疆人民大力支持的结果！基地的同志这一回又该吃到你们那里的哈密瓜了……"

4月19日，张爱萍在新华社举行的新闻发布会上强调指出：我国完全依靠自己的力量成功地完成了通信卫星试验。这些试验表明，我国的运载火箭技术水平不亚于其他先进国家，卫星的通信技术也接近世界先进水平！

通信卫星成功发射，具有里程碑意义，标志着我国运载火箭技术和卫星通信技术已经跨入了世界先进行列。

“没有撒手锏不行啊”

前进的道路从来都是不平坦的——何况，这是一条通往天际之路。

20世纪80年代中期，中国正处于计划经济向市场经济转型的关键时期，改革开放在探索中前行。有人将其形容为“摸着石子过河”。

风云变幻之际，中国运载火箭技术研究院、中国空间技术研究院一夜之间被推向了市场。

社会上一些人甚至还有个别高层领导说，搞导弹、原子弹、火箭把国家搞穷了，为了加速国家建设，应将这方面的钱投到国家建设急需项目上，这样可以让我国经济发展得更快些，人民日子过得更好些。

中国航天的元老们坐不住了，屠守锷、梁守槃、卢庆骏、谢光远、陆元九、张镰斧联名上书中央，分析国际形势，陈述发展航天科技的必要性和紧迫性。邓小平高度重视，认为此事极其重要。

那些日子，孙家栋也是身心疲惫。作为中国空间技术研究院一院之长，他四处呼吁、宣传航天科技对于一个大国、强国的重要意义的同时，还必须带领全院员工找到一条生存发展之路。

有一次，孙家栋应邀去国务院某部委作报告，介绍我国航天事业发展情况。他给大家算了一笔账：我国28年投入国防尖端武器的经费共约28亿元，仅相当于美国1984年一年投入此项经费的30%，苏联1984年一年投入的25%。中国国情不同，还拿不出更多的钱来发展航天，但仅用这么点有限投入就建设了众多的航天工程，从而让中国成为世界上有影响的大国，成为世界宇航联合会会员。尽管现在国际形势趋于缓和，但帝国主义亡我之心不死，现在还没到刀枪入库、马放南山的时候。我们绝不能中断航天事业，以免到了危急关头，将措手不及。

孙家栋的报告引起了强烈的反响。是啊，当年在最艰难的岁月里，毛泽东、周恩来等党和国家领导人，高瞻远瞩，勒紧了裤腰带发展“两弹一星”，才有了我们今天的国防建设和国际地位。

诚如邓小平所言：如果60年代以来中国没有原子弹、氢弹，没有发射卫星，中国就不能叫有重要影响的大国，就没有现在这样的国际地位。这些东西反映一个民族的能力，也是一个民族、一个国家兴旺发达的标志。

国之重器，时时维系着人民的安全。

国之重器，关乎国家的发展和民族的振兴。

航天人开始了新一轮冲锋——国家确定在地球静止轨道试验通信卫星发射成功的基础上，实施第二代应用卫星工程研制计划，包括东方红三号通信广播卫星工程、风云二号气象卫星工程和中国与巴西合作研制的资源一号地球资源卫星，业界称为“新三星”。

孙家栋一肩挑三担，被任命为这三项工程的总设计师，业内称他为“新三星总总师”。

三项工程加在一起，是一副多重的担子，孙家栋勇敢地挑了起来——他清醒地意识到，这是国家交付的重担。身为中华儿女，父母让挑再重的担子，也义不容辞。

东方红三号是中国第一代采用三轴稳定技术的同步卫星，卫星瞄准了20世纪80年代国际先进水平，主要用于电视转播、电话、电报、传真、广播和数据传输等业务。星上配置了24路C波段转发器，其中，6路为中功率转发器，其余18路是8瓦低功率转发器。服务区域包括中国大陆、台湾地区及近海岛屿，可连续向全国同时传输6路彩色电视节目和8000门双工电话（采用频带压缩传输技术后能传送更多），具有国际同类卫星先进水平。其主要技术特点为：先进的卫星公用平台设计概念和模块化、舱段化总体构型号设计技术；大质量液体晃动和柔性部件影响的全三轴姿态轨道控制方案；一次展开太阳电池阵与镉镍蓄电池联合供电及双独立调节母线方案等。

东方红三号卫星于1986年开始研制，其间历经艰辛，积十年之功。1997年5月12日，由长征三号甲运载火箭发射升空。5月20日16时，卫星成功定点于东经125度赤道上空。1998年初，东方红三号卫星由中国通信广播卫星公司经管，开始提供商业服务。它对于促进我国卫星通信事业的发展，提高我国在国际航天领域的威望，巩固我国在国际航天发射市场的地位，具有十分重要的意义，标志着中国通信卫星技术跨上了一个新台阶。

风云二号气象卫星是我国自行研制的第一代地球同步轨道气象卫星，与极轨气象卫星相辅相成，构成我国气象卫星应用体系。卫星成为汛期气象服务、重大活动气象保障和日常天气预报的重要资料来源，为气象、交通、农业、渔业、海洋、环境、水利、林业等部门提供了数据支撑。

风云二号气象卫星既是高科技的产物，同时也是一个复杂的系统工程，涉及电子技术、光学技术、材料技术、关键的元器件技术及应用技术，参与的科技人员成千上万。卫星于1997年6月

10日成功发射。

东方红三号和风云二号卫星的成功发射，为我国人民生活、经济建设、文化教育、气象等提供了重要的服务，产生了显著的社会效益，对推进中国信息化进程具有重要的作用。

资源一号地球资源卫星是由中国空间技术研究院和巴西空间研究院联合研制的，也是中国首次在空间领域进行的国际合作。中方负责总经费的70%，巴方承担30%；中国承担卫星应用平台部分及其他两种有效载荷等星上重要部件的研制，巴方主要负责卫星上宽视场CCD相机的研制。卫星由中国运载火箭发射，卫星发射成功投入运营后由两国共同使用。

中巴两国科技人员历经11年艰苦努力，1999年10月14日，长征四号乙运载火箭将卫星准确送入太空预定轨道。10月21日，卫星宽视场成像仪开始工作，中巴两国均获得满意的图像，所取得的各种遥测数据显示，星上各系统工作正常。它的成功发射表明中国卫星研制水平又登上了一个新台阶。

那几年，中国资源卫星应用中心处理、归档卫星遥感数据75万余景。卫星数据被广泛应用于农业资源调查与作物估产，森林资源调查与监测，地质、水资源调查与监测，能源与环境监测，城市规划，生态环境调查，以及石油天然气、煤炭和地下煤层自燃探测等诸多领域。资源卫星在国民经济建设和可持续发展战略中所起到的巨大作用不可估量。

资源卫星在巴西的应用成果集中体现于森林采伐监测、土地利用规划、影像地图制作、科学应用和国家项目等方面。

“新三星”遨游苍穹，这是一次大踏步的跨越！

孙家栋这位“新三星总总师”，成为跨部门、跨学科、跨专业的航天工程设计师系统的领军人物。从东方红一号卫星到“新三星”，在近30年的历练中，孙家栋卓越的才华、勇往直前的气魄和敢于担当的精神，得到了充分的展现。

孙家栋始终怀着这样的信念：“国家需要，我就去做！”

1985年10月30日，孙家栋由中国空间技术研究院院长升任航天工业部副部长。

孙家栋走马上任当月，中国政府郑重宣布：中国长征系列运载火箭投放国际市场，承揽对外商业发射任务。中国火箭作为国际商业发射市场的有益补充，跨出国门，走向世界，将展现出广阔的应用前景。

张爱萍语重心长地说：“我国航天技术进入国际市场，发射国外卫星，不仅表明我国在航天事业和科学实践上有了新的成就，而且说明我们整个国家进入了一个重要的历史转折时期，是具有划时代意义的。”他还指出：“目前，我们航天工业部还是‘瘸子走路’，一条腿长，一条腿短，即火箭的腿长，卫星的腿短，也就是说，火箭已经达到了国际水平，可以参加国际航天发射竞争，而卫星水平落后了一步。要想在国际竞争中获得主动权，就要使自己的卫星水平尽快与国际接轨，我们一定要加快卫星发展步伐。”

那几年，孙家栋参加了第二次联合国探索与和平利用外层空间大会、中美科技合作联委会，还参观了位于南美洲的法属圭亚那航天发射中心，接待了英国、法国的航天代表团。通过国际交往，孙家栋意识到加强与世界先进空间技术交流、合作，参与商业卫星发射服务竞争，将是中国航天事业发展的必由之路。

就在中国航天跃跃欲试、踌躇满志，准备涉足世界航天发射市场时，1986年频频发生的空间惨案，再一次证明航天产业是高风险产业，1986年被称作世界航空史上的“黑色灾难年”：

1月28日，美国挑战者号航天飞机在发射升空73秒后，突然在空中爆炸，机上七名宇航员全部遇难。

4月28日，美国大力神运载火箭刚刚点火升空，便坠落大海。

5月3日，美国德尔塔运载火箭升空飞行一分多钟后，失去控制，星箭俱毁。

5月30日，欧洲航天局王牌阿里安火箭，在飞向大西洋时，发生爆炸，瞬间化为灰烬。

一系列事故，让发展有序的国际航天发射市场几乎瘫痪。航天发射有其特殊性，一般是一箭一星或一箭多星，箭是为星专门定制的，不可能有多余的箭在等候星。那些已经造好的卫星，由于没有火箭的运载，只能搁置地面。然而，所有的卫星都是有寿命的，时间一长，“过期作废”。

当欧美国家航天发射处于低谷之时，中国航天产业进入国际市场的机遇来临了。国际卫星的制造商们想起了一年前曾被他们冷落的中国火箭的“老板”。

“丁零零……”孙家栋办公桌上的电话铃声响了。

电话是中国运载火箭技术研究院院长王永志打来的。

孙家栋说：“王院长，此时来电话，我知道你想说什么？”

王永志开玩笑地说：“哦，您是神仙呀。”

孙家栋答道：“我虽然不是仙人，但我知道你们在做什么，你想说什么。”

王永志转入了正题："孙副部长料事如神啊，我们想将长征二号E也就是'长二捆'大推力火箭推向国际市场。到国际市场去竞争，没有'撒手锏'不行啊！"

孙家栋沉吟了片刻，说："胆子好大啊，你们的'长二捆'大推力火箭，八字还没一撇，不还是一张图纸吗？"

王永志底气十足地说："正因为还是一张图纸，才好画最美的图画！"

孙家栋的激情也上来了："好，有你这句话，我支持！"

王永志出生于辽宁省昌图县一户农民家庭，他来到人世间的第一声啼哭，便伴随着"我的家，在东北松花江上……"的凄凉歌声。东北全境解放时，不到17岁的王永志加入了中国共产党，并被保送到沈阳东北试验中学读高中。他痴迷于老师课堂上讲的摩根遗传学理论、米丘林学说、达尔文进化论，渴望将来也成为一名生物学家。彼时，抗美援朝战争爆发，志愿军英雄飞行员张积慧、王海击落美军王牌飞行员的传奇事迹传遍了校园，王永志又想成为一名飞机设计师。毕业时，他考取了清华大学航空系飞机设计专业。1955年初，他以优异成绩被派送至莫斯科航空学院学习飞行器飞机设计。六年苦读后，取得莫斯科航空学院优秀毕业生荣誉及工程师称号。苏联科学院院士米申在王永志的毕业论文答辩会上说："这是你第一次当'洲际导弹总设计师'，但愿这不是最后一次。"

回国后，王永志进入国防部第五研究院一分院导弹总体设计部。20多年冰冷血热，叱咤风云，他已经成为中国运载火箭核心人物。后来，他又成为中国载人航天工程首任总设计师。

面对世界航天界灾难频发，王永志感到一个突如其来的机会出现了。他热切地对研究院的领导班子成员们说："同志们，机会诞生在世界突发的'黑色灾难年'里，灾难把卫星发射市场推到我们一院的面前。抓住时机，我们就能冲出困境，走向世界。一个机遇就是一个胜利的台阶，丧失了这次机遇，中国航天不知又将在低迷中徘徊多少年。我，王永志，请求大家，一院不能再徘徊观望了，下决心背水一战，我们要带着'长二捆'火箭走向世界，在国际卫星市场占领应属于中国的一席之地！"

尽管此时"长二捆"火箭，还是一张草图。

人们渴望奇迹出现！

中国航天进入国际市场的第一笔生意，是为澳大利亚发射两颗购自美国休斯公司的第二代通信卫星（简称"澳星"）。

中澳双方于1988年6月就"澳星"发射有关问题达成协议，7月，休斯公司向美国政府申请卫星出口许可证。发射时间定于1991年。

中央军委副秘书长兼国防部部长张爱萍一直关注着中国航天进入国际市场这件大事。此前，张爱萍在视察秦山核电站工程时，发现尽管科技人员兢兢业业、艰苦努力，依然还是出现了一些破绽和漏洞。这使他对"澳星"发射提高了警觉，兹事体大，关系到中、美、澳三国，必须一箭成功，否则后果不堪设想。他专门给国防科工委主任丁衡高、政委伍绍祖以及航天部部长李绪鄂写了封信：

衡高、绍祖同志并转绪鄂等党组同志们：

从检查秦山核电厂建设情况所发现的问题，引起我对航天部要为外国发射人造卫星如何保证一箭成功问题的注意。

我国运载火箭，能走入国际市场，能为最先进技术国家美国承担发射卫星任务，自然是举国之荣，更是你们搞航天事业的科技、研制、发射及全体领导、工人同志们多年辛勤努力、期望攻关、自力更生与大力协同之功。我是多么期待着能一箭成功！如一旦失败，这不仅使我航天技术已获成就蒙受耻辱，更给祖国带来不荣。因此，请你们和全体同志必须从现在起，就要认真对待这一问题。神妙法是没有的，有的只是我们历来贯彻执行的严肃认真、周到细致、稳妥可靠、万无一失的要求和工作作风，及其一整套的狠抓质量的行之有效的组织指挥与设计制度，及工程系统工作之一丝不苟地一步一步地具体贯彻实施。绝不允许有任何一个人、任何一个环节的疏忽、失职。一定要严格执行统一领导指挥下，大力协同和各司其职，各负其责，各行其权，任何丧失职守者，必得严惩。我常说的“淹死的，都是会游泳的”，仍应是你们全体同志时刻警惕的！重复地说，希望立即在参加此项研制发射的全体同志中，进行深入动员，满怀对祖国、对航天事业的高度政治责任感，对待各自的每一项工作。希望不致因主观失误而造成发射失败！预祝你们一箭成功！

幸若发射成功，我将当即电话祝贺他们！

读着张爱萍的信，孙家栋十分感动，老将军多年来对国防科技、国防工业呕心沥血，亲力亲为，每遇重大任务、重要节点，都能得到他谆谆教诲、耳提面命。

“中国将为澳大利亚发射由美国公司制造的卫星”的消息一经披露，西方一些公司竭力阻止中国与澳大利亚这一合作。

美国政府层层设置障碍，宣称只有中美两国政府完成中国对外国卫星发射服务有关协议的洽谈，达成一致意见后，美国政府才能发放将卫星运抵中国发射的许可证。

1988年9月9日，虽然美国总统里根签署批准美国制造的卫星由中国火箭发射的文件，但文件中附带了三个限制条件：技术安全得到保障；双方对发射事故责任达成协议；中方发射次数和价格要取得美方同意。文件还要求中国在发射“澳星”前，必须先发射一发“长二捆”试验火箭，以证明其质量。

1988年10月18日，中美两国商业发射协议的第一轮谈判在北京举行。

经国务院批准，由外交部、航天部等部委组成中国政府代表团，航天工业部副部长孙家栋出任代表团团长。

与美国政府谈判的重任交到了孙家栋和他团队的肩上。

孙家栋平时不讲究穿着，一身工装或一身运动服，是他的标配。但坐到谈判桌前，他却是西装革履，连领带都是精心挑选的，一头“板寸”修整得一丝不苟。他说，此时的个人形象，代表着国家形象。

谈判之前，美方代表团团长——美国国务院负责经济商务的助理国务卿迈考里斯特，拿到中方谈判人员名单时，不由得有些纳闷：中方怎么派出一位火箭和人造卫星专家来与他们谈判？这是一次商业谈判，并不是什么科技交流。

然而，几个回合下来，迈考里斯特不由得对眼前这位对手刮目相看。

孙家栋不苟言笑，发言也不咄咄逼人，但一涉及核心问题，便条分缕析，环环相扣，寸土必争。

六年内，中国为外国客户发射商业卫星，最多不得超过六颗，这是哪国制定的章程？依据何来？

中国属于发展中国家，运载火箭制造能力和发射服务能力都是有限的，不可能对欧美发射服务商构成威胁。

中国在为外国发射卫星，卫星到达发射中心后，将由卫星制造商监护，不可能造成技术秘密外泄。

中国的发射价格是依照中国综合因素确定的，并且按照国际惯例，不存在价格倾销和政府补贴……

孙家栋阐述了中国政府的原则和立场，娓娓道来，以理服人，从不强词夺理。

进入实质性问题后，孙家栋刚刚报出发射价格，迈考里斯特就摇着头，连说："No，No！这不是正常的市场价格，是在政府补贴下的倾销。"

孙家栋微微笑了，依然是不慌不忙地问："迈考里斯特先生，请教一个问题：贵国一个普通蓝领工人的月薪是多少？"

迈考里斯特一下子被问住了，旁边有位秘书替他回答："应该差不多在3000美元至4000美元之间吧。"

孙家栋说："那我要告诉诸位，说出来你们可能不相信，中国一个普通工人的月工资只有100多元人民币，与美国蓝领相差十万八千里。大家知道火箭制造是个劳动密集型的制造产业，光人员工资一项，我们比起你们来可以节省多少？我还要告诉诸位，在中国买一辆美国福特轿车的钱，同样的档次，在美国可以买两三辆。这样一算，诸位可能就理解了。"

迈考里斯特耸了耸肩，打量着孙家栋，突然发现眼前这位谈判对手，话不多，似乎总微笑着。但是，当孙家栋一发言，又总是有理有据，难以回击。他心里一震，意识到遇见一位看似随和却极其强硬的对手了。

一次次辩争，一番番较量。

在北京谈不拢，去华盛顿。

在华盛顿谈不拢，再来北京。

进入商业市场，替他国发射一颗卫星比自己造一颗卫星还难。

谈判桌上唇枪舌剑。

研制现场夜以继日。

中国运载火箭技术研究院召开了“‘长二捆’18个月大会战”的动员大会，面对2万多名员工，王永志下达了动员令：“从现在开始，全院进入一个非常时期，要打破原先所有计算工时的规矩，取消非常时期内的一切休假。研制只能成功，我们已没有退路，横下一条心，背水一战。不管是苦仗硬仗，我们的最终目标是——1990年6月30日，‘长二捆’矗立在西昌卫星发射中心的塔台上。”

美国大力神火箭副总师史密斯先生来中国考察，听说中国航天人要在18个月内完成“长二捆”火箭制造任务，满脸惊讶。他对“长二捆”火箭总设计师王德臣说：“王先生，我要提醒你，研制这样一枚火箭，在我们美国至少要三四年时间，你们不会是在说梦话吧？”

王德臣非常肯定地回答：“史密斯先生，18个月后，你要是有时间，一定要来观看我们发射。”

“长二捆”火箭关乎国家的声誉、民族的尊严！

一项事业，一旦与国家声誉、民族尊严连在一起，即便世界上运算速度最快的计算机，也无法计算出中国航天人所隐藏着的智慧、胆略、力量和精神……

那些日子，在总装厂、发动机车间、数控中心，几乎每个角落都搁放着行军床和方便面，科研人员和技术工人已经忘了白天和黑夜，他们只是在眼皮打架时，才在行军床上眯一会儿；饿了，方便面就是最方便的食品。

王永志、王德臣夜以继日，一身工装扎在试验室和车间里。

1988年11月，第二轮谈判定在华盛顿。

十多天的艰苦谈判，协议中的难点被一个个化解。但在最后一个问题——即在此后6年内中国可为外国客户发射几颗商业卫星？双方各不相让，僵持不下。美方坚持为6颗，私下透露最多7颗。我方则要求再适当增加。经过我方坚持不懈的说服和解释，美方最终同意我方提出的在6年内发射9颗外国卫星的限额。

1989年1月，孙家栋率领中国航天代表团赴华盛顿，代表中国政府与美国政府签署了《关于卫星商业发射服务》的协议书。

至此，国际航天商业发射市场正式向中国敞开了大门。

孙家栋终于开怀地笑了。他在回国的飞机上对团员们说："美国人不可能理解，我们在第一线谈判，背后有12亿中国人民在做后盾！"

18个月转瞬间过去了——这是用汗水和心血凝聚成的18个月！

载着长49.8米、直径3.35米的"长二捆"火箭专列驶出总装厂大门，朝着西昌卫星发射中心奔驰。

王永志、王德臣带着试验队亲自押送。

1990年7月12日，"长二捆"火箭高高矗立在西昌卫星发射中心的塔台上。火箭开始加注推进剂。

突然，火箭助推器上脉动压力传感器出现渗漏。

王永志双眉一挑，命令道："立即组织人员排除故障！"

30多名工人和技术人员组成了故障排除小组。一名老师傅和一名高级技师戴上防毒面具，穿着防护服，抢着钻进火箭尾舱。当第一个传感器卸下时，有毒的四氧化二氮即刻弥漫整个舱室，随时可能使人窒息。此刻，舱内漆黑一片，只能凭感觉用手摸索着排险。时间一秒一分地过去，他俩仍紧贴舱壁，半跪着身子进行操作。忽然，老师傅身子一歪，倒了下去，抢险队员立即冲上来将他抬出。在送往基地医院的途中，处于半昏迷状态的老师傅，依然断断续续地说："……火箭……保护…好…火箭……"

救护车在飞驰，老师傅却由于中毒过度，停止了呼吸。

老师傅倒在了"长二捆"升空之前，以自己的热血和生命在中国航天史册上，写下壮美的篇章——他叫魏文举，总装车间老装配工、国家特级技师。

4天后——7月16日，"长二捆"首飞成功，火箭将一颗与"澳星"重量相当的模拟卫星和一颗巴基斯坦的科学实验卫星送入了预定轨道。

1992年3月22日，是"长二捆"正式发射"澳星"的日子。澳大利亚代表来了，美国休斯公司代表来了，应邀前来参观发射的还有120名港澳同胞和许多外国友人。

发射时间定于18时40分，从上午起，发射中心四周的山坡上，便会集了从全国各地赶来的卫星爱好者，附近的彝族老乡穿着盛装，像赶集似的往山上跑。

中央电视台首次直播卫星发射，18时，电视台便进入预热节目。观众翘首期待一箭冲天那一刻的到来。

万事俱备，万众瞩目，只待指令长一声"点火"命令。

此时，发射架上的"长二捆"托举着"澳星B1"，在聚光灯照射下，巍然屹立，乳白色的箭身闪着亮光。

18时40分，随着一声“点火”的号令，操作手按下发射按钮。

全世界的目光都在注视着那发乳白色的火箭……

几乎是在“点火”指令传来的同一瞬间，火箭颤抖了一下，底座冒出一股橘黄色的焰火，随即那片橘黄色的焰火化为浓浓的黄色烟雾……

所有的人全部惊呆了！

指令长紧急发出“关机”命令。

中央电视台随即中断现场直播。

电视机前亿万观众神情愕然，不知道发生了什么突发情况。

指挥所立即组织抢险队冲进现场抢险。

三天后，故障分析结果出来了，表层原因是火箭配电器上的一个触点落下一片铝质粉末，造成电路短路。深层次原因是火箭本身设计存在缺陷。

舆论如暴风骤雨，一片哗然。有人说得极其严重：“‘澳星’失利，长城奇耻，国人心寒！”——改革开放初期，热切的期待让国人承受失败的心理准备不足。

不过，更多的是支持。山西一所乡村小学的学生，为中国火箭自愿捐款。当那只寄到北京的小盒子打开时，看到盒里装着一枚枚“钢镚”和一张张“毛票”，航天人落泪了。

一位小学生的来信写道：“造火箭的叔叔阿姨们，加油！下次发射再别‘拉稀’！”

此时此刻，一位耄耋老人也在关注着这次发射——他是新中国成立后一直主抓国防和科技事业的聂荣臻元帅。

据聂荣臻的女儿聂力透露，老帅在去世前两个月，获悉发射“澳星”的消息。老帅深知此次发射的重要性：启用新型大推力火箭“长二捆”，如果发射成功，将来宇宙飞船也将采用此型火箭，影响巨大。

老帅严重心衰，每天却依旧询问有关“澳星”情况。

谁料，“澳星”发射失败。

躺在病床上的老帅，关切地问秘书：“不是准备得很充分吗？”

片刻，他又自言自语：“……哪能保证每次发射都百分百成功？没有常胜将军，我们过去的发射和试验都有过失败的教训，只是由于严格要求，才把失败降到最低限度。”

航天人心头压着一块巨石，压得有些喘不过气来。

事后，澳大利亚和美国休斯公司发表声明，表示理解发射失利，无意改用其他国家的运载工具。

那天，孙家栋来中国运载火箭技术研究院，研究处理善后事务。这个他熟悉的大院，失去了往日的生机，气氛凝重，连树上的鸟儿都仿佛停止了鸣叫。

王永志神色肃然，王德臣面呈菜色。

平时不怎么开玩笑的孙家栋，笑着说：“都蔫了？平日不是老爱说，‘天塌下来有咱们的火箭顶着’。这天还没塌，怎么就顶不住了？”

孙家栋又说：“是啊，咱们搞火箭的，谁不想发发成功？可那只能是一厢情愿，是违反客观规律的。天下没有常胜将军。”

大家还是你看着我，我看着你，谁也不吭声。

孙家栋对王永志说：“永志啊，我们都是一起摸爬滚打过来的，经历了‘1059’发射失败，经受过东方红一号的磨砺，也遭遇返回式卫星的失利，想想看，哪回不是一波三折？哪回不是惊心动魄？好像从来就没有特别顺利过。失败了，接受教训，总结经验，再打一发不就得了。”

王德臣皱着眉头：“就是觉得太窝囊了，火箭进场后，搞过300多次监测，次次合格，谁想最后这一锤子……”

孙家栋说：“我记得1974年打第一颗返回式卫星，因为长征二号火箭一根导线内芯断了，造成箭星双毁。当时，钱学森院长顶住巨大的压力，对大家说，‘同志们，接受教训吧，大家要永远记住这根导线，把这根导线时时刻刻嵌入脑子里，防止再出现类似意外’。这次不是因为一根导线，问题出在一片粉末上。这些年来，我们一直强调航天无小事，质量第一。关键是我们是否真正记住了教训？我们是否真正警钟长鸣？”

从哪跌倒，再从哪站起来！

中国运载火箭技术研究院以事故为契机，进行了一次严格规章制度、操作规则大整顿。这次动了真格儿，每一个程序、每一道工序，操作员、检查员都必须具名画押后才算完成，才准许离开现场，并对所有的配电器进行拆卸大检查。

航天部决定将每年的3月22日定为“航天质量日”。

发射失利，中方急，澳方和美方更急。因为几年前他们发射的一颗“澳星”寿命期限将到，如果不在预期内发射一颗新的卫星上天，澳大利亚通信电视转播将全部瘫痪。

孙家栋又带领团队与澳美两方紧急谈判协商。

4个月后，1992年8月14日，雨后天晴。

西昌卫星发射中心发射架矗立起一枚仅用四个月赶制出的长二捆火箭。火箭托举着第二颗“澳星B1”。

7时整。随着一声“点火”，推力600吨的“长二捆”，直插云霄，将“澳星B1”准确送入预定轨道。

孙家栋舒了口气，中国航天人长长舒了口气。

未料好事多磨，1992年12月21日，按合同约定，“长二捆”火箭将“澳星B2”发射上空。在火箭起飞47秒时，位于火箭顶端的“澳星B2”突然起火，卫星的整流罩炸开，造成卫星部分损坏，卫星失踪。

各方专家经过分析研判，一致认定：此次发射失利，非火箭因素。

1994年8月28日，“长二捆”火箭将“澳星B3”成功送入轨道。至此，中美双方签订发射“澳星”的合同，执行完成。

“长二捆”研制成功，使我国首次突破助推火箭的捆绑技术，大幅度提高了运载能力；以此为基础，航天人研制出了用于载人航天的长征二号F火箭；首次研制成功推进剂利用系统和大型发射台等36项关键技术，为我国运载火箭进入国际市场起到了重要的推动作用。

1994年至1999年，中国火箭连续将亚太一号、“澳星B3”、亚洲二号、艾科斯达一号、亚太一号A、马部海、亚太二号R、中卫一号、鑫诺一号通信卫星发射上天，还以一箭双星方式将美国制造的12颗“铱系统”卫星送入太空轨道。

或许，从东方红一号到“新三星”，孙家栋慢慢养成了仰望星空的职业习惯。每当一颗新“星”即将发射，他都会情不自禁地眯缝着双眼，仰望苍茫而深邃的天宇，缓缓巡视缀满星星的太空……

第五章 『嫦娥』奔月

少年勤学，
青年担纲，
你是国家的栋梁。
导弹、卫星、嫦娥、北斗，
满天星斗璀璨，写下你的传奇。
年过古稀未伏枥，
犹向苍穹寄深情。

这是“感动中国”2016年度人物组委会授予孙家栋的颁奖词，虽寥寥数语，却道出了孙家栋传奇般的航天人生。

“飞鸟”与“青蛙”

孙家栋是科学家。他属于哪种类型的科学家？

有人说：科学家有两种类型，一种是战略型的，另一种是战术型的。

英国皇家学会院士、著名数学物理学家弗里曼·戴森在其《飞鸟与青蛙》一书中这样诠释：“有些数学家像飞鸟，而另外一些像青蛙。飞鸟翱翔于高空之中，游弋于数学的广袤大地之上，目及八方。他们着眼于那些能够统一我们思考的概念，时常将领地当中不同区域的分散问题联系在一起。青蛙则栖息于泥沼之中，所见不过是附近生长着的花朵。他们着眼于特殊目标的细节，每次只解决一个问题。数学领域是丰富而优美的，飞鸟使它宽广，而青蛙则使它细致入微。”

戴森进一步论述：“17世纪伊始，两位哲学家——英国的培根和法国的笛卡尔，宣告了现代科学的诞生。笛卡尔是一只‘飞鸟’，培根则是一只‘青蛙’。他们各自描述了对于未来的洞见，但他们的洞见是非常不同的。培根说：一切都依赖于将目光盯在自然的事实上。笛卡尔说：我思故我在。”

如果说当年在研制东方红一号、实践一号等卫星时，孙家栋还是一名青蛙型的科学家；那么，到了北斗导航系统工程、嫦娥探月工程和火星探测工程时，孙家栋已经成为一名飞鸟型的航天科学家。

更准确地说，孙家栋是一位飞鸟型和青蛙型兼备的科学家。半个多世纪追逐梦想，千锤百炼，他形成了战略性和战术性相结合的思维方式。当他为国家制定航天战略时，具有前瞻性，又有远大的目标；而在实施每一个具体项目时，又总是脚踏实地、精益求精。

又是农历八月十五月圆时。儿子孙中亮夫妇和女儿魏红夫妇带着孙辈回家，孙家栋常年在外奔波，一家人难得团圆。

吃过团圆饭，孩子们便缠着孙家栋到阳台上看月亮。

皓月当空，宛如一只晶莹剔透的玉盘，将柔软的清辉洒遍大地。

外孙女问：“姥爷，月亮离咱们有多远啊？”

孙家栋笑眯眯地回答：“远着呢，38万千米。”

“38万千米，那该有多远啊！姥爷，您怎么知道的?”

一旁的小孙子说：“你怎么不知道爷爷是干什么的？他是专门造卫星的，这个问题对于爷爷来说，简直是小菜一碟。爷爷，您说是吗?”

孙家栋张着嘴直乐。

外孙女又问：“姥爷，嫦娥姐姐怎么住在月亮上呢？咱们什么时候能去看看她呢?”

孙家栋抬头眺望着明月，似乎在思考着什么……

魏红见状，知道父亲又在想他的心事了，连忙将两个孩子带走。

是的，作为一名航天领域的战略科学家，孙家栋的心思开始转向更深邃的空间。每当他那双微微眯缝着的却又无比敏锐的眼睛遥望星空时，他的心底总会泛起一波又一波的涟漪……

早在苏联留学时，孙家栋就记住了现代宇宙航行学的奠基人、“航天之父”齐奥尔科夫斯基这个名字，同时，也记住了他的名言：“地球是人类的摇篮，但人类不可能永远被束缚在摇篮里。”

走出地球摇篮，遵循由易到难、由近及远的发展规律，在实现了发射人造地球卫星、载人绕地飞行之后，去月球、离开地月系，进入行星际空间开展深空活动就成为必然的选择。

科学家解读深空探测有三大特点：首先是探索太阳系和宇宙的起源和演化是深空探测的科学总目标。具体包括太阳系内各天体的起源和演化，地外生命和水的存在，探索空间资源为后续开发利用做准备。其次是深空探测活动与科学进步良性互动，显著推动新一代科技工作者快速成长，大大提高人类科技发展水平，对整个人类社会影响深远。最后是深空探测激发探索精神、凝聚国家和民族意志，对增强民族自豪感具有重大意义。

随着一颗颗应用卫星发射成功，特别是2003年神舟五号飞船搭载航天员首次飞天，标志着我国在前两项上已经取得巨大成就，但深空探测仍是一片空白。

中国探月工程，应该从中国人的千年梦想说起。

回顾世界文明史，中国人是世界上最早萌发飞天探月梦想的伟大民族，从嫦娥奔月的神话传说，到敦煌美轮美奂的飞天壁画，无不寄托着我们这个古老民族对探索太空的无限向往。

历代文人骚客对于月亮的咏叹，更是留下了诸多千古绝唱：

“但愿人长久，千里共婵娟。”

“独上江楼思渺然，月光如水水如天。”

“秦时明月汉时关，万里长征人未还。”

……

唐代“诗仙”李白，在留给后人的1000多首诗歌中，直接或间接写月的竟有300多首，其诗中之月，千姿百态，变幻无穷。

“俱怀逸兴壮思飞，欲上青天揽明月。”这是李白最脍炙人口的诗句之一，直抒胸臆，激情四射。从此，“九天揽月”成为一代代中国人无限向往的梦想。

科学家们根据已获取的资料探明，月海是月球表面主要地理单元，表层覆盖着类似地球玄武岩的岩石。月海总面积占全月面的25%。月球上最大的一个“海”叫风暴洋，位于月球正面西北部，面积约400万平方千米。美国阿波罗12号飞船登月舱曾在风暴洋着陆，取回约32千克月岩和月壤。

除了月海，月球上还有环形山。大小不一，大的直径达200多千米，高度在300米至7000米之间。

月球上的质量瘤是月球重力场异常区。质量瘤的存在表明月壳是足够刚性的，可以长期支持质量瘤的过剩质量。

人类用眼睛看到如玉清辉的月亮，其实是个表面坑坑洼洼、凹凸不平，万般凄冷、万籁俱寂的“冰冷世界”。

如果说，古人对飞往月球的向往，带着一种浪漫的神话色彩；那么进入现当代，随着地球人口膨胀、资源匮乏、环境恶化、生态脆弱、灾害频发等短板的凸显，在改变人类生活方式以保护地球的同时，向太空开拓生存空间，成为人类社会可持续发展的远大战略目标。

第一，月球特殊空间环境资源的开发与利用。月球属于超高真空状态，没有全球性的内禀磁场，表面还具有高洁净、弱重力的特征。天文观测站是未来月球基地的重要组成部分，它不仅可以对太阳系、银河系天体和宇宙空间进行观测研究，而且是进行太阳物理学、天文物理学、重力波物理学、中微子物理学观测和试验最有吸引力的场所。

第二，以月球基地为基准点，可以向深空发射探测器、飞行器。21世纪人类深空探测，除了月球，还有太阳、火星等七大行星及其卫星、矮行星、小行星、彗星、柯伊伯带天体以及行星际空间，月球成为深空探测的前哨和转运站。

第三，未来，在有足够能力的时候，可以开发利用月球上的一些能源资源。

太空是一个资源无比丰富的巨大宝库，20世纪，人类主要向地球——包括陆地、海洋和未开发的南极索取资源；21世纪，人类将向太空的其他星球拓展生存空间和开发利用资源和能源。

1984年，联合国通过了《指导各国在月球和其他天体上活动的协定》（简称《月球条约》），规定月球及其自然资源是人类共同财产，任何国家、团体和个人不得占为己有。月球的探测、开发与利用没有政治边界，谁先到达，谁先开发；谁先利用，谁先得益。

1958年至1976年是人类月球探测第一波高潮期。相关数字表明，在这18年间，美国和苏联共计发射探月器65次，发射成功42次，其中，美国22次，苏联20次。

1961年4月12日，加加林乘坐苏联东方1号宇宙飞船，用108分钟飞绕地球一周后安全返回地面，成为世界上第一个环绕地球轨道飞行的人。

1962年2月20日，格伦驾驶飞船在轨道上绕地球转了三圈并安全返回，成为第一个绕地球轨道飞行的美国人。

随后，美苏两国在载人航天领域展开了激烈竞争。

1969年7月16日，搭乘着阿姆斯特朗、奥尔德林和柯林斯三位宇航员的美国阿波罗11号宇宙飞船发射。7月20日，柯林斯在轨道上操纵飞船的主体部分，阿姆斯特朗和奥尔德林则乘一具小型月球着陆器降落到月球上。阿姆斯特朗成为第一位、奥尔德林成为第二位踩上地球以外新世界的人。阿姆斯特朗在踏上月球表面后，代表人类说了一句名言："这是个人迈出的一小步，却是人类迈出的一大步。"

截至2020年6月，人类已执行深空探测任务约260次，探测目标包括月球、太阳、行星及其卫星、矮行星、小天体（小行星和彗星），乃至太阳系以外的天体，其中飞行距离最远的美国旅行者1号探测器，距离地球已超过200亿千米。

然而，由于国力不强、科技准备不足，中国与人类月球探测第一波高潮失之交臂。

对于月球探测，孙家栋向往之，憧憬之，久矣！

作为一名航天科学家，孙家栋深知绕月卫星与我国成功发射的应用卫星不可同日而语，其难度在于：首先，过去的卫星与地球距离最远没有超过8万千米，而绕月卫星离地面距离38万千米。这迢迢38万千米如何运行，既不能碰着月球，也不能飞过去，因此轨道设计和控制是个新问题。其次，地球卫星对地球观察是两体定向，即太阳帆板对太阳定向，观察设备和测控通信设备定向地球观察和传输信息。绕月卫星是三体定向，即太阳帆板对太阳、观察设备对月球、测控和通信设备对地球定向，三体定向比两体定向要复杂得多。再次，进行38万千米探测，卫星天线如何设计，地面站怎么布设，都是难题。最后，由于卫星绕着月球转、月球绕着地球转、地球带着月球绕着太阳转，相对关系十分复杂，必须解决绕月卫星复杂外热流的热控制。

不过，孙家栋坚信：在继导弹、卫星上天，中国人进入太空之后，中国有能力发射月球探测卫星，登上月球。

“铁三角”

欧阳自远，这个名字充满着诗情画意。

1935年初冬，母亲难产，两天后，他的舅舅正在隔壁房间念书，当念到《论语》里“有朋自远方来”一句时，传来了小外甥的啼哭声。舅舅感慨地说：“这孩子生得如此艰难，一定来自很远的地方，就叫他‘自远’吧。”

欧阳自远从江西吉安高中毕业时，“唤醒沉睡的高山，寻找祖国的宝藏”，成为那个时代年轻人的一种志向。欧阳自远以优异的成绩考取北京地质学院矿产资源勘探系金属和非金属矿产勘探专业。大学毕业后，他又报考中国科学院地质研究所涂光炽教授的矿床学研究生。

1957年10月4日，苏联发射世界上第一颗人造地球卫星的消息，像是一声惊雷在空中爆响。欧阳自远有一种预感——人类将要跳出地球去了解地球。而各类陨石是构成太阳系各行星、矮行星、卫星的原始物料，对研究太阳系各层次天体的化学组成、演化过程和内部结构等具有重大意义。

欧阳自远找到著名地质学家、地球化学家、地质研究所所长侯德封，希望能将“地”和“天”结合起来研究，为中国空间探测提供科学积累。侯德封高兴地说：“想法很好，我支持！”

从1958年开始，欧阳自远相继对广西南丹铁陨石、内蒙古石陨石、新疆铁陨石、吉林陨石雨进行调查研究，开创了中国陨石学与天体化学的研究。

侯德封慧眼识珠，将欧阳自远调入地质所做学术秘书。此后，又安排他去中国科技大学听核物理课，去原子能所加速器室实习。通过这种多学科交叉学习，欧阳自远找到了一个新方向：用核物理理论来解读地球秘密。

1966年2月，欧阳自远调入刚刚成立的中国科学院地球化学研究所。为响应“准备打仗”号召，地化所搬迁到贵阳市。不久，欧阳自远接到国防科工委通知，出任代号为“219”小组组长，为地下核试验选址。

1978年，美国总统卡特特使布热津斯基访问中国，送给华国锋主席两件礼物：一面由阿波罗号带上过月球的中国国旗；阿波罗号宇航员从月球上取回来的一颗1克重的月岩。

华国锋问中国科学院相关工作人员：“有没有谁能搞清楚这颗珍贵石头?”得到的回复是：“有，此人在贵阳地化所。”

这颗只有1克的月岩交到欧阳自远手里。他知道这颗“天外来物”的科研价值。同时，他还隐隐约约感觉，这可能是未来岁月里生长起中国探月工程大树的第一颗种子。

此后，这颗月岩石被一分为二，一半珍藏在北京天文馆供公众参观，另一半用于科学研究。地化所组织全国科研人员，分门别类，从岩石学、矿物学、主量与微量元素、月岩冲击效应、微细结构、矿物晶体的表面结构诸方面，对这颗月岩作了精细研究。

1981年至1983年，欧阳自远应邀赴联邦德国马普学会核物理研究所和化学研究所做吉林陨石研究。其间，完成了他一生中最重要的著作——《天体化学》。

1991年，56岁的欧阳自远当选为中国科学院院士。

此间，全球又掀起第二波探月高潮。

1986年3月，四位功勋卓越的老科学家——光学专家王大珩、核物理学家王淦昌、航天自动控制专家杨嘉墀、无线电电子学家陈芳允联合提出关于跟踪研究外国战略性高技术发展的建议，邓小平在建议书上作了“此事宜速作决断，不可拖延”的批示。

中央立即组织200多位专家就此事进行了论证。之后，选取了生物技术、航天技术、信息技术、先进防御计划、自动化技术、能源技术、新材料技术七个领域的15个主题项目，作为我国今后发展高技术的重点。

著名的国家“863计划”由此而生。

20世纪90年代初，中国科学院院士、中国工程院院士、“863计划”航天领域专家委员会首席科学家闵桂荣，提出中国应该继续进行月球卫星研制的建议，并倡议成立“863探月课题组”。

机遇来了！欧阳自远闻讯，不禁心中一喜。

1993年，欧阳自远通过中国空间科学学会向“863计划”专家组提出建议，开展月球探测工程。

“863计划”专家组批准成立“863探月课题组”，该组由中国空间科学学会欧阳自远、都亨、陈康文等8人和中国空间技术研究院褚桂柏、杨维廉、姜昌等15人组成，开展我国月球探测必要性和可行性研究。

两年后，第一个较完整的“863”航天高科技课题论证报告《中国开展月球探测的必要性与可行性研究》完成。报告分析了国外月球探测的结果；探讨了我国开展月球探测的必要性，并提出任务要求；论述了我国开展月球探测已具备的条件；提出了我国开展月球探测发展阶段设想和第一阶段月球探测的科学目标，以及第一颗月球卫星的总体方案设想、关键技术、研制进度和经费估算，月球探测国际合作建议等。

《中国开展月球探测的必要性与可行性研究》报告获得“863

计划”专家组通过后，中国科学院高度重视。1995年，中国科学院支持欧阳自远课题组转入中国开展探月发展战略与长远规划的研究。

1997年，中国科学院、国防科工委组织多方面专家，对欧阳自远团队的第二个报告《中国月球探测的发展战略与长远规划》进行评审与答辩，获得专家委员会一致同意，并通过评审。

此时，中国探月工程的另一位关键人物——国防科工委副主任、国家航天局局长栾恩杰上任了。

栾恩杰1940年出生于吉林白城。上中学时，父亲给他订了份《知识就是力量》杂志，他常常被上面一些介绍天文知识的科普文章所吸引。栾恩杰有个舅舅，当时在苏联列宁格勒大学空气动力系留学。母亲经常用舅舅刻苦学习、立志报国的事迹鼓励他。1960年，他考上哈尔滨工业大学控制系仪表及惯性制导专业。陀螺仪是飞行器里的核心器件，飞机、导弹、飞船飞行时的姿态都是由陀螺仪控制的。“规格严格、功夫到家”，哈尔滨工业大学的校训让他受益终生。

1968年获得清华大学精密仪器与自动控制硕士学位后，栾恩杰被分配到内蒙古刚刚建立的国家固体火箭研究院。固体火箭发动机是当时国防和航天急需的关键技术，为了进行某种型号新型导弹制导研究，担任工程组组长的栾恩杰和几个单位的专家一起，面对西方大国的技术封锁，潜心钻研，刻苦攻关，反复试验，用13年时间圆满完成任务，填补了我国在这一领域的空白。此后他一直奋斗在航天战线上，从技术员、工程师到研究所所长、副院长、高级工程师，1988年，调任航天部总工程师。

栾恩杰是导弹控制技术专家，又是航天工程管理专家。为我国导弹控制技术、型号研制管理和国防科技工业管理作出重大贡献，先后获国家科技进步一、二等奖。1998年4月，栾恩杰升任国防科工委副主任兼国家航天局局长。

履职初始，正赶上我国正式启动探月工程规划论证。栾恩杰不由得一阵暗喜：一任航天局局长，遇上探月工程，机遇难得！

一日，欧阳自远约见栾恩杰。此前，他们就中国探月工程有过多次交流，算是老朋友了。

栾恩杰热情地说："欧阳院士是无事不登三宝殿啊！"

欧阳自远笑了："来看看老朋友，难道不欢迎？"

栾恩杰说："我知道你想干什么，着急啦？是不是想听听我对你们《中国月球探测的发展战略与长远规划》的看法？"

欧阳自远点了点头："局长火眼金睛啊！"

栾恩杰直奔主题："《中国月球探测的发展战略与长远规划》我认真拜读了。材料丰富，分析透彻，既有前瞻性，又有可操作性。这是中国人第一个关于月球探测发展战略与长远规划，值得我们继续下功夫去完善它。我就提两点建议，为了便于领导和公众理解，规划应该通俗易懂。一、是否将中国月球探测的三大阶段，简明扼要概括为'探''登''驻'，并指出三大阶段是人类探测月球的共同途径。二、是否将第一阶段无人月球探测划分的'环月卫星''落月探测''采样返回'简化称为'绕''落''回'三步走，这样表述领导记得住，老百姓也好理解。"

"'探''登''驻'……'绕''落''回'！"欧阳自远自言自语，又连说，"好，好极了！"

栾恩杰话题一转："欧阳院士啊，现在你得去找个人，得请他出山。你去跟他作一次交流，讲讲月球探测的必要性和可行性。这个人宏观、微观都把握得准，这件事没他参加不行！”

“谁？”欧阳自远急切地问。

栾恩杰一字一顿：“孙、家、栋！”

“哦，孙家栋，大名鼎鼎！航天部副部长，航天专家。不过，我们还不认识，没打过交道呢。”欧阳自远说。

“不认识没关系，我可以给你们介绍。”

第二天，栾恩杰专门派了一位处长，陪同欧阳自远去孙家栋办公室。

尽管是第一次见面，两人却有一见如故之感。

欧阳自远握着孙家栋的手：“孙部长，找您求教来了！”

孙家栋热情地说：“你们的报告我看了，大开眼界啊！”

欧阳自远滔滔不绝、激情四溢，详细叙述了世界月球探测发展态势，月球探测走向与趋势，中国月球探测的必要性和可行性，如何具有自己的特色和创新，中国月球探测发展战略总体构想。详细解释了中国月球探测划分为三大阶段：无人月球探测阶段；载人登月阶段；建立月球基地、开发利用月球，支持人类社会可持续发展阶段。第一阶段的无人月球探测，简称为“绕”“落”“回”。

欧阳自远谈得很细，孙家栋听得津津有味，问得更细。一次没谈完，前后谈了三次。

惺惺相惜，相见恨晚。

欧阳自远坦率地说：“孙部长，我是搞地球物理的，对航天是‘门外汉’，月球探测的重头戏还得由您来唱主角呢！”

孙家栋一手抚着办公桌旁硕大的地球仪，目光坚毅，胸有成竹地说：“欧阳院士，中国应该进入深空探测领域了。去得了去不了月球，是我老孙的活儿，我负责；我把您的眼睛、您的手‘送’到月球上，该看什么、该拿什么，后边一切事，归您，得您来做主了……”

欧阳自远兴奋地说：“孙部长，有您这句话，我心里就有底了。”

孙家栋诚挚地说：“我们大家一起努力吧！”

此时，欧阳自远发现站在面前的孙家栋精神饱满、意气风发，他像是决心已定，准备去干自己这辈子最后一件大事。

后来，欧阳自远告诉我：“当时，只见孙部长手抚地球仪，胸有成竹地说‘去得了去不了月球，是我老孙的活儿，我负责’，气壮如山，把我心中所有的激情都鼓动了起来！”

欧阳自远深知，把卫星送到月球上，说起来是简单一句话，但需要哪些关键技术，哪些单位参与，阶段性目标和时间表怎么定？事情千头万绪，接下来，够孙家栋操心的。

欧阳自远前脚刚走，栾恩杰的电话就来了。

“家栋同志，知道我为什么要给您打电话吗？”

孙家栋笑着说：“我是个干活儿的命，局长同志肯定又要给我派什么活儿了。”

栾恩杰停顿了一下，“这可不是一般的活儿啊，这是个天大的活儿，请你出山担纲，将来必定会是惊天动地的！”

孙家栋说：“局长同志，不用卖关子了，我知道你要说什么！”

两人在电话里又是一阵大笑。

又一日，一个没有月光的夜晚，天空中有几颗星星在闪烁。

后来被称为中国探月工程“铁三角”的栾恩杰、孙家栋、欧阳自远坐在了一起。孙家栋开门见山：“栾局长、欧阳院士，我是为你们俩打工的。”

欧阳自远听了一愣，马上真诚地说：“我不过是做些前期研究工作，要说，我才是为你们打工的。”

栾恩杰接过话茬：“准确的说法是，我们都是为国家的航天事业打工的。”

孙家栋点了点头，有个信念一直指引着他：国家需要，我就去做！

国之重器，需要栋梁之材铸造。

孙家栋几经酝酿，几多思考，谈了自己的建议：“我搞了大半辈子航天总体，参与了诸多航天工程，像月球探测这样重大航天工程的实施，我认为首先应该进行技术、经济可行性研究，应当制订完整的项目建议书，必须获得国家对项目的批准。在国家立项之前必须明确工程的目的、实现途径、需求牵引、技术经济可行性、远期目标的连续性等原则问题。工程起步要先立足于满足工程的基本条件，在基本条件基础上由简到繁，分步实现工程应用的发展目标。”

栾恩杰和欧阳自远完全赞同孙家栋的意见。

栾恩杰说：“这样吧，咱们三人也作一下分工，我继续主抓起草我国第一部《中国的航天》白皮书；你们俩，孙部长任组长，欧阳院士任副组长，立即着手组织专家按照新的思路进行专项论证，开展编制技术经济可行性研究报告等工程立项方面实质性的前期工作。”

三位科学家倾心交谈，心驰神往，憧憬着月球探测那一天的到来……

探月工程

任何一项重大工程有不同意见都是正常的，何况是探月这种“惊天动地”的巨大工程。从探月工程立项第一天开始，反对声也随之而来。

第一，国际上已经18年没有探测月球，美国的阿波罗计划当年轰动寰宇，如今却已偃旗息鼓。中国人为何还去走别人不走的老路，“炒冷饭”？

第二，美国、苏联已开始火星探测宏大计划，中国想深入太空，应该直接去探测火星。

第三，国家航天预算的“蛋糕”就这么大，神舟号系列飞船切走了一块，探月工程再切去一块，别人还吃什么？

但大多数两院院士都支持中国开展月球探测工程。

有一次，全国政协副主席、中国工程院院长徐匡迪，请欧阳自远介绍我国月球探测战略规划与实施方案。当听说有人认为，阿波罗登月已经上演了最华彩的一幕，中国人再做，不可能比美国人更精彩，没有必要再去走人家老路时，徐匡迪坐不住了。他坦率地说：“我国是个发展中国家，如果按此逻辑，国外已经有了的先进东西，便不再去学习、借鉴、研制，那我们今天还得坐牛车、住茅草房。况且，如果中国人自己不做的话，那就只有买了，可探月技术、月球资源、月球环境能买得到吗？”

月球探测需要巨资，匡算得出一期工程的总经费是14亿元。

睿智的欧阳自远在解释14亿元经费时，却选择另一个数字作参照物：北京修建1千米地铁的费用是7亿元。14÷7＝2，也就是说，用在月球探测一期工程的钱，相当于北京修2千米地铁的费用。

人们恍然大悟：探月工程的预算实事求是，并非狮子大开口。

孙家栋从世界航天发展历史来说明探测月球是深空探测的一条必经之道。他说：“经过几代人的辛勤耕耘与开拓，我国航天事业取得了一系列重大成就，我们已经有能力走出地球、迈向深空。深空探测有它的规律，一般都是由近至远，谁不知道探测火星比探测月球的科学意义要大得多，但月球是离地球最近的一个星球，如果我们连去月球的能力都没有，遑论更遥远的星球？有人说，月球人家已经都不想去了，我们再去，是走老路，嚼别人嚼过的馍。我不这样看，该走的老路还得走，这一步不能缺少，这是客观规律，也是科学态度。月球离地球平均距离是38万千米，但我们目前发射的卫星是8万千米。所以我们得先达到38万千米，才能去更远的深空。你不能让一个短跑运动员，马上去跑马拉松。探测完月球，我们肯定还要去探测火星。完成了月球探测三期工程，我国深空探测便有了一个很好的起步，同时也打下一个坚实的基础。”

2000年11月22日，中国政府首次公布《中国的航天》白皮书，白皮书在我国未来发展目标上明确指出，将“开展以月球探测为主的深空探测的预先研究”。

中国向世界庄严宣告了向深空探测的进军号令。

“飞天”已从敦煌壁画中起飞。

孙家栋心里很清楚，他肩负的是中华民族的千年探月之梦。

孙家栋立即组织全国各方面的力量，开展月球探测一期工程综合立项论证工作。经过四个月的紧张准备，2003年初，完成绕月探测工程综合立项论证，提交了八份论证报告。

2003年1月，孙家栋被任命为探月工程筹备阶段总设计师——这是中国航天又一具有里程碑意义的重担。中国航天发展进入一个崭新的重要历史关头。74岁的孙家栋像是一位老将军，再一次披挂上阵，开始运筹帷幄。

“凭谁问：廉颇老矣，尚能饭否？”孙家栋未老，饭量也很大，他还要指挥千军万马打仗呢！

这一年，称得上是中国航天史上不平凡的一年——2003年10月15日，神舟五号载人飞船搭载着航天员杨利伟顺利进入太空，标志着我国载人航天飞行初战告捷，同时也标志着中国人在攀登世界科技高峰的征途上，又迈出了具有历史意义的一步！

当天，在北京航天飞行控制中心，当大屏幕上传来杨利伟在飞船里写下的“为了人类的和平与进步，中国人来到太空了”这段文字时，孙家栋在激动之中，无疑也感到一种无形的压力，借助载人飞船发射成功的雄风，下一个应该是探月工程了……

2004年1月23日，国务院批准绕月探测工程立项，将我国第一个探月工程命名为“嫦娥工程”。

探月工程确定了四项实施原则：

服从和服务于科教兴国战略和可持续发展战略，以满足科学、技术、政治、经济和社会发展的综合需求为目的，把推进科学技术进步的需求放在首位，力求发挥更大的作用。

探月具有大型科学探索活动的显著特点，高投入、高风险、高收益。工程要根据国情国力，贯彻“有所为、有所不为”的方针，选择有限目标，突出重点，集中力量，在关键领域取得突破，循序渐进，持续发展，为深空探测奠定坚实的基础。

探月工程虽然起步晚，但可以利用已有的国外探测成果，借鉴国外探月工程的经验和教训。起点要高，要优选探测目标，优化技术实施途径，做一些别人尚未做过的事，以一定的先进性和创新性，在填补我国探月空白中，形成自己的特色，为国际探月作出应有贡献。

要在独立自主、自主创新的基础上，大力开展国际交流与合作。积极探索多层次、多渠道的国家交流与合作，从学术交流、共同研究到合作研制，逐步扩大合作规模，提高合作层次，以较少的投资争取更多的成功，并实现技术上的飞跃。

“地球耕耘六万载，嫦娥思乡五千年。残壁遗训催思奋，虚度花甲无滋味。”栾恩杰拿到国务院批复时，兴奋无比，挥笔写下七绝一首。

2004年2月19日，国务院批准成立由国防科工委任组长单位，国家发展和改革委员会、科学技术部、财政部、总装备部、中国科学院、中国航天科技集团等单位参加的绕月探测工程。

2月25日，在绕月探测工程领导小组会议上，国防科工委宣布：中国绕月探测工程开始实施。会上确立了绕月探测工程的科学目标、工程目标和研制计划。号召所有参加研制、生产、试验的单位和人员一定要发扬“两弹一星”精神和载人航天精神，不怕疲劳，连续作战，奋勇攻关，努力攀登新的科技高峰，为人类和平应用空间资源作出积极贡献。

3月25日，国内外各大媒体以醒目标题发布消息《“嫦娥工程”领军人物确定　张云川任组长》：

中新社报道：中国国防科技工业委员会25日在北京举行“嫦娥工程”第一次工作会暨大总体协调会，工程领军人物也已一一确定。

“嫦娥工程”领导小组组长：国防科工委主任张云川。

“嫦娥工程”总指挥：国防科工委副主任、国家航天局局长栾恩杰。

“嫦娥工程”总设计师：中国航天科技集团公司高级技术顾问、中科院院士孙家栋。

“嫦娥工程”月球应用科学首席科学家：中科院地球化学研究所研究员、国家天文台高级顾问欧阳自远院士。

2006年，中央电视台做了一期关于探月工程的专题节目，邀请栾恩杰、孙家栋和欧阳自远与电视观众见面。主持人是这样介绍他们的：“他们三位所承担的工作，形象地说就是，总指挥管的是绕月探测工程要做什么，总设计师管的是怎么做，而首席科学家管的是为什么要做。”

我国探月工程规划按照“绕、落、回”三步走的原则进行，每一步均确定科学目标和工程目标：

“绕”为一期工程。

发射探月卫星，卫星进入近月轨道后围绕月球飞行，卫星对月球遥感探测并将测量数据传回地面，计划2007年完成。

科学目标：获取月球表面三维立体影像，精细划分月球表面的基本结构和地貌单元，进行月球表面撞击坑形态、大小、分布、密度等研究。月球影像完全覆盖月球，包括人类探月活动从未涉足的南北极部分区域。对月球一些有用资源进行更为全面的前景评估。探测地球至月球的空间环境等。

工程目标：研制和发射我国第一颗探月卫星，初步掌握绕月探测基本技术，首次开展月球科学探测，初步构建探月工程系统，为探月后续工程积累经验。

“落”为二期工程。

发射一颗带有软着陆器的月球探测器，并携带一辆月面巡视车，进行首次月球软着陆和月面自动巡视勘察，计划于2012年前后发射。

科学目标：进行着陆区月貌与月质构造调查和综合研究，测定着陆点的月表环境，测定着陆点的热流、岩石剩磁等；进行月球内部结构研究，对月岩进行现场探测或采样分析，探测着陆区岩石的化学与矿物成分；日地月空间环境监测与月基天文观测。

工程目标：发射带有月球软着陆器的月球探测器，试验月球软着陆技术；研制和发射月面巡视车、主动机器人；进行高分辨率摄影；为月球基地的选址提供月面环境、月形、月岩的化学与物理性质等数据。

“回”为三期工程。

发射一颗带有软着陆器和返回器的月球探测器，进行首次月壤样品自动取样并安全返回地球，在地球上对取样进行分析研究，计划于2017年前后发射。

科学目标：进行着陆区的探测和研究；采集月壤样品返回地球，对样品进行系统的岩石学、矿物学同位素和月球化学研究，结合月面物质成分的分析数据，深化月球和地月系统的起源和演化的研究。

工程目标：研制小型采样返回舱、月表钻岩机、月表采样机、机器人操作臂等；在现场分析取样的基础上，采集样品返回地球；对月表着陆区进行考察，为载人登月探测、月球前哨站的选址提供数据。

孙家栋作为探月工程总设计师，在整个工程方面考虑最多的问题自然是工程目标的实现、关键技术的解决途径和各系统间的配套协调。在工程目标确立后，他要找出主要矛盾，将与各系统相关的问题搞清楚。以往我国发射的航天器，全部是在地球引力场作用下环绕地球运动的航天器，实现对地遥感、通信、数据传输、载人飞行等任务。要实现探月，则必须使航天器进入38万千米外的月球引力场。由于月球、地球、太阳三者具有复杂的相对关系，因此，研制和发射探月卫星是一个复杂的三体定位问题，与一般的地球卫星有很大的不同。

绕月探测工程是一个庞大的工程。“嫦娥工程”由五大系统组成：卫星系统、运载火箭系统、发射场系统、测控系统、地面应用系统。

发射场系统为运载火箭、卫星提供满足技术要求的转载、总装、测试及运输设施，为卫星发射提供全套地面设施，为航天指挥中心提供有关参数和图像，为航天发射区提供后勤服务保障。

卫星升空后，地面站需要随时了解它的各种信息，并向它发出各种指令。测量和控制卫星的飞行参数，是由地面测控系统完成的。地面测控网是对运载火箭和卫星跟踪测轨、接收与处理遥测信号以及发送遥测信号的综合系统。地面测控网由多个测控站、测控中心和通信系统组成。

地面应用系统负责接收卫星在空间运行过程中所获得的全部探测信息，加以解译、处理、判断和分析，进行各种相关校正，获得最终所需要的、不同等级的应用信息，进行不同等级应用数据的储存与发布。地面系统还承担月球探测科学目标的制定，各种科学探测有效载荷的地面验证和在轨运行状况，以及科学探测数据的研究与开发利用。

卫星系统是完成航天任务的具体载体，是一个空间飞行器。它携带各类有效载荷在太空运行，完成相应的科学探测任务。

运载火箭系统是将人造卫星、载人飞船或空间探测器等航天器送入预定轨道的工具，通常由多级火箭组成，在使航天器达到所需的位置和速度后即与探测器分离。

在孙家栋眼中，这五大系统必须相互配合、相互支持，紧密相连，缺一不可。

2004年4月30日，孙家栋参加在中国空间技术研究院召开的嫦娥一号卫星转初样评审会，听取了《嫦娥一号卫星初样详细设计报告》《嫦娥一号卫星初样可靠性、安全性分析报告》以及《嫦娥一号卫星整星测试覆盖性分析报告》。

三个报告证明，嫦娥一号卫星方案设计阶段的各项工作已全部完成。至此，距国务院批复“嫦娥工程”立项刚刚3个月，中国空间技术研究院能如此迅速拿出这些成果，全在于其人才与科研的储备与积累。

孙家栋对这些成果表示满意，对前期工作给予充分肯定。他要求全体参研人员深入开展复查复审、反思质疑，从研制到生产要做到“两个百分之百”：所有单机、分系统和系统总体的设计要进行全面的复查复审、反思质疑，不遗漏任何一个问题，复查工作要深入研究室、工程组一级，做到百分之百；所有产品生产要进行全面的复查复审，复查工作要深入车间工段一级，做到百分之百。

2006年11月18日，国防科工委在北京召开了绕月探测工程五大系统的总指挥、总设计师年度扩大会议。

面对各系统的“掌门人”，孙家栋在会上再次强调：“如果将探月工程看作一场战役的话，那么现在已经到决战的总攻阶段，设计质量、各种配套产品质量必须严格按照要求进行逐项检查，各个环节的工作绝对不能放松，要使设计、生产全部做到百分之百的可靠。越是到了发射的关键时刻，越是不能掉以轻心、不能松懈、不能麻痹，除此之外，还要把各个系统的查漏、补遗工作抓好，必须认真地把这些工作落到实处！”

话语不多，然而，“两个百分之百”“三个不能”“查漏、补遗”，这些都是经验之谈、教训总结！

在五大系统里，孙家栋最关注的是卫星系统。因为五大系统里的运载系统是现成的，原则上使用长征三号甲运载火箭。长征三号系列火箭堪称“金牌火箭”，发射场定在西昌卫星发射中心，测控系统就在神舟系列飞船测控系统的基础上进行补充建设，地面系统在卫星系统到达月球后开始工作。

那几年，孙家栋的眼睛一直盯着一个人——嫦娥一号卫星系统总设计师叶培建……

质量是“嫦娥”的生命

2020年，岁在庚子。

一场突如其来的新冠肺炎疫情，搅乱了整个中国，搅乱了整个世界。

“封城!”

1月23日10时，农历除夕前最后一个工作日，武汉成了这场战役的主战场。

一方有难，八方支援。

全国各地和军队的346支医疗队、4.26万名医务人员白衣执甲、逆行出征。19个省（区、市）对口支援除武汉外的16个市(州)。

这是“全国一盘棋”的中国优势、中国速度。

面对疫情大考，中国用一个多月的时间初步遏制了疫情蔓延势头，用三个月左右的时间取得了武汉保卫战、湖北保卫战的决定性成果。

中国用自己的巨大牺牲和卓有成效的防控举措，让世界又一次刷新了对社会主义中国的认知。

6月6日，北京市人民政府发布通报：当日零时起，北京市突发公共卫生事件响应级别从二级调整为三级。大家紧绷着的弦，稍稍松弛了些。不过政府提醒市民：勤洗手、不聚集、外出佩戴口罩。

这天，我去中国空间技术研究院采访中国科学院院士、嫦娥一号探月卫星总设计师兼总指挥叶培建。自春节前疫情开始肆虐，我不得不中止一切采访。对于一名报告文学作家来说，无法采访，就像被一根无形的绳捆住手脚似的无奈和无助。今天重新恢复采访，我有些迫不及待。

走进叶培建明亮、简洁的办公室，见我戴着口罩，叶培建问："好啊，作家同志严格按照市政府关于戴口罩的规定执行，现在戴口罩，就是为抗疫作贡献。"

我说："我不是医务人员，没法做什么具体工作，只能按规定做点这种小事。"

叶培建笑了："抗疫无小事，人人遵章守法，事情就好办了。"

在航天界，叶培建是个风云人物。新中国成立70周年华诞，他被授予"人民科学家"荣誉称号。

1945年叶培建出生于江苏泰兴一个军人家庭。1967年从浙江大学无线电系毕业后，分配到北京卫星厂任技术员。1980年7月，考取教育部公派研究生名额，赴瑞士纳沙泰尔大学微技术研究所留学。

临行前，教育部一位副部长与他们座谈。当时，国家给赴瑞士留学生每月生活费700瑞士法郎，而当时一般工人月工资是三四十元。那位副部长说："你们好好想一想，全国10亿人，有多少人能够上大学？有多少人能出国留学？你们出去一趟，路费不说，光生活费每月就要700瑞士法郎，得有20多个工人辛勤劳动，才能供得起你一个人学习。想想这些，你们就知道自己肩上的担子有多重了！"这段话，叶培建说自己记了一辈子。

瑞士风光秀丽，科研条件一流。叶培建刚出国时，就有人议论，“小叶不会回来了”。后来，他妻子也到了瑞士，议论就更多。叶培建对妻子说：“咱们现在不需要解释，等将来学成归国，站在单位同事面前，所有的疑虑就会烟消云散。”博士论文答辩通过后，学校想留他当助教，月薪8000瑞士法郎，他婉拒了。7月作完公开答辩，8月叶培建夫妇立即回国。叶培建说：“国外虽好，但金屋银屋，不如自己的茅草屋；金屋银屋是人家的，茅草屋是自己的。”

回国后，叶培建成为所里技术骨干。1992年，所里派叶培建帮助深圳证券交易所研发一个卫星VSAT网，取代传统的“红马甲”进行股票交易。项目做得非常成功，获得了部级科技进步一等奖。深交所想让叶培建留下来当总工程师，开出的年薪是40万元，而当时叶培建的月工资是1000多元。他想都没想，一口回绝了。10年后，叶培建庆幸当时没被40万元所诱惑。一年40万元，后来涨到50万元，10年算下来是500万元。他说：“我在这10年当中干了些什么呢？1996年开始担任资源二号卫星总设计师兼总指挥。资源二号是我国第一代高分辨率传输型对地遥感卫星，主要用于国土普查、城市规划、作物估产、灾害监测和空间科学实验等领域。2000年、2002年、2004年资源二号系列三星顺利升空，被称为‘智多星’，产生了巨大的经济和社会效益。我觉得，个人挣了500万元，就算是发了一笔巨财，但和为国家建立了一个非常重要的‘三星高照’系统，哪个值？当然不可同日而语。所以，我很欣慰。”

月球探测工程立项后，叶培建出任嫦娥一号卫星系统总设计师兼总指挥。

叶培建率领一支平均年龄只有30多岁的科研队伍，全力以赴，兢兢业业，从初样星到正样星，仅用了三年时间，便完成了一个新型号的全部研制工作。

对于我的采访，叶培建院士显然是作了准备。

“孙家栋院士值得写，值得你们作家好好写。现在弘扬中国精神的优秀文学作品太少，歌颂英雄主义的作品也太少。孙家栋这个名字和中国的航天事业紧紧地连在一起，我们国家上天的卫星，由孙老担任总师的，差不多占了一半，可以说是‘群星灿烂’，或者说是‘满天星斗’。他对中国航天事业的发展作出巨大贡献，功不可没。这样的人物，作家不写太可惜了！”

没等我接话，叶培建又说：“我真正与孙老共事，是探月工程。我觉得孙老身上有三个特点：一、他是位航天的战略科学家，考虑问题特别有前瞻性。绕月‘三步走’，第一步才刚刚开始走，他同时开始了北斗的研制，思考火星和其他小行星的探测。二、作为整个工程五大系统的总设计师，孙老抓大放小，充分发挥各系统总师的作用。三、一些关键的要害问题，哪怕仅仅只是个苗头，他都会抓住不放，一抓到底。”

我问：“你刚才说的‘苗头’，是个什么‘苗头’？”

“在嫦娥一号一次测试中，发现一个现象不太正常，按《测试手册》规定应该上报，但当时考虑到这种现象极少出现，又是协作单位，所以我们没上报。孙老不知道怎么听说了这件事，专门赶到现场，没了平日里的温和，变得格外严肃，说：‘出现这种现象的概率极小，但哪怕是百分之一、千分之一的概率，也得上报。光考虑协作单位的面子，真出了问题，那就不是面子的问题。我搞了大半辈子的航天，每次出问题，几乎都出在那些小概率问题上。到总结教训的时候说：‘哎呀，怎么会出这样的问题？’已经晚了，已经给国家造成不可弥补的损失了。”叶培建说，“那次，大家心情都特别沉重，也接受了一次深刻的教育。”

第一期绕月探测工程就是研制和发射嫦娥一号探月卫星，对月球进行全球性、整体性与综合性的探测，并对月球表面的环境、地貌、地形、地质构造与物理场进行探测。设计寿命为一年的嫦娥一号卫星，将携带CCD相机、成像光谱仪、激光高度计、γ和X射线谱仪、微波探测仪、太阳高能粒子探测仪、低能离子探测仪等多种科学仪器，对月球进行探测，完成四大任务：获取月面的三维影像、分析月面有用元素含量和物质类型的分布特点、探测月球土壤厚度以及检测月球空间环境。其中，有的项目是我国科学家的创举。

嫦娥一号是我国第一个月球探测器。与以往所有的卫星和飞船不同，嫦娥一号要从地球奔向38万千米外的月球，并绕月飞行一年，必然会遭遇过去近地飞行器前所未有的一系列技术难点。

从探月工程立项初始，孙家栋便在关注着嫦娥一号卫星。当时，国内好几家单位提供了月球探测卫星方案，他一个个参与论证、甄别。通过对方案的成熟性、可行性、创新性等方面的评估、遴选，最终中国空间技术研究院叶培建团队的方案拔得头筹。

那些日子，孙家栋只要有时间，就往卫星总装现场跑。实在没时间，他就给叶培建打电话，了解情况，解决问题。

一颗卫星研制要分几个阶段：首先是方案阶段。必须完成关键技术攻关和卫星的方案设计。其次是初样阶段。先要研制一颗电性星，星上所有设备都是为了验证探月卫星所有电性方面的性能。同时研制一颗结构星，通过各种试验对星体结构包括振动、噪声等进行考核，之后将结构星改造成热控星，做各种热控试验。这一阶段还要完成各种专项试验，包括卫星系统和应用系统对接试验等大型接口试验。最后是正样星生产阶段。

"培建啊，我对卫星轨道设计还是有些不放心，你们能够保证这是最准确、最合适的地月转移轨道吗?"

"孙老，我们刚刚作了一轮全国范围内专家'背靠背'的轨道设计复合，得到了专家们的充分肯定。"

"全国还有几家有能力进行轨道设计的单位，你们出面把他们请来，再共同探讨一下轨道设计的需求。"

叶培建说："孙老一般不给我来电话，一打电话准有事。那天，他来电话问：嫦娥一号要经历两次月食，你们是怎么考虑的？嫦娥一号在绕月运行过程中，能源来源主要是依靠太阳能电池帆板接收太阳照射发电。如果发生月食，这些太阳能电池板会因黑暗而停止工作，卫星便无法得到足够的能源。另外，由于没有太阳照射，卫星表面温度会急剧下降，最低可达－130℃左右，这对卫星上的仪器是个极大的考验。孙老说：你们现在首先要考虑在月食期间怎么将卫星的功率负载降下来，同时应想办法运用一些新技术，加强卫星热控能力，弥补整星热量补充不足的问题。孙老就是这样，总是在关键时刻、关键问题上点拨我们。"

叶培建向孙家栋汇报："最近，我提出在队伍中'捕风捉影'，任何细小的迹象都必须小题大做。"

孙家栋赞道："'捕风捉影'，这个提法好。抓质量，就是应该要'捕风捉影'。"

叶培建说："还真别说，一抓'捕风捉影'，果然发现了问题。卫星进行总装后，负责总装的陈向东提出复查发动机安装情况，因为一个产品如需经过两个以上单位定义极性或安装操作就容易产生极性错误。他细致入微，当真揪出了一条重大隐患：流程先后介入的两个单位，对坐标的定义恰恰相差了180度，正好把所需推力反了个方向。如果上箭，后果不堪设想，大家惊出一身冷汗。”

孙家栋严厉地说：“这是不应该发生的隐患。还是那句话——质量是‘嫦娥’的生命，必须慎之又慎！”

叶培建告诉我，搞卫星就是这样，必须细之又细、慎之又慎。他经常对大家说：我们准备烹饪一条红烧鱼，可能不会忘记买油、买酱油，但很可能忘记买葱。觉得好像一万个问题都想到了，然而恰恰就有那么一个小小的问题没考虑到。

嫦娥一号卫星到了发射场后，还发生过惊险的一幕。

卫星出了总装厂后，用载重汽车运到南苑军用机场，再用专机运到西昌机场，然后又从机场运到发射场。检测队员在对卫星做全面检查时，发现应答机上的一个高频插头的螺母有点松动。叶培建一听，心跳立即加快了。这个插头螺母松动，松动了多少？这个螺母是五扣，松动了一扣，不仔细摸，摸不出来。放过它，在发射过程中这个螺母很可能会进一步松动。插头如果脱落下来，卫星通信将会中断。通过归零检查，问题的原因是承担这个设备的单位在最后的两道工序中，操作人员没有按照操作工艺用力矩扳手拧紧，而且没有按照最后的要求用胶将它封死。以防万一，指挥部决定把整个卫星拆掉，将所有的螺钉螺母全部检查一遍。

航天是个高风险产业，美国挑战者号航天飞机爆炸，是最惊心动魄的惨案。

1986年1月28日早晨，成千上万的航天爱好者聚集在卡纳维拉尔角肯尼迪航天中心，等待挑战者号发射升空。挑战者号是肯尼迪航天中心的第二架航天飞机，它已成功完成了九次航天飞行任务，共绕轨道飞行了987次，太空停留时间累计达到69天。

11时38分，随着一声巨响，挑战者号带着6名宇航员和1名教师，点火升空。飞行到73秒时，挑战者号却在天际爆炸成一团橘红色火球，碎片拖着白烟四处飘落。

这次爆炸中，特别引人注目的是第一次以普通民众身份参加太空飞行的女教师麦考利芙。一年前，里根总统发布命令："今天，我命令国家航天局开始在全国所有中小学中挑选一名美国最优秀的教师，作为我们空间计划史上第一位公民乘客。"37岁的麦考利芙经过层层选拔，最终从1万多名申请者中脱颖而出。消息传来，她居住的康科德市市民举行了热烈的庆典仪式，市长将一根指挥棒交给她，让她指挥乐队演奏《星条旗永不落》……

谁料，麦考利芙荣耀和精彩的太空之旅才刚刚开始，却在一场爆炸中戛然而止。

两年后，挑战者号调查报告公布：一个O型环密封圈由于低温硬化失效。密封圈位于右侧固体火箭推进器的两个接头之间，硬化破碎后致使泄漏的炽热气体点燃了外部燃料罐中的燃料，导致火箭爆炸。飞船发射前，曾有工程师警告低温下O型环将无法密封，但由于此次发射已经被推迟了五次，工程师的警告未能引起足够重视。

挑战者号失事，给美国航天事业以沉重打击，航天飞机在此后三年中停止飞行。

这些用生命换来的教训，航天人必须牢记在心。

一颗卫星由结构、热控、导航制导与控制、供配电、测控、有效载荷、总体等组成，缺了哪一个分系统都不成。卫星上有400多台仪器、7万多个元器件、32台计算机，任何一件器物出问题，都会导致卫星或是上不了天，或是上天后无法工作。

当时，孙家栋最关心的是怎么保证卫星一进入预定位置就被月球捕获，成为月球卫星。这当然也是叶培建团队必须解决的最关键的问题。

叶培建告诉我：“当时孙老还给我提了个要求，希望嫦娥一号上天以后，能像当年东方红一号一样，想办法引起全国人民的关注。”

我插问道：“对了，叶院士，当年东方红一号上天时，你在哪里？”

“我刚分配到北京卫星制造厂，东方红一号卫星就是在我们厂总装的。那时我从农场锻炼回来不久，发射那天，大家兴奋极了。我和几位同事爬上2号厂房的房顶，看着东方红一号掠过太空的亮点，听着《东方红》乐曲，激动万分！”

“嫦娥一号用什么办法引起老百姓的关注和兴趣？”

“当时想了好几种方案，后来决定嫦娥一号进入绕月轨道后，向地球传回一组优美的中国乐曲。”

“这些乐曲是怎么选定的？”

“我记得先是由国防科工委月球探测工程中心提出150多首建议歌曲。然后，在全国范围内公开投票并结合专家推荐、评选。我也是专家组成员，还有欧阳自远院士、中国音协主席等。当时要求选取的歌曲应该是人民群众耳熟能详的，怎样算是耳熟能详？因为我是个'音乐盲'，五音不全。有评委说，哪首歌曲叶总能哼几句的，就算是耳熟能详。后来评选出的30首，真都是国人耳熟能详的，如红色经典《义勇军进行曲》《东方红》《红旗颂》等，京剧《贵妃醉酒》、黄梅戏《夫妻双双把家还》、昆曲《游园》和《惊梦》等传统戏曲选段，还有富有地域特色的《青藏高原》《茉莉花》《跑马溜溜的山上》等，以及流行歌曲《祝你平安》《同一首歌》《让世界充满爱》等。"

此事我还是第一次听说，挺有趣的。

叶培建取出了一本记事本，翻了几页，告诉我："2007年是嫦娥一号卫星发射升空的关键性一年，也是孙老最忙的一年。在卫星发射前夕，孙老更是忙得不亦乐乎，不停息地穿梭于北京以及四川、山西。以9月为例，我记得9月11日，他在西昌卫星发射中心召开探月工程总指挥、总设计师会议，听取嫦娥一号卫星与发射场准备工作情况汇报；9月13日，他在北京主持召开嫦娥一号卫星运载火箭出厂技术评审会；9月21日，在北京就嫦娥一号卫星发射所肩负任务等问题，接受香港凤凰卫视记者的专访。有人简单统计了一下，2007年里，他主持及参加了近百个与航天有关的会议，空中飞人似的从北京飞往全国20多个地方。从9月初嫦娥一号卫星进入发射准备状态开始，一直到11月26日卫星出图的近百天时间里，他没日没夜、全身心地投入探月工程的实施中。那年孙老已经是78岁高龄的老人了。有时候我在想，什么是航天精神？孙老以自己的行动，诠释着最真实、最准确、最生动的航天精神。"

叶培建感慨地说："每次看见孙老，我都有一种高山仰止、肃然起敬的感觉，那是发自内心的。我也常常对我的学生、对我们团队中的年轻人说：当年钱学森和‘航天四老’，他们是中国航天的开拓者、奠基者，为我们树起一座座丰碑；今天，孙老又为我们树起一座新时代的航天丰碑！”

叶培建喜欢写诗填词，嫦娥一号即将发射之际，他以一首《沁园春·绕月》记录下当时的情景：

凌晨太空，一轮弯月，明亮闪耀。
望茫茫宇宙，一颗新星。舒其长袖，飞奔广寒。
遥呼嫦娥，近月漫步，千年梦想要成真。
看指控大厅，灯光明亮。日夜奋战，航天英豪。
全屏显示，参数更迭，日地月星皆明了。
要成功，靠诸君努力，只看今朝！

万众瞩目的跨越之旅

地球、月球、卫星；
月球、地球、卫星；
卫星、地球、月球……

那些日子，孙家栋无时无刻不在思考着，当嫦娥一号卫星发射那一刻，月球在太空什么位置？而当卫星朝着月球奔驰而去时，地球又在什么位置？随之而来的是，当卫星升空之后，遥测控制、通信保障如何保证绝对同步？

一夜，孙家栋忽然从睡梦中醒来，窗外明月当空，清辉如水。为了不惊动妻子，他披衣蹑手蹑脚地走到阳台，任凭思绪如潮水般翻涌……

从接过“嫦娥工程”总设计师这副重担的第一天开始，孙家栋便意识到这是一次追赶之旅、跨越之旅。

这的确是一次追赶之旅——此时，距离1959年苏联发射的月球2号在月球软着陆，已经过去了40年；距离1969年美国阿波罗飞船载人登月，已经过去了30年。中国航天人像是凭着一双赤足在追赶风驰电掣的列车，如同夸父逐日般意气风发、壮怀激烈！

这又是一次跨越之旅——我们基础薄弱、科技储备不足。起步虽晚，起点却不能低。第一颗“中华牌”绕月卫星，别人做过的项目，我们要有新的发现；别人没有的项目，我们应有创新之处，只有创新才能超越。

这几年，孙家栋仿佛又回到了1958年从茹科夫斯基工程学院毕业，刚进一分院总体设计部时，艰苦卓绝的日子；仿佛又回到东方红一号卫星研制期间，激情燃烧的岁月；仿佛又回到第一颗通信卫星发射时，惊天动地的场景；仿佛又回到担任北斗导航卫星工程总设计师时，那每一天、每一时、每一刻……

每一天、每一时、每一刻，孙家栋带领航天人逢山开路、遇水搭桥，筚路蓝缕！

2007年10月24日。西昌卫星发射中心。

嫦娥一号专项气象预报显示：卫星发射中心场区天气多云间晴，气温17℃—15℃，偏西风1—2级。

两天前，国家航天局新闻发言人李国平在新闻发布会上宣布，我国自主研制的第一个月球探测器——嫦娥一号卫星以及长征三号甲运载火箭已经转入发射区。卫星和火箭已经完成总检查，各项测试正常，计划于10月24日至26日在西昌卫星发射中心择机发射，首选发射窗口为24日18时。

早在一周前，大凉山深处的西昌，这个原本清静的城市忽然热闹了起来。几日内抵达西昌的飞机票、火车票几乎售罄，城里的大小宾馆、旅社全部爆满。街面上四处可见卫星“发烧友”和前来采访报道的记者。

24日16时，卫星发射中心邻近乡村的老乡们开始有序撤离。这是每次火箭发射前的“规定动作”。运载火箭装有大量液体燃料，发射时一旦出现意外将可能对周围群众的生命安全构成危险。此外，火箭在上升时如果发生意外，也可能对火箭弹道下方的居民造成伤害。为防万一，在安全半径2.5千米范围内的居民，要在发射1小时前，进行疏散。

此时，各路指挥人员已经进入指挥控制中心。前方大屏幕上不断更换发射场和各观测站的图像，以及一些令人眼花缭乱的数据。身穿白色工作服的专家们坐在各自的位置上，盯视着眼前的电脑屏幕，神情淡定。尽管他们沉默不语，然而在关键时刻，他们会将人类的思维和意志转化为神奇的计算机语言，再将这些奇妙的计算机语言传递至茫茫太空，让天上的卫星丝毫不差地执行地面的指令。

当孙家栋走进中心大门时，大家朝他投来注目礼。孙家栋坐在指挥席上，泰然自若。此时，他知道经过精心组织和充分准备，绕月探测工程的卫星、火箭、测控、发射场和地面五大系统，已经准备就绪，只待一声令下。

片刻，孙家栋抬头朝窗外望了一眼，早晨天刚放亮，发射中心上空浓云密布。尽管气象部门预报16时后，天气将转晴，但老天爷可不听你使唤。但愿不要错过最佳发射窗口。

嫦娥一号卫星发射，“零窗口”一直是关键词之一。所谓“零窗口”，是指在预先计算好的发射时间内，火箭分秒不差地点火、升空，不允许有任何延误与变更。如果火箭不能准时发射，则要推迟等待下一个发射窗口。所以，“零窗口”对气象和对火箭的可靠性提出了更高的要求。

嫦娥一号卫星发射的“窗口”是35分钟，在这35分钟内都可以发射。但最后一分钟和第一分钟发射相比，卫星燃料将要损失120千克，这对于总共只有1200千克燃料的嫦娥一号而言是很大的损失，将直接影响其工作时间和工作寿命。如果由于特殊原因在这个“窗口”无法正常发射，只能取消发射计划，推迟到第二个月重新确定发射窗口。那么，与之相关的火箭、卫星、发射场、测量控制、通信保障系统都要重新制订计划。

嫦娥一号卫星的“窗口”是当天18时05分至40分之间，火箭必须在这35分钟内发射升空，而18时05分又是最佳发射时机。

老天爷还算赏脸，15时，密云退去，阳光普照。

孙家栋的脸色也“多云转晴”了。

坐在孙家栋身旁的是探月工程副总设计师龙乐豪、孙培建，他们正轻声交谈着。

17时05分，发射塔架测试操作人员开始撤离。

17时39分，环抱火箭的四联回转平台全部打开。雄伟挺拔的长征三号甲运载火箭犹如擎天之柱，高高矗立。在火箭上端，“中国探月”四个蓝色大字格外醒目。中国第一颗探月卫星——

嫦娥一号被火箭顶部整流罩包裹着。

17时50分，“呜——”发射场再次响起警报声。最后一批塔勤分队人员已经完成最后的检查，快速下塔，撤离现场。

18时04分，扩音器里传出01号指挥员的口令：“一分钟准备!”

液氧和液氢燃料不时地从火箭上挥发，白色烟雾飘飘然然。

“5、4、3、2、1，点火!”

瞬间，群山抖动，大地震颤，长征三号甲运载火箭喷射出熊熊烈焰，像巨人似的托举着嫦娥一号卫星，在山呼海啸般的巨响中，腾空而起，直插云霄。

长征三号甲运载火箭在空中划出一条白色的轨迹，慢慢消失在东南方向。

孙家栋脸上露出了一丝不易察觉的笑容，嫦娥一号卫星发射与最佳发射时机仅仅误差4.6秒。

第148秒后，火箭一二级分离；

第271秒，火箭二三级分离；

第1249秒，火箭三级发动机二次点火；

第1373秒，火箭三级发动机二次关机；

点火24分钟后，星箭成功分离，长征三号甲运载火箭完成使命。

19时09分，嫦娥一号卫星准确入轨，进入轨道倾角31度、近地点高度205千米、远地点高度5.9万千米、周期约16小时的地球同步转移轨道。

至此，嫦娥一号卫星发射取得了圆满成功!

发射场指挥大厅响起一片热烈的掌声。孙家栋依然显得十分平静，尽管火箭已经飞出了人们的视线，但他的双眼还是紧盯着大屏幕，仿佛心都被嫦娥一号带走了。

次日，孙家栋立即返回北京。在此后的一个多月时间里，北京航天飞行控制中心成了他的家。飞控中心承担着指挥决策、轨道控制、数据分析处理、应急控制以及卫星环月飞行后长期监控管理等任务。飞控中心大厅里那块大屏幕上一直显示着嫦娥一号的运行轨迹，而孙家栋脑海里也一直浮现着一幅嫦娥一号运行图。特别是一些关键节点，哪怕是深更半夜，孙家栋也寸步不离飞控中心。

10月25日17时55分。

飞控中心按照预定计划，向嫦娥一号发出变轨指令，对其实施第一次远地点变轨。指令发出130秒后，卫星近地点高度由205千米抬高到593千米，第一次变轨成功，表明嫦娥一号推进系统工作正常。

11月1日17时，飞控中心内气氛变得紧张而又凝重。

遥控机房内，软件专家欧余军果断沉着地按下发令键，向嫦娥一号发出指令——这看似轻轻一按，却是嫦娥一号第三次近地点变轨成功与否的重要指令，直接关系到卫星能否顺利进入地—月转移轨道，与月球交会。进行这种控制是我国航天测控史上的第一次。

17时15分。

“发动机点火！”

“轨控开始！”

孙家栋眯缝着双眼，紧盯着大屏幕，三维动画清晰地呈现着嫦娥一号卫星旋转姿态。金黄色的卫星星体上，一条浅蓝色轴线向显示推力方向的红色轴线逐渐靠近，直至重合在一起。

784秒后，传来准确有力的报告声：“发动机关机！轨控结束！”

嫦娥一号卫星速度迅速提高到10.58千米每秒以上，进入地—月转移轨道。

大屏幕上的电子钟秒针在“滴答、滴答”地跳动着，人们焦急地等待着。

大厅后侧的计算机终端机房，是另一个战场。轨道专家陈明、李革非、谢剑锋，软件专家欧余军、于天一，聚精会神地收集从全国各测控站传送来的数据，从容自若地处理卫星遥测数据和轨道数据。

几分钟后，陈明报出卫星轨道参数。

总调度张炜大声地报告：“卫星进入地—月转移轨道，开始38万千米太空旅程！”

飞控中心大厅掌声热烈。

孙家栋神色坦然，在嫦娥一号还没有真正被月球捕获前，还不到欢庆胜利的时候。越是顺利，越是要保持清醒头脑。不允许漏掉一个数据、下错一道口令，更不允许出现操作失误。他的淡定，是给大家的一种无声警示。

11月5日一早，距离嫦娥一号卫星实施第一次近月制动还有几个小时，栾恩杰、孙家栋、欧阳自远这个“铁三角”早早来到飞控中心大厅。

11时15分，嫦娥一号卫星飞到了距离地球39万千米位置。地面指挥中心发出遥控指令，卫星上的发动机点火。前几次发动机点火都是为了使卫星加速，这次发动机推力的方向与卫星飞行的方向正好相反，点火的目的是使卫星飞行减速，被月球捕获。

11时25分，卫星距离月球表面最近距离只有211千米。

11时41分，嫦娥一号卫星成功被月球捕获——这一刻，嫦娥一号终于成为一颗真正的绕月卫星，中国人第一次拥有了月球卫星。

飞控中心爆发出雷鸣般的掌声。

此时此刻，“嫦娥工程”总设计师孙家栋却起身走到一个僻静角落，悄悄掏出手绢擦泪。

这个细节被不远处的欧阳自远看见了。他快步走过去，轻轻拍了拍老伙计的后背。两位科学家紧紧地拥抱在一起。

栾恩杰也走过来，“铁三角”相互拥抱，热泪横流。

现场的一位摄影记者发现，用镜头留下了这感人的一幕。

78岁的孙家栋驰骋航天领域近半个世纪，几多成功、几经挫折，此时此刻，他再也无法抑制心中情感的波涛，让激越的波涛尽情地奔腾吧！

当天，获悉嫦娥一号卫星第一次近月制动取得圆满成功，时任中共中央总书记、国家主席、中央军委主席胡锦涛致电祝贺。

胡锦涛在贺电中说：

欣闻“嫦娥一号”第一次近月制动取得圆满成功，卫星已进入环月轨道，我谨向参与“嫦娥一号”研制、指挥、测控和保障的全体同志表示热烈祝贺和亲切慰问！望再接再厉，夺取绕月探测的新胜利！

11月7日8时24分，嫦娥一号开始进行第三次近月制动，将卫星绕月运行周期由3.5小时进一步缩短为127分钟，卫星将在这个轨道上运行一年，开展科学探测。

11月20日16时49分00秒，嫦娥一号上的CCD立体相机开机。紧接着，中国科学院国家天文台密云地面站和昆明地面站同时收到来自卫星上的科学探测数据。17时27分00秒，CCD立体相机关机。绕月探测工程地面应用系统的科研人员，在深入分析和处理探测数据后，调整参数设置，使立体相机获得最佳成像效果。

11月26日9时，党中央、国务院、中央军委在北京航天城隆重举行嫦娥一号卫星第一张月面图片发布仪式，同时播放了卫星从遥远环月轨道传回的语音和《歌唱祖国》歌曲的片段。

温家宝参加发布仪式，他握着孙家栋的手，亲切地说：“家栋，你身经百战，你辛苦了！”

第一张月面图片，是探月工程地面应用系统在对嫦娥一号卫星从距离地球38万千米的环月轨道传回的第一批图像数据进行处理后，形成清晰的可见光图片。第一张月面图片发布，标志着我国首次探月工程取得圆满成功。

温家宝揭开蒙在第一张月图上的金丝绒后，发表了热情洋溢的讲话，转述了一位海外华侨的心声：“我们中国的卫星飞得多高，我们海外华人的头就能昂得多高！”

孙家栋雄心满怀，中国的卫星会越飞越高，中国人肯定会到达更远的深空……

茫茫星空，多了个新伙伴。

嫦娥一号卫星上其他七种科学探测仪器也相继开机，在环月轨道上运行一年，对月球开展全球性的综合科学探测，实现嫦娥一号卫星四大科学目标：获取月球的三维立体影像，探测月球表面物质的组成，探测月球特性，探测月球的空间环境。同时，为我国月球探测二、三期工程打下坚实的基础。

2008年10月12日，探月工程全月球影像图发布暨科学数据交接仪式在北京举行。嫦娥一号卫星经过一年在轨运行和探测任务，获得大量科学探测数据。科研人员利用星载CCD立体相机获取的探测数据，制作完成了首幅全月球影像图。这幅月球全图图像数据完整、信息丰富、信噪比高、质量良好，其图像质量和影像制作均达到国际先进水平，也是当时世界上最清晰、最完整的月球影像图。

按原定计划，嫦娥一号卫星在轨运行寿命为一年。但在运行一年之后，卫星上仍剩有一些燃料。探月工程领导小组决定让它继续发挥余热，嫦娥一号卫星又超期进行了四个月在轨运行。

2009年3月1日16时13分10秒，嫦娥一号卫星环月飞行11568小时，累积飞行5514圈，圆满实现了工程目标和科学目标，在地面操作人员的精确控制下，准确撞击在月球东经52.36度、南纬1.50度的指定位置。

撞击的最后一刻即将到来时，孙家栋神情凝重，两眼一眨不眨地盯视着大屏幕。“1秒、2秒、3秒……8秒、9秒、10秒”，刹那间，孙家栋的双眼湿润了。

嫦娥一号卫星从2007年10月24日成功发射至2009年3月1日成功受控撞月，在为期一年零四个月的在轨运行期间内，共获得原始数据约1.37TB。欧阳自远带领的团队，通过对嫦娥一号卫星探测数据的分析研究，取得了五个方面的科研成果。

第一，获得具有国际先进水平的全月球影像图。嫦娥一号

CCD立体相机第一次实现月球表面100%覆盖，制作的全月球影像图在几何准精度、数据完整性与一致性、图像色调等方面均处于国际先进水平。

第二，获得精度和分辨率最高的全月球数字高程模型（DEM）和三维月球地形图。利用激光测高数据制作了分辨率为3千米左右的全月球数字高程模型，达到国际先进水平。采用三线阵数字摄影测量方法制作的全月球三维数字地形图，在数据覆盖范围、平面定位与高精度、空间分辨率等方面均优于国际现有全月球数字地形产品。

第三，获得重要元素在全月球和局部区域的含量分布数据。其中，解译出铀、钍、钾三类元素全月球分布和含量，解译出镁、铝、硅、铁、钛等元素区域含量与分布数据。

第四，获得月表微波辐射亮温数据的全月球分布数据，全月球亮温图对月壤特征、月壤厚度以及月壤稀有气体研究具有重要科学价值。

第五，获得独特的近月空间高能粒子和太阳风粒子数据。嫦娥一号卫星携带高能粒子和太阳风离子探测器对月球轨道空间环境进行探测，它对丰富太阳辐射及其与地球磁场和行星（月球）的认识具有特殊的意义，有望获得更多科学发现。

除此之外，在科学仪器和探测数据处理方法等方面，已申请到各种专利几十件；地面应用系统的研制和“嫦娥”数据的处理，催生了一批标准和规范，初步建立起我国月球探测和科学数据处理标准体系；完成几十项国家标准草案的整理工作……

孙家栋认为还有一个重要收获——培养了我国深空探测的基本骨干队伍，一批青年才俊快速地成长起来了。

窗外，柳树已吐出嫩芽，迎春花也绽放了。孙家栋忽然发觉，春天悄悄来了……

拉格朗日点

走一步看三步，或许是每一位科学家的思维方式。

嫦娥二号是嫦娥一号卫星的备份星。

嫦娥一号卫星发射成功，并取得丰硕科研成果。嫦娥二号该何去何从？

当时有两种不同意见：一部分人主张充分利用好备份星，可以用它探测火星，如果探测火星不行，也可用于其他科研；一部分人认为嫦娥一号卫星已经圆满成功了，备份星无须再发射，再发射还要花钱，没必要再投入。

孙家栋没有轻易表态，他想让大家充分发表自己的意见。这是他一贯的工作作风——低调、踏实、包容。但他的态度是非常明确的，如此高端的卫星，不可弃置不用，也不能随随便便就将它发射上天。每次发射，都应该取得新的科研成果。

当年那场争论，欧阳自远应该是最清楚的。

采访欧阳自远是计划中的，然而由于疫情一拖再拖。进入6月以后，2020年全国上下、各行各业，都在复工复产，我也必须“复工复产”了。于是在采访完叶培建之后，我马上联系欧阳自远，定于6月16日上午去中国科学院国家天文馆采访他。谁料，6月11日，北京新发地批发市场突发新增“新冠”病例，北京市突发公共卫生事件响应级别又从三级调回二级。

北京市民脸色全部“晴转阴”。

6月15日下午，我接到欧阳自远秘书电话，鉴于疫情原因，中国科学院实施封闭式管理，原定采访计划只能推迟。由于急需了解一些情况，我提出电话采访，欧阳院士表示同意。

6月16日上午，我拨通欧阳自远院士办公室电话。

欧阳自远笑着说：“都是疫情闹的，近在咫尺，却无法见面！”

我说：“本想一睹大科学家风采的，现在是只闻其声了。”

欧阳自远笑声爽朗。

我说：“欧阳院士，通过这次疫情，我忽然觉得人类在大自然面前非常渺小，人类的生存环境不断受到挑战。”

“这正好说明科学必须不断发展，人类尚需继续努力！”

言归正传。

我首先提出了嫦娥二号卫星的问题。

欧阳自远说：“通过对嫦娥二号的处置，我再一次感受到了孙老作为一名航天科学家的前瞻性和远见卓识。记得有一天，好像是晚上九十点钟，我接到了孙老的电话。这个时候来电话，肯定有事。果不其然，孙老一开口就问：对嫦娥二号你有什么想法？我说：我不是这方面的行家，拿不出什么建设性意见。孙老停顿了几秒钟说：当时，我们向中央领导汇报时，还没有嫦娥二号的。温家宝总理听了汇报后问：嫦娥一号有备份星吗？我摇头说：没有，经费不够。温总理说：航天发射是件高风险事情，嫦娥一号万一失败了，没有备份星怎么行？到时候临时抱佛脚去造一颗？于是，批了专款，便有了这颗嫦娥二号。我问孙老什么打算。他说：这么好的一颗星，总不能把它放在博物馆里吧？那也太浪费了。不过，也不能随随便便把它发射到太空，应该让它发挥出作用来。”

欧阳自远一边回忆一边说：“怎么发挥作用，我觉得孙老显然已经胸有成竹了。孙老说：月球不去了，咱们让嫦娥二号直奔火星怎么样？直奔火星！没想到孙老居然有这么大的魄力。我兴奋地说：上火星？太好了！不过，直奔火星，关键看火箭，不知道火箭行不行？还有测控，那么远，能不能抓得住？孙老信心满满地说：欧阳啊，还是那句话，‘去不去得了火星，我老孙去努力。到火星干什么，放什么仪器，你说了算’。我兴奋地说：好，好，好！”

叶培建在一次会议上发表了自己的观点：“……给嫦娥二号制造备份星是温总理决定的，温总理愿意从国家的口袋里拿出几亿元来，而且我们已经做好了备份，如果再花少量的钱，我们就能够获得更多工程经验和更大的科学成果，为什么要放弃？

后来我了解到，欧阳自远所言的“难以理解的制约”，指的是我国有关部门2007年已经与俄罗斯签署了联合探测火星协议。中国第一颗火星探测器萤火一号搭乘俄罗斯火箭，于2009年发射。既然已经有了萤火一号，便不可能让嫦娥二号再去火星。2011年11月8日，萤火一号装在俄罗斯的采样返回探测器福布斯—土壤号内部，并与福布斯—土壤号一起发射升空，开始了对火星的探测研究。然而遗憾的是，刚过一天，俄罗斯方面便宣布福布斯—土壤号探测器变轨时计算机发生故障，探测器消失。

嫦娥二号不去火星，还有一个关键制约：探月二期拟建设的深空站要2012年才能建成投入使用。

经探月工程领导小组研究决定，嫦娥二号卫星的使命还是月球，承担嫦娥三号先导星任务。

由于任务变更，工程目标和科学目标需要重新设计。嫦娥二号卫星将试验直接进入奔月轨道，4—5天到达月球，飞行高度为100千米，获取全月球分辨率为7米的影像图；对嫦娥三号着陆区进行分辨率为1米的高精度成像。它还将延续嫦娥一号的科学目标，对月球表面元素分布、月壤厚度、地月空间环境等做进一步的科学探测。这不是谁说要这么干就能干的，软件、硬件设施都得配套，孙家栋全力以赴，带领工程副总设计师陈炳忠、姜景山、龙乐豪和五大系统总设计师，开始新一轮的研究和论证。

孙家栋对叶培建说：“培建啊，你们这块可是重头戏哦，我们所有的科学目标都将在你们这儿体现。”

叶培建极有信心地说：“孙老，放心，既然好不容易把嫦娥二号的任务争取下来了，我们一定会竭尽全力将它干好，绝不砸锅。”

孙家栋说：“你们团队年轻，年轻人更应该有创新精神。”

这的确称得上是一个年轻的团队，除叶培建外，副总设计师和副总指挥都是30多岁的年轻人，整个团队的平均年龄为30岁。年轻便充满着朝气，年轻便意味着敢于创新。

按照孙家栋部署，五大系统全力以赴，嫦娥二号卫星将实现六个方面的技术创新与突破。

第一，采用运载火箭直接将卫星发射至月球转移轨道的发射技术。

相比嫦娥一号卫星先发射到地球附近的过渡轨道，再经过多次变轨调试进入奔月轨道，嫦娥二号卫星将直接由运载火箭送入近地点200千米、远地点约38万千米的奔月轨道。嫦娥一号需要12天到达月球，嫦娥二号只需112小时即可进入绕月工作轨道。

第二，试验X频段深空测控技术，初步验证深空测控体制。

嫦娥二号卫星任务飞行测控将首次验证我国新建的X频段深空测控体制。相比嫦娥一号任务中使用的S频段卫星测控网，X频段无线电传输信号频率更高，远距离测控通信效果更好。

第三，验证100千米月球轨道捕获技术。

相比嫦娥一号卫星在距离月面200千米处被月球捕获，嫦娥二号将在距离月面100千米处进行制动，飞行速度更快、轨道更低、制动量更大，同时月球不均匀重力场对卫星轨道的影响也相应增大，大大提高了对卫星制动控制精度的要求。

第四，验证100千米×15千米绕月椭圆轨道机动与快速测定轨技术。

当嫦娥二号卫星进入100千米的极月圆轨道之后，卫星将择机变轨，飞行轨道由100千米圆轨道调整为远月点100千米、近月点15千米的椭圆轨道。

第五，试验全新的着陆相机，数据传输能力大幅提高。

嫦娥二号卫星增加配置了降落相机，以检验对月成像能力，为嫦娥三号月面软着陆做准备。数据传输也由嫦娥一号的3兆比特每秒翻倍为6兆比特每秒，还将进行12兆比特每秒的传输速率试验。

第六，对嫦娥三号卫星预选着陆区进行高分辨率成像试验。

嫦娥一号卫星搭载的CCD相机分辨率为120米。而嫦娥二号在100千米圆轨道和100千米×15千米绕月椭圆轨道的近月点，将分别对嫦娥三号的预先着陆区进行优于10米和1.5米分辨率的成像试验，验证轨道机动与快速测定轨等相关技术，为后续着陆任务做准备。

与嫦娥一号卫星相比，嫦娥二号要在技术上实现多项新的突破，在许多关键技术方面要进行原始创新，任务更艰巨，风险性更大。

2010年10月1日。

西昌卫星发射中心。

中华人民共和国迎来了61周年华诞。

嫦娥二号卫星定于18时59分57秒发射。

两年前的6月2日，国内各大媒体播发了一条信息：被誉为中国探月工程“铁三角”的栾恩杰、孙家栋、欧阳自远因年事已高退居二线，担任中国探月工程高级顾问。三位的继任者为：陈求发（任探月工程领导小组组长、探月工程总指挥），吴伟仁（任探月工程总设计师），严俊（任探月工程应用科学首席科学家）。

81岁的孙家栋，已是耄耋老人。几年前，孙家栋曾考虑过，自己毕竟70多岁了，应该让年轻些的同志来挑重担了。但几十年来，他一直坚持着一种信念：国家需要，我就去做！这与领导干部年轻化不一样，因此，如果组织没开口，说明组织还需要他，他就一定会尽职尽力。

这一次，孙家栋是作为高级顾问参与嫦娥二号卫星发射的。

15时许，原本晴朗的天空，忽然乌云密布。不久后，竟淅淅沥沥地下起了小雨。

承担嫦娥二号卫星发射任务的2号发射塔，像钢铁巨人般在雨中巍然矗立。

18时40分许，发射塔架缓缓打开。

此时，云开雾散，晚霞满天。

“一分钟准备！”发射场传来指挥员口令。

“10、9、8……3、2、1，点火！”

在巨大的轰鸣声中，一道橘红色火焰喷薄而出，长征三号丙火箭托举着嫦娥二号卫星拔地而起，徐徐上升。这是人类第127次月球探测活动。

“火箭飞行正常！”

“火箭跟踪正常！”

“遥测信号正常！”

……

19时55分，发射场区指挥长宣布：嫦娥二号卫星准确入轨，发射圆满成功。

作为探月工程高级顾问的孙家栋，脸上露出了满意的神色。

10月6日。

嫦娥二号卫星在经历成功发射、星箭分离、卫星入轨、中途修正，近111个小时、约35万千米的长途奔驰后，迎来了她的第一次大考——第一次近月制动。

嫦娥二号卫星的绕地轨迹和绕月轨迹是一个有着相同交会的双曲线。当它以一定的速度离开地球、接近月球时，必须将其速度降下来，才能进入环月轨道。

近月制动决定着它能否顺利被月球捕获，成为一颗月球卫星。

10时30分。

飞控中心大屏幕上，可见月球在茫茫天际旋转。显示屏中间，一条橘红色的弧线，代表嫦娥二号卫星的飞行轨迹。

11时06分。

传来制动控制口令。

大屏幕上，橘红色的弧线在向月球延伸。

此时，每个操作台的显示屏上，各种数据、信息随着操作员手指在键盘上的敲击而不停地变换着。

32分钟后，调度员下达指令：

“发动机关机，轨控结束！”

北京航天飞行控制中心宣布：嫦娥二号卫星顺利完成第一次近月制动，被月球捕获，进入周期为12小时的环月椭圆轨道！

10月9日11时32分，嫦娥二号卫星成功实施第三次近月制动，顺利进入圆形环月工作轨道。卫星上搭载的有效载荷开始工作。

11月8日，国防科工局首次发布了嫦娥二号卫星传回的嫦娥三号预选着陆区月球虹湾区域局部影像图，标志着嫦娥二号工程任务取得成功。

圆满完成任务后的嫦娥二号卫星，何去何从？

我国卫星返回地球轨道、返回地球的技术已经非常成熟，再让嫦娥二号返回地球轨道，科研价值不大。让嫦娥二号着陆月球？嫦娥一号已经撞过月球，再撞已无新意。

既然火星去不了，那就去距离地球150万千米外的日—地拉格朗日L2点。

拉格朗日点是1772年法国数学家拉格朗日推导证明的，是指在A、B两个天体构成的系统中，B围绕A做圆周运动（B的质量小于A），比如地球围绕太阳公转，另有一个质量远远小于B

的物体C，比如从地球发射的一颗卫星，在A和B的引力共同作用下，在某些特殊位置，C可以与B同步围绕A公转，看起来C与B基本保持静止。为纪念拉格朗日发现了这些特殊位置，把这些（共5个）特殊位置称作拉格朗日点。在上述系统中，位于拉格朗日点的卫星只需少量能源便能维持其轨道，有利于放置空间望远镜或探测器在此位置长时间运行。

2011年6月9日，嫦娥二号卫星离开月球轨道，飞向深空。

日—地拉格朗日L2轨道的最远端，离地球大约172万千米。当嫦娥二号卫星到达172万千米之处时，尽管卫星上的设备发射功率已开到最大，但地面所收到的信号仍十分微弱。地面测控系统改用数字引导方式，从地面预报卫星位置，控制天线进行精确跟踪。

2012年6月1日，在地面飞控中心的指令下，嫦娥二号卫星受控飞向通往太阳系深空途中一个编号为4179号的小行星，对其进行探测。

在嫦娥二号卫星飞离拉格朗日L2点195天后，于2012年12月13日16时30分09秒，在距离地球约700万千米远的深空，与西方凯尔特人神话中的“战神”图塔蒂斯小行星以最小近距离3.2千米擦肩而过，首次实现了中国对小行星的飞越探测。

嫦娥二号卫星超额完成既定的四个科学目标：获取月球表面三维影像分辨率优于10米，探测月球物质成分，探测月壤特性，探测地月与近月空间环境。

嫦娥二号舒广袖，长空万里展风姿。

风暴洋：中国探月新地标

1970年，17岁的吴伟仁，时断时续地上完高中，正在家乡四川省平昌县得胜公社独柏大队第四生产队担任小队长。4月24日，公社通知，我国第一颗地球人造卫星东方红一号发射成功，要求做到家喻户晓。于是，吴伟仁拿着个用铁皮做的“土喇叭”，走村串户，大声喊着：“乡亲们！报告大家一个好消息，我国第一颗人造地球卫星东方红一号，发射成功了！”

用“土喇叭”报告我国第一颗人造地球卫星上天消息的吴伟仁，38年后接过孙家栋交给的接力棒，成为中国探月工程总设计师。

1975年8月，大学招生，那时候采取的是摸底考试和推荐相结合方法。吴伟仁先是被初选到某高校的农田水利系，因为摸底考试成绩排名全县第一，最终被中国科技大学“抢”走了。如果当年吴伟仁读的是农田水利系，或许他会成为一名农田水利专家；而入学中国科技大学，奠定了他成为航天科学家的基础。

1978年11月，吴伟仁以优异成绩从中国科技大学无线电系毕业，分配到航天工业部中国运载火箭技术研究院北京遥测技术研究所工作，成为一名航天人。

10年间，吴伟仁从技术员、工程师、高级工程师、总体室主任到副所长，一步一个脚印。他参与研究的某系统和方法成功应用于多种型号的仪器或工程。1998年至2008年，他在多岗位任职。其间，还攻读了华中科技大学电子工程专业和西北工业大学管理科学与工程专业的双博士学位。

嫦娥三号月球探测器将执行探月工程二期任务，是“绕、落、回”三步走的关键一步“落”。而其中重中之重是月球车能否成功落在月球上。

为使我国第一辆月球车名称能够充分体现广大关心中国探月工程民众的意愿，国家国防科技工业局宣布启动嫦娥三号月球车全球征名活动。

自2013年9月征名活动开始至10月25日征名提交截止，腾讯网收到征名作品146898件，新华网收到征名作品46189件，两个网站共收到征名作品193087件，除去重复名称外，共收集提交名称53091个。这些名称蕴藏着中华民族文化的深厚内涵，饱含着中国航天的丰富内容，也寄托着全球华人的美好梦想。

那个周末，孙家栋家又热闹起来，孩子们都回来了。

吃饭时，孙家栋笑眯眯地问：“看到网上的消息了吗？”

“网上一天到晚信息爆炸，爸爸说的是什么消息？”女儿问。

“嫦娥三号的月球车不是在搞征名活动吗？”

儿子连忙说：“看到了，看到了！”

孙家栋说：“你们也可以发表发表意见啊！”

一家人便七嘴八舌地议了起来：

“我看应该叫梦想号，探月工程是几代中国人的梦想啊！”

“叫追梦号也行，爸爸他们几代航天人不一直在追梦吗？”

“要是叫‘追月’呢？”

外孙女说：“要不就叫小白兔号吧，月亮上嫦娥姐姐的身旁，不是老有一只小白兔蹦来蹦去吗？”

小孙子放下了饭碗，“爷爷，你是探月工程的首任总设计师，为探月付出了那么多的心血，应该由你来给月球车命名，你说什么就是什么……”

外孙女也说：“听姥爷的，听姥爷的！”

孙家栋笑着说：“哪个名字得票最多，我就赞同用哪个名字。”

小孙子喊了起来：“不行，不行，爷爷得起个名字。”

女儿也说：“爸爸这回不能搞‘折中主义’，一定要为月球车起个名。”

孙家栋忽然变得严肃了起来，“孩子们，这可不能叫‘折中主义’啊。为什么这次要广泛征集月球车的名字，就是想让更多的人参与其中，能够充分体现海内外关注中国探月工程民众的意愿。对于中国航天人来说，我们是在追月、在追梦，不过，我们是代表中华民族在追梦！”

老伴在一旁插话了：“看看，一个轻松的话题，到了你爸爸这里，就变得严肃了、沉重了。饭都快凉了，先吃饭，吃饭！”

孙家栋笑了：“对，先吃饭，吃饭。”

10月26日，国防科工局组织来自社会各界的14位评审委员，对征集的5万多个名称，分别从文化内涵、航天事业、民族特征、创意等角度进行评审，经过多轮投票，最终初选出玉兔号、探索号、揽月号、钱学森号、追梦号、寻梦号、梦想号、使命号、前进号、中华号10个名称，提交腾讯网、新华网进行网上投票评议。之后10天共收到有效投票3445248张，其中玉兔号得票649956张，在网友征名阶段重复率最高，得票第一。再经过评委投票与公众投票的结果计算，确定了三个入围名称，最后经探月工程重大专项领导小组批准，我国第一辆月球车被命名为玉兔号。

嫦娥三号奔月，瞄准三大工程目标。

第一，突破月球软着陆、月面巡视勘察、深空测控通信与遥操作、深空探测运载火箭发射等关键技术，提升航天技术水平。

第二，建立地面深空站，获得包括运载火箭、月球探测器、发射场、深空测控站、地面应用等在内的功能模块，具备月面软着陆探测基本能力。

第三，建立月球探测航天工程基本体系，形成重大项目实施科学有效的工程方法。

嫦娥三号是就位探测和巡视探测相结合的月球探测器。着陆器着陆后，在一个固定的位置上，利用所携带立体、全像照相机，拍摄周围地形地貌，并传回地球。

孙家栋最关注的是玉兔号月球车。

玉兔号能顺利地“走”到月面吗？“走”到月面后能服从命令听指挥吗？

月球白天的温度是120℃，到了夜间则降到－190℃，昼夜温差高达310℃。在黑夜的低温环境里，玉兔号带的仪器极容易冻坏。

孙家栋问着陆器热控系统主任设计师刘自军：“怎么样，自军？你们用什么办法保证‘玉兔’健康？”

刘自军十分自信地说：“孙老，放心。我们为‘玉兔’准备了‘空调’和‘炉子’，保证它热不坏，也冻不着。”

嫦娥三号探测器上有一个多层隔热组件，可以双向隔热，外部高温时热量不能往里传，外部寒冷时里面的热量不会往外漏，大家称它是“空调”。玉兔号上还首次使用了放射性同位素

（“炉子”），使其能在没有阳光、超低温的情况下为仪器供电、供热。

2013年12月2日1时30分，长三乙运载火箭搭载着嫦娥三号探测器在西昌卫星发射中心发射升空。

12月6日17时53分，嫦娥三号探测器成功实施近月制动，顺利进入环月轨道。

探月工程二期的主要工程目标是“落”。

月球上没有空气，重力只有地球的六分之一，不能采用降落伞降落，只能用发动机反推减速。

12月14日20时49分，嫦娥三号探测器先后完成点火准备、主减速、快速调整、接近、悬停、避障、缓速下降等动力下降步骤，实现了从距离月球15千米高度安全下降至月球表面的目标。

21时12分，嫦娥三号探测器非常聪明地避开大大小小的月坑，其中包括一个直径20米、深2—3米的大坑，着陆在月球西经19.5度、北纬44.1度的虹湾以东区域。

23时45分，北京航天飞行控制中心发送指令，着陆器与巡视器开始分离。紧接着，立于着陆器顶部的玉兔号月球车展开太阳翼，伸出桅杆，并用桅杆上的相机拍摄所处的月面场景，传回地面。

12月15日3时10分，玉兔号缓缓移动至转移平台之上。

4时06分，转移机构接锁，往下降，接触月面，并在着陆器和月面之间搭起了一架斜梯。

4时35分，玉兔号顺着斜梯缓慢而下，踏上月球，在月面上滚出了10多米车辙，滚出了第一道“脚印”。

玉兔号一小步，中国一大步。

从身披五星红旗的嫦娥三号探测器和玉兔号月球车成功落月的那一瞬间起，五星红旗便闪耀在月球上。此外，还有一批中国元素被历史性地永远镌刻在月球上。嫦娥三号落月点被命名为“广寒宫”。“广寒宫”方圆77米，包括玉兔号月球车巡视路线及其东侧重要地貌。

至今，嫦娥三号已经工作了七年多，刷新了人类月表探测最长纪录，实现多个国际首次：采用全自主避障软着陆技术，结束了国际上盲降月球的历史；采用月球低重力核电源控制技术，保障了探测器在－190℃极低温度环境下长时间月夜生存；实现了在月球上同时开展测月、巡天、观地科学探测，获取了大量宝贵的原始科学数据。此外，首次研制建设了天线最大口径达66米的大型地面深空测控通信网，实现我国深空测控距离由几十万千米到数亿千米的重大跨越。

嫦娥四号原本是嫦娥三号的备份星。嫦娥三号顺利完成“绕、落、回”三步走中“落”的任务后，嫦娥四号还能有什么创新和作为？

嫦娥四号不应该再重复嫦娥三号之“落”，而要去月球背面软着陆和巡视探测，这对于人类月球探测来说还是首次。

当时还没有一个国家飞行器在月球背面软着陆。如何落到月球背面，是一次新的挑战。探测器落到月球背面后，无法与地球通信，这就要求发射中继通信卫星。吴伟仁带领论证队伍，精确计算，仿真设计，确定在地—月之间的拉格朗日L2点部署中继通信卫星。这是解决这一难题的最佳方案，也是中国航天人的独创。

2018年5月21日，承担中继通信任务的鹊桥号卫星成功发射，稳定运行在地—月拉格朗日L2点使命轨道。搭载这次发射的还有自主奔月的科学试验微卫星——龙江号，实现了绕月探测。

2018年12月8日，嫦娥四号探测器发射升空。

2019年1月3日，嫦娥四号探测器成功在月球背面预选着陆区——艾特肯盆地海拔－6千米软着陆。玉兔二号月球车作为嫦娥四号的巡视器，在月球背面自主导航，获取了月球背面的高清影像图，揭开月背的神秘面纱。

嫦娥四号是世界上首次在月背软着陆的探测器，科技含量比嫦娥三号更高。能够帮助嫦娥四号熬过寒冷月夜的空间同位素电源已经国产化，这是新的突破；嫦娥四号首次精确测量了月夜的最低温度；首次开展月基低频射电观测和生物科普试验；首次搭载多个国家的科学仪器，开展中外联合探测。

2019年2月4日，国际天文学联合会批准将嫦娥四号探测器着陆点命名为“天河基地”。天河在中国古代是银河的一种别称，在中文中又可隐喻“开创天之先河”。

外媒曾预测嫦娥四号探测器的成功率最多为50%。鲜花和掌声的背后，更多的是艰辛和风险。吴伟仁曾感慨地说：“航天工程是项‘1000－1＝0’的事业。一颗螺丝钉、一根导线、一个插头、一处焊接都可以决定整个工程的成败和命运。什么是成功呢？成功是差一点点就失败，失败是差一点点就成功。”

孙家栋形容中国探月工程是一场永攀高峰的“接力赛”。这场“接力赛”包括两层意思：任务“接力”和人员“接力”。

探月工程“绕、落、回”三步走规划的前两步——“绕”和“落”取得圆满成功后，“回”的核心任务是要从月球上采集月壤并带回地球，这个艰巨的任务将由嫦娥五号探测器来完成。

嫦娥五号探测器总指挥、总设计师杨孟飞告诉我，嫦娥五号是一个非常复杂的探测器，由四个舱段组成：月球轨道器、返回器、着陆器和上升器。它先飞到月球轨道，轨道器和返回器留在月球轨道飞行，而着陆器和上升器则要降落到月球上。着陆器有两个机械臂，一个进行钻取，一个进行表取，采集的月壤样品放在上升器中。上升器在月面起飞，在月球轨道上与轨道器和返回器对接，并把样品转移到返回器里。在距离地球5000千米时，轨道器和返回器分离，由返回器将样品带回地球。嫦娥五号将突破月面采样、月面起飞、月球轨道交会对接、地球大气高速再入返回四大关键的技术难关。

嫦娥五号探测器的许多任务都是第一次：月面上起飞上升，没做过；月面对接，即便可以借鉴载人航天工程经验，但情况又有所不同。难度最大、最没把握的是从月球返回。再入地球时速度接近第二宇宙速度11.2千米每秒，这样高的速度，返回器能不能安全准确降落到地球上成为关键。如果不在返回过程中把第二速度降低为第一速度，就会出现返回器过载太大和温度过高的问题。为此，探月工程领导小组决定，先进行一次返回试验，这样就有了嫦娥五号试验器。

嫦娥五号试验器用的是嫦娥二号平台，加上一个与嫦娥五号探测器一样的返回器组成。到达月球以后，它将绕过月球，按照预定轨道返回地球，以验证返回器能否安全返回。

2014年10月24日，嫦娥五号试验器成功发射。在距离地球5000千米的高空，轨道器与返回器分离，返回器进入大气层。返回当天，着陆点的风速是2千米每秒，着陆点偏差2.6千米。

如果没有风速影响，从40万千米的月球返回，着陆点将只有600米的偏差，充分证明了月球返回技术的可靠性。同时，还利用这个轨道器做了很多科学实验，对天的“漏信号”进行导航试验，并取得成功。这意味着将来的高轨卫星，也可以利用导航进行定位。

孙家栋办公室里的沙发旁，有一只巨大的月球仪——这只月球仪是按照嫦娥一号卫星采集的数据绘制成的，上面清晰可见月球的地形地貌。

我是第一次见到月球仪。

孙老为我一一介绍月球的概貌，嫦娥三号、嫦娥四号着陆点，嫦娥五号即将着陆采样的地方。俄顷，他手抚月球仪，告诉我：“中国探月工程是我国航天领域迄今最复杂、难度最大的任务之一，是货真价实、名副其实的‘中国创造’。”

他的声音不高，在我听来，“中国创造”四个字却特别响亮。

对月球和更远深空的探索，中国航天人没有瞻前顾后，而是不断攻坚，不断创新，不断奋进……

2020年11月24日4时30分，我国在中国文昌航天发射场，用长征五号遥五运载火箭成功发射探月工程嫦娥五号探测器。火箭飞行约2200秒后，顺利将探测器送入预定轨道。

12月1日，一位来自38万千米外的中国“客人”——嫦娥五号，造访了沉寂51年之久的月球风暴洋。

紧接着，着陆器上由数个关节组成的机械臂，缓缓伸出3.7米长的“手”，先钻取，后表取，挖起属于中国的第一铲月壤。

这一铲“土”，不仅是一铲月壤，更是将人类对月球、地球乃至对整个宇宙特征、起源和演化的认知深化，也体现了太空资源和平开发利用和人类可持续发展过程中的中国力量和大国担当。

经过19个小时的月面工作，嫦娥五号顺利完成月球表面自动采样，将1731克月壤样品封装保存在上升器携带的储存装置中。

历经地月转移、近月制动、两器分离、平稳落月、钻表取样、月面起飞、交会对接及样品转移、环月等待、月地转移、再入回收等阶段，返回器携带月壤样品于12月17日在内蒙古四子王旗预定区域着陆，任务取得圆满成功。

这是中国航天器首次去月球挖取“岩石土壤”。对于我国探月工程“绕、落、回”三步走的整体规划而言，嫦娥五号是收官之作。嫦娥五号创造了五项中国首次，一是在地外天体的采样与封装；二是地外天体上的点火起飞、精准入轨；三是月球轨道无人交会对接和样品转移；四是携带月壤样品以近第二宇宙速度再入返回；五是建立我国月壤样品的存储、分析和研究系统。

习近平总书记代表党中央、国务院和中央军委，向探月工程任务指挥部并参加嫦娥五号任务的全体同志致以热烈的祝贺和诚挚的问候。习近平总书记在贺电中指出，嫦娥五号任务作为我国复杂度最高、技术跨度最大的航天系统工程，首次实现了我国地外天体采样返回。这是发挥新型举国体制优势攻坚克难取得的又一重大成就，标志着中国航天向前迈出的一大步，将为深化人类对月球成因和太阳系演化历史的科学认知作出贡献。对他们的卓越功勋，祖国和人民将永远铭记。

对于探月工程首任总设计师孙家栋来说，这又将是一个难以入眠之夜……

揽月而归，探梦而行。

“追逐梦想、勇于探索、协同攻坚、合作共赢”的探月精神，将鼓舞一代代航天人，为人类和平利用太空、推动构建人类命运共同体作出更大的开拓性贡献！

第六章　『北斗』璀璨

2020年6月23日。

上午，大凉山深处云雾缭绕，细雨绵绵。此时，西昌卫星发射中心已成为万众瞩目的焦点。

同在这个发射场、同是这个发射塔，2000年10月31日，首颗北斗一号卫星从这里腾空而起，拉开了我国北斗卫星导航系统建设的精彩大幕。

今天将要发射的是北斗导航系统第55颗卫星暨北斗三号最后一颗全球组网卫星。至此，北斗三号全球卫星导航系统星座部署即将宣告全面完成。

北斗卫星导航系统工程首任总设计师、91岁的孙家栋，早早等候在电视机前。

遥望西昌，孙家栋不由得有些心动。他已经记不清去过多少次西昌，他记得光为北斗发射，就去了二十几次。

他曾经说过：

干了这么多的航天项目，北斗工程是最难的；

干了这么多的航天项目，北斗工程是最累的；

干了这么多的航天项目，北斗工程时间是最长的……

女儿轻轻走到他的身旁，悄悄提醒道：“爸，一会儿可不许太激动哦！”

孙家栋听话地点了点头。

9时43分，随着一团烈焰翻腾，长征三号乙运载火箭拖曳着耀眼尾焰，托举着北斗三号收官之星，以雷霆万钧之势腾空而起，带着中国人民的梦想冲向太空。

完美收官，星耀全球！

孙家栋开怀地笑了……

丰　碑

一个民族总是有为她奉献、牺牲的精英；

一个国家总是有为她奋斗、拼搏的英雄！

1999年9月18日，在中华人民共和国成立50周年前夕，党中央、国务院、中央军委隆重表彰为我国“两弹一星”事业作出突出贡献的23位科技专家，并授予他们“两弹一星”功勋奖章。

23位“两弹一星”功勋奖章获得者是于敏、王大珩、王希季、朱光亚、孙家栋、任新民、吴自良、陈芳允、陈能宽、杨嘉墀、周光召、钱学森、屠守锷、黄纬禄、程开甲、彭桓武、王淦昌、邓稼先、赵九章、姚桐斌、钱骥、钱三强、郭永怀。

“两弹一星”，“两弹”中的一“弹”是原子弹和氢弹的合称，另一“弹”是导弹；“一星”则是指东方红一号人造地球卫星。

“两弹一星”功勋奖章获得者中的多数是长期隐姓埋名的幕后英雄，此时，他们才第一次走到幕前。

中国的“两弹一星”，是20世纪下半叶中华民族创建的辉煌伟业。当时，面对严峻的国际形势，为抵制帝国主义武力威胁和核讹诈，以毛泽东为核心的第一代党中央领导集体，根据当时的国际形势，为保卫国家安全、维护世界和平，高瞻远瞩，果断地作出了独立自主研制“两弹一星”的战略决策。大批优秀科技工作者，包括许多在国外已经有杰出成就的科学家，以身许国，怀着对新中国满腔热爱，响应党和国家的召唤，义无反顾地投身到这一神圣而伟大的事业中来。他们和参与“两弹一星”研制工作的广大干部、工人、解放军指战员一起，在当时国家经济、技术基础薄弱和工作条件十分艰苦的情况下，自力更生，发愤图强，完全依靠自己的力量，用较少的投入和较短的时间，突破了原子弹、导弹和人造卫星等尖端技术，取得了举世瞩目的辉煌成就。

“两弹一星”的研制成功，成为新中国社会主义建设伟大成就的重要标志，充分显示了中华民族的创造能力，在国内外产生了巨大且深远的影响。它有力地推动了国家经济建设，大大增强了国防实力，促进了我国科学技术的发展。它打破了超级大国的核讹诈和核垄断，奠定了我国在处理国际事务中的重要地位，振奋了国威、军威，极大地鼓舞了中国人民的士气，增强了中华民族的凝聚力。“两弹一星”的研制成功，培养和造就了一大批能吃苦、能攻关、能创新、能奉献的科技骨干队伍，为我国高新技术及相关产业的发展打下了坚实的基础。在“两弹一星”研制过程中积累的丰富经验和科学管理方法，已广泛应用于我国社会、经济和科研发展等各个领域；在“两弹一星”研制者身上体现出来的热爱祖国、无私奉献、自力更生、艰苦奋斗、大力协同、勇于攀登精神，已经成为全国各族人民宝贵的精神财富和不竭的力量源泉。特别是改革开放以来，在一代又一代科技工作者的不懈努力下，从研制“两弹一星”开始创立起来的我国高科技事业取得了长足的进步。

民族英雄，国家精英。在“两弹一星”功勋奖章获得者的心中，国为重，家为轻；科学最重，名利最轻。

打开厚重的“两弹一星”史册，一个个人物、一个个故事，光芒闪耀，感天动地。

邓稼先与诺贝尔奖获得者杨振宁是国立西南联合大学的同学。1945年，杨振宁考入美国芝加哥大学深造，次年，在杨振宁的推荐下，邓稼先考取美国普渡大学读研，两人攻读的都是物理学。邓稼先只用了两年就拿到博士学位。适逢新中国成立，他毅然登船回国。

1959年苏联撤走专家后，中央决定自力更生研制核武器，二机部副部长刘杰找到邓稼先，说“国家要放一个大‘炮仗’”，征询他是否愿意参加这项严格保密的工作，邓稼先当即表示同意。他回家对妻子只说自己“要调动工作”，无法再照顾家庭和孩子，通信也困难。从此，他的名字便在刊物和对外联络中消失了，他的身影只出现在戒备森严的深院和大漠戈壁。

1964年，中国第一颗原子弹爆炸成功，世界震惊了，杨振宁也激动万分，不由得想起自己的挚友邓稼先，隐隐约约觉得他一定参与其中。

1971年，中美尚未建交，杨振宁开始了一次“破冰之旅”——回国探亲。他向有关部门提出想见见邓稼先。经周恩来特批，邓稼先从西北回到北京。

阔别22年后重逢，两位世界级科学家感慨万分。杨振宁问及邓稼先的工作，邓稼先只是含糊其词地说自己在京外一个单位上班。杨振宁曾经从国外的一些信息上获知，邓稼先参与了中国原子弹的研制。他想问个明白，却又怕邓稼先为难。

结束了在北京的行程，杨振宁要去上海。临登机前，他还是克制不住，忽然问相送的邓稼先：“我在美国听说，有一个叫寒春的美国人曾经参与中国原子弹研制，这是真的吗？”

邓稼先一时愣住了，只好说这个消息不一定可靠，自己再去证实一下。

邓稼先向周恩来报告了此事。周恩来让他告诉杨振宁，中国的原子弹是自己造的，没有一个外国人参与。邓稼先当即给杨振宁写信，火速让人带到上海。

在上海市政府的欢迎宴席上，杨振宁收到了邓稼先来信，一张小纸条上面写着：

振宁：你好！上次你问的问题，周恩来总理让我如实告诉你：中国核武器除早期苏联一点起步支援外，都是由中国人研制的，没有一个外国人参加。

杨振宁看完纸条赶紧离席，在盥洗室里任凭热泪横流……他为中华民族感到自豪！为邓稼先感到骄傲！

邓稼先为研究核武器，熬干了心血，透支了身体，虽刚过甲子，却如同耄耋老人。1985年，被确诊为癌症晚期。一年后，邓稼先离世，享年62岁。

杨振宁说：假如有一天哪位导演要拍摄《邓稼先传》，我要向他建议，背景音乐要采用《中国男儿》这首歌，我是儿时从父亲口中学到的。

中国男儿、中国男儿，

要将只手撑天空。

……

这是个关于王淦昌的故事——

王淦昌1929年毕业于清华大学物理系，1930年赴德国柏林大学留学，1934年27岁即获得物理学博士学位。因愤怒于希特勒在德国的法西斯行径，想到灾难深重的祖国，王淦昌便迫不及待地归国，先后在山东大学和浙江大学担任物理学教授。七七事变后，他动员妻子吴月琴捐出家中的黄金首饰和银圆。1956年，王淦昌奉命赴苏联杜布纳联合原子核研究所研习，主攻基本粒子，他领导的三人小组发现了国际公认的重要成果——“反西格玛负超子”。其间，逢国内遭遇自然灾害，他将自己省吃俭用节约下来的1.4万卢布，托大使馆转交国内。

1960年，王淦昌回国，倾心于基本粒子研究。

1961年，刘杰约谈王淦昌。刘杰开门见山：“淦昌同志，组织想让您做一件重要的事情，请您参加领导原子弹的研制工作。帝国主义要‘卡’我们，中国人要争这口气！”

王淦昌感到有些突然，望着刘杰，静静地听着。蓦地，他站起来，毫不犹豫地说：“我愿以身许国！”

三天后，王淦昌到核武器研究院报到，担任副院长，主管核武器爆轰物理试验。从此，王淦昌改名“王京”。

从1961年到1978年，在世界物理学界各种学术交流活动中，再也看不到王淦昌的踪影；在物理界学术刊物中，王淦昌的名字也销声匿迹。

连王淦昌夫人都不知道丈夫从事什么工作，人在哪里。她只知道一个信箱代号，家里靠这个“信箱”与他保持联系。

王淦昌长年累月在北京、青海、新疆之间奔波，妻子只觉得他的背慢慢驼了，白发一年比一年多。

17年后的1978年，“王京”才又改回原名王淦昌。当他重新更名王淦昌后，连自己都有些不习惯，许多次签名都签成了“王京”。

“两弹一星”的传奇故事，渐渐被披露，即便如此，我们知道的依然还只是“冰山一角”。

这是一群隐姓埋名的无名英雄。英雄无语，然而，他们却用自己的脊梁支撑起共和国大厦的四梁八柱。

一部“两弹一星”史，让我们读懂了什么是一个国家和民族的精神，什么叫一代知识分子的品质和风骨。

北京人民大会堂灯光闪耀，群星灿烂。

70岁的孙家栋是获奖者中最年轻的。当金光闪闪的金质奖章佩戴在他胸前时，他心潮澎湃。这是无上荣光，更是一种责任和使命。

让孙家栋深感痛惜的是，在这个庄严而隆重的仪式上，王淦昌、邓稼先、赵九章、姚桐斌、钱骥、钱三强、郭永怀七位功勋，已经为中华民族的伟大复兴，耗尽了最后一滴心血，永远无法来领受这份国家和人民授予的崇高荣誉了。

“两弹一星”是矗立于祖国大地上的一座丰碑，为中华民族留下了一份厚重的精神财富！

天上有颗“北斗星”

庚子年大国战“疫”，让世界见证了中国力量。

一系列创新科技派上了大用场，这其中包括北斗卫星导航系统。“北斗”快速响应，融入医院建设、物资运送、巡防管控等多项疫情防控工作。

2020年1月23日，武汉市决定快速建造火神山医院。时间：10天；床位：1000张。紧接着，1月25日，建造雷神山医院的任务下达，时间：半个月内；床位：1600张。

除夕夜，北斗高精度定位设备火速驰援火神山医院工地。定位终端的投入使用，确保工地大部分放线测量工作一次性完成。即使在环境复杂的场地，定位终端也能实现高精度定位、精确标绘，为后来被外媒称为中国抗击新冠肺炎疫情的“桥头堡”和“生命方舟”——火神山、雷神山两家医院快速施工争取了宝贵时间。

2月12日，基于北斗卫星导航系统的首架“疫情区应急作业”无人机降落在武汉市金银潭医院，将急需的医疗和防疫物资送到一线医护人员手中。当日，该无人机共运输紧急医疗物资20架次。

在北京顺义，活跃着几十位特殊的“外卖小哥”。2020年7月23日《北京晚报》刊发了一篇名为《“北斗”指引北京人生活》的报道：

近日，记者来到花梨坎地区的一个美团买菜配送站。配送站门口停着一辆模样奇特的小黄车，尺寸有老年代步车大小，但是在前部、后部、两侧、车顶足足安装了14个摄像头。

不多时，配送员刘师傅拎着两大袋商品来到小黄车前，把商品往车上一放，就径自离开了。“您不用骑上车送货吗?”记者纳闷地问道。“不用，它会替我跑腿儿。”刘师傅笑着拍了拍小黄车。说话间，小黄车已经自行启动、右转、直行，奔向3公里外的居民小区。

“它是用北斗导航的，效率可高了。”刘师傅说，如果由外卖小哥骑车送货，最多一次也就能配送两三个订单的商品，小黄车一次能拉至少5单。因为是无人配送，它还拥有进入小区，直达业主身边的“特权”。

记者一路跟随小黄车，只见它以每小时15千米的速度稳稳行驶，遇到一米内的障碍物，还会自动刹车转向。抵达小区门口时，记者和一位美团技术员被拦在门外，小黄车则被顺利放行。

……美团技术员介绍，安装在车身的摄像头和车顶的激光雷达是小黄车的综合感知系统，车辆能接收北斗卫星的信号，依靠北斗系统随时纠正自己的位置和路线，定位精度达到厘米级，“不用担心跑丢，它能准确地找到每一栋楼。”技术员自信地说。15分钟后，小黄车驶出小区大门，包括两大桶饮用水、多种蔬菜在内的十几千克商品已经顺利送达。

在北京、湖北两地，基于北斗卫星导航系统的植保无人机被广泛用于区域内消毒防疫，一架无人机单次喷洒面积达5000平方米，并且能够覆盖防疫车无法抵达的死角。在人员密集场所，公安民警还可以通过无人机进行巡视和防控，对人们喊话，呼吁大家减少集聚、做好预防。此外，借助“北斗”定位，无人送货车、自动引导车等，既给人民群众提供了生活便利，又增强了万众一心抗击疫情的信心。

交通运输部通过全国道路货运车辆公共监管与服务平台入网的北斗车载终端，向790万辆入网车辆持续推送疫情信息、道路运输服务信息等，并推荐行驶线路，提供14天行车轨迹查询服务；为行业主管部门提供途经抗疫一线的车辆信息，为重点营运车辆调配和应急物资运输提供数据服务保障。

精准掌握患者及其密切接触者，把传染源掌握住、定位准、封控好，是疫情防控的关键。“北斗”与互联网、大数据、云计算等结合形成的“北斗＋”信息产品，可对感染者的行动轨迹进行精准定位并向社会公开发布，为大城市特别是城市基层社区做好防控工作提供了关键数据支撑。

91岁高龄的孙家栋，日夜关注着疫情的防控进展，心系武汉、情牵华夏……

那天，孙家栋秘书李钢告诉他发生在小区里的一件事：一位叫小雨的小学生，父母均被确诊为新冠肺炎患者，妈妈不希望小雨去集中隔离点，于是小雨开始了在家自我隔离的日子。特殊的日子里，社区党委书记和社区民警成了小雨的监护人。工作人员每天两次与小雨视频，小雨早晚两次报告体温。小雨的大姨做好饭菜，送到小区门口，由工作人员接力送给小雨。小雨仿佛一夜间长大了，每天坚持上网课，还坚持做广播体操。

孙家栋被小雨的防疫故事感动了。他从书橱里取出一本《孙家栋院士传记》，在扉页上寄语：“小雨同学：愿你坚强勇敢，自立自强！祝你父母早日康复！”托社区转交小雨。收到院士爷爷的书和亲笔题写的赠言，小雨备受鼓舞。

北斗终端在疫情防控中的出色表现，让孙家栋感到十分欣慰。

京城万籁俱寂，夜空清澈如水。

此时，孙家栋又习惯性地抬头仰望长天，目光深切，他是在寻找“北斗”吗？

“河汉纵且横，北斗横复直。”

自古以来，北斗七星就是中国人辨明方向、把握时节的标志。孙家栋坦言，自己最初的天文知识，除了太阳和月亮，最早认识的便是北斗七星。至今他还记得一则民间谚语：“斗柄东指，天下皆春；斗柄南指，天下皆夏；斗柄西指，天下皆秋；斗柄北指，天下皆冬。”

民间谚语，是劳动人民在长期实践中获得的智慧结晶。通过北斗七星斗柄的变化，人类便能感受到四季更迭，少年孙家栋曾经被这种天文奇观所折服。当然，当时的孙家栋做梦都没有想到，自己会成为中国北斗卫星导航系统工程的总设计师。

让我们将时间拉回到半个多世纪前。

1957年10月4日，苏联成功发射第一颗人造地球卫星。在对这颗苏联卫星进行观察的过程中，美国约翰斯·霍普金斯大学应用物理实验室的科学家，发现了卫星运动引起的多普勒频移效应，并提出可以用来实现卫星定位导航。随后，美国海军启动研制子午仪卫星导航定位系统，并于20世纪60年代获得成功。

我国科学家钱学森、赵九章敏锐预见到卫星导航的重要性，并适时提出研制导航卫星、建设中国卫星导航系统的规划和构想。1968年初，经钱学森提议，导航卫星开始研制。可是到了1979年底，因为种种原因，研制任务被取消。这是我国卫星发展史上唯一中途“下马”而没有上天的卫星型号。

中国工程院院士、北斗一号卫星系统总设计师范本尧参加了当年卫星导航系统的研制工作，并担任卫星结构的技术负责人。

他告诉我：“这件事情最早是由使用船舶单位提出来的。他们提出了对卫星通信和卫星导航系统的使用要求，要求通信和导航实现全球性、全天候、高精度、高可靠和不间断的工作。钱学森高度重视，组织中国科学院和中国空间技术研究院进行认真研究。他认为要完成这一重大任务，无论在技术指标还是在进度要求上，都存在着较大的差距。”

1969年1月6日至2月11日，有关部门在天津召开关于卫星导航技术使用要求论证会。会议认为，由于技术原因，近期内可先发展简单的卫星导航系统，以解决用户的急需。

钱学森将这项任务交给了孙家栋。其时，东方红一号还没发射，孙家栋正忙得焦头烂额。卫星导航任务又压了下来。钱学森让孙家栋主持水面导航系统方案论证。孙家栋带领技术人员在进行导航卫星的总体方案设计时，对导航卫星的技术途径等提出了两种思路。一种思路是分两步走：第一步，利用现成的东方红一号卫星备份星，拿掉短波发射机、《东方红》乐音装置等仪器，换上双频测速导航系统，快速研制出一颗试验导航卫星；第二步，边试验边研制应用导航卫星。另一种思路是一步到位，即不经过试验导航卫星阶段，直接安装用户要求研制的应用卫星，这样可以减少投入，加快研制周期。

钱学森对孙家栋说：“此事欲速则不达，搞导航卫星应该采用试验星、应用星‘两步走’的方式。我们曾经有过研制导弹的重要经验教训，搞科学必须符合客观规律，要分阶段、按部就班地循序渐进，搞卫星和搞火箭一样，都要按研制程序办事。”

钱学森强调，导航卫星是关系到国家战略防御和空间技术发展的重大问题，涉及火箭、舰艇、远洋测量船等多项国家重大工程的全局。导航系统的高度综合性和技术复杂性，依靠空间技术研究院一个部门是难以胜任的，必须依靠国家的力量，依靠全国各有关部门和地区协同支持。

1977年4月，卫星导航系统初样达到了设计要求，6月转入模样研制阶段，9月即转入正样研制阶段。但因当时国家工业基础和经济实力比较薄弱，加之原定的技术指标渐显陈旧落后，1980年，为贯彻“调整、改革、整顿、提高”方针和研制急用、实用卫星的原则，国防科工委正式通知，撤销卫星导航系统的研制任务，从1968年底开始研究、历时12年的导航卫星研制计划中止。这个项目虽然下马了，但它作为我国导航卫星的先驱，为北斗卫星导航系统积累了经验，培养了一批素质较高的科研人员。它播下的种子，即将生根发芽。

“山重水复疑无路，柳暗花明又一村。”

1983年，“两弹一星”功勋、中国科学院院士、航天测控专家陈芳允提出“双星定位系统”理论。

陈芳允是浙江黄岩人，1938年毕业于清华大学物理系，在成都一家军用无线电厂做技术员。十四年抗战，他看透了国民党政府的腐败，无心为其服务。恰逢英国工业协会来华招收留学生，陈芳允以优异的成绩被录取。1945年春，赴英留学。在伦敦 A. C. Cossor 无线电厂研究室从事电视和雷达研究，参与了英国第一套海洋雷达的研制，取得多项科研成果。

1948 年春回国，陈芳允不愿为国民党政府出力，假托病休养。

新中国成立后，陈芳允在中国科学院电子学研究所任副所长和研究员。

陈芳允一直关注着导航定位问题，希望解决利用卫星对地球上运动物体的定位导航。美国的全球定位导航系统，为了满足全球、全时间工作，需要 18 颗以上卫星，而“双星定位系统”用两颗地球同步卫星上的一段频带，即可确定地面目标任一时刻的位置和海上移动物体的定位导航。1983 年 8 月，陈芳允参加国际宇航联（IAF）会议后回国，向中国工程院院士、雷达与空间电子技术专家张履谦介绍了会议情况，提出用“双星定位”原理，研制火车定位调度指挥系统的计划，设想如果采用“双星定位”原理，加上简短的报文通信，我国有望实现区域性的导航定位通信。

双方一拍即合，我国可用东方红二号卫星平台研制两颗卫星，在卫星上安装一副宽波束天线，采用450-1 微波统一测控 C 频段收发设备进行导航信息交换，在地面配上计算机，研制用户终端，即可实现定位功能。

只是当时这个超前、先进的设想，还暂时未被业界重视。

1985 年，在南京紫金山天文台召开的全国测地会议上，陈芳允再次提出“双星定位系统”。他将这一系统与美国全球定位系统（GPS）和苏联全球导航卫星系统（GLONASS）相比较，美、苏的卫星系统具有导航定位能力，但需要布设多颗卫星，当时我国的技术、财力都达不到。而“双星定位系统”，用星少，精确度高，既可定位、定时，还有通信功能。此后，“双星定位系统”引起了有关部门的关注，并于1986年开始预研。

1989年9月4日，在国防科工委的组织下，洛阳跟踪与通信技术研究所组织成都电子部十所、计量科学院等单位，一起在北京进行“首次双星快速定位通信系统”的功能演示。

在某地面站一个临时机房里，设置信号接收和定位计算中心。北京某地的用户设备，利用我国定点于赤道上空东经87.5度和东经110.5度的两颗通信卫星进行试验，经计算机处理参数，1秒钟后显示屏上就出现了这个用户的精确地理位置，与档案记载的误差在20米以内。“首次双星快速定位通信系统”的功能演示获得成功，该系统还可以进行简单报文通信和时间播报。

同时，中国空间技术研究院503所牵头进行的双星快速捕获技术试验也在紧张地展开。这些都为验证陈芳允提出的“双星定位系统”构想进行了关键试验验证。

新华社为此发布消息：

利用两颗卫星将快速定位、通信和定时一体化并获得理想的试验数据，这在国际上还是首次，快速定位精度达到了国际先进水平。这项卫星应用尖端技术，标志着我国独立开发利用卫星通信资源有了新的突破。

孙家栋是陈芳允“双星定位系统”理论的坚定支持者。“双星定位系统”理论使我国迈出卫星导航自主研发第一步，可以弥补资金不足的缺陷，少花钱办成事。

1990年8月，美国GPS系统第八颗卫星发射升空。

紧随而来，以“沙漠风暴”为代号的“海湾战争”爆发，美国对伊拉克发动进攻。GPS尽管尚未“发育成熟”，但美军提前将它投入使用。美军指挥部好像开了“上帝视角”一样，彻底掌控了整个战场。美军飞机和导弹给予伊拉克精确打击，精确制导的导弹甚至可以钻入前一枚导弹炸出的缺口；而伊拉克的指挥官，如同被布蒙上了双眼，甚至找不到对手在哪里，只能被动挨打。这场本来被全球军事学家预测为僵持模式的战争，在短短的42天空袭后就基本宣告结束了。伊军伤亡超10万人，而美军阵亡仅148人。伊拉克120万大军，被美国以极低的代价摧毁了。

那些日子，每当荧屏上播放有关海湾战争的视频消息时，孙家栋便会双眉紧蹙。他在思考另一个问题：一个国家假如没有自己的卫星导航系统，等于把国防拱手交给他人；这个系统如果使用他人的，无异于将高楼大厦建在他人的地基上，无异于将命运的绳索交给他人。

何况，卫星导航系统对于国家建设、民间应用市场的经济价值更是难以估量。建设国家自主的卫星定位导航系统，不容迟疑，迫在眉睫！

每每国有安危之时，孙家栋便会挺身而出。

他拨通了主管领导的电话。

孙家栋说：“这些日子发生的事情让人憋气啊，我们这么个泱泱大国，怎能没有定位导航系统？”

主管领导立马表示：“孙副部长，咱们想到一块去了。”

“和平时期，我们当然可以用别人的。”孙家栋说：“可一旦出现不可控局势，别人将信号给你中断了，我们所有相关的军民设施将全部失灵，那就像大白天突然走进一个黑咕隆咚的山洞里，后果不堪设想。此事必须未雨绸缪。”

“对！历史已经多次证明，凡是事关国家核心利益的，都必须靠自己的能力去创造。”

孙家栋说：“这样吧，我带些人先作一些前期论证。”

主管领导朗声应道：“好，我们全力支持！”

把自己变成“天梯”上的一根横木

论证时观点不一。

第一，双星定位能不能上，技术、经济能否有保障。

第二，参照GPS的做法，一开始就搞全球定位系统，还是采用“双星定位理论”，先发射两颗卫星，尽快解决我国自主卫星导航系统“有无”问题。

经过反复论证研究，孙家栋和专家团队没有盲目跟从国外已有的一步建成全球系统模式，而是坚持走符合中国国情的双星系统，投入小、技术简单、见效快。

孙家栋对我说：“搞航天工程，需要有气吞山河的气势，但具体制订实施计划时，必须脚踏实地、扎扎实实。就像跑步一样，你先要把中长跑跑好了，才能考虑马拉松。我国起步晚、底子薄，工业基础和科技储备不足，第一步先要解决‘有无’问题，满足国内的急需；再考虑区域；最后才能部署全球。”

他又说：“我们在制定目标时，可以稍微高一些，但必须是跳一跳、蹦一蹦能够得着的。如果目标定得过高，跳起来根本够不着，那便是不切实际的。所以，我们的‘北斗’只能一步一步走，不能三步并作一步走。当年，钱学森院长带着我们，就是这样一步一步走过来的。”

论证基本成熟后，孙家栋与国防科工委副主任沈荣骏联名致信有关领导，阐明了他们对国家发展卫星导航系统重要意义的分析以及实现方法和途径的建议。国家对此予以高度重视和支持。

北斗卫星导航系统工程顺利立项。

北斗卫星导航工程原副总工程师、北斗卫星导航系统高级顾问李祖洪透露了一个插曲。北斗一号申请立项的时候，因为经费紧张，航天所属单位上报的三个卫星型号面临一次艰难的抉择。当时北斗一号项目申报了两颗卫星，其他两个重要项目各申报一颗卫星，因为北斗一号要上必须上两颗，“看样子砍掉‘北斗’的可能性极大”。孙家栋四处游说，力争上“北斗”。最终，经过经费的调剂和分配，北斗一号得以幸存。李祖洪说：“此事如果不是孙老坚持，一拖，一个周期过去，一耽误可能就是几年。”

1994年1月10日，国务院、中央军委批准双星快速定位系统工程立项。此工程被称为北斗一号双星导航定位系统工程。

8月3日，孙家栋被任命为北斗一号工程总设计师。

“国家需要，我就去做。”

没有出征仪式，没有鼓号齐鸣，有的只是满腔热血，满怀激情。

这是一项比登天还难的工程，每位科研人员都需把自己变成“天梯”上的一根根横木，共同托举起第一代“北斗”。

如果将北斗一号看作是一部交响曲的话，那么孙家栋便是乐团的指挥。

北斗一号卫星系统总设计师范本尧告诉我：“北斗一号卫星最初研制规划中，计划在东方红二号甲卫星双自旋卫星平台基础上研制一种导航卫星专用平台。但这类卫星平台没有太阳翼，功率比较小，与导航卫星的要求有较大的差距。为这个平台我们做了很多次试验，没有成功，耗费了大量的精力。”

我问：“后来是怎么解决平台问题的?”

“有一天碰到孙老，他见我皱着眉头，问：本尧啊，找到好平台了吗？我说，做了很多试验还是不行。孙老说：我这些日子也一直在考虑平台问题，看来不能一条路走到底，得换思路，换平台啦。换平台，这可是大动作，关系到改变研制规划。我问：换哪种平台？孙老说：你们的东方红三号平台怎么样？我告诉他，东方红三号平台比起东方红二号平台强多了。他继续问，那考虑过用东方红三号平台了吗？我一愣，因为前不久第一颗东方红三号卫星发射后出现故障，发射失败了。这时候我怎么还敢提用东方红三号平台取代东方红二号平台。孙老像是看出了我的矛盾，问我：老范，你是东方红三号的总设计师，你说说这次失败主要原因是什么？我回答说：东方红三号的失败是卫星的质量问题，一些关键部件达不到设计要求，而不是设计问题。孙老说：好了，既然不是设计问题，而是质量没有达到要求，那我们把质量问题解决了，完全可以用东方红三号平台取代东方红二号平台。我告诉他，我早就有这个想法了。孙老说，我们再仔细论证一下，此事不能再拖了。”

孙家栋果断拍板，北斗一号卫星平台转而采用东方红三号卫星的三轴稳定平台。路子顺了，大大加快了卫星的研制进度。

“北斗”初建，遇到一个瓶颈问题——信号如何快速捕获？

能否实现对信号的“快捕精跟”，成为决定北斗一号的整体性能，甚至左右整个工程进展的关键。

1995年，国防科技大学在读博士王飞雪和同学雍少为、欧钢获知这一信息后，摩拳擦掌，跃跃欲试。他们用4万元的启动经费，从北京抱回一台当时比较先进的台式计算机；把一个不到10平方米的仓库，简单地收拾了一下当试验室；没有仪器，就东找西借，开始艰难的攻关。那些日子，他们每天工作近20个小时，饿了就泡包方便面，累得眼皮都撑不开时，就冲杯浓咖啡提神，直到实在困得不行，才打开行军床。

茫茫大海，看得见天边的灯塔，却不知道要经历多少狂风巨浪？

一次次论证，一次次推翻重来。孙家栋对这个年轻的团队给予全力支持。他说：“攻关，最重要的是要创新。”

王飞雪另辟蹊径，提出了一种新的算法。当他把这套“全数字化快速捕获信号与接收技术方案”摆在系主任庄钊文的案头时，庄教授眼前一亮，和他们一起对方案进行完善，对结果进行验证。

终于迎来了苦尽甘来的日子，他们通过测试得到的第一批“快捕精跟”数据，效果远远超过了大家的期望值，并得到“双星定位”理论奠基人陈芳允的高度关注。

最初的电路板模型大如木板，光芯片就有192块。慢慢优化后，芯片压缩到63块，变成3块小板。1998年，星地对接现场，显示器上脉冲“闪耀”，信号捕捉成功。

一道难题被一拨年轻人破解了。

SADA是太阳能帆板的驱动机构，它如同人体上的肩关节，可以带动太阳帆板朝着太阳的方向转动，获取太阳能源，并将能量传递到卫星内部。SADA看似不起眼，却被誉为“卫星的生命线”。

北斗一号研制起步阶段，一边是国外的技术封锁，另一边是国内技术储备的不完备，几家部件厂家的技术和产品都不成熟。为了将“生命线”牢牢把握在自己手中，502所研究员高星带着团队开始SADA了攻坚战。

费尽一番心血，光手工画制的零件手稿就累积上百张。高星他们研制出首个长寿命、高轨道太阳帆板驱动机构的初样产品，发现驱动机构转动部分与固定部分温差将近60℃。为了验证产品的可靠性，高星着手设计了实验设备，展开了国内首次梯度实验。实验持续了三天三夜后，他们终于成功了。

1999年5月8日清晨，美国使用隐形B-2轰炸机，对我驻南联盟大使馆发射了五枚激光精确制导导弹，造成新华社和《光明日报》驻南联盟3名记者不幸壮烈牺牲，20多名使馆人员受伤。

看着电视荧屏上那惨烈一幕，孙家栋握着拳头，在心中暗下决心：“这是一个屈辱悲剧性事件的结点，也将是中国‘北斗’起飞新的起点！”

2000年10月31日。

长征三号甲运载火箭将第一颗北斗一号卫星送入地球同步轨道。

2000年12月21日。

长征三号甲运载火箭又将第二颗北斗一号卫星送入地球同步轨道。

这一天将被载入中国航天史册——我国终于拥有自主研制的第一代卫星导航定位系统。双星组成的北斗卫星导航系统能全天候、全天时地提供卫星导航信息，还具备短报文通信服务能力，主要为公路交通、铁路运输、海上航行等领域提供导航服务。它打破了长期以来依赖国外导航定位技术的被动局面，将极大推进我国空间信息基础设施的建设，为国防建设和国民经济建设作出重大贡献。

同时，我国成为继美国、俄罗斯之后，第三个拥有自主卫星导航系统的国家。

那天，平日少言寡语的孙家栋，满脸笑意，喜上眉梢。

他对秘书李钢说："打开你的手机，看看我们在什么位置？"

李钢愣了一下，此时，卫星刚进入轨道，系统尚未开始使用。而且其终端设备芯片不能安装在手机里。但他马上意识到这是孙老高兴，故意与他开玩笑。于是，他也装模作样地打开手机，报告说："我们现在位于西昌卫星发射中心宾馆前的小花园里。"

"精准位置相差多少？"

"应该不到10米吧。"

孙家栋爽朗地笑了："我们的秘书同志都成半个航天专家了！"

"这是我们共同的奖牌"

一场春雨刚刚停歇，洗去了冬日的残迹，为万物披上一件缥缈的纱衣。

清晨，李钢接上孙家栋往机场赶，准备去西昌卫星发射中心。

2004年3月，中国绕月探测工程正式启动，孙家栋被任命为绕月探测工程总设计师。

5月，孙家栋被任命为“北斗”工程第二代导航卫星工程总设计师。

从此，75岁的孙家栋进入他一生中最忙碌、最操心的时期。

一肩压着“北斗”，一肩负载“探月”；“星星”和“月亮”相伴，激情与智慧齐飞。孙家栋常常上午开“北斗会”，下午又要研究“探月”；中午刚刚坐高铁从一个厂家调研回京，傍晚又要乘飞机去另一个科研单位听取汇报。他恨不得有分身之术，长出个三头六臂。

车刚上航天桥，李钢的手机响了，电话是孙家栋的夫人魏素萍打来的。李钢赶紧问：“阿姨，有事吗？”

“回来，你们掉头回来，忘了带东西了。”

孙家栋插了句：“没忘带什么东西啊！”

车子重新开回家，魏素萍站在家门口，见李钢下车，将手里的塑料袋递给他：“昨晚装箱子时，忘了把这双布鞋放里面了。”

70多岁的人了，长年累月在外面跑，一进家门，孙家栋常常累得连话都不愿多说。魏素萍心细，发现每次出差回来，老伴的双脚都有些浮肿，肯定是走路走累的。此后，每次出差前她帮装箱子，都要带上布鞋。昨夜，孩子们回家，一热闹，竟然忘了装布鞋了。

车子又往机场赶。

李钢从前座将布鞋交给孙家栋，说：“孙老，赶紧换上布鞋吧，否则，阿姨会问罪的。”

孙家栋说：“换没换布鞋，她怎能知道？”

李钢也开起了玩笑："天上不是有'北斗'吗？"

孙老笑着说："'北斗'有这么灵吗？下了车换也不晚，她不知道。"

雨后的京城，凉风清爽，充满朝气。

李钢的手机铃声又响了。

电话那边，魏素萍问："李秘书，孙老换上布鞋了吗？要是没换就在车上换了。这样下车时，走路会舒服些。"

李钢连忙朝孙老使了个眼色，说："换上了，阿姨，已经换上了。"

孙家栋脱下皮鞋，换上布鞋，不紧不慢地说着："……天上还真有'北斗'盯着呢……"

司机也忍不住大笑了起来。

换上布鞋，双脚果然舒适多了。老伴的温馨关怀，让孙家栋不由得心头一热。

孙家栋望着窗外，紫竹桥、四通桥、联想桥……一座座熟悉的建筑不断从眼前掠过……

他不由得想着，时间过得真快，算起来自己在这座城市已经工作、生活了近半个世纪，而自己与夫人魏素萍也即将迎来金婚纪念日。

孙家栋说："婚姻确实是一种缘分，这点我信。"

那是个激情燃烧的岁月。从苏联归国后，孙家栋全身心地投入工作之中，居然把"终身大事"给忘了。身为留学生、帅小伙儿，工作认真，办事踏实，脾气还挺好，放在今天他也绝对是只"优质股"。但的确是工作太忙了，每天不是钻进资料堆，就是扎在试验场，基本上没有节假日，"终身大事"也忘了。

记得是1959年4月5日，星期天。院里组织年轻人去颐和园游园。到北京一年了，居然还没去过颐和园，孙家栋十分兴奋。

光顾着高兴，孙家栋突然想起没带相机——把大家交给自己这么重要的任务给忘了，向来办事认真的孙家栋急了。

此时再返回宿舍取已经来不及。与孙家栋一起留学归国的同学刘恩光住在木樨地。对，找他去借一台，他们那一批留苏同学都买了相机。

在木樨地下了车，孙家栋直奔刘恩光家，拿了相机就要走。刘恩光说：“别急着走，正有事要找你呢。”

孙家栋说：“今天没时间了，我得立即赶到颐和园。”

刘恩光的妻子取来一张照片，说：“照片上的姑娘是我哈尔滨医科大学的同学，我和恩光想介绍给你交个朋友呢。”

孙家栋接过照片，看也没看，装进上衣口袋里，转身而去，嘴里说着：“来不及了，不能让大家久等。”

在颐和园痛痛快快玩了一天，回到宿舍，孙家栋才想起口袋里的照片。取出一看，禁不住两眼一亮：姑娘长得端庄、秀美、静雅。如果说真有一见钟情，孙家栋彼时的感觉便是一见钟情。

通了两封信，五一节孙家栋请了假，如同一年前去五院一分院报到那样，换上一身新衣，意气风发地直奔哈尔滨相亲。约会地点定在哈尔滨秋林百货公司的大门口，心有灵犀一点通，当两位年轻人的眼光相遇时，几乎都在心里说：“就是他（她）了！”

魏素萍带孙家栋到家里见了母亲和兄弟姐妹。这是一个铁路工人家庭，魏素萍的父亲是一位铁路工人，她12岁时，父亲积劳成疾离开人世。母亲用柔弱的双肩，担起了抚养七个孩子的重担。穷人的孩子早当家，魏素萍除了帮助母亲料理家务，自己还刻苦学习。初中毕业后，考上了一所高级助产士学校，后又被保送到佳木斯医学院。两次插班跳级，两年完成四年学业，成了哈尔滨市立医院一名内科医生。

孙家栋只在哈尔滨待了一天。夜幕下的哈尔滨，空中悬挂着一轮明月，见证了两位青年对爱情的憧憬。

三个月后，孙家栋和魏素萍举行了简朴的婚礼。婚后不久，魏素萍调入北京，成为航天系统医院一名医生。几年后，儿子孙中亮和女儿魏红先后出生，两个人的小家变成了四口之家。

在夫人魏素萍眼中，从结婚第一天开始，孙家栋便是忙、忙、忙。早晨出门上班，晚上能准点回家吃饭的时候不多。经常出差，三五天算短的，十天半个月是常事。魏素萍说："家栋啊，这家都成了你的旅馆了，想来就住，说走就走，连登记都不用。"孙家栋连忙说："不是旅馆，是坚固的码头。战舰驶离再远，码头永远是它温馨的家。"

儿子出生时，孙家栋刚刚被任命为导弹型号总体设计室主任，一门心思扑在我国第一枚仿制导弹的试制上，紧接着，又随试验队赴东风基地参加发射任务，根本顾不上家。女儿出生前，他刚调到中国空间技术研究院，参加组建总体技术部，负责东方红一号卫星的研制工作，忙得焦头烂额。女儿出生第二天，他才赶到医院看了一眼，待了十几分钟，又匆匆赶赴试验现场。

不过，只要一进家门，孙家栋便抢着干家务。他体贴妻子的辛苦，做饭、擦地、洗衣服……什么活儿都干。他还有"一绝"——裁剪孩子衣服。那个年代，许多孩子的衣服都是父母自己做的。孙家栋脑子聪明，他运用几何原理，将衣服裁剪得像模像样。

有一次，魏素萍禁不住问：“家栋，你整天都在忙些什么？”孙家栋一下严肃了起来：“结婚前我不是告诉过你吗？我们是保密单位，干什么，以后你别再问，我不会告诉你。”“好，好，保密，咱不会再问了。”有一次，在家里接电话，孙家栋一手捧着座机，一手捂着话筒，探着身子用脚将门关了。魏素萍急了：“家里就咱俩，再保密，也不至于这么防备我吧！”接完电话，孙家栋笑着解释道：“哎呀，我说的你听不懂，肯定也不爱听。这不都是为了工作嘛……”

在儿子孙中亮、女儿魏红看来，爸爸整天在忙天上的事情。他们也曾想让爸爸辅导自己的功课，后来发现根本指望不上爸爸，他忙天上的“星星”都忙不过来呢。但潜移默化间，从爸爸的身上，他们学到了怎样做人、怎样对待工作。

“婚姻确实是一种缘分”，更是一种承诺和责任。

60年相濡以沫，60年心心相印。

进入晚年之后，孙家栋每次出差，魏素萍总是依依不舍，总问：“你啥时回来呀？”叮嘱，又叮嘱，还交代李钢秘书一定要照顾好孙老。李钢会半开玩笑地说：“阿姨您放心吧，我一定会把您老伴安全带回来的。”

有一次，刚到西昌卫星发射中心宾馆不久，孙家栋便来敲李钢的门，说：“不好了，小李，我的手机出问题了，怎么也打不出电话。”

李钢接过手机，摆弄了几下，还是拨不出电话，便说：“看来真是出问题了，下午我送去修修。部长，您别着急，反正有什么急事，他们会打我手机的。”

孙家栋一听急了，“赶紧用你的手机赶紧给阿姨打个电话，报个平安吧，要不她会着急上火的。”

原来孙家栋每次出差，总是第一时间给老伴打电话报平安，而且要叮嘱老伴吃好饭，按时吃药，多休息。

魏素萍年事已高，记忆力急速减退，每天甚至连服药都丢三落四。孙家栋经常提醒她“按时服药”，可因为药的种类多，自己也被弄糊涂了。“嫦娥”都奔月了，难道解决不了这个服药问题？一天，突发灵感，孙家栋找来14个小药盒，将老伴14天早、中、晚服的药，分别装进14个小药盒里，这样老伴服药就方便多了。每天一小盒，14盒正好两周。因老伴服的药种类很多，每次装药时，孙家栋都戴着老花镜，像幼儿园小朋友搭积木似的，全神贯注。

有次，女儿说：“爸爸，你歇歇吧，我来装。”

孙家栋一板一眼地说：“兹事体大，关乎你妈妈的健康问题，我不放心你！”

女儿故意气他：“这种小事何必麻烦您大院士，有时间多打几颗卫星多好！”

孙家栋急了：“打卫星是大事，妈妈的健康问题是小事吗？对自己亲人都没感情，还能打好卫星？”

“好，爸爸，您装，您亲自装！”女儿赶紧识趣离开。

不知从什么时候开始，魏素萍发现孙家栋有了仰望星空的习惯。半夜醒来，不见身旁的老伴，魏素萍满屋子找，发现孙家栋站在阳台上，出神地仰望着深邃的夜空。夜空中几颗寒星，一轮明月。魏素萍诧异：“看什么呢？星星和月亮有什么好看的？”孙家栋说：“你睡吧，我再看一会儿。”魏素萍急了：“大冬天的，连棉袄都不穿，不怕冻感冒了？”孙家栋不耐烦了：“你睡吧，我在想事呢，别打扰我！”此后，孙家栋半夜起来望星空，魏素萍再也不敢打扰他，或是给他搬张凳子，或是为他披件衣服。她知道，仰望星空也是老伴儿的工作，或许此刻正是他思维最活跃的时候……

2009年，获得国家最高科学技术奖时，孙家栋把奖牌郑重地挂在夫人的胸前：“这是我们共同的奖牌！”

魏素萍满脸幸福。

……

首都机场到了。

领完登机牌，李钢问孙家栋：“部长，您猜猜看，今年咱们已经去了几趟西昌？”

孙家栋想了想：“应该好多趟了，记不得多少趟了。”

李钢说：“告诉您，这是咱们今年第九趟西昌之行！”

孙家栋有些不敢相信：“九趟了，有这么多？”

“我也不相信啊。”

孙家栋开玩笑说：“咱们为这趟航班，作了这么大的贡献，问问民航有什么奖品没有？”

孙家栋在前面走着，李钢拉着行李箱在后面跟着。蓦地，李钢发现，孙老的背已经有些佝偻了，步履也慢慢变得缓重了——不，这不可能！孙老头顶上的“板寸”永远是挺立的，腰板永远是笔直的，脚步永远是坚定的。李钢以为自己看错眼了，再定睛一望，孙老的背果然有些佝偻了，脚步显然放慢了。李钢不由得心头一阵发热，眼睛也有些发潮。

“国家需要，我就去做！”

孙家栋一直秉承着这样一种信念——半个多世纪以来，他任劳任怨、兢兢业业、呕心沥血，献身航天，献身国家，献身人民。

如今，已经进入古稀之年，本该颐养天年了，但为了共和国的航天事业，为了让中国的“北斗”早日闪耀星空，他依然日夜奔波、殚精竭虑。

李钢不由停住了步子，望着孙老的背影。那背影既十分熟悉，又有些陌生……

有关领导曾打过招呼，减少孙老出差次数；不是重要会议，尽量不要打扰他。但每到关键时刻，孙家栋总要亲力亲为。

登机口到了。

孙家栋一转脸，发现李钢的神色有些异常，问道：“李秘书，你怎么啦?”

李钢望着窗外，故意转移话题：“我觉得今天的天气挺好的，航班肯定准时……”

机场霞光万道，一片繁忙。

“让我们自己也成为‘巨人’”

仰望星空，孙家栋的眉心微微蹙在了一起，无形的压力和紧迫感不由得爬上心头。

此时，美俄两国已经完成卫星导航星座的布设。

1989年2月4日，美国全球定位系统（简称GPS）成功发射第一颗工作卫星；1994年，达到全球98%覆盖率的GPS系统，已将24颗卫星布置在6条地球轨道上，轨道高度20200千米，实现了在地球上任何一点均可监测到超过四颗卫星的目标。

俄罗斯于1995年完成了格洛纳斯系统卫星星座的组网布局。该系统由24颗卫星组成，均匀布置在相隔120度、高度19100千米的3个轨平面上。

欧洲紧随其后。欧洲伽利略卫星导航系统计划于1999年2月由欧盟公布，由欧盟和欧空局联合负责。该系统由30颗卫星组成，其中27颗工作星和3颗备份星的轨道高度为23616千米。2011年10月，第一批两颗卫星发射升空；2012年10月，第二批两颗卫星发射升空。

我们在埋头紧追。

中国科技部与欧盟能源与交通总司2003年9月在北京草签了合作协议，双方商定在伽利略计划过程中广泛合作，包括卫星发射、卫星制造、无线电传播环境实验、地面系统及无线电频率、接收机标准等。

2004年10月，中欧正式签署《中欧伽利略计划技术合作协议》，这是当时中欧最大的合作项目之一。随着项目的不断推进，中国虽然是投资方之一，却始终进入不了伽利略计划的决策圈子，权益无法得到保障。到2007年，双方合作分歧加大，中国退出了伽利略计划。

中国人在交了一笔昂贵的学费后清醒了：核心技术等不来、买不来、要不来。

中华民族奋斗的基点是自力更生，攀登世界科技高峰的必由之路是自主创新。

北斗一号与美国的GPS和俄罗斯的格洛纳斯相比，仍有不小差距。2004年，北斗二号卫星导航系统工程立项研发时，中国工程院院士许其凤承担起了我国第二代卫星导航系统的星座设计工作，包括多少颗卫星、卫星的高度以及怎么进行排列等前期设计。

许其凤在分析判断国家发展需求与国际态势后，发现在卫星星座设计中，GPS的卫星星座是绕全球转的，这对于中国来说只有不到40%的利用率。凭借对卫星和GPS的全面了解，许其凤认为中国必须“另辟蹊径”，应该选择新的轨道，既满足使用需求，又少发射几颗星。几经精心设计、严密推算，许其凤提出采用倾斜同步轨道代替GPS的轨道，设计8颗星的最少卫星星座的建议。

不过，也有异议：“外国人成熟的路不走，我们却新开一条路，是不是可靠？能不能达到最后的设计目标？”许其凤没有动摇，经过反复的试验测试，方案最终获得通过。

北斗二号卫星相对于北斗一号的技术跨度更大。北斗二号第一颗导航应用卫星，在技术方面遇到的“拦路虎”之一是星载原子钟的研制。

星载原子钟被称为导航卫星的“心脏”。天地间时间必须同步，如果原子钟误差1纳秒（几亿分之一秒），就意味着卫星定位会偏离30万千米。

当时，国内还没有生产原子钟的厂家，尽管有几家单位在研制，却一时半刻拿不出产品来。着急！没办法，只好去国外买。北斗一号用的两只原子钟是进口的，指标非常低，算是勉强能用。

时间紧，百般无奈，北斗二号只好走老路，还去国外买。好几家外国厂商以保密为由，一口回绝。后来，好不容易找到欧洲一家厂商，答应卖一款产品，技术参数基本够用。正准备签合同，没想到除了价格一涨再涨之外，对方还附加了一系列的霸王条约：卖给中国的产品，档次要比用于伽利略导航系统低一个级别；发货时间必须等待他们国家有关部门批复；无法按期交货造成的风险要由中方承担等。

孙家栋闻讯，双眉倒竖，拍案而起：“做生意起码要讲究个诚信和买卖公平，这也太欺负人了！”

孙家栋对现北斗三号系统工程副总设计师、时任北斗二号卫星系统总设计师谢军说：“我们再也不能依赖进口产品了。星载原子钟必须下决心自己搞，就是砸锅卖铁也要做出自己的品牌。”他还对原子钟提出四条标准：国产化指标不能降，可靠性性能不能减，长寿命要求要达到，所选用元器件以国产为主。

孙家栋用热切的目光望着谢军。谢军深知造出“中华牌”星载原子钟的意义，同时，也意识到这四条标准的分量和难度。

1978年，在铁路职工家庭长大的陕西小伙子谢军，以优异成绩考入国防科技大学电子工程系。当时，他不知道刚入学时，美国成功发射了世界上第一颗导航卫星。他更不会想到，26年后，自己会作为总设计师打造中国的导航卫星。毕业时，他选择了中国空间技术研究院504所，从此踏上航天科研征程。

采访谢军时，我问他：“从学校走进研究所，航天团队最初给你的印象是什么？”

谢军回忆说：“刚到所里，干的第一个活儿是卫星上的波导同轴转换设备。当时调节测试驻波的仪器设备非常简陋，需要用手一点点垫模片，把模片垫得合适了，指标才能满足要求。这些看似单调和枯燥的工作，对我们这些刚刚走出校门的大学生，理解课本上的基础理论非常有帮助。不久，我被分到了天线技术研究室。那时候，测试天线要爬到野外一个很高的测试塔架上——有些像是高压线的塔架。我不知道自己有恐高症，只觉得年轻人应该上塔架，但爬到一半就眩晕了，浑身没劲，差不多是被师傅架下来的。从此，师傅再也不让我上塔架了，就让我在地面负责转动转台上的天线，手转一度、测一下，一次次地记录数值和参数。无论刮风下雨，一蹲就是一天。接着赶上天线产品缩比试验，要加工一个抛物面。为了赶进度，我们没有找加工厂，而是自己在场区地上挖出一个凹透镜的土坑，然后拿一块平整的铝板放上去，用木槌一槌一槌地敲，直到敲出光滑的抛物面，表面的形状和精度必须符合试验要求。任何简单的零部件，都一定要做到极致，后来，我慢慢理解了，其实这也是追求卓越的'航天精神'。"

东方红二号通信卫星、风云二号气象卫星、海洋二号卫星……经过20多年在几个型号的科技攻坚中摸爬滚打，谢军已经成长为航天科技领域的领军人物。

在工程办公室组织下，孙家栋带谢军等专家去几家科研单位调研。当时，参与原子钟研发的有北京大学、中国科学院武汉物理与数学研究所、中国空间技术研究院西安分院、航天科工集团203所等。孙家栋的态度非常明确："原子钟不过关，卫星绝对不能上天。"

中国空间技术研究院西安分院星载铷钟首席专家贺玉玲，回顾近10年艰难曲折的研发之路，感慨地说："家人和孩子经常会抱怨我，你们是做'钟'的，怎么这样不守时？有时候为了获得一个更稳定的数据，需要反复测试，连白天黑夜都忘了，更顾不上节假日。"

在中国科学院武汉物理与数学研究所研究员梅刚华的办公室，至今还珍藏着几抽屉的试验品，这些试验品见证了课题组20年来的艰难求索。梅刚华说：“刚开始的时候，我们做出的原子钟的精度与西方发达国家的差距有两个数量级。原子钟的核心部件微波腔只有一个胶卷大小，要在里面特定位置打几个槽，测量宽度和深度，当时没有计算机模拟仿真，只能靠人工一点点摸索、一点点打磨。”仅这一项技术，他们就进行了上百次试验。最终，具有全新结构和工作原理的开槽管式微波腔研制成功。

终于，三家科研单位分别研制成功各具特色、具有完全自主知识产权、满足“北斗”工程要求的星载原子钟正样产品——中国有了“中华牌”原子钟。

那天，孙家栋早早来到总装厂，亲自见证了四台完全符合技术要求的国产原子钟装载在北斗二号第一颗卫星上。他郑重地对谢军说：“小谢啊，请你一定要转达我对所有参加原子钟研制人员的敬意，大家为中国人争了口气！”

2007年4月14日。

西昌卫星发射中心。

凌晨4时11分。

“……5、4、3、2、1，点火！”

长征三号甲运载火箭托举着北斗二号首颗卫星，直插星空，迈开了我国建设北斗二号区域导航系统的第一步。

“星箭分离！”

“卫星进入预定转移轨道！”

指挥控制大厅的调度扬声器里不断传来报告声。

孙家栋注视着面前的大屏幕，神色淡定，但心中波涛翻涌。他知道，一场真正的考验才刚刚开始——再过不到72个小时，我国向国际电信联盟申请的导航信号频率资源就将过期作废。能不能获得这来之不易的太空频率资源，仅仅靠发射成功还不算，卫星必须在72小时内顺利开机、正常运转，而这一切，谁也不敢打包票。

太空虽然漫无边际，但太空中的频率资源十分有限。根据国际电信联盟“谁先占有谁先用”的原则，2000年4月17日，我国向国际电信联盟申请导航卫星轨道位置和频率资源时，优质频率资源所剩无几。经过艰苦谈判，终于推动国际电信联盟从航空导航频段中辟出两小段资源，作为卫星导航合法使用频段。国际电信联盟规定，各国均可平等申请新资源使用权，但必须在七年有效期内发射导航卫星，并成功接收传回信号，逾期自动失效。我国的北斗一号卫星虽然已经在2002年完成了“双星定位”，但按照国际电信联盟标准，北斗一号与北斗二号卫星播发的导航信号技术体制完全不同，使用信号的频率资源不同。

2007年大年初三，谢军和北斗二号工程副总师李祖洪，带着试验队将北斗二号第一颗卫星运到西昌卫星发射中心。

检测设备安装就位，开始200个小时的不间断加电测试，模拟卫星和有效载荷在太空连续工作的状态。从型号总师到技术人员，大家一起排班，分分秒秒，紧盯着数据，丝毫不敢大意。

两个多月，马不停蹄，每天都是超负荷工作。

那天快中午时，李祖洪接到谢军从厂房打来的电话：“李总，卫星发动机出问题了！”

“什么？你说什么？再说一遍！”

“卫星发动机出问题了……”

李祖洪一听，头皮好像都要炸了，这都什么时候了，卫星发动机竟然会出问题?

从北京来的孙家栋马上就要飞抵西昌，李祖洪本来要去接机的，这时也顾不上了，赶紧往厂房赶。

进了厂房，赶到了工装架子旁，谢军告诉李祖洪，试验队员在发动机底部裙边发现了一个疑点。李祖洪趴下身子，探头看了看，证实了发动机的疑点情况。

李祖洪皱着眉头，问：“离开北京总装厂时，不是好好的吗?”

谢军说，卫星运到西昌厂房后，一直盖着红绸布，今天掀开绸布才发现。

大家正着急时，孙家栋来了。下了飞机，他连宾馆都没去，直接赶到了现场。

孙家栋问了问情况，没说什么。他先蹲下身子，想看看到底是什么情况，但因为发动机底部离地面只有五六十厘米，看不清楚。他索性躺在地面，脸朝上，身子往发动机底部慢慢蹭，终于看清楚了疑点情况。

他从发动机底部钻出来，大口大口地喘了几口气，说：“应该是擦了一下，问题不是很大，但必须立即请厂家的专家来鉴定。”

他擦了擦脸上的汗水，秘书想搬一张椅子让他坐下休息一会，被他的眼神制止了。旁人不知道他犯有陈旧性腰肌劳损，剧烈的疼痛常常让他步履艰难。

事后，李祖洪感动地说：“当时，看到78岁高龄的孙老躺在地上，钻进发动机的底部，我真是被震撼了！”

发动机厂家的专家赶来了，经探伤仪探测，机体没有裂痕，高温涂料也没擦坏。几方评估后，可以按原计划发射。

卫星转场到发射区，与火箭对接，进入卫星状态检查，整流罩合上。

最后关头，还是不顺！卫星在最后测试时，应答机里面的一个振荡器工作临界，时而停震，时而正常，卫星上天后，有可能影响信号的正常传输。这个应答机，相当于一部手机，让天上的卫星和地面接收站形成互联互通。应答机出问题，卫星就发射不了无线电信号。

发射场区指挥部经慎重研究决定：“即便只有万分之一概率的故障，也必须彻底归零。这个问题不解决，卫星不能上天。”

在六七十米高的发射塔架上，整流罩被打开一半。试验队员将几十个螺栓拧下。高级技师田占敏悬空身子，单手把卫星的舱板打开，小心翼翼从卫星里面取出应答机。

发射场无法修复应答机，试验队员抱着应答机，火速送到成都。

此事过后没多久，4月11日，孙家栋又赶到了西昌卫星发射中心。

刚下飞机，他便问李祖洪：“应答机问题解决了吗？”

李祖洪摇了摇头，说：“还在成都修理，差不多一个小时联系一次。急人，都快火烧眉毛了。”

孙家栋没再说什么，更没指责。尽管关键时刻出了问题，他也从来不指责部属。他说，这时候再指责没什么用。重要的是要拿出解决问题的办法。当年钱学森就是如此，潜移默化中，孙家栋将这种作风传承了下来。

孙家栋对李祖洪说：“着急有什么用，要想办法把故障点找到。”

12日晚上，孙家栋还是觉得有些不太踏实，提醒谢军：“万一卫星在天上再发生什么情况，你们准备采取什么对策？卫星系统还需要与地面测控系统复合一下，应该写个纪要。”

谢军一听，觉得非常有必要，连忙找到测控总设计师吴斌，两人坐在一起，对卫星的状况、可能发生的问题，地面测控状态、可能发生的问题一一进行了复合，从22点一直复合到凌晨两点，才把纪要签了。

应答机！

应答机！！

应答机终于被修复好，从成都送回发射场已是4月13日中午。

4月14日凌晨，北斗二号系统第一颗卫星，顺利升空。

5时16分，太阳翼帆板成功展开。

此时，一个新的矛盾紧随而来：卫星入轨后，按规范操作，卫星要在真空环境下暴露五天后再开启设备。提前开启，很有可能引发微波信号大功率微放电，导致卫星报废。可再等五天，已经过了国际电信联盟规定的最后期限。

17日20时14分，临近我国申请的空间频率失效时限只剩下不到四小时。

李祖洪将目光投向孙家栋，谢军将目光投向孙家栋，大家都将目光投向孙家栋。整个发射指挥中心变得悄无声息。

大屏幕上电子钟的秒针在一秒一秒地跳动着，仿佛忽然发出了巨大的声响："滴答、滴答、滴答……"

孙家栋从座席上站了起来，拧眉沉思了片刻，与在座的有关专家会商后，果断决策："加电开机!"

"加电开机!"扬声器里传来洪亮的声音。

卫星加电后，仿佛获得了新的能量，变得生机勃勃。

傍晚，在北京的北斗系统主控站的一个大操场上，十几家北斗导航卫星接收机产品研发厂家，迫不及待地把接收机摆成一大排，技术人员在焦急中不时仰望着漆黑的夜空，等待着一个"精灵"——那个来自远方的信号。

"滴答、滴答、滴答……"大屏幕上的电子钟等不及了，也在催促着。

"有了!"不知谁最先喊了起来。

"有了!!"

"有了!!!"

21时46分，地面接收机产品准确接收到了卫星播发的B1导航信号。

21时54分，接收到了卫星播发的B2导航信号。

22时03分，接收到了卫星播发的B3导航信号。

整个大操场欢声雷动。有人领头唱起了《义勇军进行曲》："起来，不愿做奴隶的人们……"

此时，离国际电联限定的时间仅剩两小时。

中国立即向国际电联报送了频率申报资料的激活通知。

犹如世界杯比赛的"压哨破门"，北斗系统申请的卫星导航信号频率与轨位资源保住了，中国"北斗"在最后时刻，拿到了进军全球卫星导航系统俱乐部的"入场券"。

战“频”之胜，让所有人都长长地松了口气。

一旁的李祖洪擦着脸上的汗水，对孙家栋说：“孙老，我觉得心都快蹦出来了……”

谢军捂着胸口：“气都喘不过来了……”

有人称，这次发射是“连跌带撞”。孙家栋笑着说：“应该是惊心动魄！”

第二天，孙家栋准备回北京。在宾馆吃早餐时，他把李祖洪、谢军还有一些骨干招呼到了一起。交代完下一步工作后，他不紧不慢地对李祖洪说：“祖洪啊，最近我听说了一段话，你帮我查查，不知道是哪位伟人说的，说得特别好。”

李祖洪一边喝着小米粥，一边应道：“好的，孙老。我要不要拿笔记一下？”

“不用，不用。”孙家栋摆了摆手，又对大家说，“你们都听听。”

大家都放下筷子。

孙家栋认真了起来，说：“这段话是这么说的：在‘北斗’工程起步之时，我们也希望站在‘巨人’的肩膀上，但‘巨人’可不是这么想，不让我们站在他的肩膀上。所以唯一的办法，就是我们自己成为‘巨人’。”

李祖洪一听愣了一下，轻轻问道：“孙老，您是什么意思？”

孙家栋望着他，认真地说：“没什么意思，就是想让你帮我查查，这是哪位伟人说的？”

有人突然想起来了：“孙老，这话是祖洪总师说的。”

大家都笑了，孙家栋却变得严肃了。他说：“祖洪啊，我觉得这段话说出了我们的心声。这些年来，我们想站在‘巨人’的肩膀上，‘巨人’不仅不让我们站，而且还卡我们、压我们。我们终于醒悟过来了，靠别人靠不住，只有靠自己拼搏努力，让我们自己也成为‘巨人’，让中国的航天也成为‘巨人’！”

大家心里铆足了劲：让中国航天也成为“巨人”！

每一次发射都惊心动魄。但是，只要总设计师孙家栋在发射中心坐镇，大家便感到一种无形的安全感和踏实感。有人悄悄望了一眼孙家栋，只见他神色淡定、目光超然……

2011年7月27日，西昌卫星发射中心，第九颗北斗导航应用卫星即将发射。凌晨4时，距离预定发射时间不足两小时。

长征三号甲运载火箭已经进入不可逆转的倒计时程序。

此刻，发射场上空乌云翻滚，电闪雷鸣。

对于卫星发射而言，西昌有着优越的地理位置，然而其复杂的气象条件，特别是雷雨季节的复杂气象，又常常给发射带来麻烦。

发射中心总指挥默默地坐在孙家栋身旁，没有言语。

在这个发射场，总指挥已经指挥了近百次发射，有着丰富的实践经验。但每遇大型航天发射任务，他仍有一种千斤重担压在肩的沉甸甸之感。

又一道闪电像要撕裂长空般地一闪，紧接着一阵响雷在窗外滚过。

总指挥轻声说道：“看来这老天爷赶来凑热闹了。”

孙家栋也听到了惊雷轰鸣声：“雷声还不小呢。”

卫星发射不怕下雨，就怕打雷。发射场上空的实时云图传来了，气象部门报告：根据雷电云层的变化趋势和移动速度，两大云团会在5时至6时之间在发射场上空形成一道缝隙。

总指挥命令气象团队严密跟踪气象变化，每隔10分钟报告一次未来10分钟的天气情况。

孙家栋把火箭总设计师姜杰叫到身旁，“小姜，火箭情况怎样？”

姜杰肯定地回答：“孙老，火箭一切正常！”

姜杰是我国第一位运载火箭女总设计师。她1960年出生于黑龙江哈尔滨市，1983年从国防科技大学自动控制系毕业后进入中国运载火箭技术研究院，开始从事长征三号甲系列火箭相关研究设计工作。在火箭发射各种地球轨道、地月转移轨道及高可靠导航制导与控制方面，系统性解决了具有应用价值的理论和实际问题，提高了中国运载火箭高适应性发展水平。2009年，姜杰担任长征二号甲系列运载火箭总设计师，成功发射了通信卫星、气象卫星、导航卫星、探月卫星和国外商业卫星，为长征三号甲系列火箭进入世界同类火箭前列作出了突出的贡献。2015年，姜杰入选为中国科学院院士。

姜杰迅速给出了火箭发射经过的空域范围。

5时20分，气象团队报告：发射专区未来10分钟，雷电交加！

5时30分，气象团队报告：发射专区未来10分钟，雷电交加！

所有人的心都像是灌了铅般的沉重。

5时45分，是发射窗口的最后边缘。就在这千钧一发之时，气象团队终于觅得良机：5时43分至45分，发射场周围20千米空域没有雷电，满足发射条件。

总指挥两眼一亮，对孙家栋说：“孙总，看来老天还是要助我们一臂之力。发射吧？”

孙家栋将两张图对照看了一眼，说："你是总指挥，你定夺。"

与孙家栋打交道多年，总指挥早摸透了他的脾气，如果这时候发射风险过大，他立马会给予制止。他让一线指挥员自己拿主意，是在实战中锻炼、打磨、提携他们。总指挥心中也有底气了："好，按计划部署进行。"

孙家栋点了点头："按计划部署进行。"

5时44分28秒。

扬声器里传来指挥员"点火"口令。

大屏幕上，只见长征三号甲运载火箭底部翻滚起一团烈焰，箭体像一枚巨大的炮弹腾空而起，从两块雷电积雨云的缝隙间穿越而过，那姿态是如此的摇曳多姿。待这一切几乎完美无缺地完成后，两块云团又汇合在一起，顷刻，又是电闪雷鸣。

孙家栋与总指挥的双手紧紧握在了一起。

孙家栋说："这次发射创造了恶劣气象条件下中国航天发射新纪录。我们的指挥官有气魄，我们的操作人员技能高，我们的火箭抗干扰能力强。"

后来，总指挥对人感慨地说："每次发射与孙老在一起，遇到问题，尽管他已经有了解决问题的办法，但不急于表态，而是认真听取大家的意见。大家说得差不多了，他才总结、归纳一下，让大家都有收获，都得到锻炼。他实际上是通过每次发射来培养队伍。"

在发射窗口内抢占乌云雷电窗口发射——这次堪称经典式的发射，被写入了航天发射的教科书中。

2012年10月27日，中国卫星导航系统新闻发言人宣布：北斗二号导航系统向亚太部分地区正式提供区域服务。

五年多时间，“北斗”系统实现了第一代到第二代的跨越，北斗二号在兼容北斗一号系统技术体制基础上，增加无源定位能力，集精密定位、实时导航、精准授时、位置报告、短报文通信等功能于一体。定位精度为10米，授时精度50纳秒，短报文通信单次可发送120个汉字。

茫茫天际，15颗北斗二号卫星在轨提供服务。

“天上好用，地上用好”

我与孙家栋院士交谈时，曾经半开玩笑地说：“孙老，有几段话，不知是哪位哲人说的，您能帮我验证一下吗？”

孙院士一时没有反应过来，说：“这不在我研究的范围之内，可能说不好。”

我说：“这几句话您很熟悉，一定知道它的出处：‘北斗只有想不到的，没有它做不到的’，‘天上好用，地上用好’。”

孙院士笑了，连说：“不是哲人，是一位普普通通的老‘北斗人’说的。”

这些话的确都是孙家栋说的。

有人请孙家栋用最简练的语言诠释北斗卫星导航系统应用的意义和价值，孙家栋睿智地回答：如果说“东方红”卫星证明了我们“有没有”；神舟载人证明了我们“敢不敢”；“嫦娥探月”证明了我们“行不行”；那么北斗导航系统必须证明我们“能不能”，能不能用，能不能好用，能不能用好！

2011年12月，中国正式宣布北斗卫星导航系统将正式提供运行服务，转入建设与应用推广并举新阶段，开始向中国及周边地区用户提供连续导航定位与授时服务，并逐步展开交通运输、气象、渔业、林业、电信、水利、测绘等领域应用。

孙家栋又开始为北斗导航系统的应用推广操心。

航天说到底只是一个平台，它本身不会产生什么成果。孙家栋说："就好比汽车，汽车生产出来，不拉人、不拉货，那还有什么价值？航天也一样，航天真正的效益要发挥出来，要靠一批应用航天成果的专家。当然，我们首先要将'天上好用'做好，不能今天发射六颗星，明天就坏三颗星，那谁还买你这个终端机？只要'北斗'功能好，就不怕没市场了。"

苗前军曾经在中国卫星导航定位协会任过七年秘书长。他告诉我："1995年协会成立时，叫'中国全球定位系统技术应用协会'，主要是推广应用美国的GPS。中国的北斗系统开始提供试运行服务后，我们决定将协会更名为'中国卫星导航定位协会'。孙老听说后，很高兴：'我们的北斗系统马上就要提供服务了，你们协会这时候更换名称是恰逢其时。'但是，用惯了GPS，当时企业和老百姓对'北斗'的概念很模糊，甚至不接受，孙老告诉我们要从最基础的地方抓起，市场不是现成的，而需要去培养。"

在"北斗"大规模应用之前，孙家栋常常举两个例子：一是2008年汶川大地震，在地面通信瘫痪的情况下，最先进入灾区的抢险救援队伍，正是利用北斗卫星导航系统的短报文功能，第一时间发出信息，点亮生命的信号；二是黑龙江边防线上巡逻的战士，寒冬腊月把"北斗"终端机捂在怀里，使用时拿出来，用完后又立即放进怀里。战士们之所以把“北斗”终端机看得特别金贵，是因为“有了‘北斗’，便可以第一时间听到上级的声音”。

北京迅腾智慧科技有限公司（以下简称“迅腾智科”）是一家专门为燃气行业提供信息化服务的专业公司。当时，燃气用户反馈智慧燃气软件出现定位严重偏差，燃气事故点和软件定位偏差超过200米。技术部门对市面上的十多款定位设备分批次购买和测试后，发现定位效果都不理想。精准定位直接关系到城市和用户的安全，这个问题亟须尽快解决。

刘向升董事长向苗前军秘书长求助：“我们迫切需要一种高精度定位工具，最好能像傻瓜相机一样，一摁就知道埋在地下燃气管网的位置，并且这个位置要记录下来，几年后施工开挖，一下子就能找到这个关键点。”

苗前军一听，笑了：“这个不算是什么难事。”

刘向升说：“苗秘书长，别开玩笑，我都急得火烧火燎了。”

“真的不算什么难事，用北斗定位系统可以实现精准定位，精准到一米甚至一厘米。”

刘向升说：“你们要是把这个问题解决了，那可真是帮我们大忙了。”

苗前军告诉刘向升，精准定位通常只有测绘资质单位才能应用。如何让北京燃气行业几万千米的地下管线用到北斗定位系统的精准服务，苗前军建议迅腾智科在北京市内先建设北斗定位系统精准服务站进行测试。

孙家栋听说了此事后，对苗前军说：“迅腾智科开了个好头，我想去看看。”

苗前军说："您这么大岁数，就不用亲力亲为了，什么时候完工了，请您去剪彩。"

孙家栋严肃地说："如果是锦上添花，我还真不去呢。现在对于他们来说，是雪中送炭，我得去。"

拗不过孙家栋，苗前军只好陪他一起去迅腾智科。

刘向升没想到孙家栋院士竟然会亲临他们这个名不见经传的公司，非常感动："孙院士，您怎么来了？"

孙家栋笑着说："我们造'北斗'，你们要用'北斗'，你们是'上帝'，我来看看，你们难道不欢迎？"

"欢迎，欢迎！您这样的贵客，请都请不到呢！"

听了刘向升的汇报，孙家栋非常满意。他问："你们怎么会想到'北斗'呢？"

刘向升说："孙老，我们找了市面上十多款定位设备，都不行，最后只好向苗秘书长求助。苗秘书长说'北斗'能够解决这个问题。原来是病急乱投医，没想到遇到个好'医生'。"

孙家栋笑了："这个'医生'医术高明不高明，还有待实践检验。说真话，天上的'北斗'能和地下的燃气管网结合，在设计的时候我们根本没有想过。所以，我要感谢你们对'北斗'的信任。同时也希望你们加大力度，用好'北斗'。"

刘向升介绍说，埋在地下的燃气管网有数不清的焊接点，无数关键节点都是管理的重要环节。"北斗"定位系统如能快速准确锁定故障点，将为抢险抢修赢得宝贵的时间，提升安全管理的质量。

2012年，覆盖北京市五环以内区域的"北斗"基准站建设完成，迅腾智科展开多区域测试，定位偏差在10厘米以内，解决了燃气行业管理的燃眉之急。有人甚至评价它是“革命性的重大推动”。

迅腾智科迅速推广了“北斗”在燃气行业的应用。基于“北斗”的精准定位，燃气全业务链得以和“北斗”紧密结合。北京燃气行业的“北斗”应用在全国迅速形成示范，国内大型燃气公司不断派人到北京“取经”。“北斗”精准服务站在全国几百个城市逐步建设起来，各地燃气行业的“北斗”应用快速展开。

2016年，苗前军向孙家栋汇报：“全国已经有300多座城市建设了‘北斗’精准服务站，这些城市地下管网全部用上了‘北斗’定位。”

孙家栋十分欣慰，“300多座城市！这已经形成了一张‘北斗精准服务网’了！”

“北斗精准服务网”因此得名，应用规模不断扩大，应用范围扩展至供水排水、城镇供热、应急救援、轨道交通、石油石化等重要领域。

孙家栋说：“我们应该努力将科技成果更快、更好地转化为现实生产力。国家花巨资建设卫星定位导航系统，就是让大家用。如果没有将它用好，就是极大的浪费。用得越多，我们这套‘北斗’系统的价值就越大。我愿意当‘北斗’应用的‘推销员’。”

院士当“推销员”，一时传为佳话。

“百城百联百用”项目是中国卫星导航定位协会前几年推出的一个“北斗”广泛应用的活动。孙家栋对苗前军说：“需要我一起出去作宣传，别客气，告诉我。”苗前军说：“老领导，这些具体工作就不麻烦您了，我们去做。”孙家栋不高兴了：“关乎

‘北斗’推广的事，怎么叫麻烦？再说，我这把年纪加上又是‘北斗’的总师，还是有一定号召力的。”

于是，孙家栋不辞辛苦，北至沈阳、南到广东、西及西安，一个城市一个城市走，一个企业一个企业看，一个板卡一个板卡摸，一个模块一个模块问。对板卡、模块、芯片、算法等，进行认真细致的调研。孙家栋客观地告诉大家，虽然“北斗”尚不能一下子和GPS并驾齐驱，但“北斗”的发展壮大和广泛应用是必然的趋势。“百城百联百用”要走强强联合的道路，特别是在地基增强系统上，不能孤军奋战，要协同合作。

全图通位置网络有限公司成立之初，孙家栋就告诉公司董事长张迪：“做‘北斗’应用一定要做‘北斗’应用的运营商。你们公司一定要做得全面，不仅要把地图、电子地图都做好，还要把室内外融合起来，并将室内外的地图融合在一起。”于是，公司取名“全图通”，真正将做好一批星、一张图、一张网、一张“北斗”地基增强网、一张室内外融合地图的目标落在实处。北斗三号卫星组网后，“全图通”又成功地将“北斗”应用推向一个新的高度。

2016年12月，孙家栋、李祖洪和北斗卫星导航系统总设计师杨长风深入千寻位置网络有限公司（简称“千寻位置”），调研国家“北斗”系统在各领域的应用推广情况。

“国家‘北斗’地基增强系统的建设维护和应用延伸都做得特别好。”孙家栋表示，千寻位置所做的事业让他感动和欣慰，航天领域的真正价值在于“用”。千寻位置所做的事业不是单纯的商业运用，而是以应用为载体，推动国家重大工程发展。孙家栋说：“基础条件、基础产品不能攥在别人手里，千寻位置在国产化这点上做得很好，以基础的增强网来带动国内整条产业链的发展。”

杨长风指出，千寻位置的平台框架和系统能力是核心、是关键，在这项工作上要持续发力；千寻位置要走出国门，与国际一流企业相媲美。千寻位置必须花大力气让世界首个A-“北斗”项目——FindNow独占鳌头，把精准时空能力发挥到极致。

孙家栋高度评价了平均年龄仅29岁的千寻位置团队，说：“今天看到你们这些年轻人，我想起了我们航天人20世纪五六十年代埋头苦干的样子……”

杨长风曾经多次跟随孙家栋到“北斗”使用单位调研、推介。他感慨地说：“‘两弹一星’元勋孙家栋，为了‘北斗’披肝沥胆、呕心沥血，现在已经到了耄耋之年，还在为北斗卫星导航系统助威助力、摇旗呐喊。他说过这么一句话，我记忆犹新：我们建设‘北斗’关键还是在用。只有用得更加普及、更加深入，才是最后的赢家。”

又是北华航天工业学院（简称“华航”）的毕业季。一群群身着学位服的毕业生，在学院广场中央一块镌刻着“航天情”的迎宾石前拍照留影。“航天情”三个大字是由名誉院长孙家栋亲笔题写。

2011年9月，华航院长郝玉龙向孙家栋院士汇报了办学情况。听到华航长期坚持应用型办学定位，专注培养应用型、工艺型人才后，孙家栋十分高兴，他说：航天科技创新，一方面在设计，另一方面在制造。我们很多航天科技攻关都是解决设计出来造不出来的问题，能不能造出来，关键在工艺。学院提出聘请孙家栋为名誉院长，他欣然答应。

在孙家栋的关心指导下，华航已成为国内颇具影响力的遥感技术开发，遥感专项产品研制、生产与实训基地。

华航师生将永远记住孙家栋名誉院长的寄语："中国已是航天大国，但还不是航天强国，只有航天技术进城下乡'接地气'的时候，才能称得上航天强国。"

星耀全球

"我是谁？我从哪里来？我要到哪里去？"——由古希腊思想家、哲学家柏拉图提出的哲学命题，被西方人称为哲学上的三个终极之问，至今依然没有一个标准答案。

其实，对于普通老百姓来说，谁会整天去思考哲学问题——那是哲学家的事情。日常生活中，人们问得最多的是："什么时间？""在哪里？"人类90%以上的信息都与时间、空间相关。

时间与空间这两个信息都关联着卫星导航系统。

中国的卫星导航系统正沿着有中国特色的"三步走"路线建设实施，1994年，北斗一号工程立项；2004年，北斗二号系统工程立项；2009年，北斗三号工程正式启动建设。

与其他全球卫星导航系统采取单一轨道星座构型相比，"北斗"系统独树一帜，坚定地选择走混合星座的特色之路。在国际上首次实现由地球静止轨道卫星提供导航定位服务。

北斗二号系统充分继承北斗一号用地球静止轨道卫星实现区域导航定位覆盖的成功经验，在国际上首创以地球静止轨道和倾斜地球同步轨道卫星为骨干，兼有中圆地球轨道卫星，组成混合导航星座。这种“混搭”组合可以用最少的卫星数量，实现最好的覆盖效果。

北斗三号仍是“混搭星座构型”，建成了拥有24颗中圆地球轨道卫星、3颗地球静止卫星和3颗倾斜地球同步轨道卫星，共30颗卫星组成的全球系统，为全球卫星导航系统提供全新范式。

在第一次分系统协调会上，孙家栋明确提出：“我支持所有星载产品必须百分之百国产化的意见，真正做到‘北斗星、中国芯’。”他的态度非常坚决，没有丝毫商量余地。

这是一位老科学家集大半生科研经历的亲身感受，包括曾经有过的深刻教训。核心技术引进不来、买不到，唯有自主创新，大胆突破。作为“北斗”工程的首任总设计师，孙家栋除了要为这项巨大的工程擘画科学蓝图，还必须为整个工程划定一条底线——“百分之百国产化”，它也是“北斗”工程的“生命线”。

孙家栋带领中国“北斗人”，坚守着这条“生命线”!

2014年10月，85岁的孙家栋不再担任北斗卫星导航系统总设计师，由杨长风接任；孙家栋被聘任为高级顾问。

杨长风也是航天战线上的一员骁将。

1977年作为恢复高考后的第一批考生，杨长风考入国防科技大学。1982年，分配到中国空间技术研究院。1986年，作为航天部首批公派访问学者出国学习。回国后，一直参与航天科技研究和管理。

2007年，中国卫星导航系统管理办公室（简称“北斗办”）成立，杨长风出任办公室主任。此后，杨长风便参与、配合、协调、管理北斗卫星导航系统工作。

我请他谈谈孙家栋，他立即归纳了几条：“在孙老身边工作了十几年，他的言传身教一直影响着我。孙老站位高、格局大、视野宽，很多事情都是站在国家安全、国计民生的高度作决策。他的总体意识强，善于搞综合，方方面面的各种因素都能考虑到。他敢于担当，敢于拍板，敢于负责任。作为总师，他既把握全局，又深入一线，耄耋之年还往基层跑。”

杨长风深情地回忆道：“‘交班’的时候，他一再对我强调，‘北斗’导航系统必须是中国的‘北斗’、世界的‘北斗’、一流的‘北斗’。而要达到这个目标，必须创新、创新、再创新。”

杨长风形容“北斗”系统是个“复杂的活性的巨系统”，通俗地说，“北斗”系统在建设过程中，就一直处于不断的变化之中。

创新，首先必须是观念的创新。

在航天领域，过去曾有个不成文的规矩，新技术的使用不超过30%，否则风险增大不可控。新技术不等于不可靠。一项新技术往往要花七八年攻关，攻关成功研制卫星又要七八年，等把卫星打上天，已经是十几年前的老技术了，必须突破传统观念，采用长板理论，大胆使用新技术。北斗三号卫星采用我国新型高精度氢原子钟，比北斗二号提高了一个数量级。定位精度由10米量级向米级跨越，测速和授时精度同步提高一个量级，综合指标达到国际领先水平。

北斗三号对星上产品的质量提出了更苛刻的要求，专门对关键单机安排可靠性专项实验。某一产品在轨工作的温度可能在正负10度的范围内，对同类产品同样设计生产状态要进行加严20度、25度实验；某一产品40度的工作范围，平时要做到60度，而且是全寿命周期来做。

突破！在一系列核心技术难题上的突破，使得“北斗”科研团队由国外先进团队的“跟跑者”变成“并行者”，甚至“领跑者”。从“跟跑者”到“领跑者”，这是一种飞跃！

创新！一项项骄人的科研成果，让自主创新成为“北斗”精神不可或缺的重要组成部分。

杨长风曾经在央视《开讲啦》做了一期节目，掀起了一阵“北斗热”。

杨长风告诉观众：北斗三号全球卫星导航系统最大的亮点是星间链路。

星间链路——一个有些绕口的专业术语。

卫星通信系统中，卫星有两种通信链路。一种是空间—地球链路（空地链路），另一种是空间—空间链路（星间链路）。空间—地球链路不仅需要在全球建立一定数量的地面接收站，且由于无线电波要穿过大气层，加之雨衰因素，大容量通信不易实现；而空间—空间链路，较容易实现大容量数据传输。

北斗星间链路是航天器与航天器之间，具有数据传输和测距功能的无线链路。

有了星间链路，星座中的所有卫星可以相连，而不依赖于全球建站。即便和地面中断联系，卫星也能继续提供服务。有了星间链路，依靠境内的地面站，我们就能管理全球卫星。

星间链路是我国“北斗”由区域迈向全球的关键，也是一个少有经验可借鉴的新难题。

浩瀚星河遥相望，星间链路搭桥梁。国防科技大学、中国科学院、中国空间技术研究院分别组织队伍攻关。

中国空间技术研究院攻关星间链路的突击队是由一群“80

后”“90后”的年轻人组成的。

领头的小伙子叫康成斌。2007年，他在北京理工大学读完研究生后，考上了中国科学院微电子所，继续读博。2010年，他的博士课题成果是一台卫星导航接收机。当他打开屏幕，上面显示的大部分是外国卫星的信号，我国仅有的几颗卫星显得有些孤单。康成斌的心被强烈地震动着，或许从那一刻起，他就下决心，参加“北斗”团队，做中国自己的导航卫星。康成斌博士一毕业，即成为“北斗”团队的一员。

在艰难攻关的关键阶段，康成斌大胆提出了模拟星间链路在轨工作场景的新型试验方案，得到了专家们的一致认可和支持。

试验在紧缩场进行。首次测试数据处理后，结果出乎意料，误差比预期大了近一个数量级。年轻的试验人员反复研究试验数据，制定排查方案，最终发现测试仪器微弱的电磁泄漏干扰了信号，测试误差变大。对于普通测试，如此微弱的干扰可以忽略不计，但是对于精度要求极高的星间链路而言，却不能放过。在对测试系统进行改进后，测试结果得到大幅改善。

类似的各种突发问题仍然频频出现，那几个月，康成斌他们日夜兼程、通宵达旦地奋战在紧缩场，困了靠在椅背上眯一会儿，饿了吃碗泡面。最终成功完成此次试验，并摸索形成了一套星间链路的有效测试方法，也为后续其他卫星星间链路的测试验证提供了重要的实践经验。

2015年3月，由中国科学院微小卫星创新研究院研制搭载星间链路的卫星发射成功，正式开启星间链路验证工作。

8月，由中国空间技术研究院研制的两颗北斗三号试验卫星成功在轨建立星间链路，标志着我国成功验证了全球导航卫星星座自主运行核心技术，为建立全球卫星导航系统迈出了一大步。“北斗”团队再一次交出了一份令世界震惊、令国人满意的答卷！

那天，孙家栋到一线了解星间链路的验证实况。

出任高级顾问后，孙家栋说：“只要年轻人不来找我，我就不再管‘天上的事’。我长时间不在‘天上’了，又有这么多的头衔，突然给年轻人提个问题，人家是同意好，还是不同意好？所以，‘天上的事’，我不干预，放手让年轻人干。”

但星间链路事关“北斗”成败，孙家栋一直牵挂在心。

听了杨长风和谢军的介绍，孙家栋非常高兴。他发现站在眼前的都是面生的年轻人，两眼一亮，问其中一名技术骨干：“小伙子，今年多大了？”

“孙老，我29岁。”

“29岁，多年轻啊！我29岁那年，刚刚留学回国，到一院工作。你参加工作几年了？”

“三年。”

孙家栋说：“工作三年，便参加了这么重大的科研工程，真是后生可畏。你们赶上了一个好时代。我们的国力强大了，我们的航天发展了！”

临离去时，孙家栋又收住了脚步，对身旁的年轻人说：“我今天很高兴，星间链路验证取得关键性的突破。但让我更欣慰的是，你们这支年轻的队伍平均年龄还不到30岁，这说明‘80后’‘90后’已经挑起了重任，支撑起了大梁，说明我们的‘北斗’事业永远年轻，中国的航天事业永远朝气蓬勃！”

孙家栋的热情鼓励和殷切希望，让新一代航天人激动不已。

新华社2020年6月15日讯：

据中国卫星导航系统管理办公室消息，按照发射技术流程，我国北斗三号全球卫星导航系统最后一颗组网卫星将于近日择机发射。

6月15日傍晚，长征三号乙运载火箭已按流程完成常规推进剂加注，开始进行发射前功能检查。

发射测试大厅内，火箭、卫星“两总”（总指挥、总设计师）和试验队员坐在各自工位观看技术数据，0号指挥员洪亮的口令声不时响起。

20时，火箭三级发动机的1分机中减压阀的压力数据，比正常情况下的数值相差了一点几。火箭低温发动机副总设计师罗巧君和试验队员陈明航不由得交换了一下眼神，这可不是好预兆，因为中减压阀的压力数据，直接关系到三级发动机能否正常工作，关乎发射成败。

罗巧君自言自语：“会不会是测量设备出现故障，造成数据异常的极端情况？”

陈明航快速跑到测试间求证数据的准确性，发现测试设备工作正常，那么，问题肯定出在其他地方。

情况立即上报。几分钟后，发射中心指挥员召集“两总”和各方专家紧急研究对策。专家们一致认为：测试设备工作正常，说明问题出在阀门上，需要迅速更换同类产品，继续实施后续发射流程。如操作顺利，16日清晨的发射窗口仍可赶上。

长征三号甲系列火箭总指挥岑拯、总设计师姜杰带领技术人员，迅速梳理出问题排查步骤和应对处置需要准备的备份产品。

发射塔上，操作人员按流程进入火箭舱体对中减压阀进行检查，发现壳体上有一个鸡爪形的细小裂纹。消息传来，在场人员都惊出一身冷汗。

临近午夜，新更换的同批次产品经检测工作状态正常，具备实施任务条件。16日凌晨1时，对产品抽检件的材料分析结果从北京传来，问题得到复现。由于坚持慎之又慎、万无一失原则，坚决做到不带疑点加注、不带隐患上天，任务指挥部果断决定：发射任务推迟，发射时间待定。

当天清晨6时，新华社发布了这一消息。

16日上午，问题产品被迅速送回北京接受材料检测。当晚，经过前后方结果对比，证明了问题发生的机理。

此时，北斗三号卫星已在箭上，必须迅速拿出符合要求的替换产品。与此同时，围绕问题的归零工作也在紧张推进。

18日上午，中国航天科技集团召开视频会，邀请火箭卫星研制专家、中国钢研的材料专家对问题进行剖析定位，达成了可以归零的结论，决定使用合格替代产品继续执行发射任务。

18日晚，技术人员将从北京运来的替换产品安装上箭，经测试，指标符合任务要求。但由于夏季气温较高，加注常规推进剂的火箭贮箱内的燃料温度和气枕容积出现变化，已不能满足发射实施条件，近400吨火箭常规推进剂必须安全泄出。

不泄出显然不行，泄出后再重新加注，万一出现新的问题怎么办？

危急时刻，加注分队连续三天反复研究推进剂泄出技术难点，分析了近500个阀门、1600米管道等设备实施状态，组织8次泄出演练，把泄出方案细化到分秒级，精细到每个动作、每一句口令，力争将风险降到最低点。

从19日到20日，火箭一级、二级及4个助推加注口以上的氧化剂、燃烧剂分别安全完成泄出操作。粗略计算，泄出量约占加注燃料总量的四分之三，泄出量之多世所罕见。

一波未平，一波又起。夏季高温条件下燃料加注后推迟发射，带来了新的难题。技术人员在对助推器氧箱进行检查时，发现连接传感器的法兰盘螺栓出现轻微腐蚀现象，需要尽快更换。

在狭窄的箭体内更换法兰盘螺栓，操作人员要身着防护服从仪器舱舱口钻进火箭内部，以俯卧的姿势迅速精准地完成拆除和新部件安装，同时还必须对箭体内的危险物保持高度警觉。

一院211厂产品装配年轻技工闫磊、刘永宁穿好防护服，拿着工具，沉着果敢地更换好了4个助推器氧箱上的24个螺栓。

姜杰总设计师说："危险时刻，紧急关头，211厂工人师傅过硬的技艺和敬业精神，让我敬佩。"

长征三号系列火箭本身具有很强的适应性。在执行"北斗"工程发射任务期间，火箭共进行了403项技术改进，平均每枚火箭进行技术改进28项，单枚最高达43项。20年来，它创造了"突破非全对称火箭设计技术""一箭双星发射高轨卫星""将卫星直接送入中圆地球轨道、倾斜地球同步轨道"等一系列创新项目。

2020年6月23日9时43分，西昌卫星发射中心，长征三号乙运载火箭成功将北斗三号最后一颗全球组网卫星发射上天。

从北斗一号系统立项伊始，30万人接力奋斗了26年，梦想终于实现。

55颗"北斗"星耀全球。

从“区域服务”到“全球指路”，从埋头追赶到昂首领跑，从受制于人到自主可控，其间攻克了星间链路、高精度星载原子钟等160余项关键核心技术，突破了500余种器部件国产化研制，长期依靠进口的行波放大器组件、微波开关、大功率电源控制器、动量轮组件、星敏感器等关键产品全部国产化，实现了北斗三号卫星核心器部件国产化率100%。

追求卓越，世界一流。北斗三号具有导航定位和通信数传两大功能，可提供定位导航授时、全球短报文通信、区域短报文通信、国际搜救、星基增强、地基增强、精密单点定位共七类服务，是功能强大的全球卫星导航系统。性能指标先进，全球范围定位精度优于10米、测速精度优于0.2米每秒、授时精度优于亿分之一秒、服务可用性优于99%，亚太地区性能更优。

北斗三号的短报文通信服务进行了升级拓展，区域通信能力最大达到每次1000个汉字，既能传输文字，还可传输图片，并支持每次40个汉字的全球通信能力。星基增强服务具备一类垂直近进引导能力，填补我国星基增强空白。国际搜救服务检测概率优于99%。此外，地基增强、精密单点定位还能提供最高厘米级定位服务。

通过遍布于国内的2000多个“北斗”地基增强站，接收“北斗”卫星信号，实时解算卫星定位误差，从而为用户提供更高精度的定位服务。

交通运输、公共安全、农林渔业、水文监测、天气预报、通信报时、电力调度、救灾减灾……“北斗”系统正深深融入其他国家核心基础设施，并产生显著的经济效益和社会效益。随着“北斗”高精度和人工智能、大数据、云计算、5G通信等新技术的结合，“北斗”应用从卫星导航定位延伸到了工业互联网、物联网、车联网等新兴应用领域。

2035年前，中国还将建成以“北斗”系统为核心的更加泛在、更加融合、更加智能的北斗综合定位导航授时体系。“北斗”将以更强的功能、更优的性能服务全球，造福人类，为构建人类命运共同体作出中国贡献。

那个时候——到了那个令人憧憬的时候，无论在城市、乡村，茫茫大海或高山之巅，北斗卫星导航系统的应用将无处不在。无论我们身处何地，无论我们身处何时，“北斗”都在遥远的苍穹指引着我们前行之路……

2020年7月31日上午，北斗三号全球卫星导航系统建成暨开通仪式在北京举行。

当孙家栋坐着轮椅来到会场时，大家热烈鼓掌，向北斗卫星导航系统工程首任总设计师、高级顾问表示致敬。

中共中央总书记、国家主席、中央军委主席习近平出席仪式，宣布北斗三号全球卫星导航系统正式开通。

习近平总书记充分肯定北斗系统特别是北斗三号全球卫星导航系统建设取得的成就。他指出，北斗三号卫星导航系统的建成开通，充分体现了我国社会主义制度集中力量办大事的政治优势，对提升我国综合国力，对推动疫情防控常态化条件下我国经济发展和民生改善，对推动当前国际经济形势下我国对外开放，对进一步增强民族自信心、努力实现“两个一百年”奋斗目标，具有十分重要的意义。26年来，参与北斗系统研制建设的全体人员迎难而上、敢打硬仗、接续奋斗，发扬“两弹一星”精神，培育了新时代北斗精神，要传承好、弘扬好。要推广北斗系统应用，做好确保系统稳定运行等后续各项工作，为推动我国经济社会发展、推动构建人类命运共同体作出新的更大的贡献。

一个民族的智慧，一个国家的创造力，往往需要一些标志性的成果来证明。“北斗”系统体现出中国速度，凝结着中国智慧，展现了中国志气，而这些，是任何东西都不能替代的！

此时此刻，坐在轮椅上的孙家栋，尽管神色平静，但一想到“北斗”璀璨，他怎能不思绪万千——

或许他想起了中国“北斗”26年来走过的艰难曲折的道路，历经挫折、失败直至成为中国的“北斗”、世界的“北斗”、一流的“北斗”。在“北斗人”的心目中，“北斗”已经不仅仅是技术概念，更是人生的灯塔。2020年，26岁的中国“北斗”正青春。

或许他想起了从北斗一号到北斗三号，26年间，“北斗人”呕心沥血，在建成北斗导航系统的同时，用心血孕育了新时代北斗精神：自主创新、开放融合、万众一心、追求卓越。

或许他在思考着，如何建设更加完美的北斗综合定位导航授时体系，进一步提升时空信息服务能力，为人类走得更深更远作出中国的贡献……

浩瀚星空，“北斗”璀璨。

第七章

火星，中国来了

2021年5月15日7时18分，天问一号探测器在距离地球3.2亿千米之外，成功着陆在火星乌托邦平原南部预选着陆区。

5月22日10时40分，祝融号火星车驶离着陆平台，开始新的征程……

“去火星不是你想走就能走的旅行”

“日月安属？列星安陈？”

早在2300年前，我国诗人屈原在被誉为“千古万古至奇之作”的《天问》中，发出了对宇宙洪荒、天地自然的疑问。尽管现代天文学已经可以非常精确地回答这一问题——太阳系的引力维系着八大行星绕其公转。然而关于生命、人类、太阳系乃至宇宙的起源，仍有诸多未解之谜。

探索与追求，一次次激发着科学家的灵感。

2020年7月23日。

文昌航天发射场。

“各号注意，15分钟准备！”

12时26分，随着01号指挥员洪亮的口令，发射塔下最后一批工作人员全部撤离。

“5、4、3、2、1，点火！”

12时41分，一团烈焰喷薄而出，撼天动地的轰鸣声响彻海天，长征五号运载火箭托举着天问一号火星探测器腾空而起。

火箭飞行36分钟后，与探测器分离——在距离地面500千米高度，为探测器提供了大于第二宇宙速度的初始速度，探测器准确进入预定轨道。

带着中华民族千年期盼，天问一号火星探测器踏上了4亿多千米、202天的漫漫征程，向着火星进发。

整个发射中心还沉浸在喜悦之中，中国首次火星探测任务工程总设计师张荣桥的手机短信提示音响了，他打开一看——短信是孙家栋院士发来的："祝贺成功！"

尽管只有简单的四个字，却饱含着孙家栋对天问一号的高度关注。

张荣桥禁不住心头一热，默念着："孙老啊孙老，天问一号寄托着您多少期望，凝聚着您多少心血……"

他在仰望着星空，他在久久地仰望着星空。

我们无法知晓孙家栋院士每次仰望星空时，日月星辰会在他的脑海中如何重新进行组合、排列、运行，他的心灵又会怎样地激情四射……

人类的飞天探索遵循由近及远、由无人到有人的发展规律。在开展地月范围航天活动同时，人类将目光延伸到了地月系之外的行星际空间。1960年3月11日，美国发射了世界上第一颗深空探测器先驱者5号，到2018年的近60年间，除月球探测外，各国和组织共实施了127次深空探测任务，在探测对象上，已覆盖太阳系各类型天体。1977年，美国发射的旅行者1号探测器已经飞行了43年，飞离地球210亿千米，成为深空探测标志性成就。

孙家栋作为一名“飞鸟型”战略科学家，飞得更高、更远、更深是他永远的梦想……

2010年8月，孙家栋联合徐匡迪、王礼恒、沈荣骏、王永志、张履谦、戚发轫、龙乐豪，八位院士致信中央领导，提出：“考虑到重大航天工程研制周期长，需攻克的新技术多，需要国家尽早决策。且当前已经具备了开展前期综合论证的条件，建议有关主管部门尽快组织开展载人登月和深空探测工程综合论证。”

26家单位共51名专家组成论证组，首次月球探测工程总指挥栾恩杰、总设计师孙家栋、应用科学首席科学家欧阳自远作为高级顾问，开展深空探测方案论证。

深空探测方案的总体目标是：围绕太阳系起源与演化、小行星和太阳活动对地球的影响、地外生命信息探寻等重大科学问题，以火星为重点，统筹开展太阳系天体探测，形成探测太阳系各类天体的能力，取得重大科学成果，在深空探测领域达到国际先进水平。

一想到火星，孙家栋那双眯缝着的眼睛，顷刻间便睁大了，闪闪烁烁。

火星是太阳系八大行星之一，被称为地球的“姐妹星”。其半径约是地球的一半，体积约是地球的七分之一，自然环境与地球最为接近，两者几乎都形成于约45亿年前。两者的组成结构也大致相同，都有核、幔、壳。火星与地球有着相似的自转周期，一个火星日大约24小时37分钟，而且它还和地球一样，也有四季更迭。人们对火星格外青睐的原因是，在火星上发现了海岸线遗迹、河道痕迹、湖泊冲积扇等流水地貌痕迹。这些表明，火星可能曾经有过大规模的液态水。有水，就代表着有生命存在的可能。

火星是目前人类除地球以外研究程度最高的一颗行星，用空间探测器探测火星，几乎贯穿整个人类航天史。火星探测是一项极具创新和挑战性的系统工程，一是需要解决极端环境下的材料、元器件、结构机构、仪器仪表和相关制造工艺等基础技术，突破人工智能高效能源、自主导航、精确控制、远距离测控通信等高新技术；二是带动科学进步，通过对所获得的科学探测数据的研究，必将扩展人类对火星的认知，增长人类的知识；三是振奋民族精神、增强国家凝聚力，培养造就创新型人才。

“考虑到我国的火星探测起步晚了，应有更高的起点，所以，我们应该结合探月已经走过的第一步和第二步的实践经验，有更高的起点。”

在一次专家论证会上，孙家栋发表了自己经过深思熟虑后对火星探测的建议。

张荣桥组织论证专家反复进行研究，提出了我国火星探测“一步实现环绕、着陆和巡视，二步完成采样回”的发展路线。火星探测一次实现“绕、落、巡”，这在国际上还是第一次，没有哪个国家一次任务就能同时实现环绕和着陆巡视。

孙家栋说：“本该两次发射完成的，我们一次完成，可以取得更好的发展效益。无论从技术角度还是科学探测数据获取的角度，一次工程的实施，会让无论是技术，还是科学的带动性更强。有风险、有难度，但我们已经基本具备了这样的技术条件。这些年的实践经验证明，在制定科学目标时，应有创新、有突破，不能在原地踏步。目标高一些，能激发大家的激情和创造力，我们努努力、踮踮脚、伸伸手，是一定有可能实现的。”

孙家栋的建议获得了专家们的一致赞同，为中国火星探测画出了最佳路线图。

此时，2016年的发射窗口已经关闭。距离2018年的发射窗口只有4年多一点的时间，研制周期显然不够。最佳的发射窗口应该是2020年。

火星，2020，中国来了！

因为要为孙家栋立传，一年多来，我接触了航天领域的众多精英，在我的心目中，航天各型号的总设计师，一个个都身怀绝技，如同“神人”。然而，一接触，他们又都谦虚、低调、务实。

张荣桥亦如此。短发，工装，镜片后的那双眼睛闪烁着深邃的目光，带着永不满足的探索神情。

1966年，张荣桥出生于安徽祁门一户农家。少年时期，他记忆最深的是：穷！在县城上高中时，他连每餐五分钱的菜都吃不起。1984年，他考取西安电子科技大学。1988年，他又考上中国空间技术研究院研究生。研究生毕业后进入北京卫星信息工程研究所（五院503所）。

十年淬砺，百炼成钢。2000年，张荣桥担纲503所所长。

2004年7月，张荣桥被任命为中国探月中心总工程师。他参与了嫦娥一号、二号、三号的论证与预研，这段经历为以后的火星探测打下了坚实的基础。

2014年，中国首次火星探测工程启动。张荣桥作为技术总负责人，带领人马进行先期预研。2016年，国家正式批复首次火星探测任务，张荣桥被任命为中国首次火星探测任务工程总设计师。

张荣桥郑重其事地告诉我："去火星不是你想走就能走的旅行。"

"由于受到地球和火星绕太阳运行规律的约束，从地球发射探测器到达火星，每隔26个月才有一个机遇期，每个机遇期一般是15天左右，每一天大约有30分钟，这就是大家经常听说的发射窗口。如果错过这个发射窗口，就要再等上26个月。"

张荣桥讲得太专业了，我只记住一个名词——发射窗口。

张荣桥说："成功实现火星探测，必须闯过发射、通信、控制、能源、环境、入轨、着陆、工作八大难关，搭载火星探测器的火箭必须是大推力火箭。从发射升空到抵达火星，探测器需要飞行202天，行程4亿千米。在奔赴火星过程中，安排4—5次中途修正，以保证探测器能准确到达与火星交会的位置；在火星近火点处，通过探测器携带的发动机减速，使之被火星捕获，进入周期约10天的环火椭圆形轨道；随后，实施两次近火制动，进入周期约两天的椭圆停泊轨道；着陆前，环绕器先降轨，将着陆巡视器送入火星大气的轨道，在距火星表面1.8万千米处环绕器与着陆巡视器分离。分离后，环绕器进行升轨控制和轨道调整，进入火星中继轨道。着陆巡视器分离后，历经2.5小时飞行进入火星大气，再经过气动减速、降落伞减速、动力减速，软着陆于火星表面。火星车在中继测控支持下，从着陆平台驶离，建立火星表面工作状态……"

张荣桥见我全神贯注，不停地记着，忙说："请喝水吧，咱们歇口气儿。"

"相比于地球轨道卫星，火星探测工程中火地之间的距离增加了1万倍；相比月球探测，火星探测工程中火地之间的距离增加了1000倍。距离远导致了两个物理现象，它带来的最大问题首先是信号衰减与距离的平方成正比，因此地面接收的强度相应降低到月球探测工程的百万分之一，对此，我们需通过建设70米口径的大天线和建设多个35米口径的天线组成接收阵，来接收遥远火星发出的微弱信号。其次是电磁波传输需要时间，我们称之为‘时延’。在探测器到火星进行制动时，地火相距1.95亿千米，时延是10.8分钟。在着陆火星时，火星距离地球最远达到4亿千米，电磁波传播单程需要近23分钟。由于距离远，人无法参与实时控制和管理，所以环绕和着陆这些关键的过程都是靠探测器自主完成的。第三个难点是我们对火星的自然环境不了解，这就对探测器的设计提出了极高的要求……”

工程建设过程中，张荣桥团队遇到问题时经常向孙家栋求助，孙家栋成了他们心目中的“定海神针”。孙家栋说，解决难题需要创新，解决了难题就是发展。这些年来，我们通过重大工程的研发实现来解决难题、提升能力，促进了科学和技术的发展，这就是我们开展火星探测最根本目的和意义之所在。

有一次，孙家栋问张荣桥：“火星探测器使用的元器件一共有多少个？”

“15万个左右吧。”

“火箭使用的元器件呢？”

“也差不多是15万个。”

孙家栋说：“所以，你这位工程总设计师，在天问一号发射的那一刻，要保证所有的设备设施都完好、所有的操作都精确到位。这就如同一个交响乐团的总指挥，要把控好所有的乐手，让所有的乐器共同奏出一曲美妙的乐章。”

天问一号火星探测器也将演奏出一曲美妙的“深空交响曲”。深空探测孕育出的精神，将成为人类一笔丰厚的财富。

天问一号

1970年4月，东方红一号人造地球卫星发射成功。

当年11月，一个小男孩儿在沈阳飞机制造厂家属院里诞生，父母为他取名孙泽洲——2008年，38岁的孙泽洲被任命为嫦娥三号探测器总设计师，成为当时航天领域最年轻的总设计师。中国火星探测任务和嫦娥四号任务分别正式立项后，孙泽洲又被任命为嫦娥四号和天问一号两大探测器的总设计师，开始了一边“飞月球”、一边“奔火星”两大探测器的设计研究。

2020年8月23日，孙泽洲应约接受我的采访。

孙泽洲中等个，穿一身航天夏工装，显得既朴素又十分精干。

来不及寒暄，我迫不及待地问：“你们的‘宝贝’今天正好‘满月’，情况怎么样？没‘感冒发烧’吧，孙总？”

“体温36.8℃，心跳80下每分。‘宝贝’一切正常，健康成长。”孙泽洲也开起玩笑。

我们说的“宝贝”是正在长途跋涉、飞往火星的天问一号探测器。

孙泽洲说：“自上月23号天问一号探测器发射入轨以来，我们在北京航天飞行控制中心对其进行严密测控，它已经安全运行一个月，完成了环绕器定向天线展开、轨道注入、大角度姿态机动测试和光学导航敏感器对地成像等地火转移初期的各项飞控工作，取得了地月合影。本月3号，我们对它顺利实施了第一次中途轨道修正，还对星上发动机进行开机试喷和推进标定。最近几天还完成了探测器载荷和工程测量分系统的自检工作。”

“我实在弄不清楚，天问一号离地球以亿千米计算，你们是通过什么对其进行测控的？”

“无线电啊……通过无线电对其进行测控。不过，这个问题太专业，说起来非常复杂……”孙泽洲笑了起来。

我说：“天问一号现在是为海内外所关注啊。”

孙泽洲点了点头：“正因为如此，我们每天都是战战兢兢，如临深渊，如履薄冰。”

从小在“沈飞”那个弥漫着航空氛围的大院里长大的孙泽洲，高中毕业后，考取了南京航空航天大学，学的是测控通信专业。1992年毕业后，分配到中国空间技术研究院总体部，先后参与了资源一号、资源二号和实践五号卫星的总体设计。2002年，孙泽洲被选派参与探月工程前期论证，并负责星载测控分系统论证。

2004年，孙泽洲被任命为嫦娥一号卫星副总设计师，成为中国科学院院士叶培建的助手。

叶培建曾非常自豪地说：“嫦娥一号队伍是一支很年轻的队伍，副总师孙泽洲1970年出生，其他副总师也都很年轻。他们经过嫦娥一号的锻炼，后来都挑起了大梁。”

2008年，孙泽洲被任命为嫦娥三号探测器总设计师，这个年龄与当年孙家栋担任东方红一号技术负责人时的年龄相同。

孙泽洲和团队成员一起，用一项项自主创新攻克一道道难题，完美实现了嫦娥三号探测器“出得去”“刹得住”“控得精”“落得准”“走得稳”的目标。

2013年的“五四”青年节，习近平总书记来到中国空间技术研究院，与各界青年代表共度节日。座谈会上，孙泽洲结合自身成长的经历，汇报了航天青年实现中国梦应有的使命和担当。当得知孙泽洲38岁任总设计师时，习近平总书记关切地问：“你是哪里毕业的?”孙泽洲回答：“南京航空航天大学。”习近平总书记又问：“没有去留学吗?”孙泽洲说：“没有，是祖国培养的。”习近平总书记听闻后，很欣慰，感慨地说：“我们要坚信，坚持中国特色社会主义道路、理论、制度，坚持投身中华民族伟大复兴的大业，就一定会出大师、出更多大师，这方面要有充分的自信。”

我们的话题又转到天问一号探测器。

孙泽洲说：“2014年8月，张荣桥总师告诉我，火星工程已经启动了。当时我觉得很兴奋，中国人终于准备奔火星了，没想到让我担任火星探测器总师，压力很大。一个月后，开始进入前期准备工作，抽调了四五十人的轨道、气动、降落伞、防热、控制、结构、测控等专业的骨干。然后，紧锣密鼓地进行可行性方案的论证：首先，要选择去火星的轨道。有两个途径，一条短转移，需要6—7个月；一条长转移，需要10—11个月。我们确定了短转移加深空机动的方案。其次，探讨探测器如何降落在火星上。最后，聚焦火星车如何释放、如何巡视。这些还只是宏观的分系统方案，如同盖房子先要有张图纸。接下来，还得制定具体的技术方案。”

2016年3月，天问一号工程正式立项，孙泽洲被任命为探测器总设计师。同年，他又被任命为嫦娥四号卫星总设计师。

正是那时候，他被称为“少帅扛大旗”。

“我不赞同这个提法。”孙泽洲快言快语，“1967年，孙家栋老前辈38岁时被任命为东方红一号卫星总体技术负责人，领导我国第一颗人造地球卫星的研制工作，才真正称得上是‘少帅扛大旗’。那时候，他们没有任何可借鉴的资料，我国的工业基础又非常薄弱，完全是靠独立自主，在一张白纸上画图画。现在的国力和科研条件比起那个年代强多了。再说，航天项目靠的是团队的力量，有数以万计的科技工作者参与天问一号工程。”

火星探测任务风险很高，而火星着陆任务风险更高。当时国际上火星着陆共实施了17次，成功的只有8次。因为火星进入、下降和着陆过程（简称EDL过程）是一个短暂而复杂的过程，7—10分钟时间内，探测器一般需要完全自主地经历气动减速、降落伞减速、动力减速和着陆缓冲四个过程，将探测器的速度由最初约5千米每秒减到0千米每秒。天问一号火星探测器涉及全新的EDL系统设计与验证、气动外形、新型降落伞、全自主的制导导航和控制，以及新型发动机等关键技术。

孙泽洲说：“为了降低实际飞行的风险，必须在地面尽可能地进行试验验证。为此，我们建造了火星模拟着陆场等一系列试验设施，完成了上万次数学仿真、成百上千次桌面联试以及模拟火星环境条件的多次大型地面试验。这期间遭受挫折不断，例如高空开伞时伞绳断裂、为了改善结构承力而修改气动外形、防热材料与承力结构材料之间的热匹配问题等。”

火星车抵达火星表面之后，还要经历崎岖的地形、形形色色的障碍、寒冷的夜晚、多变的尘暴等考验。火星车既要火眼金睛地洞察地形和越障，又要有强大的移动和越障能力；由于火星上大气稀薄，卫星常用的隔热保暖“衣服”不再适用，需要配备新的“防护铠甲”，以抵御夜晚的寒冷。天问一号火星探测器使用了许多新技术，研制了更高分辨率的导航相机、可以改变移动形态的主动悬架、纳米气凝胶隔热材料等。

孙泽洲说：“天问一号的研制过程，其实就是一次不断迎接挑战、不断创新的过程。”

我很关注正在奔星途中的天问一号：“它上天后，现在你们每天的工作是什么？”

“在北京航天飞行控制中心，我们团队每天对它进行日常测控，根据遥测数据，判定探测器工作状态：姿态对不对？能源够不够？温度是否合适？这一个月，它的表现很好。其间，还作了一次变轨，很顺利。部分科学载荷进行了在轨测试，目前的工作状态也很正常。同时，我们还对原来的飞行方案组织了再检查，对300多个故障预案不断完善，确保有效。”

我问：“你怎么看待天问一号的后续状况？科学探索无非是成功和失败两种结果，你想过失败吗？”

孙泽洲说：“我记得孙家栋院士有一次在接受记者采访时，记者问：‘您打过这么多颗的卫星，想过失败吗？’孙老说：‘刚开始那些年每打一颗星，想失败的多，因为很不自信，总是怕这里那里出问题；后来，信心慢慢增强，想失败和成功差不多各占一半；到了这些年考虑的就是怎么成功，因为我们已经积累了丰富的经验，自信心大大增强。当然，不想失败，不是忌讳失败，而是我们对成功充满了信心，所有的工作都在保证怎样成功。’

孙老说得特别准确，我们每天都在努力，都在保证最后的成功。正如发射现场一位指挥员说的那样：从来没有像今天这样渴望成功！”

“难道一点都不担忧吗？”

孙泽洲想了想，说：“应该说信心十足，担忧还是有的。”

“主要是担忧什么？”

“一是空间辐照环境对探测的影响。空间的粒子对电子元器件的影响——‘单粒子效应’，包括其中的‘单粒子翻转’，关键时刻对探测器上计算机状态产生影响；二是航天器设计一般是先了解或知道要去的环境，再通过各种技术、方法、措施来保障航天器适应这个环境。火星探测恰恰是我们并不全面了解火星的环境，特别是着陆，火星着陆与月球着陆完全不一样。尽管我们做了各种预案，但不可能无限设计。”

我问孙泽洲：“你喜欢仰望星空吗？”

“仰望星空？”或许是我问得过于“文绉绉”了，孙泽洲一时没反应过来。

我连忙说：“你喜欢看星星月亮吗？”

“喜欢，喜欢啊。”孙泽洲说，“估计中国人都喜欢看月亮、星星吧？这可能和从小受神话故事影响有关，像嫦娥奔月，还有牛郎织女等。不过，从参与嫦娥一号工程以后，每次仰望星空，看月亮的感觉就不一样了。”

我问：“是一种什么感觉？”

“想得更多的是月球的构造，探测器如何让月球成功捕获、顺利降落，玉兔号在月面上如何顺利巡视，等等。”

“天问一号发射以后呢？”

孙泽洲抬头望了望窗外天空，说："天问一号升空后，同样是心系深空，千般牵挂，万般遐思……"

重　逢

傍晚，晚霞满天，和风轻拂。只要没出差、没有会议，吃过晚饭，孙家栋和夫人魏素萍都会在航天桥附近的航天大院里散步。两位老人相随相伴，形影不离。这成了大院里一道温馨的风景线。人们放轻脚步，远远地望着他们的背影，向两位老人行注目礼。

三年前，孙家栋忽然发觉体力明显下降，双腿乏力，稍走一段路便发酸发软。考虑到安全，每天的散步被女儿"强行"取消了。更严厉的是，一般情况下，女儿不允许他出门；遇到重要会议或参加重要活动，必须坐轮椅。孙家栋火了，长空万里任驰骋，如今岂能坐轮椅？可女儿脸色一沉，毫无商量余地。

2019年9月，孙家栋被授予"共和国勋章"。考虑到他的身体情况，中共中央办公厅征求他的意见，在中央领导授勋时，准备让他坐轮椅。他一口谢绝了，严肃地说：我怎能坐着轮椅受勋，这是何等的不礼貌？我一定要昂首挺胸地走上主席台，接受领袖授勋。然而，临开会的前一日，孙家栋还是妥协了。他担心这双不听话的腿，到时候会迈得很慢，那会耽误所有与会者的时间。

9月29日，中华人民共和国国家勋章和国家荣誉称号颁授仪式在北京人民大会堂隆重举行。

9时许，国家勋章和国家荣誉称号获得者集体乘坐礼宾车从住地出发，由国宾护卫队护卫前往人民大会堂。人民大会堂东门外，高擎红旗的礼兵分列两侧，肩枪礼兵在台阶上庄严伫立，青少年热情欢呼致意。国家勋章和国家荣誉称号获得者沿着红毯拾级而上，进入人民大会堂。

人民大会堂金色大厅，气氛热烈庄重。巨幅红色背景板上，共和国勋章、友谊勋章、国家荣誉称号奖章图案熠熠生辉。背景板前，18面鲜艳夺目的五星红旗分列两侧，18名英姿挺拔的解放军仪仗队礼兵在授勋台两侧持枪伫立。

9时58分，伴着欢快的乐曲，习近平总书记同国家勋章和国家荣誉称号获得者一同步入会场。全场起立，热烈鼓掌。

10时整，颁授仪式开始。解放军军乐团奏响《义勇军进行曲》，全场高唱中华人民共和国国歌。

习近平总书记发表重要讲话。他强调，崇尚英雄才会产生英雄，争做英雄才能英雄辈出。英雄模范们用行动再次证明，伟大出自平凡，平凡造就伟大。只要有坚定的理想信念、不懈的奋斗精神，脚踏实地把每件平凡的事做好，一切平凡的人都可以获得不平凡的人生，一切平凡的工作都可以创造不平凡的成就。

习近平总书记俯下身子，将一枚沉甸甸的“共和国勋章”颁授给坐在轮椅上的孙家栋，全场响起雷鸣般的掌声。

2020年12月17日凌晨1时59分。

嫦娥五号返回器将携带月壤样品在内蒙古四子王旗预定区域着陆。

央视《新闻30分》转播了着陆实况。

孙家栋眯缝着双眼，盯视着荧屏，脸上露出了笑容。

晚餐，平日不喝酒的孙家栋，向女儿“申请”到了一小杯葡萄酒。他眯缝着眼，慢慢品味着，一如在品味那已经过去的航天岁月——那已经过去的航天岁月的确值得细细品味。

孙家栋早早上了床，窗外明月高悬，清辉如水。他有些兴奋。岁月沧桑，百炼成钢，他已经难得这样兴奋了。

星空灿烂，漫无边际。

上升、上升，不断地上升……

哦，这是什么地方？竟然如此沉寂，没有江河，没有湖泊，没有森林，没有鲜花，四处是一望无边的荒凉，沉寂得似乎没有生命。

孙家栋眯缝着眼，凝望着眼前的一切，仿佛觉得年轻时在东风基地也曾见过这样的场景，也是沉寂，也是荒凉——不，那里毕竟还有生命，有一簇簇的骆驼刺、一丛丛的沙柳，还有日夜奋战在戈壁滩的解放军官兵和科研工作者。

孙家栋慢慢朝前迈着步子，咦，这步子迈起来十分轻松，像是鞋底下装了助动器似的。他茫然四顾，这是什么地方？怎么从来没来过？

他轻快地朝前迈着步子，忽然，眼前一亮，一个熟悉的器物霍然立在那里，孙家栋大声喊了起来：“‘玉兔’！‘玉兔’！”

哎哟喂，果然是玉兔号月球车！

这时候，孙家栋才猛然意识到自己竟然来到月球上了。

孙家栋快速奔上前去，只见披在“玉兔”身上的五星红旗鲜艳夺目，身体两侧的太阳能电池帆板像天使身上的美丽翅膀。它身旁还有一只小白兔在不时地跳跃着。

玉兔号也发现孙家栋了，它简直不相信自己的眼睛。

玉兔号脚踩用于行走的六个摇臂式“风火轮”，快速地向孙家栋迎来，兴奋地问：“孙总师，孙爷爷，您怎么来了？”

孙家栋笑着说：“想你啊，孩子，我这不就来了！”

“栾恩杰、欧阳自远、叶培建、李祖洪爷爷，吴伟仁伯伯、姜杰姑姑，还有孙泽洲叔叔，还有好多好多爷爷、伯伯、姑姑、叔叔、哥哥、姐姐，他们都好吗？”

“好，好，都好！”孙家栋关切地问，“孩子，你怎么样？生活习惯吗？月球很冷，衣服够穿不够穿？”

玉兔号连忙说：“不冷，不冷，爷爷，您给装备的太阳能电池挺给力的，暖和着呢。”

孙家栋笑了：“好啊，在北京航天飞行控制中心，从你每天传回的数据里，大家就知道你在月球上生活得很好。”

“哎呀，孙爷爷，光顾着说话了，走，我带您去个地方。”

小白兔和玉兔号在前面领着，孙家栋在后面跟着。

忽然间，四周弥漫起了淡淡的白雾，似柔纱般曼妙。

前方赫然出现一座晶莹剔透的宫殿，它的四梁八柱都是由巨大冰柱筑成的，整座建筑呈半透明状。

孙家栋好奇地问：“‘玉兔’，这是什么地方啊？”

“孙爷爷，这就是月亮上的广寒宫呀！”

孙家栋恍然大悟：“哦，原来这就是广寒宫！”

玉兔号兴奋地说：“爷爷，您今天来得正是时候，您一定知道今天是什么日子，嫦娥姐姐要举行庆祝酒会。一会儿您会见到许多老领导、老朋友。”

孙家栋也乐了：“赶得早不如赶得巧啊。”

进了广寒宫，玉兔号连忙将孙家栋介绍给了嫦娥：“嫦娥姐姐，你知道站在眼前的贵宾是谁吗？”

嫦娥打量着孙家栋，抿着樱桃小嘴，微微笑着，说：“好像在中央电视台的节目里见过，一时说不出大名。”

玉兔号说：“告诉你们吧，他就是大名鼎鼎的孙家栋院士！”

嫦娥一听“孙家栋”三个字，连忙说：“孙院士，久仰，久仰！感谢你们派来了‘玉兔’弟弟，给广寒宫增添了欢乐。”

正在这时，玉兔号说了声：“大家看，谁来了？”

孙家栋转脸一看，禁不住愣住了，站在面前的竟然是钱学森。

孙家栋愣了几秒钟，简直不敢相信自己的眼睛……蓦地，他又几步迎上前，紧紧握住钱学森的手：“老领导，您怎么来了？”

钱学森笑着说：“今天是嫦娥五号返回器携带月壤样品安全着陆的大喜日子，嫦娥姑娘举办庆祝酒会，我怎能不来？我倒要问你，家栋，这么远的路途，你怎么赶来了？”

孙家栋眯缝着眼，说：“真想您啊，老领导！”

钱学森满怀深情：“家栋，我也一样想大家啊！”

说话间，又来了几位嘉宾，孙家栋定睛一看，他们是“航天四老”——任新民、屠守锷、黄纬禄、梁守槃。

久别重逢，大家兴奋异常。

任新民拍着孙家栋的肩膀说：“小孙啊，你一点没变啊，还那么精神！”

屠守锷用手指点着他，说：“这小伙子眼睛怎么就睁不大，怎么还是眯缝着？”

又一位老者走来，他急切地问：“家栋来了？”

孙家栋打量着他，一时认不出来他是谁。

老者歪着头，考他："再想想，我是谁？"

孙家栋有些着急，看着挺熟的一个人，怎么就叫不出名字。

老者说："不应该啊，家栋，怎么把老朋友忘记了。提示一下吧，那一年，在戈壁滩，长征三号运载火箭打东方红二号卫星，首弹失利了，我们一起抱头痛哭的情景难道忘了？"

"张副部长！"孙家栋一下子想起来了。

孙家栋与张镰斧紧紧相拥。

宴会厅里，来宾到齐了。有的孙家栋马上就能喊出名来，有的还得想一想，久别重逢，大家都有说不尽的话语。

嫦娥走到小舞台上，微笑着说："各位来宾，大家中午好！今天是嫦娥五号返回器安全返回祖国的喜兴日子，我们在广寒宫举办庆祝酒会。中国航天的奠基人、功勋卓越的钱学森先生来了，'航天四老'来了，许多为中国航天事业默默奉献了心血的老航天人来了。我代表'玉兔'弟弟，对大家表示热烈欢迎！现在，我要向大家隆重介绍一位刚刚从地球上来到月球的贵宾——孙家栋院士！"

宴会厅里爆发出热烈的掌声。

嫦娥说："下面首先请我们敬爱的钱学森先生讲话！"

钱学森站了起来，向大家颔首致意，说："嫦娥姑娘，今天从38万千米外赶来的孙家栋，是尊贵的客人，我建议先请他讲话。"

大家纷纷鼓掌表示赞同。

孙家栋推辞不了，只好走到小舞台上，向大家鞠了个躬，说："在这么多的老前辈面前，让我先讲话，感到诚惶诚恐。我真的太激动了……首先，我想代表所有的航天人，向我们的老前辈表示崇高的敬意。你们走了以后，大家都非常想念你们。我很荣幸，当年从莫斯科留学回国工作，就得到了在座的诸位航天老前辈的提携和教诲。在那段难忘的岁月里，共和国的航天事业刚刚起步，你们殚精竭虑，攻坚克难，砥砺前行。从你们的身上我感受到了什么是爱国主义，什么是奉献牺牲。正是赓续了你们的基因，才有了后来的航天精神、载人航天精神、探月精神和新时代北斗精神。”

有人提议：“家栋，这几年中国航天发展很快，给我们介绍一下情况吧。”

孙家栋饱含激情地说：“从‘两弹一星’到载人航天工程，从‘北斗’组网到‘嫦娥’工程，我国航天事业取得了举世瞩目的非凡成就。这几年，发展的步子更快，载人航天‘三步走’战略第二步任务圆满完成；嫦娥三号落月探测和探月工程三期再入返回飞行试验取得圆满成功，嫦娥四号首次实现航天器在月球背面软着陆；北斗卫星导航系统已经完成全球组网服务；高分辨率对地观察卫星陆续投入使用，民用空间基础设施不断完善；天问一号火星探测器正式开启了中国人自主探测火星之旅，树起了一座我国航天科技走向更远深空的里程碑。长征五号火箭发射成功意味着我国具备探索更远深空能力。我们由国外先进航天团队的‘跟跑者’到‘并行者’，在某些项目上甚至是‘领跑者’。我特别要告诉诸位老前辈的是，就在今天，嫦娥五号返回器携带月壤安全着陆。我记得我们的钱学森老领导曾经说过：‘实现宇宙航行，是科学史上最重大的事件。在此以前，人类都是在地球上观察和研究自然。今后就可以在一个新的立足点上来研究自然和宇宙，这样必然会出现一个科学技术上大发现、大创造的时期。’

我可以告诉大家，在我们的祖国，这样的大发现、大创造的时期即将到来！”

孙家栋话音刚落，掌声一片。

钱学森笑眯眯地鼓着掌，说：“听了家栋的介绍，非常受鼓舞。嫦娥五号返回，我也是刚看央视新闻才知道，科技发展了，祖国强大了，令我们感到十分欣慰。这说明当年我们的路走对了，我们的心血没有白费……这几年，西方那个超级大国一直在折腾，搅得世界不太安宁。这一切，都是他们的‘老把戏’了，是由他们的本性决定的。当年，他们千方百计阻挠我归国，就是害怕我将掌握的知识服务于祖国，也就是害怕中国崛起。今天他们千方百计打压我们，害怕的是中国强大。所以，请家栋回去后转告全国人民，自力更生是中华民族屹立于世界民族之林的奋斗基点，自主创新是我们攀登世界科技高峰的必由之路，抓住这两点，我们才能实现中国的航天梦！”

钱学森又说：“家栋啊，难得来一次月球，多住几天吧，让嫦娥和‘玉兔’带你四处转转，月球有月球独特的风光，一定会让你大开眼界的。”

“不啦。”孙家栋说，“尽管我现在已经不在一线了，但还兼着好几个项目的顾问呢。‘国家需要，我就去做’，这是我对航天事业和祖国永远的承诺！”

“‘玉兔’，你的孙爷爷要走，交通工具准备好了吗？”

“已经准备好了，一会儿长征五号会发射飞船来接孙爷爷。”

“我知道，家栋这一辈子全部心血都献给了祖国的航天事业。”说着，钱学森端起了酒杯，“家栋，你急着赶回祖国，我不留你，干了这杯酒，也算是为你送行！”

孙家栋说：“老领导，您了解我不胜酒力。”

钱学森说：“我知道你平常不怎么喝酒，但这杯酒你得喝。这是闻名宇宙的桂花酒啊，纯天然、无污染，在地球上是绝对喝不到的。”

孙家栋看着酒杯，说：“哦，这就是桂花酒啊，那我得尝尝。”

钱学森说：“为了祖国的航天事业，干！”

孙家栋眼含热泪，“请老前辈们多保重，干！”

星空灿烂，漫无边际。

孙家栋嘴里轻轻嘟囔了一声“干”，慢慢睁开了眼睛。四周一片漆黑，咦，这是什么地方？怎么这么熟悉？蓦地，孙家栋发觉自己原来是做了个梦……

意犹未尽，孙家栋遗憾这个梦为什么不再继续做下去，好与老前辈们再倾心交谈一番……

孙家栋蹑手蹑脚地起来，慢慢摸索到了阳台。

他抬起头，仰望着夜空。深蓝色的苍穹明净如水，广阔无垠。一轮弯月发出银色的冷光，几多星辰烁烁闪闪。

他眯缝着双眼，久久仰望着夜空——此时的星空，已经不仅仅是一幅简单的关于星星和月亮的图景。日月星辰都在他的脑海中重新组合、排列、运行……

仰望星空，他在描绘“中国星座”新的蓝图，他在期待中华民族新的腾飞……

孙家栋访谈录

笔者：您的青少年时代是在辽宁和黑龙江度过的，现在回忆起来，让您印象最深的是什么事？

孙家栋：我出生不久，东北就沦陷了，差不多当了“亡国奴”。小时候印象不深，就觉得生活很穷、很苦，国家很落后，洋油、洋火、洋钉……连火柴都生产不出来。1942年，我13岁进入哈尔滨第一高等学校。这是伪满政府办的一所四年制专科学校，我学的是土木专业。当时就想着长大了能成为一名造楼修路的建筑师。

学校每周周一要升旗，升的是伪满五色旗，全校师生先是面朝日本东京方向向日本天皇鞠躬遥拜；然后，再转过身子，面朝南面向溥仪皇帝鞠躬遥拜。学校还有一些日本教师，上课时对中国学生特别凶，还进行奴化教育。当时，少不更事，但心里觉得中国人受人歧视，挺受气的。

笔者：1948年，您考入哈尔滨工业大学预科班。您常常说1950年元宵节，一顿红烧肉改变了您的命运？是这样的吗？

孙家栋：我是1948年进入哈工大的，2020年是哈工大的百年校庆。这所学校原来是日本人管的，日本投降后，又被苏联人接管了，所以学校上课都用俄语。我也是从那时候开始学习俄语的。新中国成立后，俄方将学校交还中国政府。

我大姐住在哈尔滨郊区，开了家小照相馆。每个周末我都要骑自行车去姐姐家，她都会给我做点好吃的。那次，出校门时，碰到一个同学，听说晚上食堂改善伙食，有红烧肉。那个年代红烧肉很稀罕，我便留了下来，想等吃了晚饭再去大姐家。没想到，不仅吃了红烧肉，还赶上航校来招学员，当时就报上名了。

假如当时没留下来，肯定会错过机会。我们说机遇、机遇，人生要成就一番事业，有时候也是要有机遇的。

当然，对于我来说，最大的机遇是在正需要学习的年龄段，新中国成立了，我有了去苏联留学的机会。

笔者：1951 年，您被派往苏联茹科夫斯基空军工程学院深造。在苏联留学期间，哪些事至今还记忆犹新？

孙家栋：非常幸运，1951 年，我被派往苏联学习。因为刘亚楼在第二次世界大战时期在苏联参过战，对苏联非常了解。新中国成立后，他知道我国在探索社会主义建设道路以及军队建设方面，必须向苏联学习。我们才有去苏联学习的机会。

我们是第一批赴苏留学生，其中不少是哈工大学生；还有一部分是当时从延安到东北的军队干部子弟。这些孩子跟随父母到东北后，“四野”（中国人民解放军第四野战军）在哈尔滨办了所外国语学校，他们都是这所学校的学生，当时十六七岁，参加工作年龄小了点，也选了十几人一起赴苏学习。

刚到莫斯科仿佛到了另一个世界，印象最深的是第一次乘坐地铁。莫斯科地铁站像是宫殿，车门是自动关闭的，我们还在谦让着谁先上，车门一下子便关闭了。当时觉得挺奇怪，谁把车门给关了？

入校时，苏联搞了次摸底考试，发现延安来的那些学员，基础课要差些，直接学本科有困难，准备让他们先学一年预科，补习公共课和俄语。不过，大多数同学的俄语水平都不行。刚开始，上课根本听不懂。情况通过大使馆上报到了国内有关部门，商议结果是不同意分班。这样只好所有的学员都学习一年预科，还上了一年的军事课。所以，我们在苏联学了六年多。

当时，对我们要求很严格，我记得其中有一条就是“不能与苏联姑娘谈恋爱”，这是根绝对不能碰的“高压线”。

中国留学生纪律严格、学习刻苦，在学院是出了名的，经常受到校方的表扬。国家花了那么大的代价送我们出去学习，大家都知道自己身上担负着的使命。

笔者：从苏联回国，刚去五院工作，最初给你留下的是什么印象？当时不仅物资奇缺，科研条件也很差，为什么人的精神面貌却很高昂？

孙家栋：因为学的是航空，我一门心思想的就是回国以后搞航空、造飞机，没想到会分到五院搞导弹。那时候，我们都非常服从组织分配，组织让干什么就干什么。刚开始听说要搞导弹，心里还是有些嘀咕：学的是航空，现在改行搞导弹，行不行？

第一代航天人大致可以分为四部分：一是以钱学森、任新民等为代表的数量很少的科学家；二是从部队调来的一批身经百战的“老革命”；三是像我们这样的刚毕业的大学生；四是一批技术工人。

这批部队来的老干部，思想觉悟高，组织能力强，以身作则，关心部属。我们研究室的指导员是“四野”的一个团政委，从东北打到海南岛，留在海南岛的一个县里当武装部部长。他说：在县里，我在十几万人的会上坐过主席台，到五院就管你们二三十个“大孩子”。他们把部队的一套作风带来了，并传授给我们。“三年困难时期”，聂老总给科技人员分鱼、肉、黄豆，但规定政工干部不能分，他们真的连一粒黄豆都没动。

那时候科研条件非常差，工业基础差，科研能力也差。尽管钱（学森）老在中央首长面前拍了胸脯：“外国人能搞的，难道中国人不能搞？”但钱老是著名的空气动力学专家，毕竟不是工程专家，真正搞导弹他也是第一次，是顶着巨大的压力的。

我国的航天工程完全可以说是白手起家，一张白纸。人的精神世界不完全由物质决定，那个年代物资匮乏，但人的精气神很足，想的就是怎么早日建成社会主义，让国防尽早强大起来。当时缺吃少穿，特别是“三年困难时期”，每个月的粮食定量根本不够吃，我们晚上还经常要加班，但没一个人有怨言。

苏联专家撤走后，大家心里更是憋着一股气，一定要自力更生将导弹搞出来，哪怕困难再大、再多。

就是在那种条件下、那种压力下，我们搞出了“两弹一星”，让中国人的腰杆挺直了。所以说，“两弹一星”精神是我们中华民族的一笔丰厚的精神财富。

笔者：刚接触钱学森，什么印象？有大科学家的范儿吗？是不是觉得高不可攀？后来，您在他领导下工作了几十年，他的教诲一定让您受益无穷吧？

孙家栋：钱学森的名气太大了，他在我们这些学航空的学生看来，简直像神一样。但一见面，却发觉他很普通、很随和、很儒雅。

钱学森……太博大精深了，太丰富多彩了，像一座高山，像一片大海。所以，有时候我们说自己是钱老的学生，但仔细想想，觉得连当他的学生都不够格。

我们在一起工作，讨论问题他从来不先发言，而是认真听完大家的意见以后，再归纳总结。

他很少批评人，总是自己作表率。我记得有次在会议室开会，有人烟瘾大就抽起烟来，钱老不抽烟，但他也不说，实在受不了，就把窗户打开了。那时候是冬天，外面下着雪，大家一见，赶忙不好意思地将烟掐灭了。以后开会，就没人敢抽烟了。这也是一种工作方法吧。

科研中出了问题，他也不指责人，更没骂过人，而是同大家一起商量解决问题的方法。

我在他领导下工作了几十年，言传身教，耳提面命，可以说他是看着我们这批年轻人成长起来的。

钱老的教诲让我终身受益，他的家国情怀、科研精神、为人处事，影响了我的一生。

笔者：与“航天四老”一起工作，有什么感觉？什么收获？老一代科学家最可贵的精神和作风是什么？

孙家栋：你说得很对，钱老和“航天四老”都是新中国成立前和成立初期回国的。当时，国外的生活条件和科研条件比国内强多了。而且，他们都已经进入科研创业的“门槛”，事业也打下基础了。要扔掉这些回到苦难的祖国，的确很不容易。钱老当时每个月的工资加各种补助有几千甚至上万美元，这在国内是个天文数字。这就要看信仰了，一个人有没有信仰，一看就知道。

我们曾经私下议论过，凭借钱老的学术贡献和学术地位，如果不回国，他早获诺贝尔奖了。

我觉得钱学森和“航天四老”最可贵的精神有以下几点。

第一，爱国主义。精忠报国，是中华民族的传统精神。国有难，召必回，是老一代科学家最可贵的品质。

第二，牺牲精神。钱老回国以后，用自己所学的知识服务国家，推动了整个国家科技的发展。同时，繁忙的领导、管理工作，也占用了他大量的时间，他不可能像在国外那样，专心致志地搞科研，为此，作出了巨大的牺牲。

第三，科研态度。钱学森和“航天四老”科研态度极其认真、严谨，因地制宜，实事求是，攻坚克难，勇攀高峰。

笔者：您说过，“按照当时国家的整体技术水平和条件，实际上是不具备搞航天的能力的，但老一辈革命家确实有气魄，毛泽东、周恩来、聂荣臻……他们就是不一般，硬是创造出那么一种干劲，就是搞出来了。这就是真正的中国特色”。

孙家栋：是的。按照20世纪五六十年代、六七十年代咱们国家的工业基础和科研储备，的确不适合搞“两弹一星”。要资料没资料，要材料没材料，要工艺没工艺，要人才缺人才，真正是“一穷二白”。西方那些大国都在看我们的笑话。

想想中国共产党，1921年刚刚成立，经过28年的浴血奋战，便推翻了“三座大山”，建立起了新中国。谁有这样的气魄？谁有这样的能力？毛泽东、周恩来、邓小平等老一辈革命家，理想高远，气壮如山，就有这样的气魄，也有这样的能力。

搞“两弹一星”，也有人质疑，中国这么穷，应该先解决吃饭问题、经济建设问题。中央下了铁的决心，要不然肯定搞不起来。在那些艰难的日子里，每遇到困难，聂帅就会说主席、总理在看着咱们呢，全国人民在看着咱们呢，一是鼓励我们，二是帮助解决困难。否则“文化大革命”时期那么乱，这支科研队伍早就四分五裂被冲垮了，哪还有“两弹一星”？

而恰恰因为有了“两弹一星”，帝国主义才不敢轻易对我们下手。后来，小平同志说，如果20世纪60年代以来中国没有原子弹、氢弹，没有发射卫星，中国就不能叫“有重要影响”的大国，就没有现在这样的国际地位。

笔者：1967年，上马东方红一号卫星，钱学森为什么选中您出任技术负责人？当时最难的是什么？还记得当年攻关的情景吗？

孙家栋：当年钱老为什么选我去负责东方红一号研制，这个问题您应该去问钱老啊（笑）！

要说什么最难？没有资料可供参考，谁也不知道人造卫星是个什么东西，却要搞出这个东西来，多难！那时候还没电视机呢，钱老也没见过这个东西。是卫星先做，还是卫星上的仪器先做？这么简单的事儿当时都搞不清楚。轨道的设计是要靠计算出来的，当时没有计算机，连手摇计算器都很少。很多数据都是技术人员用笔算的，算盘都用上了。走进计算室，会不时传来算盘噼里啪啦的声音，好像走进了财会室，好几天才能算出一个数据。

这就要说到我们这个国家制度的优越了，那真是动用举国之力啊，全国大协作。很多最简单的元器件都要去全国各地找。那时候还在闹“文化大革命”，但一听说是毛主席关心的项目，哪一派都非常支持。元器件做好了，没有一个单位提钱的事儿。

笔者：要做一个比较的话，当年的东方红一号与后来的“嫦娥工程”“北斗”工程，哪个更难？

孙家栋：东方红一号当然无法与后来的“嫦娥工程”“北斗”工程比，现在看，东方红一号太简单了。如果说“嫦娥”“北斗”相当于大学生的话，东方红一号就如同小学生。可在当时，小学加、减、乘、除还没学完，却让你去解代数题，明知不可为而为之，真是要什么没什么。很多都是“第一次”“第一个”，每一个元器件都是集体攻关得来的。

我是技术总负责人，每天都要面对不同意见，科学家这样说、工程人员那样说，但工程只能按照一种意见去做。这时候就得有人来拍板，这个板是最难拍的，因为没有什么可借鉴的。好在有钱老这座靠山，钱老拍板定调了：保证第一颗卫星1970年上天是最重要的，其他一些科学目标可以让下一颗星来实现。我们将卫星里面的仪器简化到最低程度，力争按计划上天。

钱老处理问题常常是把复杂的问题简单化，这也是他的方法，也是他的智慧。

东方红一号是颗“政治星”，当时让全国人民扬眉吐气，我有幸参与其中，终生难忘。

笔者：1962年，东风二号发射失败，这是你参与研制的导弹第一次失败。到了1974年11月5日，第一颗返回式遥感卫星第一次发射也失败了，“罪魁祸首”是火箭上的一根导线里面的铜丝导线断成两截，造成星箭俱毁。后来，也遇到过许多失败，您怎么看待科研试验的失败？

孙家栋：那种教训的确是刻骨铭心啊！

当时，我从地下指挥室里冲出来，眼前一片火海。一看卫星说没就没了，实在控制不住感情，号啕大哭。然后，立即组织人员在沙地里捡残骸，几百个人蹲在地上，连小螺丝、小线头都不放过。没有工具，就用双手刨，很多官兵双手都血淋淋的。那个场面至今难以忘怀！

一根不过关的导线导致一次发射的失败。钱老要求大家一辈子都要记住这根导线。

这次教训说明航天事业的成功既在于决策，同时也在于细节。现在，我们航天行业还有一个五句话的故障归零标准："定位准确，机理清楚，问题复现，措施有效，举一反三。"一个电子管质量出现问题，火箭或卫星上的所有仪器都不能再出现这一批次的零件，无论好坏都不能用。这是几十年血的教训的积累。

笔者：在卫星发射中，您有过多次果断的非常规的决断：一次是在返回式卫星发射前一分钟，卫星没按照预定的程序进入"内电"状态，您命令"停止发射"；还有一次是第二颗试验通信卫星发射后，无法正常工作，您下令对卫星姿态"再调5度"。当时，您没有考虑过万一下错了口令，您是需要承担重大的责任的？这种魄力和勇气从何而来？

您还曾经在发射现场昏厥过好几次，是太疲劳了，还是压力太大？

孙家栋：这里我要纠正您一个词，当时我不是命令"停止发射"，而是申请"停止发射"。因为我没有权力去命令"停止发射"，只有现场指挥员才有这种权力。我一见卫星突然出现故障，如果继续发射，上天只能是一堆"废铁"，于是不管不顾地向指挥员申请"停止发射"，指挥员听进了我的意见。

后来想想也挺后怕，那时候年轻，胆子大，不顾一切，提出申请。如果错了，后果就严重了，给国家造成巨大的损失，无法弥补。

第二次，我也不是下令，而是建议“调整5度”。当时，还有十几分钟可以考虑，我提出这个建议，风险也很大。但我是总设计师，在那个岗位上，我应当提出自己的意见。

几次昏厥，是因为有段时间身体不太好。我年轻时就有头昏的毛病，还有，的确是压力太大，几种因素加在了一起造成的。

笔者：2003年1月，您被任命为中国探月工程筹备阶段的总设计师，面对这样一个巨大工程，您当时最大的压力是什么？

孙家栋：欧阳自远院士比较早就开始了对月球的科学研究。大约在2000年，欧阳院士想探月，但不知道中国航天在技术上有没有可行性。他找到国防科工委副主任、国家航天局局长栾恩杰，栾局长又把他介绍给了我。

我们俩一见如故。他对工程情况问得很细，我当然也希望探月啰，这个愿望埋在心底已经好些年了，所以才有了“上不上得去月球是我的活儿，上去以后干什么是你的事”这话。

当时国内的热点是载人飞船，还顾不上探月。所以，我们先进行了一些前期论证工作，为向国家申请立项做准备。

奔月之前，我们的卫星主要是跟地球在“玩”，属于双体运动。但奔月属于深空探测，卫星跑出40万千米，“嫦娥”离开地球去月球，构成了地、月、星关系，属于三体运动。当时，最大的压力是“嫦娥”能不能被月球捕获。世界上许多国家奔月，不是速度太慢撞在月球上，就是速度太快飞走了。美国和苏联失败最多的就是在这一步。我们从来没去过月球，信心有，但心里没有底。

嫦娥一号被月球捕获的那一瞬间，我紧提着的一颗心，才落了下来。

笔者：老百姓说“北斗”工程与国计民生息息相关，手机每天都在用；探月离老百姓距离太遥远了，探不探好像与他们无关，您怎么看待这样一个工程？

孙家栋：北斗卫星导航系统是应用卫星，老百姓当然讲实际，有了“北斗”，出门开车、骑个共享单车都能用上它。它的作用现在才刚发挥出来，以后还将继续发挥：山体滑坡可以提前预警，煤气管道漏气可以准确地确定地点，走失的老人走到哪去了、淘气的孩子在哪里，都可以用“北斗”来解决。所以我说：只有你想不到，没有它做不到。这几年，“北斗”产生的经济产值每年都以千亿元的级数在递增。

航天是当今世界最具挑战性和广泛带动性的高科技领域之一，为人类进步提供了重要动力。从科学研究的角度来看，深空探测是认识宇宙奥秘的重要途径。通过深空探测获得的对太阳系和宇宙的认识，将促进社会和经济发展、提升人们的生活质量、推动人类文明持续进步。深空探测也是一个国家综合国力和创新能力的体现。

在这个领域，我们起步比较晚。当我们的国力和科研能力达到一定水平的时候，我们必须去做这件事情，否则，将来再做就晚了。当然，我们发展深空探测，应有所为、有所不为，必须符合中国实际，具有中国特色，突破一批具有国际先进水平的关键技术，推动我国深空探测整体能力进入国际前列。

笔者：2007年嫦娥一号卫星发射成功后，在北京航天飞行控制中心，您悄悄走到一个角落里，用手绢偷偷抹泪。您为什么会落泪？

孙家栋：奔月与以往发射的卫星不同，这是我们第一次深空探测，所以有很多“第一个”需要解决，很多“第一个”需要创新。从来没有哪一次发射，我像这次这样渴望成功，虽然尽了最大的努力，但心里还是没底。

所以当“嫦娥”被月球捕获的瞬间，我禁不住落泪了，有喜悦，也感慨这一切来之不易，同时也是情感的一种释放。

笔者：北斗二号一立项，首先遇到的是原子钟的难题，您提出核心元部件必须百分之百国产化，原子钟一定要自己造，打“中华牌”。您想过没有，要是一时半刻造不出来怎么办？

孙家栋：我没有想过造不出来，我只想到应该怎么把它造出来。要是原子钟造不出来，那北斗二号就别上了。

原子钟是北斗二号的核心部件，国外漫天要价，其实就是不想卖给你，卡你的脖子，他们害怕你用了他们的技术会超过他们。你落后的时候，他们瞧不起你；你强大了，他们又打压你、卡你脖子。

这样的事情我经历得太多了，一到核心技术、关键部件，西方有些国家就卡我们，没有丝毫的商量余地，更不会同情你、怜悯你。

我们被挤压得太久了，如果再不清醒，那真成糊涂虫了。

经历得多了，也就有了经验。没有其他办法，也没有其他路可走，还是早点儿自己创新、自己造。这也是被逼上梁山，一逼，反倒长了志气，造出了“中华牌”的原子钟，科技含量还超过了它们。

几十年的实践告诉我们：最先进的武器是买不来的，军工核心技术是买不来的，航天尖端产品也是买不来的。增强军工科技创新能力，是国防科技工业增强核心竞争力的必由之路。

笔者：2007年，北斗二号的发射可以说是一波三折，当时离国际电联规定的期限剩下时间已经不多了，发射前，应答机出了问题；发动机底部裙边发现了一个坑洼，您为了察看受损情况，钻到发动机底部。那年您已经78岁了，为什么还总是往一线跑，在北京指挥不行吗？

孙家栋：这一点还真是跟钱老学来的。当年，每次发射钱老都去东风基地。我记得总理为了保护钱老的安全，规定钱老乘飞机必须由他批准。东风基地交通不便，钱老每次去都要乘军用飞机。那时候条件差，原子弹专家郭永怀就是1968年因飞机失事牺牲的。这些难道钱老心里没数？不过为了科研，他还得一次次乘飞机。

钱老为什么要亲临第一线，我理解一是有他坐镇，大家就有了主心骨；二是到了一线，很多问题当场就可以解决，大大提高了工作效率。

当年导弹、火箭、卫星的故障率很高，现场出了问题，通过电话请示报告，看不见、说不清，可能解决不了问题，还耽误时间。

我是总师，坐在北京指挥心里没底，到了一线，心里才踏实。

笔者："北斗"完成组网后，作为北斗导航卫星系统工程的首任总设计师，您的任务也圆满完成了。按说"北斗"的应用是应用部门的事情，但是您对"北斗"的应用抓得特别紧，也费尽了心思，为什么？

"北斗"工程被称为是中国近30年来最伟大的发明，没有之一，没有任何东西可以替代。您赞同这样的评价吗？

孙家栋：“北斗”工程的确是个伟大的工程。这是以举国之力才完成的，参与的科研人员、工人、解放军指战员多达几十万人。它产生的社会效益和经济效益巨大无比，所以说怎么评价都不为过。

“北斗”工程是应用工程，用好“北斗”才是最终目的。因为大家用惯了GPS，对“北斗”还需要有个熟悉、了解、使用的过程。所以北斗二号发射之后，实现了区域覆盖，正式向我国及亚太地区提供服务，我们也开始推广“北斗”的使用。

“北斗”是国之重器。国家花巨资打造“北斗”，是为了服务中国和人类。如果“北斗”不用，那便是极大的浪费。“北斗”每时每刻在天上转，那也是在“烧钱”的。你用了就产生价值了，更何况我们的“北斗”已经有了服务世界的水平与底气。

“北斗”的应用，的确只受想象力的限制。随着北斗三号全球系统星座部署圆满收官，“北斗＋5G”“北斗＋AI”“北斗＋大数据”……一个无限可能的新未来即将到来。

笔者：杨长风院士在央视《开讲啦》节目中说，工作特别忙，根本顾不上家，回家什么话都不想说，就是想睡觉。您也是这样吗？您干家务活吗？

孙家栋：干，我干家务。可能就是这一点我比他们强。（笑）我老伴是医生，白天忙，还经常要值夜班，所以我回家得帮着干家务。

对了，我还会裁剪衣服呢！20世纪六七十年代，很多家庭小孩儿的衣服都是家长自己做的。我的拿手戏是裁剪，为什么？我学的是理工科，数、理、化好啊，裁剪衣服实际上就是运用几何原理，这里需要一块正方形，那里需要一块长方形，还有椭圆形、不规则图形，一组合就是一件衣服了。不过，我缝纫不行，不会踩缝纫机。

在家里我也做饭，东北人做东北菜，多是乱炖，以做熟了为标准。我不喜欢包饺子，又要剁肉，又要擀皮，太麻烦。

笔者：我记得钱学森说，如果他每天辅导儿子一道数理化题的话，儿子大学可以随便挑。遗憾的是他没有时间。您参加过家长会吗？辅导过孩子作业吗？

孙家栋：说实话，我没有参加过一次家长会。不过，我孩子上中小学的时候，学校很少开家长会，一学期也就一次吧。不像现在，听年轻家长说，三天两头要开家长会。

刚开始我还辅导过孩子的数理化，后来，见我那么忙，经常不着家，孩子觉得学习靠爸爸是靠不住的，也就不指望我了。

孩子的成长基本上是靠他们自己，我的观点是顺其自然。

笔者：2009年3月5日，适逢您80华诞，98岁的钱学森亲笔给您写了封贺信：

孙家栋院士：

您是我当年十分欣赏的一位年轻人，听说您今年都80大寿了，我要向您表示衷心的祝贺！

您是在中国航天事业发展历程中成长起来的优秀科学家，也是中国航天事业的见证人。自第一颗人造地球卫星首战告捷起，到绕月探测工程的圆满成功，您几十年来为中国航天的发展作出了突出贡献，共和国不会忘记。我为您取得的成就感到骄傲。

希望您今后要保重身体，健康生活，做一名百岁航天老人。

谨祝生日快乐！夫人面前代致问候！

钱学森

2009年3月3日

钱学森很少给人祝寿，他为什么会给您这位“小字辈”写祝寿信？是不是特别器重您？

孙家栋：（又笑）哎呀，这个问题您还是应该去问钱老。

不过，收到钱老的来信，我感动不已，心绪难平。钱老在信中连续用了七个“您”，我承受不了。钱老就是这样一个人，谦谦君子、彬彬有礼。对于后学，提携有加，关爱如初。

笔者：您曾荣获国家科技进步特等奖、“两弹一星”功勋奖章、国家最高科学技术奖、“改革先锋”称号、感动中国年度人物。这些奖项中，您最看重哪一项？

孙家栋：我说过，航天事业是个集体事业，航天工程是项团队工程。每次获奖我都觉得这是国家对航天事业的肯定，我是代表大家去领奖的。

笔者：您常常说：“国家需要，我就去做！”这是一种信念，还是一种责任？

孙家栋：国家和人民培养了我，我必须为国家服务，为人民工作。这是一种信念，也是一种责任。同时，还包含着感恩。

我们这一代人的命运，似乎一出生就与国家的命运紧紧连在了一起。好像一参加工作，想的就是怎么好好干活，多为国家作贡献。

笔者：您爱仰望星空，您看到的星空与我们普通人看到的星空是否一样？

孙家栋：我非常喜欢仰望星空，不过看到什么？想到什么？保密！（大笑）

（以上为访谈录精选）

主要参阅书目

钱学森：《导弹概论》，中国宇航出版社2006年版。

孔祥言：《钱学森的科技人生》，中国宇航出版社2011年版。

石磊、王春河、张宏显、陈中青等：《钱学森的航天岁月》，中国宇航出版社2011年版。

聂力：《山高水长：回忆父亲聂荣臻》，上海文艺出版社2006年版。

刘华清：《刘华清回忆录》，解放军出版社2007年版。

东方鹤：《上将张爱萍》，人民出版社2007年版。

许鹿希、邓志典、邓志平、邓昱友：《邓稼先传》，中国青年出版社2015年版。

吴树利、朱钰华：《情系太空——中国导弹、卫星、运载火箭和飞船的开拓者任新民》，人民出版社2013年版。

马京生：《陈芳允传》，中国青年出版社2016年版。

谭邦治：《梁守槃院士传记》，中国宇航出版社2018年版。

贺青：《屠守锷院士传记》，中国宇航出版社2015年版。

钟轫、童晶静编著：《张履谦院士传记》，中国宇航出版社2014年版。

王建蒙：《孙家栋院士传记》，中国宇航出版社2014年版。

杨照德、熊延岭：《闵桂荣院士传记》，中国宇航出版社2017年版。

刘茂胜编著：《陆元九院士传记》，中国宇航出版社2016年版。

曹海钧：《孙敬良院士传记》，中国宇航出版社2016年版。

李鸣生：《走出地球村》，人民文学出版社1995年版。

陶纯、陈怀国：《国家命运：中国“两弹一星”的秘密历程》，上海文艺出版社2011年版。

欧阳自远讲述，王少毅整理：《九天揽月》，四川人民出版社2013年版。

陈新：《嫦娥揽月》，清华大学出版社2015年版。

叶培建：《走在路上》，北京理工大学出版社2018年版。

冯春萍主编：《飞上九重天——中国航天两总群英谱》，中国宇航出版社2006年版。

中国航天科技集团公司离退休干部工作部编：《航天岁月》，中国宇航出版社2008年版。

后 记

一个民族，有一群仰望星空的人，他们才有希望。

对于报告文学作家来说，如果书写的是一群仰望星空的人，那是一件多么令人憧憬、令人激情四射的事情。《仰望星空：共和国功勋孙家栋》正是这样的一次写作。

中华人民共和国70周年华诞，全国人民代表大会常务委员会决定授予于敏、申纪兰、孙家栋、李延年、张富清、袁隆平、黄旭华、屠呦呦“共和国勋章”。

一个有希望的民族，不能没有英雄；一个有前途的国家，不能没有先锋。正是一代又一代的共和国功勋、一批又一批的民族英雄，挺立起民族的脊梁。

一位报告文学作家，其实很难遇到心仪的题材。或许是因为对孙家栋院士崇敬已久，这次创作让我充满着渴望和期待。

2019年底接受创作共和国功勋孙家栋长篇报告文学的任务

后，我便紧锣密鼓地进入了创作状态。先是从网上搜集大量有关孙家栋院士的材料，阅读后对我国航天科技总体情况和孙家栋的人生经历有了大致的了解；然后罗列采访对象。

2020年1月6日，北京迎来了第一场大雪，我冒雪前往中国运载火箭技术研究院，开始第一轮采访。在研究院办公楼门厅里，我第一次看见科学巨匠钱学森塑像。他目光炯炯，右手指向前方，仿佛依然在带领着中国航天人向太空挺进—— 一种神圣感油然而生！

犹如晴天一声霹雳，一场突如其来的新冠肺炎疫情，肆虐神州大地，搅乱了世界。

疫情令人措手不及，同时也打乱了我的创作计划。原定的采访计划不得不中止。报告文学写作是需要深入采访的写作，无法采访让我心慌意乱。恰在此时，中国航天科技集团给我快递来了一整箱的图书资料，包括《导弹概论》《钱学森的航天岁月》《钱学森的科技人生》《山高水长：回忆父亲聂荣臻》以及任新民、屠守锷、黄纬禄、梁守槃、陈芳允、孙家栋、闵桂荣等院士的传记。

早春二月，举国抗疫。当时有个口号是“居家隔离，也是抗疫”。于是，我紧闭家门（也无法出门），静下心来，开始研读相关图书资料，也开始了一次与中国航天史和航天人的“亲密接触”。

当我穿越时间隧道，走进中国航天的初创时期，我被那个激情燃烧的岁月深深触动了。如同后来在采访孙家栋院士时，他告诉我的那样：按20世纪五六十年代、六七十年代我们国家的工业基础和科研储备，是根本不具备搞“两弹一星”最基本条件的。正是由于毛泽东、周恩来、邓小平等老一辈革命家下了铁的决心；有了钱学森等一批科学家赤胆忠心、殚精竭虑的奋斗；有了第一代航天人的兢兢业业、攻坚克难，才有了导弹升空、卫星上天。

钱学森和“航天四老”任新民、屠守锷、黄纬禄、梁守槃远涉重洋，历尽艰辛，甚至冲破种种阻挠，毅然回到祖国。他们不是寻常的羔羊跪乳，慈鸟反哺；而是中华优秀儿女，扶大厦之将倾，挽狂澜于既倒，国有难，召必回，以身许国，壮怀激烈！

爱国是一个人立德之源、立功之本。这一点在那一代航天人身上，展现得最为充分。

孙家栋留学归国，一参加工作，便在钱学森和“航天四老”的领导下，他最强烈的感受是他们身上的爱国主义情怀和奉献牺牲精神。他后来常常说的“国家需要，我就去做”，便是由此而升华的。

我似乎一下子抓住了本书的命脉——爱国主义和奉献精神。

我将书稿的第一章定为《归来》，集中笔墨书写航天老前辈归国，也曾有过一时的犹豫：共和国功勋孙家栋的报告文学，第一章写的却是航天老前辈，会不会与主题游离？然而，我很快就拿定了主意，孙家栋与航天老前辈一脉相承，正是有了他们的言传身教，才有了孙家栋丰富多彩、辉煌灿烂的人生。

6月，疫情略有缓解，我便紧锣密鼓地开始新一轮的采访。

范本尧、欧阳自远、叶培建、杨长风、吴伟仁、姜杰等院士，李祖洪、谢军、张荣桥、孙泽洲等航天界的翘楚，哪一位身上不是熠熠生辉？

这些日理万机、不轻易接受采访的大忙人，一听说我要写孙家栋，没有一人推辞，都挤出时间与我交谈。

戴着口罩采访同样戴着口罩的被采访者，不由得增添了几分郑重感。

他们给我讲东方红一号、讲“嫦娥”、讲“北斗”、讲“天问”。感人的故事、精彩的细节、飞扬的激情，一次次打动了我。于是，一个孜孜不倦、脚踏实地的孙家栋，一个敢于创新、奋发图强的孙家栋，一个无怨无悔、航天报国的孙家栋，一个气壮山河、问鼎九天的孙家栋，在我的脑海中慢慢变得丰满起来、生动起来。我们似乎成了早就相识的朋友。

92岁高龄的共和国功勋孙家栋，朴素、随和、谦虚、慈祥，如同邻家老教授。他一再对我说：航天事业是集体创造的事业，首先是中央正确决策，其次是全国大力支持。你一定要多写写航天群体，多反映航天精神；至于我个人，不过就是一名普通的科技工作者。

我想起了一个细节：2020年7月31日上午，北斗三号全球卫星导航系统建成暨开通仪式在北京举行。当孙家栋坐着轮椅来到会场时，“北斗”工程的功臣们都围了过来，向这位工程首任总设计师、高级顾问表示致敬。孙家栋就是这样，一直用自己的智慧、胆魄和品格引领着整个航天界，同时也受到了所有航天人的敬重。

我说这次写作具有挑战性，因为我是个不折不扣的“航天盲”。面对陌生深奥的航天科技、错综复杂的航天工程，一头雾水，不知如何下手。好在关门抗疫，心无旁骛，老老实实读完了五六百万字的资料，最大限度地去消化它。当然，最终将中国航天的几大工程梳理清楚，还在于几位航天“大佬”指点迷津，李祖洪、谢军、张荣桥等甚至像帮小学生解题一样，为我讲解航天的“ABC”。

在写作过程中，我还常常为科技与文学的矛盾纠结着。写孙家栋，必须要写“1059”导弹、东方红一号、“嫦娥”、“北斗”、“天问”五大工程，必须要向一般读者阐述清楚这五大工程的科技含量、工程难度、科研成果，而这些阐述专业性太强，甚至非常枯燥。但只有将这些问题讲清楚了，才能体现出孙家栋所作的贡献。所以，在部分章节中，我宁可牺牲一点儿文学性，也要将科技问题尽量讲明了。

我非常清楚，对于共和国功勋孙家栋，对于中国航天的丰功伟绩，限于时间及个人才华的原因，拙作只能算是一次简略的叙说。

这是一次书写英雄的写作，也是一次向英雄致敬的写作。我一次次被采访对象、被书写的人物所感动。处于这个百年未有之大变局之中，我们的民族并不缺少英雄，缺少的是书写英雄的精品力作，这是值得我们每位写作者认真思考的……

感谢中国航天科技集团对我这次写作的大力支持；

感谢中国兵器工业集团陈学钏同志对于本书创作所提供的倾心帮助；

感谢孙家栋的秘书李钢同志为我的采访所作的精心安排；

感谢所有关注本书创作的亲友们！

2021年岁末完稿